BASTEI
LÜBBE

Konsalik

Es blieb nur ein rotes Segel

BASTEI LÜBBE

BASTEI-LÜBBE-TASCHENBUCH
Band 11 151

1. Auflage Aug. 1980
2. Auflage Nov. 1980
3. Auflage April 1981
4. Auflage Juli 1981
5. Auflage Febr. 1982
6. Auflage Juli 1982
7. Auflage Febr. 1983
8. Auflage Okt. 1983
9. Auflage Sept. 1984
10. Auflage Mai 1985
11. Auflage Juni 1986
12. Auflage Okt. 1987
13. Auflage Mai 1989
14. Auflage Dez. 1990

Lizenzausgabe: Gustav Lübbe Verlag GmbH,
Bergisch Gladbach
Printed in Germany
Einbandgestaltung: Manfred Peters
Titelfoto: MALL Photodesign
Gesamtherstellung: Ebner Ulm
ISBN 3-404-11151-6

Der Preis dieses Bandes versteht sich einschließlich
der gesetzlichen Mehrwertsteuer

I

Es war ein herrlicher Tag – voller Sonne, mit einem wolkenlosen, mild blauen Himmel und von einer angenehm trokkenen Kälte – dieser 15. Oktober des Jahres 1893. Es war ein Tag, an dem ein Petersburger, der selbstverständlich seine Stadt über alles liebt, mit einem dankbaren Blick zum Himmel sagt: »Gott, Du Allmächtiger, wir danken Dir, daß Du uns so segnest . . .«

Schnee war schon vor zehn Tagen gefallen, zwar etwas früh in diesem Jahr, aber er beendete die Regenperiode mit ihren verschlammten Straßen, den ewig nassen Füßen, den triefenden Kleidern, die dann beim Trocknen im warmen Zimmer einen so widerlichen, ätzenden Geruch ausströmten.

Die Bauern, die mit ihren hochrädrigen Karren in die Stadt kamen, sahen nicht mehr wie aus Lehm gebackene Gnome aus, wenn sie ihre Pferdchen abschirrten oder sich selbst aus den Zugleinen lösten.

Die weiße Flockendecke verzauberte die Stadt und überstäubte sie mit Puderzucker. Noch war es nicht so kalt, daß die Newa, die Moika, die Fontanka und alle die vielen Kanäle St. Petersburgs zufroren. Blau wie der Himmel darüber leuchteten sie zwischen den Palästen und Häusern hervor. Wenn man wie ein Vögelchen hätte fliegen können – welch ein Traum, ihr Lieben! – so könnte man die herrliche Stadt jetzt von oben sehen. Man würde weinen vor Seligkeit, daß es soviel Schönheit auf Erden auf einem Fleck geben kann!

Die breiten Prospekte, die Schlösser und Palais, die Wasserstraßen, die elegant geschwungenen Brücken, die Kuppeln und Türme der Kathedralen und Kirchen, die Inseln, die unendlichen Parks und endlich das schimmernde Meer – ein Gesang in allen Farben ... Es war schon eine Gnade, in diesem St. Petersburg zu leben, auch wenn man sich die Hände blutig und den Rücken krumm arbeiten mußte, so man nicht zu den Hochwohlgeborenen zählte, die auf edlen Pferden oder in blitzenden Kaleschen durch die Straßen fuhren, und die man mit einer tiefen Verbeugung und gezogener Mütze grüßen durfte.

In der Kaiserlichen Ballettschule herrschte an diesem Tag helle Aufregung. Ein Kurier vom Hofe hatte gemeldet, daß Besuch kommen würde – allerhöchster Besuch. Es sollte zwar eine Überraschung sein, aber die Hofbeamten hielten es für sicherer, vorher einige Warnungen auszugeben.

»Er will es wie Harun al Raschid machen!« sagte wichtig der Kurier. »Plötzlich dastehen und sagen: ›So habe ich mir das gedacht! Nichts ist in Ordnung!‹ Und dann bekommt ihr rote Köpfe und habt Angst um eure Position!«

»In meiner Schule ist immer alles in Ordnung!« sagte Tamara Jegorowna mit Stolz in der Stimme. »Ich leite seit neun Jahren das Kaiserliche Ballett – nicht eine Klage kam in dieser Zeit!« Sie wischte sich die Stirn ab.

Aus dem großen Übungssaal klang gedämpft Klaviermusik: französische Etüden. Das Corps V – ihm gehörten Kinder im Alter von sieben bis zehn Jahren an – übte an der langen Stange vor der Spiegelwand. Die Kommandostimme einer Lehrerin zerhackte die Töne. Die Grundpositionen! Immer und immer wieder, monatelang, jahrelang, das Einmaleins der Tänzerinnen und Tänzer, bis jeder Ton in Bewegung umgesetzt werden kann.

»Wer kommt?« fragte Tamara Jegorowna.

»Nikolai Alexandrowitsch, der Zarewitsch ...«

Tamara Jegorowna war dafür berühmt, daß es kaum etwas auf Erden gab, was sie erschüttern konnte. Als sie vor neun Jahren aus dem Kaiserlichen Opernballett ausschied und mit der Leitung der Ballettschule geehrt wurde, flog ihr der Ruf voraus, eine Frau mit Nerven zu sein.

Das war etwas Besonderes in einer Welt, wo gerade die hochgeborenen Dämchen ihre Migräne pflegten, sehr schnell in Ohnmacht fielen, mit geringfügigen, aber doch sehr attraktiven Krankheiten kokettierten und jedermann, der irgendwie mit Heilung zu tun hatte, sich goldene Nasen verdienen konnte. So wimmelte es in den Salons von Ärzten und Wundertätigen, von Scharlatanen und heilkundigen Wanderpredigern, die man Staretz nannte, von segnenden Mönchen und Heilkräuter kochenden Alchimisten, von Krankheitsbesprechern und den armen, bedauernswerten Epileptikern, die man »heilige Idioten« nannte. Warf sie ein Anfall zu Boden, wälzten sie sich mit Schaum vor dem Mund, dann umringte man sie ehrfürchtig und erwartete von ihnen eine »göttliche Strahlung«, die alle Krankheiten wegbrannte und vertrieb.

In dieser, merkwürdig von Gottesfurcht und Wunderglauben gemischten Welt stand Tamara Jegorowna verhältnismäßig normal da. Sie wurde bewundert wegen ihrer Tanzkunst und grazilen Schönheit, sie wurde von den Männern umschwärmt wie ein Honigtopf von den Bienen, und von den Damen beneidet ob ihres freien Lebenswandels.

1880 etwa, in diesem besonders heißen Sommer, hatte sie am Südende der Krestowskij-Insel nackt im Finnischen Meer gebadet! Es war ein wildes Gelände, mit hohen Farnen und dichtem Gestrüpp, undurchdringlichem Unterholz und ohne jeden Weg, aber Graf Kyrill Arkadjewitsch Plesskow war ihr heimlich zu Pferde gefolgt und hatte alles gesehen.

Was er erzählte, natürlich nur im vertrauten Kreis, und was ebenso natürlich gleich die Runde machte, war wundersam. »Sie ist die Venus, die Schaumgeborene!« schwärmte Plesskow mit verzückten Augen. »Als sie aus dem Meer stieg, wurde die Sonne heller, die Wellen glätteten sich und der Wind schwieg. Die Natur hielt einfach den

Atem an. So schön ist sie!«

Daß jemand freiwillig im Meer schwamm, war schon ungewöhnlich, daß aber eine Frau – und dann noch völlig nackt – sich von den Wellen tragen ließ, das war geradezu ungeheuerlich!

Tamaras Ruf als eine Frau ohne Nerven festigte sich immer mehr. Bei ihr gab es keine Skandale in der Oper, wie sie so gern von anderen Primaballerinen ausgelöst wurden, die an zu schwachen Nerven litten; bei ihr gab es keine Kräche oder Zusammenbrüche, keine Liebesdramen oder Duelle um ihre Gunst – sie tanzte wie eine Feder, ohne zu ermüden.

Als sie älter wurde, sagte sie ganz nüchtern: »Ich fühle, daß meine Pirouetten langsamer werden und meine Sprünge weniger hoch. Ich bin jetzt sechsundvierzig Jahre alt. Man muß aufhören können.«

Damals ernannte man sie zur Leiterin der Kaiserlichen Ballettschule von St. Petersburg, dem berühmtesten Tanzinstitut der Welt, das seine besten Tänzer in die Opernhäuser von Paris, Wien, Berlin, Dresden und London hinausschickte. Sie waren die umjubelten Botschafter eines Rußland, über das noch immer die Schleier einer geheimnisvollen, kaum begreifbaren, aber doch sehr erregenden Lebensart gebreitet waren.

Bismarcks Wort: »Laßt den Bären schlafen!« war wie ein Etikett geworden. Was dort in der unmeßbaren Weite des Ostens lebte, kam der übrigen Welt beinahe sagenhaft vor. Zwar hatten französische und italienische Baumeister und Architekten die prunkvollen Schlösser und Adelspaläste gebaut, der Geist der Französischen Revolution hatte auch in Rußland Spuren hinterlassen, wer es sich leisten konnte, ließ seine Kinder zuerst von deutschen, später von französischen Lehrern und Gouvernanten erziehen – aber es blieb doch immer ein Hauch von geheimnisvoller Unmeßbarkeit.

Ein Abglanz von Versailles kehrte in den russischen Schlössern wieder, in der feinen Gesellschaft sprach man ein mit französischen Vokabeln durchsetztes Russisch und es gehörte zur Reputation eines Mannes, der angesehen werden wollte, daß er mindestens einmal in Paris gewesen war und von den großzügigen Frauen in dieser Stadt erzählen konnte.

Aber zurück zu Tamara Jegorowna, die eine strenge Lehrerin war. Was sie einmal von sich selbst verlangt hatte, erwartete sie jetzt von ihren Schülerinnen und Schülern. »Nur der ist ein Tänzer, dem seine Seele in den Körper fließt!« pflegte sie zu sagen. »Die Arme hochwerfen kann jeder. Aber mit ausgestrecktem kleinem Finger einen Aufschrei ausstoßen, daß ihn jeder hört – das müßt ihr können! Alles andere ist reine Muskelbewegung ...«

In diesen neun Jahren, die sie nun schon die Kaiserliche Ballettschule leitete, war eine neue Generation von Tänzern herangewachsen. Tamaras feste Hand war überall spürbar. Es gab keine Liebschaften zwischen ihren jungen Mädchen und den feinen, reichen Herrchen, die aus Paris den Spruch: »Wer etwas ist, hat eine Mademoiselle vom Ballett!« mitgebracht hatten.

»Solange ihr bei mir seid«, sagte Tamara immer, »ist die Musik euer Geliebter oder eure Geliebte. Wem das nicht paßt, der kann gehen und auf den Märkten tanzen wie die zahmen Bären!«

Es gab nur Arbeit bei Tamara Jegorowna, Ströme von Schweiß und Muskelschmerzen, Erschöpfung und stille Verzweiflung, brennende Füße und jagenden Atem. Aber was war der Lohn aller Mühe? Einmal würde jedem aus dieser Schule eine Welt offenstehen ... Die Kaiserliche Oper von St. Petersburg oder das Bolschojtheater in Moskau, und von dort hinaus in die Weite, in jene Zauberländer, von denen man so viel las und so schöne Bilder sah: Frankreich, das Deutsche Kaiserreich, England, das Ewige Rom, das verschwenderische Dresden, das reiche Amsterdam, das stolze Madrid, Lissabon, das Tor zu den Weltmeeren ... Für einen russischen Tänzer gab es damals keine Grenzen ...

»Der Zarewitsch?« fragte die Jegorowna jetzt. Sie saß in ihrem Arbeitszimmer auf einem französischen Ruhebett und sah den Kurier des Hofes erstaunt an. »Ich denke, er beschäftigt sich mit dem Bau der Sibirischen Eisenbahn?«

»Wer weiß, womit sich die Kaiserlichen Hoheiten beschäftigen?« Der Kurier verneigte sich vor Tamara Jegorowna, denn sie war eine Frau, der Ehrerbietung zustand, auch wenn sie aus niederem Stande stammte, wie man sich erzählte. Ihr Vater sollte in Nowgorod eine kleine Malzmühle betrieben haben.

»Was werden Sie tun, Tamara Jegorowna?«

»Nichts!«

Das war eine knappe, klare Antwort. Der Kurier sah die Ballettmeisterin betroffen an. Das paßt zu ihr, dachte er. Wer vor dem Teufel keine Angst hat, den schreckt auch der Zarewitsch nicht.

»Das ist wenig ...«, sagte er unsicher.

»Der Unterricht wird weitergehen wie gewohnt.« Die Jegorowna erhob sich und trat an ihren Schreibtisch. Sie blätterte in Papieren und überflog kurz den Lehrplan der einzelnen Corps. »Ich wüßte nicht, warum ich etwas ändern sollte. Wann kommt Seine Kaiserliche Hoheit?«

»Um drei Uhr am Nachmittag. Also in vier Stunden. Zeit genug, um noch einiges zu ordnen, zu ändern.«

»Der Zarewitsch kommt ja wohl, um einen Ballettbetrieb zu sehen, keine Ausstellung knicksender Mädchen und strammstehender Jünglinge! Um drei Uhr sind alle Klassen beschäftigt – von der Gymnastik der Kleinen bis zur Tschaikowskyprobe der Elevinnen. Der Zarewitsch wird zufrieden sein.« Sie drehte sich mit einer Grazie zu dem Kurier, mit der sie früher im Pas de deux sich ihrem Partner zuwandte. »Sie haben Angst, nicht wahr? Warum eigentlich? Warum haben alle Angst vor den hohen Herren? Es sind doch auch nur Menschen . . .«

»Aber mit ganz besonderen Tücken!« sagte der Kurier. »Sie leben in einer anderen Welt, Tamara Jegorowna, und man läßt Sie in dieser Welt in Ruhe. Sie gehören zu den Glücklichen dieser Erde . . . Aber das Leben ist nicht nur Tanz!«

Er winkte ab, nahm seinen federgeschmückten Hut und versuchte ein trauriges Lächeln.

»Vergessen wir diese Worte, ja? Wissen Sie, daß Fürst Sassanow gestern auf der Sadowaja einen Bauern fast totgepeitscht hat, weil er mit seinem Husten das Pferd des Fürsten erschreckte? Ein kranker Mann war es, kam gerade vom Arzt, hustete sich seine Lunge aus . . . Jetzt liegt er im Spital, mit aufgeplatzter Haut, überall, und die Ärzte beschimpfen ihn noch, weil er das Pferd des Fürsten angehustet hat!« Der Kurier setzte seinen Hut auf und ging zur Tür. »Das ist nur ein kleiner Tropfen im Meer des täglichen Leids, Tamara Jegorowna.«

»Woher wissen Sie das?« fragte sie mit veränderter, gespannter Stimme.

»Ich stand in der Nähe.« Der Kurier drückte die Türklinke herunter. »Beide hatten sie Schaum vor dem Mund, als sie an mir vorbeiritten, das Pferd und der Fürst. Und ich machte es wie alle anderen: Ich zog den Hut und verneigte mich tief. Der Zarewitsch ist nicht so. Nikolai Alexandrowitsch gilt als ein friedlicher Mensch . . .«

Bis nach dem Mittagessen wartete Tamara Jegorowna mit der großen Nachricht. Aber auch dann sagte sie nur leichthin, von Klasse zu Klasse gehend: »Um drei Uhr bekommen wir Besuch. Der Zarewitsch. Kein Grund zur Aufregung, Kinder! Er wird sich über euch freuen.«

Zu dem Corps der Elevinnen sagte sie: »Ihr werdet dem

Zarewitsch Delibes vortanzen, Coppelia! Das haben wir oft genug studiert. Macht euch bereit. Alle erscheinen im Tutu. Wir tanzen vorher noch das zweite Bild. Im großen Saal . . .«

Die Mädchen nickten. Ihre Augen bekamen einen Anflug von Angst; der Zarewitsch kommt! Wieso der Zarewitsch? Man kannte ihn kaum in St. Petersburg, er zeigte sich dem Volk fast nie, selbst am Hof war er nur selten zu sehen. Ein scheuer junger Mann sollte er sein, der lieber draußen in Zarskoje Selo wohnte, im Alexanderpalast, umgeben von weiten Gärten und Seen, wo er viel las und sich um das größte Projekt der Welt, die Sibirische Eisenbahn, kümmerte.

Und plötzlich kommt er nach Petersburg und inspiziert das Kaiserliche Ballett? Was hat das zu bedeuten? Will er sich jetzt um die russische Kunst kümmern – aus purer Langeweile?

Tamara Jegorowna spürte die stummen Fragen. »Es wird ein einmaliger Besuch sein«, sagte sie beruhigend. »Eine Laune, was sonst? Tanzt wie immer, meine Kinder! Ihr tanzt nicht für den hohen Herrn, sondern für das Göttliche in der Kunst!«

Sie klatschte in die Hände. Das war das Zeichen, daß es ab jetzt kein eigenes Leben mehr gab, sondern nur noch die Welt aus Tönen und Bewegung. »In einer Viertelstunde fangen wir an!«

Die Mädchen liefen aus dem kleinen Übungssaal, als habe man sie hinausgetrieben. Umziehen, das Tutu, den kurzen Spitzentanzrock, überstreifen, die Spitzenschuhe anschnallen, ein wenig Schminke ins Gesicht, schließlich kam ja der Zarewitsch . . . wie schnell ist eine Viertelstunde vorbei! Unpünktlichkeit war etwas, was selbst eine Tamara Jegorowna aus der Ruhe brachte.

»Das Fundament der Kunst ist Disziplin!« lehrte sie. »Wer sie nicht kennt, wird ewig schwanken und eines Tages zusammenbrechen!«

Die Stimme der Ballettmeisterin übertönte das Schnattern der weglaufenden Mädchen. »Matilda!« rief sie. »Du bleibst hier . . .«

Ein Mädchen in einem schwarzen Baumwolltrikot, mit dicken Wollstrümpfen an den Waden, blieb in der Tür stehen und wartete, bis alle den Raum verlassen hatten. Ihre langen schwarzen Haare hatte sie mit einem breiten roten Band im Nacken zusammengehalten und verknotet.

Matilda war ein mittelgroßes schlankes Mädchen mit langen Beinen, mit schmalen Hüften und einer festen Brust, die sich durch das Trikot drückte. Ihr Gesicht fiel sofort auf; es besaß das Oval eines Engels, wie Botticelli sie einmal malte, aber dieses Ebenmaß wurde aufgehoben durch die deutlich sich hervorhebenden Wangenknochen und vor allem durch die Augen, die etwas schräg standen. Sie vermittelten einen Hauch von asiatischer Weite, und waren von einem rätselhaften Graubraun, das sich bei bestimmten Anlässen bis in die Nähe von Schwarz verändern konnte.

Matilda machte, wie es sich vor der strengen Meisterin gehörte, wenn man von ihr angesprochen wurde, einen Knicks und wartete stumm an der Tür.

»Komm her«, sagte Tamara. Ihre Stimme klang mütterlich. Es war kein Befehl.

Das Mädchen trat näher mit diesem eigenartigen schwerelosen Gang der Tänzerinnen, einen Fuß vor den anderen setzend, als sei ihr Körper nur noch ganz Tanz. Es war ein lautloses Dahingleiten, wobei sich die Beinmuskeln deutlich spannten.

Vor Tamara blieb sie stehen und sah sie aus ihren rätselhaften Augen abwartend an.

»Du wirst heute deine Vorpremiere haben«, sagte die Jegorowna milde. »Ich werde dich dem Großfürsten vorstellen. Bilde dir nichts darauf ein, es ist nur notwendig, weil du Weihnachten in der Oper zum erstenmal ein Solo tanzen sollst. Du weißt, daß du noch viele Schwächen hast?«

»Ich weiß es, Mama«, erwiderte das Mädchen demütig. Alle nannten hier Tamara nur »Mama«. Sie waren ihre Kinder, und was sie später im Leben einmal werden sollten, verdankten sie nur ihr. »Der jeté passé macht mir noch Schwierigkeiten.«

»Nicht nur der! Sei nicht so eingebildet, Matilda! Komm mit, wir üben bis drei Uhr noch einmal alle Sprünge durch. Der Zarewitsch soll sehen, welch ein Zauber die menschliche Bewegung sein kann.«

So geschah es, daß im großen Saal das Corps de ballet das zweite Bild aus Coppelia tanzte, begleitet von einem kleinen, griesgrämigen Pianisten, der unlustig auf die Tasten schlug. Er ärgerte sich darüber, daß er für ein paar Kopeken Sonderlohn noch zwei Stunden Übungsmusik spielen mußte, während nachher, wenn der Zarewitsch kam, der französische Pianist Pierre Lacombe spielen durfte, dieser eingebildete Fatzke, der überall erzählte, er habe sein Klavierspiel bei Liszt gelernt. Was natürlich gelogen war.

Getrennt vom Corps, in einer Ecke vor einem Doppelspiegel, drehte und sprang Matilda nach den Kommandos von Tamara Jegorowna eine schwierige Figur nach der anderen. Ein Körper, der nur noch aus schnellenden Muskeln bestand ...

»Und noch einmal!« kommandierte die Meisterin und klatschte in die Hände. »Sing die Melodie leise mit, Matilda! Cambré ... und passé ... und fouetté ... und révoltade ... Viel zu schwerfällig! Eine Feder mußt du sein, der Hauch eines Windes muß dich hochheben! Und noch einmal: Jeté passé ... grand jeté en tournant ... und jetzt sissonne ... und noch einmal soubresaut ... hopp! ... Und jetzt die capriole ... Halt!«

Schwer atmend stand Matilda an der Spiegelwand. Über ihr Gesicht floß Schweiß, die Waden zitterten, die schmalen Oberschenkel bebten.

Im großen Saal tanzte das Corps unter den wachen Augen von zwei Assistenten. Matilda hörte die Klaviermusik nicht mehr, sie hörte nur noch die Kommandos der Jegorowna und die innere Melodie, nach der sie ihre Sprünge und Drehungen richtete. Ihre Lungen blähten sich, das Herz hämmerte. Aber das war nur einen Augenblick lang so. Ihr Körper, an diese Strapazen gewöhnt, jahrelang darauf trainiert, keine Schwächen zu kennen, solange man ihm befahl, zu tanzen, beruhigte sich nach diesen Exerzitien rasch, nur die Lippen zuckten noch leicht.

»Das war alles recht gut!« sagte Tamara Jegorowna. »Es wird den Zarewitsch erfreuen. Nur die capriole ist noch etwas flach. Waagerecht müssen die Beine in der Luft schweben, waagerecht, Matilda! Geh, wasch dich jetzt und zieh dich um. In zwanzig Minuten kommt der Zarewitsch. Du kannst dich noch etwas ausruhen ...«

»Ich werde noch die capriole üben, Mama«, antwortete Matilda. »Ich weiß, daß sie noch nicht vollkommen ist. Aber ich schaffe sie noch ...«

Sie knickste wieder, drehte sich um und lief aus dem Saal.

Die Jegorowna blickte ihr stumm nach. Sie schafft es, dachte sie, wenn nicht sie, wer dann sonst? Sie ist die größte Begabung, die in den letzten zwanzig Jahren auf diesem Parkett probiert hat. Einmal wird die ganze Welt von ihr sprechen ... Ihr Name wird gleichbedeutend sein mit dem Begriff »Schönheit des Tanzes«.

Matilda Felixowna Bondarew ... Es wird bald kein Land der Erde mehr geben, wo man diesen Namen nicht kennt. Noch ahnt sie es nicht, noch muß sie exerzieren wie ein Strafsoldat; aber sie wird eine Ahnung von dem, was sie einmal erwartet, bekommen, wenn sie zu Weihnachten zum erstenmal das Solo in der Königlichen Oper tanzt. Aber das wird sie nicht übermütig oder gar hochmütig machen. Es wird nur ihren Ehrgeiz reizen, es wird sie zu jenen Höhen tragen, für die sie geboren ist. Matilda wird immer bescheiden bleiben, immer in Demut vor ihrem Können – denn ihr ganzes Leben ist Tanz! Sie ist eine Besessene – sie weiß es nur noch nicht.

Tamara Jegorowna wandte sich dem Corps zu und unterbrach das Klavierspiel des mürrischen Pianisten.

»Schluß! Macht euch frisch, Kinder! Gleich kommt der Zarewitsch. Und keine Angst – er kann nicht so gut wie ihr tanzen . . .«

Wie ein Schwarm girrender Tauben flatterten die Elevinnen aus dem Saal. Durch eine andere Tür schritt würdevoll, in einem frackähnlichen Anzug, der Pianist Pierre Lacombe.

»Madame«, sagte er artig und verschwendete keinen Blick auf den kleinen Mann, der den Flügel räumte und seine Noten zusammensuchte. »Sie haben mich gerufen. Es ist mir eine Ehre, aufspielen zu dürfen. Seine Kaiserliche Hoheit schätzen mich. Ich habe schon vor ihm gespielt mit italienischen Capricen – heute soll es Coppelia sein?«

»Setzen Sie sich und üben Sie!« antwortete die Jegorowna hart. »Es wäre mir peinlich, wenn Sie die einzige schwache Stelle in unserer Vorführung wären!«

Lacombe zuckte wie getreten zusammen, aber er enthielt sich jeder Gegenrede. Es war sinnlos, gegen die Jegorowna anzugehen. Man hatte keine Chance. Er neigte nur stumm den Kopf, als sie an ihm vorbeischritt und hinter sich die Tür zuknallen ließ.

Die Ankunft des Großfürsten Nikolai Alexandrowitsch meldete einer der Lakaien. Pünktlich um drei Uhr hielt vor dem Gebäude der Ballettschule die mit goldenen Schnitzereien und dem Zarenwappen verzierte Kalesche. Zwölf Gardereiter umringten sie, die Kutschlakaien rissen den Schlag auf, und als erster stieg ein Wesen aus, das man nur mit Schaudern betrachten konnte.

Auf einem schmächtigen winzigen Körper, der von spinnenartigen Beinchen getragen wurde, balancierte ein riesiger Kopf. Der Mund war breit, die Nase lang und fleischig – allein die Augen hatten etwas Menschliches. Die Blicke taxierten die Umwelt ab.

Dieses aus der Form geratene Lebewesen trug eine Art orientalischer Uniform, ein Phantasiekostüm mit vielen kleinen Glocken an goldenen Litzen, die bei jedem Schritt ein harmonisches Klingeln ertönen ließen. Auf dem gewaltigen Kopf trug das Wesen einen roten Turban, in dem man über der Stirn einen runden Spiegel angebracht hatte.

Wer den abscheulichen Zwerg ansah, blickte gleichzeitig sein eigenes Bild an und wurde so daran gemahnt, daß der Mensch die merkwürdigsten Formen annehmen konnte.

Tamara Jegorowna, die am Portal wartete, neben sich den obersten Verwalter der Ballettschule und einige Beamte aus der Administration, zog hörbar die Luft durch die geblähten Nasenflügel.

»Mein Gott, das ist doch nicht der Zarewitsch!« flüsterte neben ihr der Verwalter mit heiserer Stimme. »Reißen Sie sich zusammen, Tamara Jegorowna, das ist der Leibnarr des Zarewitsch! Der Zwerg und Idiot Urasalin. Wie konnten Sie denken, daß so der Thronfolger aussieht . . .«

Nachdem der Zwerg sich umgesehen hatte und ein Leutnant der Garde abgestiegen und zur Begleitung bereit war, erschien Nikolai Alexandrowitsch. Er stieg aus der Kalesche in der einfachen Uniform eines Hauptmanns, ein feingliedriger, fast zarter Mann mit verträumten Augen, einem gestutzten Bart und einem melancholischen Gesicht von geradezu unmännlicher Schönheit. Bisher kannte man ihn – auch die Jegorowna – nur von Bildern und Fotos. Die Maler und Zeichner glorifizierten ihn ausnahmslos als einen Heldentyp; die Fotos zeigten ihn bei Paraden, wo er kerzengerade auf seinem Rappen saß, von Orden, Epauletten und Pelzen verbrämt, ein wahrer Thronfolger, auf den Rußland stolz sein konnte.

So mußte er auch sein, denn sein Vater, Zar Alexander III., war ein Bär von Mann, ein robuster Bursche mit den Muskeln eines Holzfällers.

Nun sah ihn die Jegorowna in seiner wirklichen Zartheit, der Blick seiner ständig traurigen Augen traf sie, und sie sank in die Knie mit einem tiefen Hofknicks, wie sie es so oft als Ballerina getan hatte, wenn ein Mitglied des Zarenhauses zu ihr auf die Bühne gekommen war, um ihr seine Bewunderung auszusprechen.

Nikolai blieb stehen, beugte sich vor und richtete Tamara an den Schultern auf. »Ich freue mich, Madame, das Kaiserliche Ballett besichtigen zu dürfen«, sagte er. Seine Stimme war angenehm und von warmem Klang, sie paßte zu seinen Augen und seinem ganzen Wesen. Es war die Stimme eines Schöngeistes, nicht eines Mannes, der einmal das größte Kaiserreich der Welt erben sollte. »Ich habe Sie vor zwölf Jahren tanzen sehen. Madame. Damals war ich dreizehn Jahre alt. Daß ich mich daran erinnere, mag Ihnen zeigen, wie sehr Sie mich beeindruckt haben . . .«

Nun rissen Lakaien die weißen Türen der Ballettschule auf und der Zarewitsch betrat das Gebäude. Sofort sperrten Gardereiter den Eingang ab, Polizisten vertrieben Neugierige aus der Nähe des Gebäudes.

Die Furcht vor einem Attentat war überall spürbar, nachdem sich im Volk extreme Gruppen gebildet hatten, die den Zaren als Blutsauger beschimpften und von einer Revolution der Massen träumten. Monat für Monat zogen lange Kolonnen von Verurteilten in die sibirische Unendlichkeit, in eine Verbannung, aus der es selten eine Rückkehr gab.

Tamara Jegorowna ging voran und führte den Zarewitsch von Raum zu Raum. Zu den Kleinsten, die noch nicht schreiben oder lesen konnten, aber ein battement oder ein développé croisé derrière beherrschten; Kinder mit dem Ernst von Erwachsenen, die an der Stange ihren Körper weich machten und vor dem Spiegel ihre Attitude übten.

Dann kamen die mittleren Klassen an die Reihe, die Fortgeschrittenen, die einige Schritt- und Sprungkombinationen zeigten und danach ihren Unterricht fortsetzten, wie es Tamara Jegorowna angeordnet hatte.

»Und nun, Kaiserliche Hoheit, die Elevinnen und die Meisterklasse«, sagte sie, nachdem die Lakaien die großen weißen Türen des Hauptübungssaales aufgestoßen hatten.

Nikolai betrat den Saal etwas scheu und mit zögerndem Schritt. An der hinteren Wand des Saales stand das Corps, die Mädchen in ihren Tutus, die Männer in Trikots. Wie auf ein Kommando senkte sich wogend die Wolke aus Spitzen zu einem tiefen Knicks, die Männer neigten den Kopf, am Flügel verbeugte sich Pierre Lacombe so tief, daß man befürchtete, er verliere das Übergewicht und falle gleich nach vorn auf das spiegelnde Parkett. Diener brachten einige Brokatsessel heran, stellten sie auf und verschwanden lautlos. Die Türen schlossen sich. Sie waren allein ... der Zarewitsch, Tamara Jegorowna, ein junger Gardeleutnant und der Zwerg.

Nikolai sah sich um. Er erblickte sich in der großen Spiegelwand, was ihn irritierte. Verstohlen zupfte er an seinem Uniformrock, trommelte mit den Fingern auf seine Uniform und wartete auf eine Regung.

Aber nichts geschah. Die Mädchen verharrten mit gesenktem Blick in dem tiefen Knicks und die Männer wagten nicht, den Kopf zu heben, bis der Zarewitsch das erste Wort gesprochen hatte.

Was sage ich nur? dachte Nikolai Alexandrowitsch. Ich begrüße Sie, Demoiselles und Messieurs? Ist das zu vertraut? Oder winke ich nur? Sage ich: Ich bin mit großen Erwartungen hierhergekommen; was wollen Sie mir zeigen? Oder setze ich mich einfach und nicke Madame Jegorowna zu?

In diesem Moment des Zögerns fing er im Spiegel einen Blick auf. Ein Mädchen in der ersten Reihe des Corps hatte den Kopf etwas erhoben und ihn mit großen, tiefbraunen glänzenden Augen angesehen. Sie war die einzige, die es wagte ... Im tiefen Knicks verharrend, in demutvollster Haltung, war sie so kühn, den Kopf etwas in den Nacken zu legen und ihr halbes Gesicht zu zeigen. Ihre verzogene Stirn verriet die Anstrengung, die es ihr bereitete, aus diesem Blickwinkel heraus ihn anzusehen ...

Es war ein Blick, der Nikolai noch mehr verwirrte. Sein altes Leiden, seine Schüchternheit, ergriff ihn wieder. Er wandte sich sofort vom Spiegel und dem Blick des Mädchens ab, ärgerte sich über seine Verlegenheit und setzte sich ziemlich laut, mit den Stiefeln scharrend, in den Brokatsessel. Der junge Leutnant und der schreckliche Zwerg stellten sich hinter ihn.

Tamara Jegorowna klatschte in die Hände wie immer. Es war ein Laut, der Nikolai zusammenfahren ließ, als habe man neben ihm ein Schrapnell abgeschossen. Das Corps de ballet richtete sich auf. Pierre Lacombe am Flügel spreizte die Finger wie ein großer Virtuose. Man hörte fast das Knacken seiner Fingerknochen ...

»Wenn Kaiserliche Hoheit erlauben, werden wir das zweite Bild aus Coppelia tanzen«, sagte die Jegorowna unbefangen. »Eure Kaiserliche Hoheit werden mit dem Stand der Ausbildung sicherlich zufrieden sein.«

»Bestimmt!« antwortete Nikolai knapp. »Ich bin gespannt ...«

Pierre Lacombe griff in die Tasten. So widerlich eingebildet er auch war, spielen konnte er prächtig, das mußte man ihm lassen. Aus dem Flügel klang es wie ein ganzes Orchester.

Das Corps de ballet nahm Aufstellung.

Nikolai Alexandrowitsch lehnte sich zurück. Sein Blick suchte die kleine Tänzerin, die ihn angesehen hatte. Sie stand abseits, in sich versunken, bereit für ihre Soli.

Sie ist hübsch, dachte der Zarewitsch. Sie ist wunderschön! So müssen Elfen aussehen . . .

Und Matilda dachte: Wie schüchtern er ist! Wie samtweich seine Augen sind! Wie verträumt sein Blick . . . Er ist viel schöner als auf allen Bildern. Und ich darf für ihn tanzen . . .

Es war ein Glücksgefühl in ihr, das sie noch vor ihren ersten Schritten ganz schwerelos werden ließ.

II

Im Winterpalais, das Zar Alexander III. nur selten besuchte, weil er lieber im Anitschkowpalast am Ufer der Fontanka wohnte, wo er als Thronfolger so glücklich gewesen war, trafen sich heute in seinem mit Gemälden vollgestopften Arbeitszimmer die engsten Vertrauten mit dem Zaren. Er verurteilte den übermäßigen Prunk seiner Vorväter und nannte das Nachäffen von Versailles eine Torheit.

Sein Bruder Nikolai Nikolajewitsch war gekommen, dieser lange, hagere Mensch, den man den längsten Bohnenstock Rußlands nannte und der die schönste Frau Rußlands besaß, Großfürstin Stana. Jeder Mann beneidete ihn um sie, was Nikolai Nikolajewitsch nicht verstand. Jeder sah nur ihre Schönheit, aber kaum jemand wußte, daß sie Mystik und dumme Zauberei mehr liebte als die eheliche Tätigkeit ihres Mannes.

In den Salons drängten sich die Wunderheiler und fahrenden Mönche, die Wahrsager und die Quacksalber, die Medikamente aus China und Tibet verkauften und es tatsächlich fertigbrachten, zwei kranke Hunde der Großfürstin zu heilen.

Nikolai Nikolajewitsch resignierte nach einigen wilden Jahren mit Stana und verheiratete sich mit dem Militär. Die Armee wurde sein Lebensinhalt; der große Krieg, der Rußland zum Herrscher der Welt machen sollte, sein Lebenstraum.

Zugegen waren auch: Konstantin Petrowitsch Pobedonoszew, Senator und Staatsratsmitglied, Synodaloberprokuror und damit Höchster im kirchlichen Amt; sowie Redakteur Michail Nikiforowitsch Katkow, der zwar kein staatliches Amt bekleidete, aber mächtiger war als jeder Minister: Er war der Freund des Zaren.

Seit 1882 leitete er die Erziehung des Zarewitsch, Pobedonoszew dagegen war später hinzugekommen und hatte das Vertrauen des Thronfolgers erworben, weil er so gut über Mensch und Gott, die Philosophie und den Staat diskutieren konnte. In den Händen dieser beiden Männer lag die Ausbildung des Zarewitsch auch heute noch. Sie waren die wenigen Auserwählten, mit denen Nikolai Alexandrowitsch stundenlang im Anitschkowpalast oder im Alexanderpalast von Zarskoje Selo zusammensitzen konnte.

Diener – ausnahmslos kleine Mohren in Pluderhosen, Seidenjacken und dicken Turbanen – servierten Tee und Schmalzgebäck, für den Großfürsten Nikolai Nikolajewitsch den geliebten französischen Cognac. Dann schlossen sich die Türen.

»Ich will nur gestört werden, wenn die Welt untergeht!« befahl der Zar.

Die vier Herren tranken ihren Tee, knabberten an dem Gebäck, Großfürst Nikolai kaute genußvoll seinen angewärmten Cognac. Dabei schwiegen sie aus Gewohnheit, denn der Zar würde das Gespräch eröffnen.

»Ich mache mir Sorgen um den Zarewitsch!« sagte er dann auch, als sich Großfürst Nikolai eine Zigarette anzündete. »Er ist jetzt fünfundzwanzig Jahre alt! Gott steh mir bei ... Was war ich in diesem Alter für ein Kerl! Aber er? Besuche ich ihn in seinem Büro der Sibirischen Bahn, so sitzt er da, umgeben von Plänen, und liest mit roten Backen Voltaire! Was soll das werden?«

Der Zar sah seinen Bruder Nikolai forschend an. Er war der einzige in diesem Kreis, der sich weltmännisch über gewisse Sitten hinwegsetzte. Wenn Zar Alexander III. vielleicht der einzige Herrscher Rußlands war, der nie eine Mätresse besessen hatte, der nie der Zarin untreu geworden war und Züchtigkeit für eine der edelsten menschlichen Tugenden hielt, so war bekannt, daß der Großfürst seine Liebschaften kaum noch zählen konnte. Man munkelte sogar, seine dürre Länge käme nur davon, daß er jedes Gramm Fett in Energie für die Liebe umsetzte.

»Hat mein Sohn eine Geliebte?« fragte Alexander III.

»Wie sollte er?« Nikolai Nikolajewitsch grinste. Sein bartüberwuchertes Gesicht drückte breiten Spott aus. »Er wird rot, wenn ihn ein Mädchen ansieht. Genug Hofdamen gäbe es, die sofort die Röcke rafften, aber er sieht sie gar nicht an . . .«

»Wir müssen ihn verloben!« Der Zar wandte sich an Katkow: »Michail Nikiforowitsch, es müßte eine energische Frau sein. Eine Frau mit Ehrgeiz! Gott im Himmel, wenn ich daran denke, wie viele große Frauen Rußland hervorgebracht hat! Haben Sie Vorschläge?«

»Ich habe mich noch nicht damit befaßt.« Katkow schielte zu Pobedonoszew hinüber.

Der einflußreiche Mann und oberste Kirchenbeamte rührte in seiner Teetasse und wölbte die Unterlippe vor. Ihm war das Problem des Zaren nicht neu, wie keinem in dieser Runde: Der Zarewitsch war zu weich, um einmal dieses Riesenreich zu regieren. Zwar dachte er wie sein Vater – Vorherrschaft des absoluten Zarentums, Unangreifbarkeit des von Gott geschickten Herrschers –, aber in kritischen Situationen, so fürchtete man, würde er zögern, nach Rat suchen und so lange nach Lösungen tasten, bis ein Durchsetzen seines Willens nur noch mit Blut möglich war. Darauf aber warteten die geheimen extremen Gruppen, die von Revolution und Volksherrschaft träumten. Die Anarchie stärkte sich im Verborgenen. Der Zarewitsch würde nicht der Zar werden, der sie zerschlagen konnte.

»Sag etwas!« drängte der Zar. »Konstantin Petrowitsch, ich schlafe vor Sorge kaum noch! Gespräche mit meinem Sohn enden immer so, daß ich denke, er hört mich gar nicht, sondern lauscht einer für mich unhörbaren Musik!«

»Wir müssen Geduld haben«, antwortete Pobedonoszew und trank seinen Tee aus. »Der Zarewitsch hat gute Anlagen.«

»Sie sollen endlich zum Durchbruch kommen!« rief der Zar. »Manchmal möchte ich es machen wie unsere Vorfahren. Die schickten ihre Söhne auf die Bärenjagd – nur mit einem Spieß! Aber daraus wurden Männer!«

»Das Komitee zum Bau der Sibirischen Eisenbahn leitet der Zarewitsch aber sehr gut«, sagte Katkow besänftigend. »Er ist überall beliebt.«

»Das ist es!« Der Zar ballte die Faust und legte sie auf den Tisch. »Man soll den Zaren nicht lieben – man soll ihn fürchten! Das russische Volk verträgt kein Streicheln, es erkennt nur die Stärke an! Das lehrt uns die Geschichte! Rußland hat die Jahrhunderte nur überlebt, weil es zum ersten dulden, dann im rechten Augenblick opfern und drittens – zur richtigen Zeit zuschlagen kann! Es ist ein Volk, grandios wie die Natur, in der es lebt. Für ein solches Volk muß ich einen guten Sohn haben! Meine lieben Freunde, helft mir aus Nikolai, den sie schon verweichlicht ›Niki‹ nennen, einen großen Nikolaus zu machen. Noch ist es Zeit . . . Er ist erst fünfundzwanzig!«

Der Zar wartete, bis Großfürst Nikolai seinen dritten Cognac getrunken hatte und fügte dann hinzu: »Er muß eine gute Frau bekommen! Eine tapfere Frau. Eine kluge Frau. Wir sollten uns darum kümmern, Nikolai Nikolajewitsch.«

»Es gibt Töchter genug!« Der Großfürst lachte glucksend. »Aber seine Schüchternheit wird ihnen nicht gefallen . . .«

»Dann muß er endlich lernen, was er Rußland schuldig ist!« Alexander III. erhob sich abrupt. »Soll Nikolai der letzte Romanow sein?«

Er ahnte nicht, welch eine grausame Prophezeiung er damit aussprach ...

Das zweite Bild aus »Coppelia« war beendet.

Das Corps de ballet zog sich wieder an die Wand zurück. Pierre Lacombe schwitzte wie ein Ackergaul, aber er wagte es nicht, sich mit einem Tuch das Gesicht abzuwischen.

Der Zarewitsch richtete sich auf. Er klatschte ein paarmal in die Hände, hörte aber schnell damit auf, als schäme er sich, Gefühlsregungen gezeigt zu haben.

»Sehr schön –«, murmelte er. »Wirklich sehr schön, Madame. Es war ein Erlebnis.«

»Darf ich Kaiserliche Hoheit die Solisten vorstellen?« fragte die Jegorowna. Auch sie war glücklich. Sie hatte bisher geglaubt, Matilda genau zu kennen, jede ihrer Bewegungen, jeden Schritt, jeden Sprung –, es war ein Irrtum gewesen. Heute hatte eine andere Matilda getanzt, ein völlig fremdes Wesen, außerirdisch in ihrer Grazie, in ihrer Schwerelosigkeit, in jeder Geste von Gliedern und Körper. Sie hatte, wie der Zarewitsch, atemlos auf sie gestarrt und wäre bald umgekommen vor Herzklopfen.

Nun löste sich alles, Glück überströmte sie. Wie eine Mutter war sie, die jeden dieser Tänzer liebte.

Nikolai winkte. Er schlug die Beine übereinander und nickte gnädig, als Tamara Jegorowna die Solisten vorstellte:

Die blonde, kleine Tonja, die vor Erregung zitterte.

Die große, schlanke, braunhäutige Vera aus Kasan, die vor dem Zarewitsch hinfloß wie der sterbende Schwan.

Borja, der muskulöse Bursche aus den Wäldern von Smolensk.

Jegor, der Halbasiate, der wie kein anderer den Sprung mit Drehung, den grand jeté en tournant, beherrschte.

Tichon, der finster blickende Sohn eines Jägers aus der Taiga, der von den Luchsen die Geschmeidigkeit gelernt zu haben schien.

Elisawetha, die rothaarige Schönheit, die nie eine Ballerina werden würde, weil sie, aus der Zucht der Jegorowna entlassen, mit allen Männern ins Bett gehen und später einen reichen Kaufmann heiraten würde.

Der Zarewitsch nickte und lobte, aber sein Blick suchte heimlich nach dem Mädchen, das die großen Solopartien getanzt hatte. Matilda stand am großen Spiegel und ordnete ihr Tutu.

»Und nun, Kaiserliche Hoheit –«, sagte die Jegorowna, »möchte ich Ihnen den Stern unserer Ballettschule vorstellen. Bei der Weihnachtspremiere in der Kaiserlichen Hofoper wird sie ihr Debüt haben. Matilda Felixowna . . .«

Und da geschah etwas Außergewöhnliches.

Der Zarewitsch Nikolai Alexandrowitsch erhob sich aus seinem Sessel und kam Matilda drei Schritte entgegen. Als sie vor ihm niederknickste, beugte er sich zu ihr hinab und zog ihre Hand hoch.

»Mademoiselle . . .« Seine Stimme war leise und klang gehemmt, aber sie war trotzdem warm wie ein Sommerhauch. »Darf ich Gast bei Ihrer Premiere sein?«

Eine Antwort gab es nicht. Das gesenkte Gesicht Matildas bewahrte den Sturm, der in ihr ausgebrochen war, und zeigte ihn nicht. Die Beine, in der klassischen Position, zitterten in den Muskeln. Ihr Stand wurde unsicher. Sie nickte stumm.

Sie spürte seine Hand, die ihre Hand hielt, wie ein heißes Eisen, dessen Glut ihren Körper durchströmte. Eine Glut, die alles wegbrannte und nichts mehr übrigließ als ein Gefühl größter Einsamkeit, in der sie eine wilde Musik umrauschte. Wenn er mich losläßt, falle ich zusammen, dachte sie, bin ich Asche. Warum hat er mich angefaßt? Der kommende Zar hält meine Hand . . . Die Hand der armen Matilda Felixowna Bondarew, die keinen Vater hat, weil die Mutter Rosalia Antonowna nie herausbringen konnte, wer von den Bauernburschen, die mit ihr geschlafen hatten, nun der Vater war . . .

»Ich werde kommen«, sagte der Zarewitsch leise. »Mademoiselle Matilda, ich werde Mühe haben, auf diesen Abend zu warten . . .«

Er hob ihre Hand, beugte sich darüber und küßte sie.

Von Matilda fiel alles Irdische ab. Sie spürte die Lippen Nikolai Alexandrowitschs auf ihrem Handrücken, und als sie voll begriff, daß der Zarewitsch ihre Hand küßte, fiel sie um und entschwebte in die Unendlichkeit.

Der künftige Zar, der Leutnant der Garde und Tamara Jegorowna fingen die Ohnmächtige auf und trugen sie zu einem Sessel. Pierre Lacombe eilte vom Flügel herbei, ein Riechfläschchen in der Hand. So etwas trug er immer bei sich, schon, um sich vom Geruch des Pöbels auf der Straße zu befreien.

Matilda hing in dem breiten Sessel, sehr bleich, sehr schön und weit weg von dieser Welt.

Der Zarewitsch hielt ihr das Fläschchen unter die Nase und streichelte mit einer Zartheit, die erstaunte, ihre Wangen.

»Verzeihen Sie, Kaiserliche Hoheit!« stammelte Tamara Jegorowna. »Wie dumm! Wie dumm! Das ist das erstemal. Ich weiß nicht, wie ihr so etwas zustoßen konnte . . .«

Im Hintergrund, an der Wand, zupfte der Zwerg Urasalin am Uniformrock des jungen Leutnants der Garde. »Brüderchen«, flüsterte er. Im Gegensatz zu seinem abscheulichen Körper hatte er eine normale, leicht singende Stimme. »Gefällt sie dir?«

»Was hat das zu bedeuten?« antwortete der Leutnant steif.

»Kümmere dich um sie, Brüderchen. Nikolai Alexandrowitsch macht mir Sorge. Ich kann in seinen Augen wie in einem Buch lesen. Und gerade eben hat er hineingeschrieben: Ich liebe sie! – Das darf nicht sein, Brüderchen. Nikolai Alexandrowitsch ist Rußland . . .«

III

Die Gegend um den Heuplatz – Sennaja Ploschtschad – und die angrenzenden Gassen und Straßen galten als die finsterste und gefürchtetste Gegend St. Petersburgs. Hier, in den verwinkelten Gäßchen, die mehr Höhlengängen glichen, in den verschachtelten Häusern mit ihren Hinterhöfen, auf den überdeckten Märkten und Trödlerständen, wimmelte es von Einarmigen und Holzbeinigen, Einäugigen und Narbengesichtern. Den wenigsten war ein solches Leiden angeboren, meistens handelte es sich um Andenken an wilde Schlägereien, Räubereien, Abenteuerfahrten in die unbekannte Wildnis Sibiriens oder um Rückstände nicht ausgeheilter Krankheiten. Woher auch das Geld für einen Arzt nehmen?

Irgendwann war man geboren worden, in einem schmutzigen Bett mit einem Strohsack, irgendwie war man aufgewachsen zwischen stinkendem, faulendem Unrat, Ratten, streunenden Katzen, Bergen von Abfällen und Kot, hatte sich durchgeschlagen mit niedrigster Arbeit, Diebstahl, Betrügereien und Bettelei und war zu dem geworden, was man nun war – ein Leben lang: Abschaum der Menschheit, der dahinvegetierte und wie die wilden Hunde von dem Abfall der besser gesegneten Menschen lebte.

Hier, in diesem Stadtviertel der »Toten Seelen«, der Nachtasyle und der nächtlichen Morde, der Hurenhäuser und Spielkneipen, der Hehlerverstecke und der Diebeszentralen hatte vor Jahren der berühmte russische Dichter Feodor Michailowitsch Dostojewski seinen gewaltigen Roman

»Schuld und Sühne« geschrieben. Hier, in der Stoliarnystraße hatte er gelebt und seinen Romanhelden Rodin Raskolnikow im Hause Nummer 14 wohnen lassen. Und hier, in der engen Gasse Krasnogary, nahe dem Judenviertel von Zabalkanski, in der ersten Etage über dem stinkenden Trödlerladen des ehrenwerten Tichon Benjaminowitsch Minajew wohnte – von allen gefürchtet – Rosalia Antonowna Bondarewa.

Wirklich, sie war gefürchtet: Eine Marktfrau war sie, die auf dem überdeckten Markt von Sennaja Ploschtschad hinter einem kleinen Gemüsestand hockte und sich auf Gurken, Zwiebeln und Rüben spezialisiert hatte. Sie war groß und breithüftig, mit einem Riesenbusen und krausem blondem Haar, das jetzt deutlich ins Weiß schimmerte. Wenn sie so auf ihrem Holzhocker dasaß, die Beine gespreizt, unter der Schürze drei lange Röcke und eine Wolljacke, ganz gleich, ob es klirrender Frost oder brütende Hitze war, das Kopftuch weit in den Nacken geschoben und die roten Hände auf die Schenkel gestützt, dann wußte jeder, der an ihren Stand trat, daß man vorsichtig sein mußte.

Ein paarmal hatte es Streit gegeben, aber nur in den ersten Jahren. Ein pockennarbiger Mensch, den man Piotr, den Stecher, nannte, vollführte einmal mit einer ihrer wirklich schönen großen Gurken unflätige Gebärden. Mit einem Holzknüppel schlug ihn Rosalia so zu Boden, daß man ihn wegtragen mußte und Piotr vier Wochen mit einem Kopfverband und starken Gleichgewichtsstörungen umherwankte.

Auch einen Überfall auf ihre Tageskasse überlebte sie triumphal. Drei junge Burschen lauerten ihr auf, als sie nach Hause ging und griffen sie von drei Seiten an. Hätten sie es doch nie getan! Der erste lief in ihre Faust, in der eine geradezu rätselhafte Kraft steckte, der zweite erhielt einen Tritt in den Unterleib, und der dritte, ehe er noch an den Lederbeutel mit den Rubelchen greifen konnte, den die Bondarewa an einem Gürtel unter der schützenden Wölbung ihres Busens trug, erhielt einen Stoß mitten in sein Gesicht, daß er glaubte, ein wilder Stier habe ausgeschlagen.

Mit den Jahren wurde Rosalia Antonowna zu einer geachteten Persönlichkeit dieser finsteren Gegend. Selbst die kaiserliche Polizei winkte ab, wenn man sich über sie beschwerte und etwa klagte: »Komme ich an ihren Stand und will ein paar Gurken kaufen. Da liegen sie, nebeneinander, alle schön blank, tiefgrün, eine wahre Augenweide. Aber man kennt das ja ... oben glänzen sie, unten faulen sie. Ich greife also zu, prüfe die Gurken, drücke und wende sie – was schreit da das fürchterliche Weib? ›Nimm die Pfoten weg, du Aussätziger!‹ Ich sage: ›Mütterchen‹, so höflich war ich! – ›Mütterchen, ich habe meine Kopeken ehrlich verdient, mit schwerer Arbeit, nicht gestohlen! Ich will vorher sehen, was ich nachher im Topf habe!‹ Und was tut sie? Sie schlägt mir mit einem Brett auf die Finger, jagt mich davon und wirft mir noch eine dicke faulende Zwiebel nach. Anzeigen will ich sie hiermit! Eine Schande ist dieses Weib für jeden ehrlichen Markt.«

Über so etwas hörte die Polizei seit Jahren hinweg. Sie verteilte tröstende Worte an die Geschädigten, schickte ab und zu einen Polizisten auf den Markt, aber der ermahnte die Bondarewa nicht, sondern trank mit ihr hinter einem Segeltuchvorhang ein Gläschen Wodka oder einen Birkensaftlikör, den sie selbst ansetzte und nach alten Rezepten ihrer Heimat braute.

Die Herkunft von Rosalia Antonowna lag weitgehend im dunkeln. Vor achtzehn Jahren war sie in St. Petersburg aufgetaucht, hochschwanger; als ganze Habe nur einen Sack aus buntem Leinen bei sich, in dem sich Wäsche befand, eine zerlesene Bibel, eine kleine, abgegriffene Reise-Ikone zum Aufklappen, ein Beutelchen mit Hirse und Zucker, ein Stück scharfgeräucherter Speck, ein scharfes Messer, ein kleines Beil, ein Hanfseil und ein Papier des Starosts von

Tatschenowo, daß sie Rosalia Antonowna heiße und sich Bondarewa nenne, weil sie guter Hoffnung sei und ein gewisser Bondarew der Vater sein müßte.

Tatschenowo liegt in der Nähe des Ladogasees, inmitten von riesigen Wäldern, Kohlfeldern und Sümpfen, wo man Binsen und Weidenruten erntet, aus denen dann Körbe, Schüsseln, Matten, Stuhlsitze, Lampen und sogar Tischplatten geflochten werden.

Rosalia war damals ein hübsches Mädchen und diente als Magd auf dem Gut des Grafen Seratzky. Groß war sie, mit starken festen Brüsten, stämmigen Beinen. Ihr Haar war so blond wie reifes Sommerkorn.

Soviel Schönheit war selbst am Ladogasee eine Seltenheit, und es vollzog sich alles, wie es kommen mußte: Zuerst erfrischte sich der alte Graf Seratzky an der drallen Jugend Rosalias, dann sein Vetter, aber als dann auch noch der älteste Sohn mit ihr das Heu zerdrückte, kam es zum großen Streit.

Rosalia wurde verbannt und kam auf das Gemüsegut. Aber ein Mädchen wie sie, das großen Gefallen an der Männlichkeit gefunden hatte, blieb nicht lange allein. Ein Leben war das! Zwar nicht gerade moralisch – viermal ließ der Pope sie kommen und redete auf sie ein. Er ließ sie endlich beichten und schilderte die Qualen der Hölle mit dumpfer Stimme und betete mit Rosalia alle Sühnelitaneien herunter – aber als beim fünften Mal ihre Bluse aufriß, als sich ihre strammen Brüste entblößten und sie dem Popen zeigte, wo der Jagdaufseher des Grafen sie im dichten Birkenwald gebissen hatte, ein großes rundes Wundmal war es geworden, da verhängte das Väterchen in seiner Stube hinter dem Altar die Ikone mit dem Gekreuzigten, und Rosalia blieb noch eine Weile.

Man muß den Teufel an der Wurzel austreiben!

Niemand wunderte sich, als Rosalia plötzlich schwanger wurde, nur das Rätselraten begann, wer der Vater sein könnte. Man hätte es unter den vielen Möglichkeiten mit einem Abzählvers versuchen können: »Einmal du und einmal du, dir gehört die trächt'ge Kuh . . .«, aber das war keine endgültige Lösung. Väterchen Ifanasy, der Pope, war der einzige, der aus dem Rennen ausschied. Er erklärte schlüssig, daß er mit seinen bald siebzig Jahren jenseits allen Verdachtes stehen müsse!

Rosalia Antonowna entschloß sich, einen gewissen Felix Jewsejewitsch Bondarew als Vater anzunehmen. Felix Jewsejewitsch hatte in dem kritischen Zeitraum auf dem Gut des Grafen gewohnt, war ein Vertreter für Landmaschinen aus der Stadt Nowgorod und hatte auf dem Gemüsegut eine automatische, mit Dampf betriebene Rübenköpfmaschine vorgeführt. Er blieb acht Tage, natürlich in Rosalias weichen, aber starken Armen, und als er wieder zurückfuhr nach Nowgorod, geschah es zum erstenmal, daß Rosalia um einen Mann weinte.

Bald darauf stellte sie ihre Schwangerschaft fest; die Hebamme von Tatschenowo untersuchte sie und sagte freundlich: »Endlich! Darauf haben wir alle gewartet! Was nun? Wen willst du heiraten?«

Aber davon war keine Rede. Rosalia beschloß, allein nur des Kindes wegen ihr Leben zu ändern und etwas anderes zu werden als eine gräfliche Magd. Sie ließ sich von Väterchen Ifanasy segnen und zog vom Ladogasee durch die Lande nach St. Petersburg.

Es war fast selbstverständlich, daß sie in dem Viertel von Sennaja Ploschtschad landete, mit den wenigen ersparten Rubeln ein Zimmerchen in einem verschimmelnden Haus mietete und dort, am 27. Mai 1875, nachts um zwanzig Minuten vor zwei, auf einem Strohsack eine Tochter gebar.

Die damals noch lebende Frau des Trödlers Tichon Benjaminowitsch Minajew, eine ständig hustende Lungenkranke, half ihr bei der Geburt. Wer konnte denn eine Hebamme bezahlen oder gar einen Arzt? So etwas machte man unter sich aus, wickelte den Säugling in ein paar Lumpen und hoffte zu Gott, daß er die ersten Monate überlebte.

Rosalia nannte ihre Tochter Matilda Felixowna.

Matilda – weil sie einmal von einem durchreisenden Märchenerzähler das Märchen von Matilda und der Elchkuh gehört hatte – ein trauriges Märchen aus der Taiga –, bei dem ein Eisprinz eine Hauptrolle spielte.

Rosalia hatte damals sehr geweint. Sie hatte das Märchen nie vergessen. Es war eines ihrer großen seelischen Erlebnisse. Lesen und schreiben konnte sie ja nicht, nur hören, sehen und sprechen.

Felixowna nannte sie ihr Kind, weil es schwarze Haare hatte wie der Landmaschinenvertreter Bondarew mit seiner Rübenköpfmaschine. Für sie war es der Beweis, daß er der Vater war; und wenn sie Matilda lange ansah, blickte sie in die Augen dieses Bondarew.

Ein hartes Leben war es, das Rosalia in St. Petersburg führen mußte. Ein einziger Kampf in den ersten Jahren, denn die Plätze auf den Märkten waren besetzt, neue Stände duldete man nicht, – wer hier verkaufte, behielt selbst so wenig übrig, daß es gerade zum Überleben reichte. Um sich und ihr Kind vor dem Hungertod zu retten, kehrte Rosalia im Sommer die Wege des Tischwinski-Friedhofes, der am Ausgang des Alexander-Newski-Klosters liegt.

Hier waren berühmte Persönlichkeiten begraben, aber wie kann man erwarten, daß Rosalia sie kannte? Matilda nahm sie immer mit, auf dem Rücken in ein Tuch gebunden, legte sie zwischen den Grabsteinen zum Schlafen nieder oder gab ihr, wenn sie schrie, die Brust. Meistens tat sie das am Grab des Komponisten Glinka, nicht, weil er eine so herrliche Musik geschrieben hatte, die sie ja nicht kannte, sondern weil eine Steinbank in der Nähe stand, auf der man sich ausruhen und bequem stillen konnte.

Im Winter schabte sie Schnee von den Gehsteigen der großen Prospekte und hieb das Eis mit einem Pickel von der

Fahrbahn der Brücken. Es war eine mühsame Arbeit für wenige Kopeken, und Rosalia hatte sie nur bekommen, weil sie einem Vorarbeiter der kaiserlichen Straßenwärter erlaubte, ab und zu an ihrem prallen Busen auszuruhen.

Im Jahre 1879 starb die Witwe Maruta Diogenowna. Sie besaß einen Gemüsestand auf dem großen überdachten Markt am Heuplatz und hatte die jetzt vierjährige Matilda mit der ganzen Liebe einer alten Frau in ihr Herz geschlossen. Bei Maruta kaufte Rosalia ihre Gurken und Zwiebeln, und wenn es Äpfel gab, legte Maruta einen dicken roten gratis auf die Gurken.

An einem kalten Morgen fiel die Witwe Maruta plötzlich um, lag neben ihrem Gemüsestand und hatte die Augen verdreht. Man brachte sie in den nächsten Laden – es war der Krämer Pjotjijeff –, legte sie in die Ecke neben den Sack mit Maismehl und benachrichtigte einen gewissen Sulchow, von dem man behauptete, er sei einmal Arzt gewesen, aber eine Geliebte habe ihn zum Alkohol getrieben – und damit in den Ruin. Er hauste jetzt in einer der stinkenden Gassen und wurde gerufen, wenn Hausmittel nicht mehr helfen konnten.

Bei Maruta Diogenowna war das der Fall. Sulchow stellte einen starken Schlaganfall fest und gab den Rat, sie in Ruhe und friedlich neben dem Maismehlsack sterben zu lassen.

Aber Maruta lebte noch so lange, daß sie Rosalia rufen lassen konnte. Ihr vererbte sie die Konzession ihres Gemüsestandes und das gesamte Geschäftsinventar. Es bestand aus einem Holztisch, einer Plane, vier Planenstangen, einem kleinen runden Eisenofen mit Rohr, zwei Holzhokkern, einer Handkarre mit hohen Speichenrädern und dem wichtigen Geständnis: »Wende dich immer an den Marktaufseher Stepan Mironowitsch! Er wird dir helfen. Sage ihm bloß, du wüßtest von mir, daß er ein großer Lump sei und in die eigene Tasche kassiere. Er betrügt nämlich die Verwaltung!«

Dann starb sie, umgeben von vier Kerzen, die der Krämer Pjotjijeff um sie herum auf den Dielenboden gepappt hatte. Man betete inbrünstig und trug sie fort. Rosalia hat nie erfahren, ob man sie begraben oder einfach in die Newa versenkt hat. So wichtig ist das nicht ...

Von einem Tag auf den anderen war Rosalia Antonowna zwar nicht wohlhabend, aber selbständig geworden. Schon im Morgengrauen des nächsten Tages schob sie ihren geerbten Karren zur Markthalle, wo die Bauern ihre Waren ablieferten und die schweren Fuhrwerke von den hochwohlgeborenen Gütern ankamen und die Verpflegung für die Großstadt St. Petersburg abluden.

Schon an diesem Tag zeigte es sich, daß Rosalia eine Person war, die man fürchten mußte: Sie feilschte und handelte, beschimpfte die Lieferanten, nannte sie aufgeblasene Säcke oder Tonköpfe, rostige Eierpfannen und was dergleichen nette Bezeichnungen mehr sind, schlug den lachenden Händlern auf die Finger, wenn sie an ihre strammen Brüste faßten, und erschien auf dem Markt von Sennaja Ploschtschad mit dem besten Gemüse, das seit langem hier angeboten wurde. Es war Gemüse, wie es sonst nur in die herrschaftlichen Küchen geliefert wurde: fleckenlos, ohne ein fauliges Stellchen, geputzt und knackfrisch. Eine wahre Augenweide!

Dafür setzte Rosalia alle Preise um eine halbe Kopeke herauf.

Der Neid begann sich auf dem Markt auszubreiten. Gerüchte wurden ausgestreut, daß sie nur deshalb so gute Ware habe, weil sie als Spitzel der berüchtigten kaiserlichen Geheimpolizei, der Ochrana, in dieser suspekten Gegend wohnte, und überhaupt habe sie die Witwe Maruta gar nicht beerbt, sondern ihr in den letzten Minuten ihres Lebens eingeredet, daß sie den Gemüsestand nur an sie abgeben dürfe.

Zwar bestritt der Augenzeuge Pjotjijeff dies auf das entschiedenste, aber nachdem ihn nachts zwei Unbekannte verprügelt hatten, und er vier Tage lang nur noch mühsam atmen konnte, erinnerte er sich plötzlich an nichts mehr und grüßte auch Rosalia Antonowna nicht, wenn sie an ihm vorbeiging.

Aber man kannte Rosalia noch nicht!

Mit mütterlicher Freude überwachte sie die Entwicklung ihres Töchterchens und bemerkte eines Tages mit Erstaunen, daß die Kleine mit einer zu Herzen gehenden Grazie gesegnet war. Beim Klang von Musik – meist waren es Flöten oder Zupfgeigen von Straßenmusikanten – begann sich Matilda kokett zu drehen; einmal, es spielte ein Wandergaukler auf einer Ziehharmonika, tanzte sie sogar richtig, schwang die Beinchen, bewegte die Arme wie Lilien im Wind und hüpfte sogar – was ihr niemand gezeigt oder erklärt hatte – auf den Zehen!

Rosalias Herz blähte sich vor Stolz und Bewunderung. Sie beschloß, an den großen Markttagen – mittwochs und sonnabends – Matilda vor ihrem Gemüsestand tanzen zu lassen.

War das eine Aufregung!

Während die Käufer Rosalias Gemüsestand umringten und dem zierlichen schwarzlockigen Püppchen zusahen, das sich da nach den klagenden Klängen einer Flöte drehte, von einem ortsbekannten schielenden Säufer geblasen, der pro Tag von Rosalia zehn Kopeken bezog und diese sofort wieder vertrank, riefen die anderen Marktständler lauthals nach der Polizei und klagten auf Belästigung.

Aber sie blitzten ab. Es gab weit und breit keine Marktordnung, die das Tanzen verbot, auch wenn es die Käufer anlockte, und außerdem erfreuten sich auch die Polizisten an der Kleinen und schenkten ihr ab und zu eine Kopeke, damit sie sich ein paar Zuckerbonbons kaufen konnte.

Als sie sieben Jahre alt war, konnte sie tanzen wie eine Zigeunerin. Rosalia teilte ihr Geschäft auf. Eine Stunde Gemüseverkauf ... eine halbe Stunde Tanzvorführungen. Sie ließ dann durch die Menge eine alte Blechschüssel kreisen, und oft verdiente Matilda mit ihren grazilen Drehungen mehr als die Mutter mit Gurken, Zwiebeln und Rüben.

Mit neun Jahren, an einem Sommertag 1884, begegnete sie Tamara Jegorowna. Ein reiner Zufall war's, einmal, weil heute gerade ein Tanztag war, und zum zweiten, weil sich die Jegorowna in Begleitung von zwei Offizieren der kaiserlichen Husaren in die wüste Gegend um den Heumarkt wagte, um einen Blick in das gesammelte Elend der Menschheit zu werfen. Ihre Kutsche wurde dreimal mit Unrat beworfen, grellgeschminkte Huren hoben ihre Röcke und riefen obszöne Dinge hinter der Ballettmeisterin und ihrer Begleitung her, und nur vier Polizisten konnten schließlich verhindern, daß man die Kutsche nicht anhielt, die Pferde ausspannte, gleich auf der Straße abstach und den hochherrschaftlichen Inhalt ausraubte und verprügelte.

Mit ungläubigen Augen sah die Jegorowna der tanzenden Kleinen mit den langen schwarzen Locken zu. »Das ist ein Wunder!« urteilte sie. »Ein Wunder tanzt auf dem Markt wie ein dressierter Bär! Sehen Sie nur die Bewegungen, Kyrill Iwanowitsch! Die Haltung der Hände – Musik bis in die Fingerspitzen! Wie die Kleine die Beinchen setzt! O Himmel, wie sie schon springen kann! Und so etwas verkümmert in dieser Hölle? Ich muß mit ihr sprechen, ich muß ihre Mutter sehen! Hier wird ein unendlich kostbarer Schatz verschleudert!«

Die Erfüllung dieses Wunsches war äußerst schwer. In Begleitung von zwei Polizisten drängte sich schließlich Husarenrittmeister Fürst Kyrill Iwanowitsch Trobetzkoj durch die gaffende Menge, während der andere Offizier und zwei Polizisten zum Schutz der Kutsche zurückblieben. Die Jegorowna hatte sich neben den Kutscher auf den Bock geschwungen, um über die Köpfe der Menschen hinweg dem

Tanz zuzuschauen.

»Wer will sie sprechen?« fragte Rosalia Antonowna grob. Sie musterte den Husarenrittmeister mit deutlicher Verachtung und wandte sich an die ihr bekannten Polizisten. »Schämt euch!« rief sie. »Neun Jahre ist sie erst, meine Kleine, und ihr wollt sie schon verkuppeln? Als Hure? Ha, welch eine Bande von Polizei! Kommt da ein vornehmes Herrchen, sieht meine Matilda, bekommt Appetit auf sie – und was macht unsere Polizei? Sie spielt den Kuppler! Bei Gott, hindert mich nicht daran, dem hochwohlgeborenen Offizier . . .«

»Es ist der Fürst Trobetzkoj!« unterbrach sie der Polizeisergeant flüsternd und bekam einen hochroten Kopf. »Rosalia Antonowna, hört doch erst einmal zu . . .«

»Und wenn es der Zar selbst wäre – sie ist noch ein Kind!«

»Er kommt doch nur im Auftrag der Jegorowna«, sagte der Polizist gepreßt. Er schämte sich, daß ein leiblicher Fürst soviel Unrat ansehen und anhören mußte.

»Wer ist die Jegorowna?« brüllte Rosalia sofort zurück. Sie stemmte die Hände in die sehr rundlich gewordenen Hüften und drehte sich im Kreis. »Wer kennt hier die Jegorowna? He? Wer kennt das Hurenhaus der Jegorowna? Holt sich Kinder von der Straße zur Lust der feinen Herrchen!«

»Gehen wir!« sagte Trobetzkoj steif. »Das ist widerlich. Unbegreiflich, was aus Menschen werden kann . . .«

In diesem Augenblick betrat Tamara Jegorowna den Kreis. Mit ihrem großen Straußenfederhut und in dem langen seidenen, bestickten Kleid hockte sie sich vor Matilda in den Dreck und starrte ihr in das schmale, vom Tanz schweißnasse Gesicht. Große, tiefbraune Augen erwiderten ihren Blick. Augen, die älter waren als neun Jahre, voll von einem Ernst, der weit in die Zukunft, in das große Unbekannte wies.

Die Jegorowna wurde von diesem Blick gefangen, nahm aus dem Ausschnitt ihres Kleides ein parfümiertes Spitzentüchlein und wischte dem Kind den Schweiß vom Gesicht. Die Kleine machte sich steif, als versuche jemand, sie umzuwerfen, und als die Jegorowna ihr Tüchlein zurückzog, sagte das Kind:

»Wie das stinkt! Hast du das gern?«

»Lassen Sie mein Kind in Ruhe!« schrie Rosalia Antonowna dazwischen. »Komm her, mein Schwänchen, komm sofort her! Jawohl, sie stinkt! Merk dir den Geruch . . . es ist die Ausdünstung der Ausbeuter!«

»Wie heißt du?« fragte Tamara Jegorowna ruhig. Sie blieb vor dem Kind hocken und war froh, daß zwischen ihr und der Mutter die Polizisten eine lebende Mauer bildeten. Aus der Volksmenge drang unwilliges Gemurmel. Sie wagte nicht, sich umzublicken. Es war eine Szene wie aus einem Höllenstück.

»Matilda Felixowna . . .«, antwortete die Kleine. »Und du?«

»Tamara Jegorowna. Ich bin Tänzerin.«

»Wie schön!« sagte Matilda. »Auf welchem Markt tanzt du denn?«

»Ich tanze in der Oper.«

»Was ist das, Oper?«

»Ein großes, festliches Haus mit einer Bühne und einem Orchester mit vielen Musikern, und wenn man tanzt, zieht man prunkvolle Kostüme an, und der Zar sitzt in der Loge, die Zarin, alle Großfürsten und Großfürstinnen, die Fürsten und Grafen, die Offiziere, die Minister . . . Tausend Kerzen brennen, und wenn du fertig bist mit Tanzen, jubeln sie dir zu, bringen dir große Blumensträuße, laden dich zum Essen ein mit köstlichem Wein und eiskaltem Champagner . . .«

»Ich weiß nicht, was das alles ist«, sagte Matilda. »Schenkst du mir eine Kopeke?«

»Einen Goldrubel, Matilda . . .«

»Ich habe noch keinen gesehen . . .«

»Ich will mein Kind behalten!« schrie hinter den Polizisten Rosalia Antonowna. »Hilft mir denn keiner? Ihr Feiglinge! Seht mit euren Augen zu, wie man mein Kind verdirbt. Wie man es verführen will – mit einem Goldrubel! Mein einziges Kind, mein Augenlicht, meine ganze Seele! Wie Satan in der Wüste unseren Herrn Jesus lockte, so kommen sie daher und wollen mir mein Kind wegnehmen! Helft mir doch, Brüderchen, helft mir doch . . .«

Das Lamentieren dauerte noch eine Weile, bis die Bondarewa ihre Plane einzog und damit ihren Markttag für heute beendete. Sie packte ihre Gurken und das Gemüse auf den hochrädrigen Karren, spannte sich mit einem dikken Lederriemen in die Doppeldeichsel ein und stemmte die kräftigen Beine in den Boden.

»Also gut«, sagte sie zu der Jegorowna, die ihr sogar – zum Entsetzen der Offiziere – geholfen hatte, das Gemüse umzuladen. »Kommen Sie mit, Hochwohlgeboren. Ich wohne in der Krasnogary. Ein Zimmer über dem Laden von Minajew, dem Trödler. Nur ein Zimmer – aber blitzsauber! Wundern wird Sie das, aber man kann im Dreck leben und selbst sauber sein. Wenn es Ihre Nase erträgt, kommen Sie mit . . .«

So betrat an diesem Sommertag des Jahres 1884 Tamara Jegorowna zum erstenmal die kleine Stube, in der Matilda geboren war. Allein, denn die beiden Offiziere blieben in der Kutsche zurück, zogen die Vorhänge vor die Fenster und diskutierten darüber, ob noch niemand in der Regierung den Gedanken gehabt habe, dieses schreckliche Stadtviertel einfach abzubrennen und mit schöneren Häusern zu bebauen. »Diesen Pöbel kann man wegschaffen!« meinte Fürst Trobetzkoj erregt. »Irgendwo hinkarren, an den Rand der Stadt. Ratten leben sich überall ein, wo sich der Unrat stapelt!«

Die Polizisten sperrten unterdessen die Gasse ab. Es war lebensgefährlich. Gruppen von unheimlichen, zerlumpten

Gestalten hatten sich gesammelt, mit Knüppeln und Beilen in den Händen. Es hatte sich schnell herumgesprochen, daß man die allseitig beliebte Rosalia Antonowna von hochnäsigen Herrschaften befreien müßte.

»Du weißt, was die Kaiserliche Hofoper ist?« fragte unterdessen die Jegorowna. Rosalia nickte, stellte zwei Gläser auf den Tisch und eine Wasserflasche mit einem grüngelben Gebräu.

»Ich hacke jedes Jahr das Eis davor weg«, erwiderte sie grob. »Damit die hohen Herrschaften nicht ausrutschen und sich ihre Knöchelchen brechen. Im Winter ist der Markt fast tot. Und ich habe Matilda noch nie im Frost tanzen lassen, nie werde ich das tun! Soll sie ihre Lungen zerstören? Also schabe ich das Eis von den Prospekten und Brücken.« Sie goß von dem Gebräu ein und schob Tamara Jegorowna das Glas hin. »Trinken Sie mit mir?«

»Was ist das?« fragte die Jegorowna vorsichtig.

»Glauben Sie, ich saufe Gift? Mein Birkenlikör ist's ... Birkensaft und Honig! Ich habe das Rezept von meiner Mutter geerbt, ehe sie vom Blitz erschlagen wurde. Unter einer Birke! So mußte es wohl sein ...«

Sie tranken, und es schmeckte bittersüß und angenehm und erinnerte an den Geruch von blühenden Wiesen.

»Ich will Matilda mitnehmen!« sagte die Jegorowna ohne Übergang.

Rosalia nickte schwer. Sie zeigte auf das Beil, das sie vor neun Jahren in ihrem Reisesack getragen hatte und das nun immer griffbereit neben der Tür auf einem Hocker lag.

»Vorher schlage ich sie tot!«

»Ich leite seit zwei Monaten die Kaiserliche Ballettschule, Rosalia Antonowna. Ich will Matilda ausbilden. Sie wird eine große Tänzerin werden, vielleicht eine der größten, die Rußland je hervorgebracht hat. In deinem Kind steckt der göttliche Funke ... eine einmalige Begabung! Weißt du das? Wo ist ihr Vater?«

»Er hieß Bondarew und verkaufte Rübenköpfmaschinen!« Rosalia goß die Gläser von neuem voll. »Es stimmt, ich habe ihn sehr geliebt. Als er wegfuhr, habe ich geweint – tagelang. Seitdem habe ich keine Tränen mehr. Ich hatte keine Zeit mehr zum Weinen, ich mußte mich durchschlagen, ich mußte um mich schlagen. Ich lebe nur für Matilda – und jetzt wollen Sie sie mir wegnehmen?«

»Sie bleibt bei dir! Sie wird morgens abgeholt und abends zurückgebracht.«

»Mit einer Kutsche?«

»Ja. Mit einer Kutsche der Kaiserlichen Oper.«

»Wollen Sie, daß man mich hier steinigt?«

Rosalia trank ihr Glas wie ein Fuhrknecht aus – sie legte dabei den Kopf weit in den Nacken und kippte den Schnaps hinunter. »Daraus wird nichts!«

»Matilda wird einmal die Welt zu Füßen liegen«, sagte die Jegorowna. »Ihr Name wird rund um den Erdball fliegen: Das Tanzwunder aus St. Petersburg! Du kannst das nicht verhindern.«

»Ich kann es! Solange ich lebe, kommt keiner an mir vorbei!«

»Noch ist sie zu jung, aber wenn sie vierzehn ist oder sechzehn, wenn sie begreift, was in ihr steckt, dann wird sie dir davonlaufen. Du wirst sie nicht halten können. Soll sie hier in Sennaja Ploschtschad verschimmeln?«

»Sie wird nie die Hure eines feinen Herrchens werden, dafür sorge ich!«

»Etwas anderes kennst du nicht?«

»Gibt es etwas anderes, wenn ein armes Mädchen in die Fänge der Hochwohlgeborenen gerät? Ich kann mitsprechen, ich habe es hinter mir. Ich weiß, wie es sich in gräflichen Betten schläft und seidene Wäsche kitzelt . . .«

»Matilda wird gekleidet und verpflegt werden«, sagte die Jegorowna unbeirrt. »Sie wird keine Not mehr leiden. Und die Kasse des Kaiserlichen Balletts wird dir jede Woche fünf Rubel schicken . . .«

»Das ist verrückt!« sagte Rosalia und wischte sich über die Augen. Sie setzte die Flasche an den Mund und nahm einen langen Schluck ihres Birken-Honig-Gebräus. »Jede Woche fünf Rubelchen? Hörst du das, Matilda? Sie bieten uns jede Woche fünf Rubel, schenken dir Kleider, du kannst essen, was du willst, sie bringen dich hin und bringen dich zurück, und alles nur, weil du herumhüpfen kannst wie ein gelehriger Floh! Fünf Rubel die Woche! Ist das nicht verrückt, Tilduscha?«

»Ich will nicht!« Matilda hockte am Fenster, blickte auf die Gasse und beobachtete die beiden Pferde vor der lackglänzenden Kutsche. Der Kutscher in seiner Livree und mit seinem federgeschmückten, hohen Hut hockte auf dem Bock und kam sich unbehaglich vor.

An den beiden Gassenenden braute sich das Volk zusammen, und jede der wilden Gestalten hielt etwas Schlagbares in der Hand.

»Sie hat gesagt, ich muß Champagner trinken. Was ist das?«

»So ein komischer Wein mit Kribbeln in der Nase!« Rosalia winkte ab. »Die Vornehmen trinken ihn, weil ein Schnaps zu ordinär ist. He, warum muß sie denn Champagner trinken?«

»Matilda wird einmal zu den Vornehmen gehören«, antwortete die Jegorowna. »Sie wird eine Königin sein.«

»Jetzt wird sie ganz verrückt!« rief Rosalia Antonowna, stellte sich schützend vor ihre Tochter und zog kampfeslustig das Kinn an. »Gehen Sie weg, Tamara Jegorowna, schnell weg!« sagte sie laut. »Für fünf Rubelchen in der Woche liefere ich mein Schwänchen nicht in einem Irrenhaus ab . . .«

Drei Tage später hielt zum erstenmal morgens um sieben Uhr eine unauffällige Kalesche mit einem traurigen, knöchernen Pferd vor dem Haus des Trödlers Minajew.

Matilda schlüpfte aus dem Tor, hüpfte in das Gefährt und schlug schnell die Tür hinter sich zu, als habe sie Angst, man könne sie doch noch zurückhalten ...

Im dunklen Flur des Hauses stand Rosalia Antonowna und weinte jämmerlich, ihr mächtiger Busen erbebte von Schluchzen, sie drückte einen Lappen gegen die rotverquollenen Augen, und lehnte sich gegen den schmächtigen Minajew, der dadurch bald an der Wand zerquetscht wurde.

»Ein neues Leben beginnt!« schluchzte sie herzzerreißend. »Tichon Benjaminowitsch, halte mich fest! Da fährt sie hin, mein schönes Schwänchen. Zum Kaiserlichen Ballett! Bald wird sie ein Mensch sein, der uns nicht mehr versteht. Sie wird sich ihrer Mutter schämen, sie wird die Nase rümpfen, wenn sie abends zurückkommt. Sie wird geziert sprechen wie die feinen Dämchen und nach französischen Wassern stinken! Ich habe sie verloren ...«

»Wenn sie ankommt, muß man ihr die Peitsche geben!« sagte Minajew düster. »Das hat immer geholfen, seit Jahrhunderten. Ein Striemchen auf dem Hintern überzeugt mehr als tausend Worte. Aber ich glaube, sie ist ein gutes Mädchen. Sie wird nie vergessen, was ihre Mutter für sie getan hat.«

»Ich werde für sie beten.« Rosalia faltete die Hände.

Draußen zog das Pferd an, das müde Hufgeklapper entfernte sich langsam. »Ich werde beten: Gott da oben im Himmel, hab ein Auge auf sie! Du hast ihr die Gabe des Tanzes gegeben ... nun beschütze sie auch ... Ob er mich hört, Tichon Benjaminowitsch?«

»Bestimmt!« Der alte Minajew befreite sich aus Rosalias pressender Nähe. »Gebete von Müttern gelangen bevorzugt an sein Ohr ...«

So begann der Weg Matilda Felixownas aus dem Morast der Krasnogarygasse in die Sonne der Kunst. Ein harter Weg aus Schweiß, Tränen, Disziplin und Selbstverleugnung, aus Resignation, Zweifeln, Aufbäumen und grenzenloser Liebe zum Tanz.

»Auch ich war ein armes Kind«, hatte die Jegorowna damals an diesem Sommertag 1884 zu Rosalia Antonowna gesagt. »Man erzählt sich, mein Vater habe in Nowgorod eine Malzmühle betrieben. Ich habe nie widersprochen. Sollte ich sagen, daß mein Vater ein Leibeigener war, der erst 1861 ein freier, vollgültiger Mensch wurde und kein Tier mit einem menschlichen Aussehen mehr? Sei stolz ... du warst die Magd eines Grafen! Ich war in meiner Jugend nicht mehr als der Wurf einer Hündin. Und was ist aus mir geworden?«

Nach diesem Satz brach in Rosalia Antonowna etwas auf oder zusammen, wie man es sehen will. Sie hatte genickt, Matilda an sich gezogen und sehr ernst gesagt:

»Gut denn. Soll sie zum Kaiserlichen Ballett. Aber ich hacke euch alle zusammen, wenn sie die Geliebte eines dieser feinen Herrchen wird ...«

Daher kann man verstehen, daß Rosalia in große Panik geriet, als man an jenem 15. Oktober Matilda in einer Hofkutsche nach Hause brachte, bleich, sehr verwirrt, wortlos, mit weltfernen Augen, und als ein junger Leutnant der Garde, der Matilda stützte und bis ins Zimmer führte, so einfach erklärte:

»Sie muß absolute Ruhe haben, Madame!«

Rosalia zuckte etwas zusammen; es war das erstemal, daß man sie so nannte und sie war sich nicht im klaren darüber, ob »Madame« eine Ehre oder eine Beleidigung war.

»Demoiselle ist in Ohnmacht gefallen. Der Zarewitsch hatte ihr die Hand geküßt ...«

Es fehlte nicht viel und auch Rosalia wäre umgesunken. Sie klammerte sich an der Tischkante fest, betrachtete ihr Töchterchen, das sich auf das vor kurzem gekaufte richtige Bett legte und wie sterbend die Augen schloß, und sagte dumpf:

»Der Zarewitsch? Er hat sie geküßt? Jetzt fällt der Himmel ein! Und wer sind Sie, Hochwohlgeboren?«

»Boris Davidowitsch von Soerenberg, Leutnant der Garde.« Der junge Offizier nahm seine Mütze ab. »Darf ich bei Demoiselle bleiben, bis sie sich beruhigt haben wird?«

Rosalia Antonowna nickte wortlos. In ihrer Kehle saß ein harter Kloß wie damals, als sie feststellte, daß sie schwanger war und keinen Vater nennen konnte.

»Was nun?« fragte sie hilflos.

»Ich habe den Auftrag Seiner Kaiserlichen Hoheit, mich um die Demoiselle Matilda zu kümmern.« Boris Davidowitsch setzte sich auf die Kante des Stuhles und blickte hinüber zu Matilda. Sie lag bleich und unaussprechlich schön auf dem Bett und atmete kaum. »Bitte, verfügen Sie über mich, Madame.«

Das war der Augenblick, in dem Rosalia Antonowna bewußt wurde, daß sich auch ihr Leben geändert hatte. Es war unmöglich, fernerhin auf dem Markt von Sennaja Ploschtschad Gurken, Zwiebeln, Rüben und Gemüse zu verkaufen, wenn der russische Thronfolger ihrer Tochter die Hand küßte.

IV

In der Ansammlung von Krüppeln und Dieben, Schiefmäuligen und Zerlumpten fiel es nicht auf, wenn ein häßlicher Zwerg mit einem Wasserkopf herumtrippelte und die Krasnogarygasse suchte. Man nahm ihn sozusagen in dieser Gegend nicht wahr. Er war so vollkommen in diesen Unrat passend, daß nicht einmal die im Dreck spielenden Kinder, die aus dem schmutzigen Schnee Burgen und Gräben bauten, ihm nachblickten oder seine Spinnenbeine bewunderten.

Vor dem Haus des Trödlers Minajew blieb der Zwerg stehen, blickte die Hauswand empor und nickte mehrmals. Minajew, der hinter seiner Theke hockte, sträubten sich die Nackenhaare wie bei einem Hund, der eine Katze wittert. Er schoß durch den engen Laden, flitzte, so schnell es seine Beine und seine ihn seit einem Jahr quälende Gicht zuließen, auf die Straße und fing das kleine Ungeheuer mit dem dicken Kopf ab, als es gerade die Haustür aufdrückte.

Er riß den Zwerg zurück und schrie sofort: »Wohin, du Mißgeburt? Verirrt hast du dich! Hier ist nicht der Eingang zur Hölle!«

»Ich bin richtig«, sagte der Zwerg höflich. »Laß mich los, du Holzwurm, du faulender. Hier wohnt Madame Bondarewa . . .«

»Welche Madame?« Minajew riß den Mund auf, ließ den Zwerg los und zerzauste sein graues Haar. »Hüpf schnell weg, du Kröte, ehe ich dich erdrücke!«

»Warum sind normale Menschen so dumm?« fragte der Zwerg. Er hob das rechte Ärmchen, seine Finger wurden zu Krallen und hackten Minajew in die Schulter. Der Alte tat einen heiseren Schrei, taumelte zurück, und ehe er an Gegenwehr dachte, war das kleine Ungeheuer im Haus und trippelte die Holztreppe hinauf.

Man kann wirklich nicht behaupten, daß Rosalia Antonowna eine schreckhafte Frau war. Sie war fähig, nachts allein durch einen verfilzten Wald zu gehen, und es war fast sicher, daß die Gespenster eher vor ihr flüchteten, als daß sie einen Schritt rückwärts tat. Aber als es jetzt an der Tür höflich klopfte, als sie aufging und der Zwerg ins Zimmer trat, schlug eine Riesenfaust auf Rosalias Herz.

Sie riß den Mund auf, wich an die Rückwand zurück, bekreuzigte sich mehrmals, fiel dann auf die Knie und begann zu schreien.

»Herr, erbarme dich meiner! Ich wußte es – ich bin eine Sünderin, Herr! Nimm mich gnädig auf . . .«

Der Zwerg blieb an der Tür stehen. »Madame«, sagte er höflich und seine Stimme klang melodisch und gar nicht nach Höllengeheul . . .

In Rosalia wallten Nebel. Der Teufel nennt sie Madame? Spricht man beim Satan jetzt auch französisch? Sie wagte es, die Augen zu öffnen und schlug zur Sicherheit noch ein Kreuz.

»Was befehlen Euer Gnaden?« stammelte sie.

»Ich bin der Leibzwerg und Narr des Großfürsten Nikolai Alexandrowitsch, des Zarewitsch«, sagte das Ungeheuer. »Mein Name ist Mustin Fedorowitsch Urasalin. Beruhigen Sie sich doch, Madame. Stehen sie auf! Ich bin nicht beleidigt, wenn ich Ihnen nicht gefalle. Ich bin ja auch nicht beleidigt, daß Sie normal aussehen. Sind Sie nun in der Lage, mich zu verstehen?«

»Wie Sie wollen, Mustin Fedorowitsch.« Rosalia Antonowna erhob sich von den Knien, blieb aber vorsichtshalber an der Wand stehen. »Sie . . . Sie sind wirklich – nur ein Hofnarr?«

»Sehe ich nicht so aus?« Mustin, der Zwerg, hüpfte auf einen Stuhl. Es sah aus, als hocke sich eine Spinne mit einem riesigen Kopf auf das Möbelstück. »Ich kann auch lustig sein. Ich kann Purzelbäume schlagen, Tierstimmen nachäffen, auf Grashalmen blasen und – wenn es verlangt wird – mich auch in Krämpfen winden und weissagen. Ich kann alles, was ein Idiot können muß, um die Hochwohlgeborenen durch Idiotie zu ergötzen. Eine Freude ist es, zu sehen, wie idiotisch dann die Normalen werden.« Er nickte Rosalia zu und rieb sein breites Gesicht, das von der Kälte gerötet war. »Mich treibt die Sorge zu Ihnen . . .«

»Wer soll das verstehen?« stammelte die Bondarewa. Sie löste sich von der Wand und kam an den Tisch. Er war breit genug, um eine Grenze zwischen ihr und Mustin zu bilden.

»Ich bin der einzige auf dieser Welt, der in das Herz des Zarewitsch blickt«, sagte er mit seiner melodischen Stimme. »Und was sehe ich? Ein wilder Sturm durchwühlt es. Ein heißer Sturm der Leidenschaft zu Matilda Felixowna!«

»Gott steh' mir bei!« sagte Rosalia und setzte sich schwer auf ihren Stuhl. »Lang lebe der Zar!«

»Wir müssen darüber reden, ehe der Sturm die Vernunft verweht.« Mustin beugte sich über den Tisch vor. »Rosalia Antonowna, was können wir tun? Wie ein Blitz traf es Nikolai Alexandrowitsch, als er Matilda sah. Sie müssen mir helfen ...«

Für eine Frau, die zeit ihres Lebens nur gedient hatte und sich mit den Zähnen, mit Armen und Beinen hatte durchboxen müssen, ist es schwer, klar und vor allem vernünftig zu denken, wenn aus dem Kaiserlichen Palast jemand kommt – und wenn's auch nur ein häßlicher Zwerg ist – und sie bittet: Hilf mir!

Was soll man da auch sagen? Ist es doch so, als wenn der heilige Wladimir selbst dasteht und fleht: Kühle mir meine Wunden! Da kann man nichts anderes tun, als auf die Knie sinken und beten ...

Aber Rosalia Antonowna Bondarewa war keine Frau, die nur betet. Das Leben, wir wissen es, hatte sie hart mitgenommen, und wer beinahe zwei Jahrzehnte lang in St. Petersburgs finsterster Gegend überlebt und alle Widerstände besiegt hat, der mußte wie Rosalia reagieren. So sagte sie denn auch nach einer nachdenklichen Stille zu Mustin, dem Zwerg:

»So also ist das? Na, laß sie nach Hause kommen! Mit dem Besen prügele ich sie durch! Hab ich es doch geahnt! Alle sagen: Es war gar nichts. Kommt der Zarewitsch in die Ballettschule, sieht sich das Gehopse an und küßt meiner Tochter, weil sie am schönsten hopst, die Hand. Na gut! Feine Herren haben das so an sich. Ich kenne das. Damals, als ich noch Magd war, im Norden, da war ein Graf zu Besuch bei der Herrschaft. Ein Bürschlein mit einem blonden Bärtchen auf der Lippe, zartgliedrig wie ein Elfchen, mit blitzenden blauen Augen. Und was macht er, als er mir im Heustall auflauert? Erst küßt er mir die Hand, und dann faßte er mir in die Bluse!«

»Das hat der Großfürst nicht getan!« sagte Mustin gemütlich.

»Aber er wird's noch tun, wenn wir keinen Riegel davorschieben!«

»Ich befürchte es.« Der Zwerg ließ die dünnen Beinchen pendeln. Es sah aus, als suche ein Insekt nach festem Boden. »Aber Sie sollten Matilda nicht schlagen!«

»Wissen Sie etwas Besseres?« Rosalia ging zu ihrem Wandschrank, holte die Flasche mit ihrem schon berüchtigten Birkenschnaps hervor und stellte sie auf den Tisch. In der Küchenecke polierte sie mit einem Lappen zwei Gläser.

Mustin Fedorowitsch betrachtete das Gesöff wie jemand, dessen Gifttod vorbereitet wird. »Da war ein junger Offizier hier . . .«, fuhr Rosalia fort.

»Leutnant von Soerenberg?«

»So heißt er! Boris Davidowitsch, nicht wahr? Sagt dieser Offizier zu mir: Ich habe den Befehl, mich um Demoiselle zu kümmern. Und was tut er, als dieses dumme Stück von Tochter wieder halb in Ohnmacht fällt? Er setzt sich an ihr Lager, hält ihre Hand fest und zieht ein Gesicht, als habe er die Hose voll! Seitdem ist er dreimal gekommen, immer, wenn sie vom Ballett zurückfuhr. Ist neben der Kutsche geritten, als sei sie eine Hochwohlgeborene. Schrecklich ist das! Auf dem Markt keifen sie mich an: Na, wie ist's? Warum sitzt du noch hier? Lieferst du noch nicht an den Hof? Mußt deine Gurken mit dem Zarenadler bemalen lassen! Man sollte überlegen, aus Petersburg wegzuziehen . . .«

»Das wäre tatsächlich eine Lösung!« sagte Mustin und tat überrascht. Mit blinzelnden Augen sah er zu, wie Rosalia von ihrem Birkenschnaps einschenkte und selbst, wie zur Demonstration, daß es sich nicht um etwas Lebensbedrohendes handelte, das erste Glas hinunterkippte.

»Moskau ist eine große schöne Stadt, beispielsweise. Oder Odessa . . .«, meinte der Zwerg bedächtig.

»Aber das Ballett . . .«

»In Moskau gibt es eine sehr gute Schule. Und in Odessa? Madame, wissen Sie, daß Odessa das schönste Opernhaus Rußlands besitzt? Was sage ich – Rußlands? Der ganzen Welt! Ein wahres Wunderwerk!«

»Aber dort gibt es keine Tamara Jegorowna.«

»Matilda wird in Kürze den Ruhm der Jegorowna von Odessa aus überstrahlen!«

»Und dann wird man sie zurückholen nach St. Petersburg an das Kaiserliche Ballett! Den Umweg können wir uns sparen.«

Es war, als ob der Birkenschnaps nach dem dritten Glas Rosalias Logik entzündet hätte. Mustin nippte nur an seinem Glas und hustete sofort. Er war Champagner gewöhnt. Dieser eine kleine Schluck brannte in seiner Kehle, als sei sie geätzt worden.

»Wie halten Sie das aus, Madame?« keuchte der Zwerg.

»Was?«

»Dieses Getränk?«

»Man gewöhnt sich daran, Mustin Fedorowitsch. Der Schnaps weitet das Herz und peitscht das Blut auf! Alles auf der Welt wird klarer! Glauben Sie, ich hätte dieses Leben ohne diese Flasche ausgehalten? Ich habe sie mit ins Bett genommen . . . Das war sicherer als Männer und gab nie Probleme.«

Sie goß sich das vierte Glas ein und kratzte sich am Haaransatz. »Mustin – ein merkwürdiger Name für einen Menschen . . .«

»Ich stamme aus Aserbeidschan.«

»Aha! Und wo ist das?«

»Tief im Süden. Schon bei den Mohammedanern.«

»O Himmel! Dann sind Sie wohl auch so einer?«

»Ja.«

Mustin nahm noch einen vorsichtigen Schluck. Beim zweitenmal brannte es schon weniger, man schmeckte sogar den Honig heraus. »Aber man fragt nicht danach, wenn man so aussieht wie ich. Vor fünf Jahren kam ich nach St. Petersburg. Ich lebte vorher in der Gegend von Schemacha, hütete die Schafherden meines Onkels Ibrahim und fütterte die Seidenraupen. Wir haben wundervolle Seide! Die Stoffe aus Gizan werden in der ganzen Welt gehandelt. – Eines Tages reitet eine Abordnung über unsere Weiden, ein Oberst sieht mich, hält das Pferd an, als stünde es vor einem Abgrund, und sagt zu mir: ›Komm einmal her, du Kröte!‹; und als ich antworte: ›Selber Kröte!‹, läßt er mich ergreifen und schleppt mich in die Stadt. Dort werde ich von allen Seiten fotografiert, bekomme einen Goldrubel und kann gehen. Aber zwei Monate darauf sind sie wieder da, die Reiter. Und ich sehe, daß sie mich suchen. Da bin ich weggelaufen, zuerst in meine Erdhöhlen, aber sie hatten Hunde dabei, dann weiter in die Berge . . . Gehetzt haben sie mich wie ein seltenes Wild, und nach drei Wochen war ich so schwach, daß ich mich in eine Höhle verkroch, um dort zu sterben. Die Spürhunde fanden mich sofort. Man fesselte mich, schleppte mich nach Schirwan, legte mir dort Ketten an und fuhr mich in einer geschlossenen Holzkutsche, wie in einem Käfig, nach Petersburg.

Und da stehe ich eines Tages vor einem hohen Herrn in einer goldgestickten Uniform. Der sieht mich an und lacht. Dann fragt er mich: ›Hast du schon einmal in einen Spiegel geblickt?‹ Und ich antworte: ›Ich brauche nur dich anzusehen, um zu wissen, wie häßlich man sein kann!‹ Da lacht er noch mehr, man nimmt mir die Ketten ab, führt mich in eine Wohnung – so etwas Schönes habe ich noch nie gesehen! Man zeigt auf einen Burschen, der sich verneigt, und sagt zu mir: ›Das ist dein Diener. Morgen wirst du dem Zaren und dem Zarewitsch vorgestellt!‹ Dann läßt man mich allein. Ich gehe umher: Zimmer mit Seidentapeten, Fenster zu einem Park mit Springbrunnen, goldene Türgriffe, sogar ein Badekabinett, das ich bestaune, denn ich habe bisher immer nur im Fluß gebadet. Dann kommt der Diener mit einer für mich geschneiderten Uniform aus Samt, Brokat und Spitzen.« Mustin nickte mehrmals. »So bin ich nach St. Petersburg gekommen ... eingefangen wie ein seltenes Tier. Mein Aussehen wurde zu meinem Glück ...«

»Eigentlich eine traurige Geschichte, Mustin Fedorowitsch«, sagte Rosalia Antonowna. »Und das haben Sie alles ohne Schnaps ertragen?«

»Ich habe es Ihnen erzählt, um zu zeigen, was Aussehen wert ist! Meine Häßlichkeit machte mich reich ... Ich fürchte, daß Matildas Schönheit sie arm machen wird.«

»Sie wird einmal reich heiraten!«

»Nicht als Mätresse des Zarewitsch.«

»Das wird sie nie werden!« schrie die Bondarewa. »Vorher drehe ich dem Täubchen den Hals um!«

»Sie sollten sich um Boris Davidowitsch kümmern, Rosalia Antonowna«, sagte der Zwerg Mustin. »Er ist ein schöner, tapferer, ehrlicher Mensch. Nur Geld hat er wenig. Ein kleines Gut in Kurland, das aber sein Bruder erbt. Er bleibt Offizier, wird vielleicht mal General, aber nur, wenn es neue Kriege gibt. Und die wird es geben!«

»Dann wird Matilda also bald Witwe sein ...«

»Oder Frau Major, Frau Oberst, Frau General! Wer weiß das? Sie haben viele Jahre vor sich – und in vielen Jahren gibt es viele Kriege. Das hat der Mensch so an sich. Er wird unruhig, wenn zu lange Frieden ist. Er ist erst wieder glücklich, wenn geschossen und gestorben wird – ein merkwürdiges Geschöpf, dieser Mensch! Sie werden es erleben, Rosalia: Boris Davidowitsch wird seinen Weg machen. Ein Offizier hat immer zu leben, dafür sorgen schon die Regierungen. Und Boris liebt Matilda ...«

»Ist das wahr?« Rosalia starrte den Zwerg ungläubig an. »Wenn er hier ist, sitzt er herum und spricht nicht mehr wie ein Stockfisch. Er schaut das Töchterchen nur immer an, spielt ein paar Runden Domino oder Schach und geht dann wieder. Er knallt die Stiefel zusammen und grüßt wie auf der Parade. Und draußen – da ist dann der Teufel los! Da stehen sie vor dem Haus und beschimpfen ihn. Gestern haben sie sein Pferd mit Pech eingerieben. Wie kann man auch mit silberbeschlagenem Zaumzeug in diese Gegend kommen? Was hat der gute Tichon Benjaminowitsch getan, der Hauswirt und Trödler unten? Er hat das Gäulchen in seinen kleinen Laden gezogen, hat es hingestellt zwischen die alten Anzüge und all den Kram, hat es mit Brotstückchen gefüttert und versucht, das Pech aus dem Fell zu reiben. Und was sagt der hochwohlgeborene Herr Offizier, als er sein Pferd abholt? ›Gott vergelt's Ihnen, lieber Mann!‹ – Das war alles. Nicht eine Kopeke! Minajew hat fast geheult vor Wut! ›Das nächstemal steche ich das Biest ab!‹ hat er getobt. ›Mir hat Gott noch nie etwas vergolten! Laß ihn nur morgen wiederkommen! Er wird glücklich sein, wenn er nur noch die Hufe wiederfindet!‹ – Ob das nun der richtige Mann für Matilda ist?«

»Er ist jedenfalls der richtige, um den Zarewitsch von Matilda fernzuhalten«, sagte Mustin und hüpfte von seinem Stuhl. »Überlegen Sie es sich, Madame: Die Oper von Odessa ist die schönste der Welt!«

»Und dort wird ein anderer Fürst sein, der meiner Tochter nachläuft!«

»Aber kein Thronfolger, Madame. Darauf allein kommt es an! Wer einen Thron erbt, gehört dem ganzen Volk, nicht einem Menschen allein. Nikolai Alexandrowitsch wird einmal die Tochter eines anderen Regenten heiraten. Man munkelt von Alice, Prinzessin von Hessen, einer Enkelin der englischen Königin Victoria und Nichte des deutschen Kaisers Wilhelm II.«

»Lang lebe der Zar!« sagte Rosalia ehrfürchtig.

»Und was soll dann Matilda sein?« Mustin stülpte seinen

Hut auf den unförmigen Kopf. »Nikolai wird Geliebte haben – aber eine von vielen – dafür ist mir Matilda nun doch zu schade!«

»Sie sagen das richtige!« Rosalia ließ ihre Faust auf den Tisch fallen. »Ich verspreche Ihnen, Mustin Fedorowitsch: Matilda wird alle Annäherungen des Zarewitsch abweisen! Und wenn ich sie selbst Tag und Nacht nicht aus den Augen lasse!«

Zufrieden stieg Mustin die steile Treppe hinab, betrat durch eine Seitentür den Trödlerladen von Minajew und legte ihm einen Leinenbeutel mit Geld auf den Tisch. Minajew, der wie immer auf einem Stuhl zwischen seinem Kram hockte und trübsinnig auf die Straße starrte, zuckte zusammen.

»Unmöglich!« sagte er rauh. »Für dich habe ich nichts im Laden! Man könnte höchstens etwas umändern . . .«

»Im Beutel sind zehn Rubel!« sagte Mustin. »Leutnant von Soerenberg schickt sie dir wegen seines Pferdes. Oder glaubst du, der Hochwohlgeborene reitet mit Taschen voll Geld herum?! Ein so hoher Herr, ein Baron aus Deutschland, hat nicht nötig, selbst zu bezahlen. Verstehst du? Wenn er wiederkommt, hol das Pferd wieder in deinen Laden. Und wehe dir, wenn ihm nur ein Schwanzhaar fehlt! Ich prügele dir die zehn Rubel wieder aus der Hose!«

Minajew machte ein paar Verbeugungen und wartete, bis der Zwerg den Laden verlassen hatte. Dann öffnete er mit zitternden Fingern den Beutel und zählte nach. Zehn Rubel, tatsächlich! Er steckte das Geld in die Tasche und rannte hinauf zur Bondarewa.

»Wer war das?« schrie er schon im Flur. »Rosalia, zehn Rubel hat er mir gegeben. Die Menschheit wird verrückt!«

»Es war Mustin, der Leibnarr des Zarewitsch!« Rosalia Antonowna blickte Minajew aus glasigen Augen an. Selbst für sie waren sieben Gläser Birkenschnaps eine umwerfende Menge. »Gewöhne dich daran, Tichon Benjaminowitsch, daß wir in Zukunft nur noch mit Hochwohlgeborenen verkehren . . .«

Der Besuch des Zarewitsch in der Kaiserlichen Ballettschule wirkte noch lange nach. Vor allem Tamara Jegorowna konnte sich nicht beruhigen.

»Wie konnte das passieren?« fragte sie Matilda immer wieder. »Fällt vor dem Thronfolger einfach in Ohnmacht, das dumme Luder! Nur weil er ihr die Hand küßt!«

»Ich habe nicht damit gerechnet, daß er mich überhaupt anfaßt«, sagte Matilda still. Sie sprach wie nach innen, leise, schwebend, irgendwie verwandelt, als könne sie aus einem Traum nicht zurück in die Wirklichkeit kehren. »Ich kniete vor ihm, und da küßte er mich.«

»Die Hand!«

»Ist das nicht genug?«

»Man soll es nicht glauben!«

Die Jegorowna drückte Matilda auf einen Hocker und stellte sich vor sie hin. Sie waren in dem kleinen Übungszimmer allein, in dem Tamara die ausgewählten Solistinnen und Solisten einzeln trainierte.

Sogar die neue Ballerina Ljudmila Pischnowskaja kam dreimal in der Woche zu diesem Solotraining, probierte unter Tamaras harten Kommandos die neuen Partien durch und ließ sich von ihr beschimpfen. Ohne Uhrzeit wurde probiert, gnadenlos, bis zum Umfallen . . . Kein militärisches Exerzierreglement war mit dem vergleichbar, was die Jegorowna ihren Ballettschülern zumutete.

Aber es lohnte sich.

Wer aus der Jegorowna-Schule kam, wer diese Knochenmühle durchstand, erschrak vor nichts mehr, was mit Ballett zu tun hatte. Selbst der große Igor Wladimirowitsch Potgan, der jetzt in Paris tanzte, sagte ehrfurchtsvoll: »Was die Tamara in Petersburg leistet, das wird die Zeiten überleben!«

Auch heute war die Jegorowna mit Matilda hart bis an die Grenze gewesen. Drei Stunden, mit nur einer kleinen Schnaufpause, trainierte sie die Rolle, die Matilda am 23. Dezember zum erstenmal als Solistin tanzen sollte: Die Prinzessin Aurora in »La Belle Au Bois Dormant« mit der »Dornröschen«-Musik von Tschaikowsky.

Tamaras Spruch: Edelsteine muß man schleifen, bis sie nach allen Seiten glitzern, hatten schon viele verflucht, aber sie sagten ihn sich vor wie ein Gebet, wenn nach der Aufführung der Applaus der ausverkauften Opernhäuser zu ihnen auf die Bühne brauste ...

»Was habe ich gesagt«, fragte die Jegorowna jetzt, während Matilda schwitzend und mit gesenktem Kopf auf dem Hocker saß. »Was muß ein Tänzer haben?«

»Ausdauer, Disziplin, eisernen Willen ...« Matilda blickte hoch. Ihre Augen zitterten vor Anstrengung. »Und Gläubigkeit.«

»Bei dir kommt noch etwas hinzu: Nerven! Nerven muß er haben! Stählerne Nerven! Was nützt der schönste Grand jeté en tournant, wenn ein Blick des Zarewitsch die Knie weich macht? Sieh mich an!« Matilda hob den Kopf noch höher. »Und gerade du wirst Nerven gebrauchen können, gerade du! Glaubst du, der Zarewitsch hat dich schon vergessen?«

»Ich hoffe es«, erwiderte Matilda leise. »Ich weiß, ich habe mich dumm benommen. Es war ja nur eine höfliche Geste.« Ihr Blick wurde flehend. »Kann nicht Alla Petrowna die Aurora tanzen? Ich werde versagen ...«

»Unsinn! Du wirst einen Triumph erleben! Man wird dir zujubeln und nicht der Pischnowskaja!«

»Sie wird mich danach hassen ...«

»Auch daran mußt du dich gewöhnen, das gehört zum Erfolg, zum Leben. Je mehr du kannst, je berühmter du wirst, um so mehr wird dich deine Umwelt beneiden. Sie werden sich die Hände wund klatschen, aber ebenso rot werden ihre Mäuler sein, denn am liebsten möchten sie dich fressen! Auf dem Gipfel des Ruhmes wirst du der einsamste Mensch sein! Tausende werden zu deinen Füßen liegen, aber ihre Seelen erreichen dich nicht mehr, weil du weißt, daß alle diese Menschen dir den Schmuck, die Kleider, die Pelze, die Pferde, die Kutsche, die Villa, das Geld neiden. Auch wenn du dir dafür die Füße blutig getanzt haben wirst ... sie werden dir nie verzeihen, daß du mehr geworden bist als sie sind.« Tamara Jegorowna klatschte in die Hände. »Du wirst die Aurora tanzen! Und wenn der Zarewitsch dir wieder die Hand küßt, wirst du fest auf deinen Beinen stehen wie eine Säule!«

V

Es war ein sonniger Tag. St. Petersburg lag unter tiefem Schnee, die Kälte klirrte bei jedem Schritt, die Moika begann zuzufrieren, die kleinen Kanäle hatten schon Eisdekken, die Kuppeln der Kirchen glänzten, als seien sie mit Kristalldiamanten bestäubt.

Auf den großen Prospekten waren die Eishacker unterwegs und hieben die Straßen frei, damit die Pferde nicht ausrutschten, schaufelten den verharschten Schnee an die Straßenränder und säuberten die Gehsteige.

An den Straßenecken, auf Plätzen und Märkten und an den Zugängen zu den öffentlichen Parks qualmten die Öfen der Kastanienröster. Der Duft hing wie eine Wolke über ihnen; in dicken Steppmänteln, Pelzmützen und Filzstiefeln, aus deren Schäften Stroh ragte, mit dem sie ausgelegt worden waren, saßen die Kastanienröster auf ihren Hockern und riefen ihre heiße köstliche Ware, die Maronen, aus.

Ein paar Kopeken die Tüte – schöne, heiße frisch aufgeplatzte Maronen – das wärmte den Gaumen, den Magen, das lag wie ein heißer Stein im Körper und trieb die Kälte hinaus.

Boris Davidowitsch hatte von Matilda erfahren, daß heute nur am Vormittag geprobt würde; für den Nachmittag war die Jegorowna nach Zarskoje Selo gerufen worden.

Das Offizierskorps der Husaren bereitete einen internen Theaterabend vor, bei dem ein kleines Ballett tanzen sollte. Der Tenor Sumawelisch würde singen, der berühmte Schauspieler Juwalew trug pikante Gedichte vor und die Soubrette Warenskaja würde frivole Lieder singen ...

Da der Abend von den Freunden des Zarewitsch, den Grafen Scheremetjew und Woronzow-Daschkow, inszeniert wurde, ahnte die Jegorowna aus reicher Erfahrung, was sich nach dem offiziellen Teil abspielen würde.

Gerade das Offizierskorps der Gardehusaren von Zarskoje Selo war als der vornehmste Herrenklub von St. Petersburg berühmt. Es bestand ausnahmslos aus Adligen, Söhnen bester Familien, die überall Bewunderung erregten, wenn sie auf ihren Schimmeln zu den Paraden ritten.

Um einen solchen »Theaterabend« zu besprechen, kam die Jegorowna selbst in die Zarenresidenz. Sie suchte dafür aus den umfangreichen Ballettgruppen Mädchen aus, deren Moral so kurz war wie ihre Balletträckchen.

Boris Davidowitsch mußte trotzdem bis gegen zwei Uhr warten, bis er Matilda aus dem Tor der Ballettschule kommen sah. Er lief ihr entgegen, umarmte sie, zog sie an sich und lachte als er sah, wie verlegen sie wurde. Ihr Gesicht, von einer großen Mütze aus Fuchspelz umrahmt, sah zerbrechlich wie feinstes Porzellan aus. Die großen Augen schienen noch weiter als sonst zu sein.

»Endlich!« rief Boris Davidowitsch von Soerenberg und schlang die Arme um Matilda, als müsse er sie trotz des dikken, gesteppten Wollmantels mit dem Pelzbesatz wärmen. »Endlich! Die Sonne wartet nicht!«

»Bis vor zehn Minuten haben wir probiert, Boris Davidowitsch.«

»Ich sehe es! Ich erkenne es an Ihren Augen, Matilda. Sie können vor Erschöpfung kaum noch atmen! Eine fürchterliche Frau, diese Jegorowna!«

»Eine wunderbare Frau!«

Matilda lachte, lehnte sich an ihn und blickte über die Straße. Dort stand eine mit dicken Fellen ausgelegte Troika mit kleinen, stämmigen Pferden. Aus den Nüstern trieb in weißen Wolken ihr Atem, die Felle waren mit Eiskristallen überzogen. Ein Kutscher, dick und vermummt, nur an den Armen noch als Mensch erkennbar, saß auf dem Bock, als sei er in Frost erstarrt. Wenn das mittlere Pferd, das Stangenpferd, sich schüttelte, klingelten kleine silberne Glokken an dem hohen gebogenen Geschirr.

»Gehen wir heute zu Fuß?« fragte Matilda ahnungslos.

»Ich habe eine Troika gemietet. Dort drüben . . .«

»Sie ist wirklich für uns?« Sie freute sich wie ein Kind, und ihr müdes Gesicht verwandelte sich. Es strahlte, wie von innen erleuchtet. »Wissen Sie, Boris Davidowitsch, daß ich in meinem Leben bisher fünfmal in einer Troika gefahren bin? Ich habe es genau gezählt und behalten. Es war immer ein Erlebnis. So viele Menschen fahren in einer Troika, draußen die Bauern, hier die hohen Herren – aber wie kommt unsereins dazu, in ihr zu fahren? Dreimal habe ich als Kind darin gesessen, da kannte Mama einen Fuhrmann, ich nannte ihn Onkel Genjka, und er kam oft zu uns, brachte uns Sauerkohl und Brot, Grieß und Mehl. Das war, bevor Mama ihren Marktstand erbte. Wenn er Zeit hatte, fuhr er mit mir durch St. Petersburg, über die Brücken, hinüber nach Petrograd oder zur Jelagininsel, zum Hafen der alten Galeeren oder zum Newski-Kloster. Das waren immer Feiertage für mich! Als ich vierzehn war, lud mich ein Baron ein, der die Ballettschule mit seinem Besuch beehrte und – wie Sie – am Tor auf mich wartete. Aus dieser Troika bin ich dann hinausgesprungen ...«

Ihr Gesicht war plötzlich sehr hart geworden.

»Ich verstehe«, sagte Boris Davidowitsch gepreßt. »Wenn Sie mir seinen Namen noch nennen können, fordere ich ihn zum Duell!«

»Es war furchtbar! Als ich mich wehrte, schlug er mich, und der Kutscher hieb auf die Pferde ein und raste wie irrsinnig hinaus nach Paljustrowo. Hinter der Gießereibrücke konnte ich dann aus der Troika springen; ich rollte durch den Schnee und verstauchte mir den linken Knöchel. Und was tut der Herr Baron? Er läßt die Troika wenden und jagt auf mich zu! Will mich von den Hufen in den Schnee stampfen lassen! Aber es gelang mir, unter die Brücke zu flüchten, da konnte er mit dem Schlitten nicht hin. Ich habe drei Wochen im Bett liegen müssen. Mama habe ich nur erzählt, ich sei auf dem Eis ausgerutscht. Keiner weiß davon ... Sie sind der erste, Boris Davidowitsch.«

»Wer war es?« Der Leutnant legte wie schützend den Arm um Matilda. »Sie müssen sich an den Namen erinnern! Bitte, denken Sie nach! Denken Sie ganz scharf nach!«

»Fünf Jahre fast ist es her, Boris ...« Sie sah ihn groß an. »Was würden Sie mit ihm tun?'

»Ihn wie Sie mit einer Troika durch den Schnee hetzen ...«

»Und töten?«

»Wenn er verliert ... Er hat seine Chance! Sie hatten damals keine!«

»Sie könnten wirklich meinetwegen einen anderen Menschen vernichten?«

»Jederzeit!«

»Warum, Boris Davidowitsch?

Das war nun eine Frage, die man nicht auf der Straße, im schmutzigen Schnee stehend und vom Frost angegriffen, so leichthin beantworten konnte. Boris von Soerenberg winkte hinüber zur Troika.

Der zu Eis erstarrte Kutscher wurde plötzlich lebendig, ließ ein lautes Schnalzen hören, dann rief er: »Wollt ihr wohl die Beinchen bewegen, ihr Miststücke?« Die Troika zog an, die Stahlkufen knirschten durch den Schnee, und in weitem Bogen glitt der große Schlitten heran.

»Wohin sollen wir fahren, Matilda Felixowna?« fragte Boris. »Wünschen Sie sich etwas! Alles, nur nicht nach Hause! Ein so schöner Tag ist heute!«

Er war froh, damit einer Beantwortung von Matildas Frage ausgewichen zu sein. »Morgen wird es vielleicht wieder schneien, der Himmel ist grau. Es liegt Schnee in der Luft. Das Thermometer ist um drei Grad gestiegen.«

Die Troika hielt. Matilda trat an sie heran. Der Kutscher grüßte militärisch. In seinem Bart hatte sich die Atemluft zu kleinen Eiszapfen verdichtet. Die Beine staken bis zu den Knien in zwei Säcken mit Stroh.

Boris half Matilda beim Einsteigen und deckte sie dann mit dicken Felldecken zu. Es waren Fuchs- und Marderpelze, und Matilda vermummte sich mit ihnen, bis nur noch ihr Kopf aus dem Fellberg ragte. Soerenberg rollte sich neben ihr in einen Wolfspelz ein und nickte ihr dann zu.

»Warm genug?«

»Herrlich! Wie auf einem Ofen.«

Matilda legte den Kopf in den Nacken und blickte in den wolkenlosen tiefblauen Himmel. Solche Wintersonnentage waren selten. Meistens zog es trüb vom Meer herüber, und Wasser und Himmel verschmolzen zu einem dichten Grau.

»Meine fünfte Troika fuhr ich mit sechzehn Jahren«, fuhr Matilda unaufgefordert in ihrem Bericht fort. »Tamara Jegorowna nahm mich mit zu einer Freundin, einer Sängerin. Sie hat ein Landhaus draußen in Sluzk, am Ufer der Slawanka, in der Nähe des Schlosses von Pawlowsk.« Sie lachte glucksend. »Wir sind nie hingekommen, Boris! Vier Werst außerhalb Petersburgs kippte die Troika um, weil der Kutscher völlig betrunken war. Ein Pferd brach sich dabei ein Bein. Ein Gendarm mußte es später erschießen. Wir waren so erfroren, daß uns ein anderer Schlitten sofort wieder in die Stadt zurückbrachte. Tamara goß für uns einen Tee mit Rum auf ... Das war das erstemal, daß ich betrunken war. Mama hatte mir nie Alkohol gegeben. Sie sagte nur immer: ›Es genügt, wenn ich saufe. Fang das nie an, Töchterchen! Man kann der Wahrheit nicht davonlaufen ...‹ Was wird wohl jetzt, bei meiner sechsten Troika, passieren?«

»Wir fahren hinüber zur Steininsel. Dort gibt es ein Restaurant mit einem Wirt, der bestimmt der dickste Mensch der Welt ist, Wasja Kyrillowitsch Tschuptikow. Man sagt, er sei aber auch der beste Koch der Welt. In einem Wasserbassin hält er lebende Hummer von der französischen Atlantikküste. Für ein paar Rubel kann man bei ihm essen wie am Zarenhof! Aber er läßt nicht jeden in sein Lokal. Man klopft an seine Tür, er beäugt einen durch eine Klappe, und wer ihm nicht paßt, dem schlägt er die Klappe vor der Nase zu. Man müßte ihn dann schon mit Waffengewalt stürmen ...«

»Und wir kommen hinein?«

»Ich kenne ihn gut.«

»Und wir essen Hummer?«

»Frisch gekocht mit einer Sauce aus Sahne und Petersilie!«

»Ich habe noch nie Hummer gegessen, Boris. Sie werden sich mit mir blamieren. Ich warne Sie!«

»Tschuptikow wird Ihnen zu Füßen liegen, Matilda!« Boris legte den Arm um ihren Hals. Wie ein glückliches Liebespaar sahen sie für jeden aus, der an der Troika vorbeiging. »Sollen wir fahren?«

»Nur weil ich neugierig bin, wie Hummer schmeckt!« sagte sie. »Und weil ich aus der Troika und den Fellen nicht wieder hinaus will.«

»Dann los!« Boris Davidowitsch stieß einen Pfiff aus.

Der Kutscher straffte sich, ließ die Leinen schnellen und schrie heiser:

»Dawai! Ihr Gäulchen, dawai! Wollt ihr wohl laufen? Schüttelt das Eis aus euren Knöchelchen! Dawai! Wer wird denn so lahm sein? Soll ich die Peitsche holen? Nun aber zu, aber zu!«

Die Glöckchen bimmelten, der Schnee stob unter den Kufen fort. Die Köpfe warfen sie hoch, die Pferdchen, die Mähnen flatterten, die Beine stießen in die verharschte Straße, und mit Schwung ging es durch Petersburg, über die Trutzkoibrücke hinüber nach Petrogradski und durch weite Schneefelder und über den Karpowkakanal und die Kleine Njewka auf die Steininsel.

Diesmal kamen sie an, der Kutscher war nicht betrunken, die Troika kippte nicht um, – es war eine herrliche Fahrt durch Sonne und blinkenden Schnee. Er leuchtete so stark, daß Matilda oft die Hände über die Augen legte, um nicht geblendet zu werden. Dazu spürte sie Boris' Arm um ihre Schulter und kam sich fast so glücklich vor, als wenn die Jegorowna zu ihr sagte: »Das hast du gut gemacht, Matilduschka!«

Sie sprachen während der Fahrt kaum miteinander. Ab und zu sahen sie sich an, ihre Augen lachten sich zu, aber Worte gab es wenige. Wenn man richtig glücklich ist, braucht man keine Sprache mehr. Dann lauscht man nach innen, und da ist alles voller Klang, voller Musik, voller nie gehörter Töne . . . Man legt sich in diesen Strom und läßt sich treiben in das Neuland der Seligkeit.

Wie erwartet war das Lokal von Tschuptikow geschlossen. Es sah von außen wie ein altes, verfallendes Bauernhaus aus, mit tief heruntergezogenem Dach wegen der Stürme von See her, mit geschnitzten und bemalten Fensterläden und einer dicken Bohlentür, die so schnell niemand aufbrach.

Während die Troika um das Haus herum in einen offenen Unterstand fuhr, klopfte Boris Davidowitsch mit der Faust gegen das Tor.

Er hatte Matilda von den Felldecken befreit und sie bis unter das Dach getragen. Dort hatte er sie vorsichtig abgesetzt, aber dieses kleine Stück des Weges war ihm vorgekommen wie ein paar Schritte – dem Schicksal entgegen. Ganz merkwürdig wurde es Boris zumute, als Matilda ihren Arm um seinen Nacken legte. Ganz langsam ging er mit ihr von der Troika weg, so langsam, wie es möglich war, nur um sie recht lange in seinen Armen zu halten, ihren Körper zu spüren, ihren Atem an seiner Wange zu fühlen, den zarten Druck ihres Armes in seinem Nacken zu genießen.

Eigentlich bin ich ein rechter Schuft, dachte Boris Davidowitsch. Ein elender Lump! Kümmere mich um dieses zarte Geschöpf nur einer Bitte wegen, sie vom Interesse des Zarewitsch abzuhalten. Nur ein Dienst ist es – weiter soll es nichts sein! Eine Abschirmung vor dem russischen Thronfolger! Sie soll sich an mich gewöhnen, um nicht an den anderen zu denken. Wie gemein ist das alles. Wie hinterhältig!

Aber ist es wirklich so?

Hat sich die Welt für mich in diesen zwei Wochen nicht verändert? Was denkst du denn, wenn du sie ansiehst? Was fühlst du, wenn du sie berührst? Was spricht in dir, wenn du sie lachen hörst? Welche Freude ist in dir, wenn sie dir mit ausgestreckten Armen entgegenkommt?

Boris Davidowitsch, gestehe es nur ein: Du liebst sie! Du hast sie in deine Gedanken eingegraben! Wenn du am Morgen erwachst – woran denkst du? An deinen Dienst bei den Husaren etwa? An dein Pferd? An Gott, den Zaren, den Zarewitsch? An dein Vaterland?

Nein! Nein, du denkst beim ersten Augenaufschlag nur: Guten Morgen, Matilduschka! Wann sehe ich dich wieder, mein Engel?

Und später, beim Bericht vor Seiner Kaiserlichen Majestät? Im Zimmer von Mustin, dem Zwerg, der immer nur fragt: »Hast du sie noch nicht geküßt? Was – noch nicht? Ein kalter Fisch bist du! Oh, hätte ich deinen Körper, sähe ich aus wie du ... Ich wäre der glücklichste Mensch und hätte Matilda an meiner Seite! Du enttäuschst mich, Husarenleutnant!«

In diesen Stunden denke ich immer nur: Wenn ihr alle wüßtet, wie es in mir aussieht! Du, mächtiger Zarewitsch, würdest mich in Ketten nach Sibirien verdammen, und du, kluger Zwerg, würdest Purzelbäume vor Freude schlagen. Und dann kommt die Furcht über mich: Was wird Matilda sagen, wenn sie je erfährt, daß meine Gegenwart nur die Ausführung eines Befehls ist? Verachtung wäre das geringste, was sie mir entgegenbringen würde ...

Wie es Boris Davidowitsch erzählt hatte, so geschah es: In der dicken Tür öffnete sich eine Klappe, ein dickes Gesicht erschien und zwei muntere Augen musterten die Ankömmlinge.

»Wach auf, du Mammut!« rief Boris fröhlich. »Ich will den besten Hummer haben, der jemals in Petersburg gekocht wurde!« Und zu Matilda sagte er leise: »Erschrick bitte nicht zu sehr, wenn du Wasja Kyrillowitsch gleich sehen wirst! Weder platzt er, noch ist er ein Ballon, der sich gleich in die Luft erhebt. Es wird immer ein Rätsel bleiben, wie normale Beine so einen Körper überhaupt tragen können.«

Boris hatte nicht übertrieben. Der gute Tschuptikow war ein Riese und er besaß einen Leibesumfang, der jeden normalen Menschen nur zum Rätselraten und Staunen anregen konnte: Wie war so etwas überhaupt möglich?

Ein Graf Warwitzky aus dem Permer Land, unendlich reich durch Pelztierzucht, hatte einmal gewettet, wie schwer Tschuptikow sei. Als die Wette bei 5000 Goldrubeln stand und die Wetter ins Schwitzen gerieten, weil Warwitzky bei seiner Behauptung blieb, Wasja Kyrillowitsch wiege – ohne Kleider – seine guten 400 Pfund, da ließ es selbst Tschuptikow keine Ruhe mehr.

Er verriegelte Fenster und Türen bis zum Hinterausgang, führte seine bis zum äußersten gespannten Gäste in die Scheune zu einer Viehwaage, zog sich bis auf die nackte Haut aus, was durchaus kein erfreulicher Anblick war, und stellte sich auf das Wiegebrett. Der Graf schob selbst die Gewichte herum, seufzte dann, faltete die Hände und gab sich geschlagen.

Erst bei 448 Pfund und 290 Gramm blieb der Wiegebalken endlich in der Geraden. Es war kaum glaublich, aber eine gute Viehwaage lügt nicht ... sie zeigt höchstens weniger an, wenn man eine Kuh kaufen will. Es stecken Rätsel in den Waagen; hier aber war nicht mehr zu deuteln: Tschuptikow war der schwerste Mann Rußlands. Es war verständlich, daß er keine Frau hatte, denn jedes Weibchen lief davon aus Angst, unter diesem Felsblock zermalmt zu werden.

Wasja Kyrillowitsch begrüßte Boris wie einen Freund, zwinkerte Matilda zu und führte sie an einen Tisch in einer Ecke. Über ihnen an der Holzwand hing eine Ikone des heiligen Pimen und eine rostige Kette, deren Endglieder zersägt waren. Matilda sah sie fragend an, und Tschuptikow erklärte mit seiner rauhen Stimme:

»Man hat sie mir in Moskau wieder aufgeschnitten. Sechs Jahre habe ich sie getragen, bis Tschita! Ich bin einer der wenigen, die aus Sibirien zurückgekommen sind.«

Schaudernd setzte sich Matilda unter die rostige Kette.

»Er spricht nicht gern darüber«, flüsterte Boris, als Tschuptikow gegangen war. »Man hatte ihn zum Tode verurteilt und dann nach Sibirien begnadigt. Einen Rittmeister hat er mit der bloßen Faust erschlagen, mit einem einzigen Schlag! Der Kopf platzte auseinander wie eine weiche Tomate. Wasja kam vom Markt zurück, wo er einkaufte, und was sieht er? Seine Frau Rajetschka liegt mit dem Rittmeister auf dem Bett. Damals wog er noch zweihundertvierzig

Pfund, aber für Rajetschka war es anscheinend doch zuviel. Seitdem hat er keine Frau mehr, und er wird immer dicker. Er sagt, er sei jetzt glücklich, – aber wer glaubt das?«

Einen Hummer zu essen, ist gar nicht so einfach. Es gibt Leute, die schlagen mit der Faust darauf; und was an den Seiten herausquillt, betrachten sie als eßbar. Das aber sind die Barbaren unter den Essern . . . Die feinen Leute zerlegen einen Hummer, als seien sie Chirurgen und müßten Stück um Stück eines Körpers präparieren. Da wird gehackt und gesogen, gelutscht und herausgegraben, auseinandergezerrt und gespalten mit einer Ernsthaftigkeit, die an eine religiöse Tätigkeit erinnert. Daran also erkennt man den gebildeten Menschen: Er betrachtet einen Hummer noch als Gottesgabe.

Matilda machte getreulich alles nach, was sie bei Boris sah, aber als sie die Hälfte ihres Hummers verzehrt hatte, fragte sie leise:

»Und das soll nun etwas ganz Besonderes sein? Boris Davidowitsch, Sie müßten einmal zu uns kommen, wenn Mama Dorsch kocht! Oder wenn sie Seezunge brät – in Butter, mit Speck gespickt. Dazu gibt es Kartoffeln, in gehackten Haselnüssen gewälzt. Aber das können Sie nicht kennen, das ist sicherlich zu ordinär für Sie!«

»Ich werde es bei Ihnen essen, Matilda!«

Boris hob sein Glas; sie tranken einen hellen, ziemlich sauren Weißwein zum Hummer, der Matilda auch nicht besonders gut schmeckte. Er gehörte aber dazu, wie Boris versicherte.

»Ich werde alles kosten, was Ihre Mutter kocht. Sie ist eine fabelhafte Frau!«

Er blickte Matilda erstaunt an. Sie hatte sich von einer Sekunde zur anderen verändert. Ihr Gesicht wurde bleich und ihre Augen weiteten sich, als sähe sie etwas Schreckliches. Den Rücken durchgedrückt, wie erstarrt, saß sie da und kniff die Lippen zusammen.

»Was haben Sie, Matilda?« fragte Boris von Soerenberg erschrocken. »Habe ich Sie beleidigt? Habe ich etwas Dummes gesagt? Ich weiß nicht, was es sein könnte, aber ich bitte um Verzeihung.«

»Es kommen neue Gäste«, sagte sie stockend. Ihre Stimme klang wie gebrochen. »Zwei Herren und zwei Damen . . .«

Boris hob die Schultern. Hinter sich hörte er Stimmen und Lachen. »Sie kennen sie, Matilda?«

»Nur einen. Er ist es . . . Mein Gott, er ist es wirklich! Lassen Sie uns schnell weggehen, Boris Davidowitsch.«

»Natürlich bleiben wir! Warum sollen wir flüchten? Wer ist es? Der Zarewitsch inkognito?«

Matilda schüttelte den Kopf. »Ich flehe Sie an, Boris . . . lassen Sie uns gehen! Bitte . . .«

Der Leutnant drehte sich spontan um und warf einen Blick auf die neuen Gäste. Noch mehr erstaunt als vorher, wandte er sich wieder Matilda zu. Sie zitterte, obwohl sie sich alle Mühe gab, es zu verbergen.

Du mußt Nerven haben, hatte die Jegorowna gesagt! Nerven! Nerven aus Stahl! Du bist so schön, daß du nur damit heil durchs Leben kommst . . .

»Was erschreckt Sie so?« Boris schenkte sich Wein ein. »Es sind nette Leute. Sie kommen immer, fast jeden zweiten Tag . . .«

»Er ist es«, sagte Matilda tonlos. »Der mit dem grauen Anzug ist es. Der Graf . . .«

Durch Boris rann es eiskalt. Er zog wie frierend die Schultern hoch und umklammerte die Tischkante.

»Der mit der Troika . . .?«

»Ja.«

»Irren Sie sich nicht, Matilda?«

»Ich werde dieses Gesicht nie vergessen können . . .«

»Sie müssen sich irren . . .«

»Unmöglich! Jetzt –, wie er lacht . . . So hat er gelacht, als er mit den Pferden auf mich zugaloppierte. Er wollte mich umbringen, weil ich mich weigerte . . .«

»Das ist kein Graf.« Boris' Stimme war tonlos geworden. »Das ist Fürst Valentin Wladimirowitsch Kramskoj . . . einer der besten Freunde des Zarewitsch.«

»Lassen Sie uns gehen, Boris. Bitte, bitte!« Matildas Stimme war zu einem Flüstern geworden. »Ich habe es geahnt. Jede Troika bringt mir Unglück . . .«

»Nicht die, in der wir sitzen!« Boris erhob sich; Matildas Augen verrieten ihre wahnsinnige Angst. Sie hob flehend die Hände, aber Boris von Soerenberg schüttelte nur stumm den Kopf und sagte dann: »Ich will ihn nur begrüßen. Ich kann nicht glauben, daß er es war.«

Fürst Kramskoj war in bester Laune, als Boris an seinen Tisch trat. Er hatte eine neue Geliebte bei sich, eine Näherin aus der Vorstadt, ein süßes Mädchen mit langen blonden Haaren und einer Stupsnase.

Der andere Herr war Graf Sabarini, ein Italiener, der seit drei Jahren in St. Petersburg lebte und römische Altertümer an den russischen Adel vermittelte. Kramskoj breitete die Arme aus, als er Boris von Soerenberg sah und rief sofort:

»Boris Davidowitsch! Mein guter Freund! Natürlich sind Sie auch hier.« Er blinzelte in die Ecke hinüber und beugte sich vor. »Nicht übel, nicht übel! Ein Elfchen, nicht wahr? Gratuliere! Mit Hummer und Wein führt man sie heim . . . Haha!«

»Ich möchte Sie sprechen, Valentin Wladimirowitsch.«

»Sofort?«

»Ja!«

»Und so ernst?«

»Es ist ernst.«

»Soll jemand gefressen werden?« Kramskoj erhob sich und zog seinen Anzug gerade. »Schießen Sie los, mein Freund.«

»Nicht hier, wenn es Ihnen recht ist. Draußen.«

»Im Frost? Boris . . .«

»Es geht schnell.«

»Bitte.«

Sie gingen hinaus in die Scheune, wo sich Tschuptikow gewogen hatte. Kramskoj schlug die Arme um den Körper; es war wirklich höllisch kalt.

»Was ist nun, Boris Davidowitsch? Seien Sie kein Sadist und verkühlen Sie mich nicht so, daß mein kleines Mädchen nachher verzweifelt, weil ich völlig erfroren bin. Was ist denn nur los?«

»Haben Sie versucht, vor etwa fünf Jahren mit Ihrer Troika ein vierzehnjähriges Mädchen zu überfahren, weil es Ihnen nicht zu Willen war?«

Fürst Kramskoj starrte Boris an, zuerst ungläubig, dann merklich spöttischer. Schließlich grinste er breit. »Sie sind ein Witzbold, Soerenberg! Oder betrunken?«

»Waren Sie dieses Schwein, Valentin Wladimirowitsch?«

Fürst Kramskoj erstarrte. »Sind Sie verrückt?« fragte er heiser. »Wenn ich Sie ernstnehmen würde –, wissen Sie, was das bedeutet?«

Boris wiederholte: »Sie sind ein Schwein!« und holte blitzschnell aus, um seine Hand dem Fürsten Kramskoj ins Gesicht zu schlagen. Der taumelte, verlor das Gleichgewicht und fiel seitlich auf einen Holzstapel.

»Sie Irrer!« stammelte Kramskoj, stemmte sich hoch und schwankte etwas. »Sie versoffener Hund!«

»Ich schicke Ihnen morgen meinen Sekundanten!« sagte Boris kalt und rieb sich die Hände. »Schwere Säbel! Wenn Sie kneifen . . . Ich finde Sie überall, Valentin Wladimirowitsch! Vor mir rettet Sie niemand mehr – auch nicht der Zarewitsch!«

Sie standen sich nun einen Augenblick stumm gegenüber, abwartend und unschlüssig, ob sie nicht jetzt schon aufeinander losstürzen sollten. Ob sie sich mit den bloßen Händen würgen oder mit einem Holzknüppel erschlagen sollten. Zwei Meter seitlich von Kramskoj entfernt, stak ein Beil in einem dicken Hackklotz.

Der Fürst schielte dorthin, noch immer etwas unsicher auf den Beinen, mit der einen Hand seine Haare aus der Stirn streichend, die andere, zur Faust geballt, gegen die Brust gepreßt.

Boris von Soerenberg verstand diesen lauernden Blick und schüttelte den Kopf.

»Sie erreichen das Beil nicht, Valentin Wladimirowitsch. Außerdem möchte ich nicht, daß unsere Aussprache jetzt und in aller Öffentlichkeit stattfindet. Ihr kleines Mädchen wartet. Ich gönne Ihnen noch ein paar intime Stunden – einen Abschied vom Leben sozusagen, der zu Ihnen paßt! Sollen wir uns im Wald der Jelagininsel treffen, oder schlagen Sie einen anderen Platz vor?«

»Das Palais Jussupow.« Der Fürst sah Boris mit haßsprühenden Augen an. »Ich werde sofort zu ihm fahren.«

»Akzeptiert. Fürst Jussupow wäre dazu bereit?«

»Er ist mein Freund!«

»Er würde zusehen, wenn ich Sie in Stücke schlage?«

»Felix wird für ein anständiges Begräbnis Ihres Leichnams sorgen.« Kramskojs Hochmut erwachte von neuem. »Oder besitzt Ihre Familie so viel Mittel, Sie nach Kurland zu überführen? Sie einfach in die Moika werfen, widerstrebt ihr sicherlich.«

»Wo trifft mein Sekundant Sie an?«

»Wo denn?« Kramskoj lachte kurz und hart. »Im Anitschkowpalais, in der Nähe des Zarewitsch. Befürchten Sie nicht, in eine Garnison hinter den Ural versetzt zu werden?«

»Großfürst Nikolai Alexandrowitsch wird kaum Verständnis haben für einen Freund, der eine Vierzehnjährige in einer Troika vergewaltigen wollte. Der Zar noch weniger! Oder sollen wir den Zaren um Vermittlung bitten?«

Kramskoj schwieg. Die steife Moral Alexanders III., seine strenge Lebensführung, sein Begriff von ehelicher Treue waren in ganz Rußland bekannt und gaben in den Kreisen der hohen Herrschaften oft Anlaß zu Spötteleien. Fürst Bussarin sollte einmal gesagt haben: »Er betet vorher in der Hauskapelle, wenn er sich der Zarin nähern will . . .« Und in Offizierskreisen kursierte der Witz: »Wenn nachts die Glocken läuten, – was ist dann los? Der Zar hat mit Erfolg seiner Gemahlin beigewohnt!«

Es war so sicher wie ein Ostergesang, daß Alexander III. sofort Fürst Kramskoj vom Hofe entfernte, wenn er die Sache mit der Troika erführe, auch wenn sie bald fünf Jahre zurücklag. Sünden verjähren nicht . . . das war ein bekanntes Wort des Zaren.

»Schicken Sie Ihren Sekundanten zu Jussupow«, sagte Kramskoj rauh. »Ich werde mir überlegen, ob ich mich mit einem wildgewordenen Leutnant schlagen kann.«

»Sie werden es, Valentin Wladimirowitsch! Und wenn ich Plakate drucken lassen muß und sie in Petersburg an die Hauswände klebe: ›Kramskoj ist ein Schwein!‹ Würde Ihnen das genügen?«

»Das würde Ihre Karriere kosten, Soerenberg.«

»Für die Ehre einer Dame wäre ich bereit, sie aufzugeben!«

»Einer Dame?« wiederholte Kramskoj ironisch. »Sie veranstalten Suchrätsel, Boris Davidowitsch. Wo in Petersburg – sagen Sie mir das! – findet man noch eine Dame?«

Zuerst kam Boris zurück in das Lokal. Er lächelte Matilda zu und brachte ihren Mantel mit. »Jetzt können wir fahren«, sagte er und lächelte. »Es ist wirklich ein schöner Tag, die Sonne scheint noch!«

»Was haben Sie mit dem Fürsten gemacht?« Matilda schlüpfte in den Mantel und schlug den Pelzkragen hoch, als friere sie noch in dem geheizten Raum. »Boris, ich hätte es Ihnen nie erzählen dürfen! Sie machen sich unglücklich.«

»Ich habe Valentin Wladimirowitsch nur empfohlen, Ihnen einen großen Strauß Rosen zu schicken. Es sei ein Ausdruck der Höflichkeit. Er wird es tun!«

»Ich will aber keine Rosen von ihm.«

»Eine kleine Wiedergutmachung!«

Boris zog Matilda zur Tür. Der dicke Tschuptikow stand traurig im Vorraum und weinte fast. Er rang die Hände und schnaufte dabei, als müsse er seine Lungen herausblasen.

»Waren die Hummer etwa nicht gut?« jammerte er. »Euer Hochwohlgeboren, es waren die besten seit zwei Jahren! Mit der Uhr in der Hand habe ich sie gekocht! Ich will nicht den Schatten einer Kopeke, wenn sie Ihnen trotzdem nicht geschmeckt haben!«

»Sie waren vorzüglich, Wasja Kyrillowitsch, beruhigen Sie sich! Auch der Wein. Aber Demoiselle fühlt sich nicht wohl. Sie braucht frische Luft . . .«

Tschuptikow nickte verständig. Er musterte Matilda und riß die Tür auf. Ja ja, so ein kommendes Kindchen! dachte er. Übelkeit kommt plötzlich hoch, schwindlig wird's einem im Kopf, der Magen zuckt . . . Nichts kann man da machen, als tief Luft holen und es tapfer ertragen! Kurz ist die Freude, aber neun Monate lang ist die Qual. Wenn man sich nicht entschließt, eine Hebamme mit zehn Rubeln zu Rate zu ziehen . . . Aber das wird der Herr Leutnant ja wohl selbst wissen! Die hochwohlgeborenen Herrchen haben da ihre festen Adressen . . .

Während Boris und Matilda mit der Troika abfuhren, kam auch Fürst Kramskoj aus der Scheune zurück, notdürftig restauriert, und setzte sich mißmutig an den Tisch. Mit gerunzelter Stirn beobachtete er seinen Freund, der seiner Begleiterin gerade in die Bluse faßte.

»Fahren wir zu mir!« rief Kramskoj plötzlich.

Er warf fünf Rubel auf den Tisch und stand auf.

Tschuptikow verstand die Welt nicht mehr. Seine besten Gäste liefen ihm heute davon, ohne gegessen zu haben.

Was war passiert? Stank er etwa und roch es selbst nicht?«

»Ich muß mich betrinken!« schrie Fürst Kramskoj plötzlich hysterisch. »Und Fleisch muß ich in der Hand fühlen, weißes, warmes Fleisch!«

Er riß die blonde Näherin an sich, die sofort zu kreischen begann, weil sie wußte, daß der Fürst davon nur noch mehr angeregt wurde. Er küßte sie wild und bog sie über den Tisch, seinen Leib gegen den ihren pressend.

Na ja, dachte Tschuptikow mit säuerlicher Miene. Dagegen kommen meine Hummer und meine Braten nicht an! Da nutzt die beste Sauce nichts und nicht das exotischste Gewürz. »Vergnügen Sie sich gut, Euer Hochwohlgeboren. Fünf Rubelchen Ausfall – nun, das ist zu verschmerzen ...«

Er begleitete Kramskoj und seine Freunde bis vors Haus und wartete, bis ihre Troikas zwischen den hohen Birkenstämmen verschwunden waren und auf die Landstraße nach St. Petersburg einbogen.

Dann setzte er sich an seinen guten alten Ofen, ein aus abgeschliffenen Flußsteinen gemauertes Monstrum, so gewaltig wie Wasja Kyrillowitsch selbst. Auf der oberen Plattform schlief er im Winter wie jeder anständige Russe, und nun starrte er in die Flammen seines offenen Herdes, gegenüber in der Küche.

So ist das nun, philosophierte er, bei diesen reichen Herrchen. Der eine kann nicht in Ruhe essen, weil er sein Mädchen geschwängert hat ... Der andere läßt die Mahlzeit stehen, weil er nicht schnell genug ins Bett kommen kann ... Soll man sie wirklich beneiden, die feinen Herren? Wie ruhig lebt es sich da auf diesem Ofen! Da kann die Erde wakkeln – nie fällt er zusammen.

VI

Das Gasthaus der Familie Burjew lag an der Großen Newa in der Nähe des Menschikow-Palais auf der Insel Wassilij, gleich neben der St. Andreas-Basilika mit ihrer berühmten Rokokoikonostase.

Bei Burjew kehrten die Kadetten ein, die im Menschikow-Palais wohnten und unterrichtet wurden; keine normalen Kadetten, sondern Söhne des Hochadels, die ausersehen waren, einmal Rußlands Armeen zu führen. So war Burjew binnen kurzer Zeit ein reicher Mann geworden, denn das Geld saß locker bei den Kadetten.

Boris Davidowitsch kannte die Burjews von seiner eigenen Kadettenzeit her. Er hatte zu denen gehört, die ihre Zechen anschreiben ließen und sie dann heimlich von Burjew erlassen bekamen, weil er zwar einen guten Namen, aber keine überflüssigen Rubel besaß.

Mit Burjew konnte man alles besprechen – er war nicht nur Wirt und Geldgeber, Beichtvater und Kuppler, Augenzeuge und Schwerhöriger, sondern er war für manchen auch ein wahrer Freund. Boris hatte er besonders in sein Herz geschlossen.

»Sie sehen fast so aus wie mein Freund Jegor Tupalow«, hatte er einmal gesagt. »Er gehörte zu den Dekabristen. Am vierzehnten Dezember ritt er bei der Attacke gegen die zarentreuen Truppen mit; ein tapferer Mann, der nichts anderes im Sinn hatte, als Rußland eine neue, eine menschlichere Verfassung zu geben. Man weiß ja, wie das endete. Der Aufstand brach zusammen, die Anführer, allen voran Fürst Trubetzkoj, verbannte man nach Sibirien, aber Tupalow schleppte man in die Peter-und-Paul-Festung und führte an ihm aus, was Zar Alexander I. angedroht hatte: Man zerhieb ihm mit achthundert Stockschlägen den Körper, und als er wieder gehen konnte, war sein erster Weg zu einer Ziegelmauer, an der man ihn erschoß. – Ja, und wie dieser Tupalow sehen Sie fast aus, Boris Davidowitsch.«

Als sie jetzt mit der Troika vor Burjews Haus hielten, schüttelte Matilda den Kopf. »Mir krampft sich noch die Kehle zu – ich kann nichts mehr essen . . .«

»Einen Schluck heißen Tee! Wir haben ihn nach dieser Fahrt alle nötig.« Boris hob Matilda wieder aus den Fellen, der Kutscher stampfte mit den Pferden in den Gesindehof.

Burjew fragte nicht, als er Boris mit einer jungen Dame hereinkommen sah. Er führte sie in ein Hinterzimmer, einen kleinen, mit rotem Samt ausgeschlagenen Salon, der keine Fenster hatte, nur diese eine Tür. Der Raum wurde von einer altrussischen Öllampe erleuchtet.

Neben einem runden Tisch und zwei bequemen Sesseln war das beherrschende Möbelstück ein breiter Diwan mit seidenen Kissen und einer Decke aus weichen Biberfellen.

Boris schüttelte leicht den Kopf, als er hinter Matilda das Zimmer betrat. Burjew antwortete mit einem Achselzukken. Kann man's wissen, sollte das heißen? Bisher war es den jungen Herrn Offizieren immer recht, dieses Zimmer zu beziehen, wenn sie mit einer jungen hübschen Dame kamen. Wieso heute nicht?

»Zwei Tassen Tee und etwas Gebäck«, sagte Boris, als Burjew erstaunt an der Tür stehenblieb.

»Tee? Und Champagner hinterher?«

»Nur Tee, Matwej Gregorewitsch.« Er beugte sich über Matilda und sagte leise zu ihr: »Nur einen Augenblick, Demoiselle . . .« Dann drängte er Burjew aus dem Zimmer. Im Flur atmete dieser tief auf und zeigte mit ausgestrecktem Arm auf die geschlossene Tür.

»Das ist etwas Neues, Boris Davidowitsch. Wenn Sie bisher mit einer Dame kamen, dann . . .«

»Ich brauche dich, Burjew«, sagte Boris von Soerenberg ernst. »Eine heiße Sache. Du mußt mir schwören, zu jedermann den Mund zu halten, auch zu deiner Frau.«

»Wie kann ich schwören?« Burjew lächelte schief. »Sie

wissen, ich gehöre zu den heimlichen Anarchisten, zu den Gottlosen, den Freidenkern. Bei wem soll ich da schwören?!«

»Auf das, was dir das liebste ist!«

»Mein Portemonnaie . . .«

»Welch ein Gauner! Sonst hast du nichts?«

»Ich schwöre bei unserer Freundschaft . . .« Das klang sehr ernst. »Nun sag, was so heiß ist.«

»Ich brauche dich als Sekundanten . . .«

»Du bist verrückt, Boris!«

»Das Duell findet im Palais Jussupow statt. Schwere Säbel.«

»Fürst Jussupow? Bist du völlig von Sinnen?« Burjew lehnte sich an die Wand, als würden seine Beine kraftlos. »Du hast wirklich Jussupow gefordert?«

»Nicht ihn. Einen Freund von ihm. Fürst Kramskoj . . .«

»Wirf dich auf dein Pferd und reite, so schnell du kannst, aus Petersburg fort! Versuche, die deutsche Grenze zu erreichen!«

»Ich weiß, woran du denkst. Hinter Kramskoj steht der Zarewitsch!«

»Sibirien ist dir sicher!« Burjew rang die Hände. »Und natürlich wegen einer Frau. Ist es so? Beim heiligen Semjon . . . ist eine Frau das wert? Gibt es nicht Tausende von Frauen in Rußland, in der Welt, die dir gefallen können? Warum die Ehre dieser einen mit dem eigenen Leben verteidigen? Boris, Kramskoj ist ein guter Fechter. Er ist ein fabelhafter Schütze. Und er wird nie verlieren, auch wenn er verliert. Nach dem Duell bist immer du der Geschlagene! Du wirst nicht so freiwillig vom Duellplatz weggehen, wie du gekommen ist. Sie werden dich verhaften.«

»Ein ganz stilles Treffen wird es werden.« Boris schüttelte den Kopf. »Kramskoj kann es sich nicht leisten, das Duell bekannt werden zu lassen.«

»Er wird doppelt kommen«, sagte Burjew. Tiefe Sorge

klang aus seiner Stimme. »Sichtbar – er! Unsichtbar der Mörder, der dich nach dem Duell in Empfang nimmt. Du wirst verschwunden sein, irgendwo verscharrt . . .«

»Dagegen werden wir Vorsorge treffen. Wieviel Männer kannst du zusammenbringen?«

»Soviel du willst. O Himmel, willst du mit einer eigenen Armee bei Jussupow anrücken?«

»Zehn Mann werden genügen. Kramskoj soll sehen, daß er mich nicht einfach verschwinden lassen kann. Die zehn sollen vor dem Palais am Ufer der Moika warten, bis wir wieder hinauskommen.« Boris lachte leise, aber es klang sehr gepreßt. »Keine Sorge, Burjew. Fürst Jussupow ist ein Mann, der sich nie auf so etwas einlassen würde. Auf dem Namen Jussupow hat noch nie ein Flecken geklebt.« Er klopfte Burjew auf die Schulter und wandte sich wieder der Tür des Separées zu. »Kein Wort zu Matilda! Sie weiß nichts davon . . .«

»Und für den Fall, daß Kramskoj dich tötet?«

»Dann bin ich für sie verschollen. Ein Rätsel, mit dem sie fertig werden wird. Gewinnt Kramskoj das Duell, wird man meinen Körper sowieso heimlich fortschaffen. Hindere sie nicht daran . . . es ist besser so.«

»Ich werde dich mitnehmen«, sagte Burjew dumpf. »Ich werde dich anständig begraben, wie du es verdient hast. Man soll dich nicht verscharren wie einen totgeschlagenen Hund.«

Der helle chinesische Tee mit dem Duft von Orangen war köstlich. Burjew brachte ihn selbst und servierte in Fett gebackenes Honiggebäck dazu, bestreut mit Puderzucker; sehr süß – aber von einem verführerischen Wohlgeschmack.

Sie fuhren zurück über die Brücken im Abendrot, das die Türme und Dächer, Straßen und Kanäle, Häuser und die Schneedecke Petersburgs für ein paar kurze Minuten in einen einzigen Zaubergarten verwandelte – dick vermummt in Pelzen. Sie überquerten die Brücken und fuhren am Senatspalast vorbei, dann bogen sie in den breiten Wosnessenskij-Prospekt ein, eine der Prachtstraßen Petersburgs. Hinter ihnen lag das lange, alles beherrschende Gebäude der Admiralität, in dessen Fenstern das Goldrot der versinkenden Sonne schimmerte.

Das auf einem hohen Granitblock stehende Reiterstandbild Peters des Großen, dieses Denkmal voller Wildheit und Kraft, das Alexander Puschkin in seinem Gedicht »Der eherne Reiter« besungen hat; die Anlagen des Alexandergartens mit ihren großen Springbrunnen, der jetzt allerdings mit Eis überzogen war; und – vor ihnen – am Worooskiplatz, dem herrlichsten Platz von St. Petersburg, die 102 Meter hohe goldene, gewaltige Kuppel der Kathedrale St. Isaak von Kiew, von der man sagt, sie sei schöner als die Kuppel des Petersdomes zu Rom – alles war überzogen vom Schein der blutrot untergehenden Wintersonne – alles schien in einem kalten Brand aufzuflammen – sich loslösend von aller Erdenschwere.

»Halten Sie bitte an, Boris Davidowitsch«, sagte Matilda leise. Sie hatte ihren Kopf an seine Schulter gelehnt. »So habe ich Petersburg noch nie gesehen. Ist es nicht ein Wunder?«

»Das in drei Minuten vergangen ist!«

Boris von Soerenberg rief dem Kutscher zu. Der schrie zu seinen Pferdchen und zog die Zügel straff. Die Troika hielt gegenüber der Kathedrale. Die Olonez-Granitsäulen der mächtigen, berauschend schönen Kolonnaden warfen violette Schatten auf die vielen Statuen und Wandreliefs. Die an den Ecken stehenden Engelsgruppen, die in ihren Händen Fackeln trugen – sie wurden nur einmal im Jahr angezündet, in der Osternacht, wenn der Jubelruf aus den Kirchen über das ganze Land schallte: »Christ ist erstanden!« –, diese Fackeln brannten auch jetzt von den letzten Strahlen der sinkenden Sonne. Es war märchenhaft schön und erhaben.

»Sagen Sie kein Wort mehr, Boris«, flüsterte Matilda. »Was sollen hier noch Worte?«

Sie saßen stumm in der Troika, in dicke Felle gehüllt, und wurden ein Teil des vergehenden Wintersonnentages.

Sehr rasch verlor dann die Glut ihre Kraft und Farbe, die Schatten wurden länger, Grau und Blau mischte sich in das Leuchten, die Dunkelheit schob sich unaufhaltsam vor, nur die riesige goldene Kuppel der Kathedrale leuchtete am Ende noch immer vor einem streifig gewordenen Himmel.

»So schnell vergeht alles auf der Welt –«, sagte Boris leise. »Keine Stunde ist wiederholbar, nichts kann man zurückholen . . .«

»Bitte nicht.« Sie legte ihre kleine Hand über seinen Mund. »Es war so schön. Ich möchte in die Kirche . . . Gehen Sie mit?«

Er nickte, schälte sich aus seinen Pelzen und trug Matilda auf die Straße. Hand in Hand überquerten sie den Platz und betraten durch eine der riesigen Bronzetüren den gewaltigen Innenraum der Kathedrale.

Der Prunk überwältigte sie. Die Wände waren mit Platten aus farbigem Marmor verkleidet, die gold leuchtende Ikonostase wurde von Säulen aus Malachit und Lapislazuli getragen, die Malereien an den Decken, an den Seitenaltären, an den Wänden und im Kuppelraum machten stumm in der Erkenntnis, wie klein der einzelne Mensch in dieser Hymne an Gott wird.

Hinter der Ikonostase, unsichtbar, irgendwo im weiten Raum, zwischen dem Gewirr von Säulen und aus Marmor geschnitzten Wänden, an irgendeinem Altar, sang ein Männerchor. Es mußten Mönche sein, die den Abend einsangen und beteten, bevor sie in ihre Zellen zurückgingen. Ihre orgelnden Stimmen breiteten sich aus und vergingen dann in der schwindelnden Höhe der Kuppel.

Matilda kniete vor der Ikonostase nieder und senkte den Kopf. Boris blickte auf sie hinunter. Ein kleines Bündel aus Pelz, ein weißer Nacken, an dem sich das Haar nach beiden Seiten teilte und über die Schultern floß ...

Mein Gott, ich liebe sie, dachte er. Unwillkürlich faltete er die Hände und sah zu einer großen Ikone hin, die, von Perlen und Edelsteinen umkränzt, in der Mitte der Ikonostase hing. Sie zeigte Christus, wie er Lazarus vom Tode erweckte. Mit hoch erhobenen Händen, die Jesus ergriffen hatte, steht der Tote von seinem Sterbelager auf.

Ich möchte leben, dachte Boris. Gott, hörst du mich? Ich möchte weiterleben, auch nach der Stunde bei Kramskoj. Nein, ich bitte dich nicht, mich siegen und ihn vernichten zu lassen, du würdest auch kein Ohr dafür haben, denn du kennst mich ja und weißt, wann ich das letztemal in einer deiner Kirchen gewesen bin. Freiwillig ... Das meiste geschah dienstlich als Begleitung kaiserlicher Hoheiten. Aber nun bin ich bei dir, stehe vor dir und ich bitte dich, so wie du Lazarus vom Tode erweckt hast, laß mich weiterleben! Nicht für mich bitte ich, Gott ... Für sie, die da vor dir kniet, nur für sie ... Du hast sie geschaffen, ihre Schönheit, ihre Kunst, und du allein weißt ihren weiteren Weg. Laß mich sie begleiten, Gott! Hilf mir, an ihrer Seite zu bleiben, was auch in ihrem Leben geschehen mag. Verstehst du, daß ich liebe? Mein Gott, gib mir alles, was ich brauche, um einen Engel zu beschützen ...

Er wartete ein paar Augenblicke, beugte sich dann hinunter und zog Matilda von den Knien hoch. Ihr blasses Gesicht kam ihm entgegen ... die schmalen, geschwungenen Lippen, die kleine Nase, die großen, fragenden Augen. Er legte die Arme um sie und preßte sie an sich. Hinter der Ikonostase sang der Mönchschor, die Stimmen zerflatterten dumpf in dem riesigen Kirchenraum.

»Sie können weglaufen vor mir«, sagte Boris mit zugeschnürter Kehle. »Sie können mich schlagen, mich wegstoßen, Sie können mir Ihren weiteren Anblick verbieten ... Aber ich liebe dich, Matilduschka ... ich liebe dich ...«

Sie nickte stumm, sie stieß ihn nicht weg, sie lief nicht davon und verbat sich nicht seine weiteren Besuche ... Sie schloß die Augen, als er sie küßte, erst zaghaft, tastend, ihren Widerstand erwartend, aber als er sie zum zweitenmal mit all dem Glück küßte, das ihn durchströmte, da schlang sie ihre Arme um seinen Nacken und erwiderte den Kuß.

Es war ihr erster Kuß.

Ein fremdes, seliges, den Atem raubendes Gefühl – Hitze und Kälte, Taumel und helle Wachsamkeit.

Aber dann, als Boris Davidowitschs Zärtlichkeit sie ganz umhüllte, als dieses Erlebnis des ersten Kusses sie besiegte, als ihr bewußt wurde, daß sie in einer der schönsten Kathedralen Rußlands vor einer riesigen goldenen Ikonostase standen, vor der man demütig betet, aber wohl kaum an irdische Liebe denkt; als sie die Stimmen der Mönche hörte, die nun ihr letztes Abendlied sangen und damit, unsichtbar hinter der Altarwand, aus der Kirche zogen, als der Gesang langsam leiser wurde, sich dann unter der grandiosen Kuppel still auflöste – in diesem Augenblick völligen Glückes und der Ergriffenheit dachte sie an ... Nikolai Alexandrowitsch!

An sein melancholisches Gesicht, an seine traurigen Augen, an seine weichen Hände und seine einschmeichelnde Stimme. Der Blitz, der sie damals getroffen hatte, hielt immer noch an ...

Sie spürte Boris' Lippen, sie fühlte sich geborgen und wohl in seinen Armen, sie war glücklich – mehr aber nicht.

»Behalten wir es noch für uns«, sagte Matilda, als sie die Kathedrale verließen und durch die Kolonnaden auf die wartende Troika zugingen. »Sagen wir es Mama noch nicht. Man muß sie darauf vorbereiten. So einfach wird sie's nicht glauben. Immer wird sie denken, daß sich ein Hochwohlgeborener nur eine kleine Freude machen will. Es wird nicht einfach werden, Borja . . .«

»Wir werden heiraten!« sagte Boris von Soerenberg fest.

Matilda blieb ruckartig stehen und starrte ihn entsetzt an.

»Das geht doch nicht!« stammelte sie. »Das ist doch unmöglich.«

»Warum ist das unmöglich? Willst du nicht meine Frau werden?«

»Das habe ich doch gar nicht zu wollen!« Sie wischte sich mit zitternden Händen über das Gesicht. Aus ihren Haaren tropfte Tauwasser über ihr Gesicht. »Du darfst mich doch gar nicht heiraten.«

»Wer sollte mir das verbieten?«

»Dein Stand, Borja! Du bist Offizier der Garde, der Husaren von Zarskoje Selo – das ist das höchste, was man sein kann! Du bist ein Adliger, ein Baron. Deine Familie würde dich wegjagen! Denn was bin ich?«

»Ein Engel!« antwortete Boris beinahe feierlich.

»Ein Mädchen, das zusammen mit Ratten aufgewachsen ist.«

»Ich kenne jemanden, der wurde in einem Stall geboren und lag nackt in einer mit Stroh gefüllten Krippe . . .«

»O Himmel, lästere nicht!«

Sie schlug rasch ein Kreuz gegen Boris' Brust und blickte ängstlich eine der Engelsgruppen mit den Osterfackeln an. Es war jetzt fast schon Nacht, die hohen Gaslaternen brannten schon auf dem Prospekt.

Der Kutscher hatte eine Petroleumlaterne an den Bock der Troika gehängt und rauchte eine Pfeife. Am heißen Pfeifenkopf wärmte er seine Finger. Jetzt sah der Schnee schmutzig aus, zerfahren, zu häßlichen Klumpen verharscht.

Der Zauber des Sonnenuntergangs, der Glanz der Sonne, der alles in Schönheit verwandelte, war nur noch Erinnerung. Vom Finnischen Meerbusen her wehte ein eisiger Wind.

Neuen Schnee würde es nicht geben, dazu war es zu kalt, aber der Frost würde sich in alles hineinfressen und das tägliche Leben lähmen.

»Du kannst mich doch nicht heiraten«, wiederholte Matilda und sie sagte es ganz ohne Bitterkeit. Für sie war das selbstverständlich.

»Ich werde mich morgen beim Kommandeur melden lassen und ihm alles vortragen.« Boris Davidowitsch legte wieder den Arm um Matildas Schulter. »Und ich werde meinen Eltern schreiben, daß ich ein Mädchen liebe, das mir mehr wert ist als jeder Titel, jeder Adelsname! Macht es dir etwas aus, nur einen einfachen Soerenberg zu heiraten und nicht den Baron von Soerenberg?«

»Und deine Karriere am Zarenhof?«

»Wäre es nicht ebenso schön, ein paar Acker Land zu haben, ein Haus in einem Birkenwald, einen Weiher mit Fischen, einen kleinen Wald, der uns das Brennholz für den Winter liefert, einen Stall voll Vieh . . . und dazu Freiheit, viel, viel Freiheit – wie der Adler unter den Wolken? Wäre das kein Leben, Matilduschka?« Er schwieg plötzlich so abrupt, als habe man seine Gedanken abgehackt.

»Ein herrliches Leben, Borja!« Sie sah ihn betroffen an. »Warum redest du nicht weiter?«

»Ich bin ein Narr!« sagte er heiser. »Sag, daß ich ein großer Idiot bin!«

»Es kann doch alles so werden, Borjenka . . .«

»Und dein Tanz? Du bist geboren für die Kunst, Matilda. Ich war verrückt!« Er schlug sich mit der flachen Hand gegen die Stirn. »Sollst du zwischen Kornsäcken oder Futterrüben tanzen? Schwanensee beim Getreidedreschen . . . die große Polonaise rund um den Schweinestall . . . Ein pas de deux mit dem Rinderhirten . . .«

»Vielleicht kann ich das Tanzen vergessen?« Sie fragte es betont, aber Boris hörte ihren eigenen Unglauben heraus.

»Nie!« antwortete er. »Nie wirst du das können. Am

dreiundzwanzigsten Dezember wirst du vor dem Zaren deinen ersten großen Triumph erleben!«

»Oder eine klägliche Niederlage . . .«

»Das kann gar nicht sein . . .«

»Ich habe solche Angst vor diesem Abend, Borja. Ich möchte am liebsten vor ihm davonlaufen!«

»Neun Jahre lang hast du für diesen Abend geschuftet, Tag für Tag, um dieses Ziel zu erreichen. Ich habe nicht vergessen, was Tamara Jegorowna zu dem Zarewitsch sagte: ›Matilda Felixowa, der Stern unserer Ballettschule‹! Und das heißt doch, der Stern am Himmel des Balletts. Weihnachten wird ganz Petersburg nur von dir sprechen!«

Er schlug seinen Pelz um sie und sie gingen zu der wartenden Troika. Der gefrorene Schnee unter ihren Stiefeln zerbrach klirrend wie dünnes Glas. »Was ist ein kleiner Offizier aus niedrigem Adel gegen eine Primaballerina, der die Welt zu Füßen liegt? Ich sollte Angst haben, Matilda, nicht du!«

»Ich liebe dich –«, sagte sie und lächelte ihn an. »Warum fragen wir soviel? Wir werden für immer zusammenbleiben, ob ich auf der Bühne oder in einem Stall stehe. Nur das ist wichtig.«

Er hob sie wieder in die Troika, deckte sie mit den Fellen zu und küßte sie, während sie durch die Nacht in das wüste Stadtviertel fuhren, um das ein anständiger Mensch einen weiten Bogen schlägt.

Das ist das nächste, dachte Boris, als sie die schmutzigen Gassen erreichten, die verwahrlosten Häuser mit den Kneipen und Spielhöllen, den Hurenzimmern und den Hehlerkellern: Sie muß hier heraus!

Hier kann sie nicht länger leben. Man muß ihr eine schöne Wohnung besorgen, eine ganze Etage in einem der prächtigen Bürgerhäuser an der Moika, der Fontanka, den Kanälen oder draußen in Petrograd, wo man ländliche Häuser mit einem großen Garten mieten kann. Sie muß weg aus diesem Sumpf von Petersburgs Verbrechergassen.

Vor dem Haus des Trödlers Minajew kreischten die Bremskufen der Troika auf dem Eis. Noch einmal küßten sie sich, dann lief Matilda, ohne sich noch einmal umzublikken, in den schwarzen Eingang.

»Wohin jetzt, Euer Gnaden?« fragte der Kutscher. »In ein Tanzcafé?«

»Zum Anitschkowpalast!«

»Wie befehlen . . .«

Boris Davidowitsch lehnte sich in den Pelzen zurück. Er hatte plötzlich das dringende Bedürfnis, den Zwerg Mustin Fedorowitsch zu sprechen.

Rosalia Antonowna saß ungeduldig auf dem Sofa und schaute mit wässrigen Augen auf die Tür, als sie den Schritt ihrer Tochter auf der Treppe hörte. Neben ihr, auf dem Boden, stand eine fast leer getrunkene Flasche. Eine Spezialmischung, doppelt so stark wie der normale Birkenschnaps. Man erkannte ihn daran, daß Rosalia häufig aufstoßen mußte.

Der Magen, dachte sie voller Traurigkeit. Er verrät mich! Hat zuviel Säure! Lieber Himmel, was hatte ich früher für einen Magen! Ich konnte Nägel essen und schweißte sie im Magen zu Kugeln zusammen! Aber jetzt läßt er mich im Stich. Wird einfach sauer – schlimmer als Essig! Man muß sich quälen, einen Kohlstrunk zu verdauen, soweit ist es gekommen!

»Komm herein!« rief Rosalia Antonowna. »Nur herein! Komm her, mein Täubchen!«

Sie blinzelte, klopfte sich auf den Bauch und spreizte die Beine. Dann stützte sie die Arme auf die dicken Schenkel und grunzte böse, als ein Knopf ihrer Bluse absprang.

So, in dieser Haltung, hatte sie einmal der große Kunstmaler Oleg Matwejewitsch Baldurian gemalt, ein flotter Armenier, dessen Porträts bei den Damen der hohen Petersburger Gesellschaft sehr gefragt waren. Selbst die Großfürstin Stana, die Frau des Nikolai Nikolajewitsch, des Bruders des Zaren, hatte sich von Baldurian malen lassen, auf einem Diwan liegend, in der Art der berühmten »Maja« von dem spanischen Maler Goya. Nur blieb sie natürlich angezogen, denn das Bild sollte in ihrem Salon hängen.

Dieser Oleg Matwejewitsch hatte also auch Rosalia gemalt, mit gespreizten Beinen, aufgestützten Armen und gewaltigen, sich vorwölbenden Brüsten. Obwohl die Bondarewa sittsam bekleidet war, malte er mit viel Phantasie dieses Prachtweib als nackten Fleischberg – ein Anblick, vor dem Rubens neidvoll erblaßt wäre.

So war denn auch die damalige Kunstausstellung ein voller Erfolg für Baldurian – und sie war zugleich ein Skandal, den der Maler auslöste. Man zeigte das Gemälde der Bondarewa nur in einem besonderen Kabinett der Gemäldegalerie, und jeder, der aus dem Zimmerchen wieder herauskam, hatte – je nach Temperament – einen forschen oder einen verschleierten Blick, jedenfalls mit geröteten Wangen.

Die Damen waren natürlich entsetzt, obgleich auch sie das Kabinett betraten, um sich von »diesem Lustteufel zu überzeugen« – und ihn lebhaft anzuklagen. Und doch wurde dieses Bild für Oleg Matwejewitsch der ganz große Durchbruch zum Modemaler der Petersburger Gesellschaft.

Es wurde eine teure, verschwiegene Mode unter den Kavalieren der Stadt, ihre Geliebten von Baldurian malen zu lassen – und zwar nackt. Das war vor drei Jahren gewesen – seit einem Jahr besaß Oleg Matwejewitsch ein kleines Palais an der Großen Newa.

Seine damalige »Muse« gab er nie bekannt, Rosalia blieb anonym und arm. Zwölf Rubel hatte sie für das Modellsitzen bekommen und den Betrag ganz in Ordnung gefunden.

Matilda stieß die Tür auf. Dann prallte sie zurück und hielt sich die Nase zu. Eine Wolke von süßem Duft quoll ihr entgegen, ein so konzentrierter Geruch, daß man kaum noch atmen konnte.

Sie starrte ihre Mutter an, rannte zum Fenster, riß es auf und wedelte mit beiden Armen, um die süße Wolke in Bewegung zu bringen.

»Was ist denn das, Mama?« rief sie dabei. »Was ist denn passiert? Wo kommt dieser abscheuliche Geruch her?«

»Aus Paris!« Rosalia mußte wieder aufstoßen und schlug sich gegen den Magen. »Ist das ein Duft, was? Eine ganze Flasche voll! Eine Riesenflasche! Direkt aus Paris, das hat man mir geschworen.«

Sie griff neben sich und hob eine wertvolle geschliffene Kristallkaraffe gegen das Licht. Dann schwenkte sie das Gefäß hin und her.

»Hier ist sie! Aus Paris! Hast du schon jemals so etwas gesehen? So etwas gerochen? Selbst einen Namen hat der Gestank!«

»La nuit des femmes . . .« Matilda lehnte sich an das offene Fenster. Der Frost zog in das Zimmer, aber er hatte es nicht leicht, gegen den schweren Duft anzukommen. Es war, als klebe der schon an den Wänden . . .

»Woher hast du das Parfüm, Mama?«

»Ich habe es nur zur Aufbewahrung übernommen.« Rosalia Antonowna schwankte im Sitzen. Die frische Luft war wie ein Angriff; der Alkohol in ihr revoltierte. »Es gehört dir, dir allein, mein Schwänchen! Oh, laß dich umarmen, mein Augenlicht! Ein Geschenk ist es, aus Kristall! Hast du so etwas schon gesehen? Ich nicht. Und ich habe bei Grafen geputzt und beobachtet, was die feinen Dämchen über ihre Brüste träufeln. So etwas nicht. Das gibt es nie wieder! Nur für dich ist es – und Rosen hat er geschickt! Jetzt Rosen! Sieh dir das an, mein Täubchen!«

Matilda drehte sich um. In der Ecke, dort, wo unter einer kleinen Ikone das Ewige Licht brannte, stand auf einem Hocker eine Tonvase mit einem breit ausladenden Strauß weißer Rosen. Ein rot-weißes Band hielt die Stiele zusammen.

»Fünfzig Stück sind es!« grölte Rosalia. »Ich habe sie gezählt – genau fünfzig. Ein Vermögen, mein Liebling. Weißt du, was eine Rose bei dem Frost kostet?«

»Wo sind sie her?«

Matilda rührte sich nicht von der Stelle. Ihr Rücken wurde kalt im Wind, der durch das Fenster blies.

»Wer hat sie gebracht?«

»Ein Reiter in einer Uniform mit goldenen Tressen. Einen Pelz hatte er an! Einen Pelz, sage ich! Der feinste Biber. Und was sagt er, als er hereinkommt mit dem Rosenstrauß? ›Madame, ich soll das abgeben!‹ Und ich frage sofort: ›Wer schickt hier Rosen? Hier sind Sie falsch. Das Hurenhaus ist zwei Nummern nach links ...‹ Und der Reiter sagt ganz höflich: ›Madame, die Adresse stimmt. Hier wohnt doch Matilda Felixowna?‹ – Was sollte ich machen? Er stellt also die Rosen hin, gibt mir die Kristallkaraffe ... natürlich war sie eingepackt, in einem mit Seide bezogenen Karton, aber ich habe ihn geöffnet, man weiß ja nie, was einem da ins Haus kommt ... Dann macht er eine tiefe Verbeugung, aber dabei sehe ich, wie er die Nase rümpft. Einen Topf habe ich ihm in den Rücken geschleudert. Ha, so schnell konnte er nicht hinaus, ich habe ihn doch getroffen! Ja, so war das!«

Sie sah Matilda mit rollenden Augen an. »Ich durfte doch ein bißchen probieren, nicht wahr, mein Töchterchen ...?«

»Stell das Parfüm hin, Mama«, sagte Matilda, schloß das Fenster und streckte dann die Hand aus. »Wo ist der Brief?«

»Welcher Brief?«

»Bei den Rosen war ein Brief, Mama.«

»Ich habe keinen Brief gesehen, mein Schwänchen.«

»Lüg nicht!« Sie wedelte mit der Hand. »Gib ihn her.«

Rosalia Antonowna seufzte tief, griff in ihren Busen und zog das Kuvert hervor.

Es war noch ungeöffnet.

Matilda riß es auf. Eine Karte ohne Aufdruck fiel ihr entgegen. In einer steilen, schönen Schrift war da geschrieben:

»Ich denke viel an Sie, Matilda Felixowna. Wenn ich die Augen schließe, sehe ich Sie. Meine kleine private Welt füllen Sie aus. Ich fiebere dem Tag entgegen, an dem ich Sie wiedersehen kann. Bitte, denken Sie an mich, wie Sie allgegenwärtig sind Ihrem

Nikolai Alexandrowitsch Romanow.«

»Lies vor!« rief Rosalia Antonowna. »Verheimliche deinem armen Mütterchen nicht eine Silbe! Alles hat sie für dich getan, du bist ihr einziges Leben . . .

Matilda legte die Karte unter die Rosen, zog ihren Mantel aus, nahm ihrer Mutter die Parfümkaraffe aus der Hand und setzte sich neben sie auf den Diwan. Eine Weile schwiegen sie, ein dumpfes, lastendes Schweigen, das von Sekunde zu Sekunde schwerer wurde.

»Es ist furchtbar, Mama«, sagte Matilda endlich. »Was soll ich tun?«

»Ich habe es geahnt!« Die Bondarewa boxte gegen ihren Magen, weil sie spürte, daß sie wieder aufstoßen mußte. »Weiße Rosen im Winter! Französisches Wasser! Die rotweiße Schleife um den Strauß . . . Der Kerl von Reiter in einem Biberpelz, so vornehm, daß er lispelte . . .«

»Ein Brief vom Zarewitsch . . .«

»Gott segne und zerschmettere ihn! Rosen! So fängt es an bei den Hochwohlgeborenen! Wann, befiehlt er, mußt du zu ihm kommen?«

»Er denkt immer an mich . . .«

»Jawohl! Vor allem, wenn er allein im Bett liegt . . .«

»Er liebt mich wirklich, Mama . . .«

»So nennen es die vornehmen Leute!«

»Der Zarewitsch liebt mich! Mama! Der Zarewitsch! Im ganzen großen Rußland liebt er nur mich!«

Matilda ließ sich nach hinten auf den Diwan fallen und

schlug die Hände vor ihr Gesicht. Rosalia schielte zu ihr hin.

Dann sagte sie laut: »Wir werden nach Odessa flüchten!«

Matilda nahm das gar nicht wahr. »Ihr Nikolai Alexandrowitsch Romanow, schreibt er. Ihr – mein Gott, Mama, wie sage ich das Borja?«

»Borja? Wer ist Borja, he?«

»Boris Davidowitsch.«

»Das feine Reiterchen? Seit wann heißt der bei dir Borja?« Rosalia fuhr herum. Sie riß Matilda am Kleid zu sich empor und schüttelte sie. »Wieso nennst du den Kerl Borja?«

»Wir haben uns verlobt, Mama. Vorhin – vor Gott, in der Kathedrale St. Isaak von Kiew. Und Mönche haben dazu gesungen . . .«

»Welch ein Unglück! O welch ein Unglück!«

Die Bondarewa schlug die Hände über dem Kopf zusammen.

»Warum straft mich der Himmel so? War ich nicht immer eine ehrliche Frau? Verlobt, sagst du? Mit einem Husarenoffizier? Und der Zarewitsch schickt ihr weiße Rosen, fünfzig Stück, und französisches Parfüm. Das ist der Untergang, mein Engel! Wir schweben sozusagen schon über dem Abgrund . . .«

Plötzlich weinte sie. Die gute dicke Rosalia schluchzte zum Erbarmen, umarmte immer wieder ihre Tochter, drückte sie an sich, wie sie es immer getan hatte, als Matilda noch ein Kind war und mit irgendeinem Kummer zu ihr gekrochen kam.

So umarmt saßen sie lange im Schein der trüben Lampe, sahen auf die weißen Rosen und rochen das französische Duftwasser. Sie hatten beide das Gefühl, auf einem grenzenlosen Ozean zu treiben, wo niemand mehr ihre Hilferufe hörte.

VII

Das Duell fand am Freitag statt, vormittags um zehn Uhr.

Burjew war zwei Tage zuvor als Sekundant Boris von Soerenbergs vom Fürsten Jussupow empfangen worden. Ganz in Schwarz, mit einem Zylinder auf dem Kopf, selbst der Pelzkragen war aus schwarzem Fuchs, fuhr Burjew in einer Kalesche vor.

Wer ihn so sah, mußte annehmen, daß er mindestens ein Verwandter der steinreichen Stroganows wäre.

Fürst Jussupow ließ ihn auch nicht warten. Er empfing ihn sofort in seinem, in Prunk erstarrten großen Arbeitszimmer. Durch die hohen Fenster, die zur Moika gingen, flutete die Wintersonne. Jussupow zeigte auf einen der wertvollen, geschnitzten und vergoldeten Brokatsessel; aber Burjew zog es vor, zu stehen.

»Ich weiß, was Sie zu sagen haben!« Jussupow winkte mit beiden Händen ab. Er war ein zartgliedriger Mann mit einem schmalen Aristokratengesicht, das wie für eine Gemme geschnitten aussah. »Ich habe genug Duelle erlebt ... dumm und sinnlos die meisten. Das hier ist das allerdümmste! Wenn ich zwischen Kramskoj und Soerenberg vermitteln könnte ...«

»Der Herr Baron bestehen auf schwere Säbel!« sagte Burjew steif. »Sie kennen den Grund, Hoheit?«

»Ja. Kramskoj mußte ihn mir beichten. Wenn er sich schon bei mir schlagen will ... Kann man der jungen Dame nicht anders Genugtuung gewähren? Kramskoj ist bereit, ihr ein kleines Landgut zu überschreiben ...«

»Wie groß muß seine Angst sein!« sagte Burjew ironisch. »Sprechen wir nicht mehr darüber. Hoheit, als Gastgeber können Sie die Zeit bestimmen ...«

Nun war der Tag gekommen. Ein Freitag ... Burjew hatte auf Boris eingeredet, den Tag zu verschieben. Er war abergläubig, Boris nicht.

»Ein Säbel kennt kein Datum!« lachte er jungenhaft. »Ein Säbel schlägt so, wie er geführt wird!«

Um halb zehn versammelten sich zehn in Pelze gehüllte Männer vor dem Lokal von Burjew. Sie kamen in drei Kutschen, tranken schnell eine Schale Tee mit Wodka und lüfteten die Mäntel. Burjew ging an ihnen vorbei, als schritte er eine Front ab. Pistolen in den Gürteln. Dolche und Messer. Zwei Gewehre, vor die Brust geschnallt. Die dicken, weiten Mäntel verbargen alles. »Ich habe noch vier Dynamitpackungen aufgeladen«, meinte Burjew. Er trug einen Frack und sah aus, als wolle er eine Galavorstellung der Oper besuchen.

Boris Davidowitsch hatte sich ebenfalls umgezogen. Er hatte die Uniform mit einem schlichten, grauen Zivilanzug gewechselt. Bei ihm war es gleichgültig, was er trug . . . das Duell fand mit nacktem Oberkörper statt. Wer verlor, würde sowieso in seinem eigenen Blut schwimmen.

Pünktlich um zehn Minuten vor zehn fuhren Burjew und Boris in ihrer Troika in den großen Ehrenhof des Jussupowpalastes ein. Lakaien sprangen hinzu und schlugen die Felldecken zur Seite.

Unten, auf der letzten Stufe des berühmten Treppenhauses des Palais, eine neubarocke Prunkorgie des Baumeisters Monighetti, unter dem riesigen Kristallkronleuchter, in dem sich jetzt die strahlende, kalte Wintersonne spiegelte und glitzernde Reflexe auf die Marmorfiguren in den Nischen warf, erwartete sie Fürst Jussupow im feierlichen, schwarzen Gehrock.

Soerenberg verneigte sich stumm.

»Ich begrüße Sie in meinem Haus, Boris Davidowitsch«, sagte Fürst Jussupow mit belegter Stimme. »Mir wäre lieber, ich könnte Sie wie einen Freund umarmen und in einen festlichen Saal führen.«

»Es ist in der Tat für mich heute ein Fest, Hoheit!« Boris von Soerenberg sah den Fürsten mit einer wilden Entschlossenheit sprühenden Auges an.

Der Fürst verstand den Blick und seufzte leise.

»Ich bin bereit. Wo treffe ich Kramskoj?«

Jussupow hatte es offensichtlich nicht so eilig. Er wartete, bis die Lakaien auch die Mäntel der Gäste abgenommen hatten und machte keine Anstalten, die Treppe freizugeben.

»Es war eine Fahrt durch den Frost«, sagte er. »Sie sollten sich aufwärmen, lieber Freund. Ich habe einen Imbiß herrichten lassen . . .«

»Nach dem Duell, Hoheit!« Soerenberg lächelte höflich. »Ich bin gut durchgewärmt. Meine Muskeln sind beweglich. Was ich brauche, sind nur die Waffe und Kramskoj.«

»Ich habe als Austragungsort mein kleines Theater gewählt.« Jussupow machte eine weite Handbewegung, die wohl andeuten sollte, daß irgendwo in dem weiträumigen Palast auch ein kleines Privattheater existierte. »Es läßt sich am besten abschirmen.«

»Ihr Theater?« Boris Davidowitsch war erstaunt, aber Jussupow strahlte. »Ihr Humor ist bemerkenswert! Ich hoffe, Sie nicht zu enttäuschen und werde bemüht sein, einen guten Akteur abzugeben. Lassen wir also Kramskoj nicht warten . . .«

Der Fürst sah ein, daß es sinnlos war, weitere Ablenkungen anzubringen. Er drehte sich um und ging voraus.

Er führte Soerenberg und Burjew durch Gänge und Säle in einen langen, neuerbauten Seitenflügel, der weit in den Garten hineinragte. Das Ende dieses Flügels bildete das kleine Theater mit einem ovalen Zuschauerraum und einer ziemlich tiefen Bühne.

Der Vorhang war geöffnet. Die Kulissen stellten eine weite Parklandschaft dar, die so raffiniert gemalt war, daß man nicht den Eindruck hatte, vor Wänden aus Leinwand und Pappe zu stehen, sondern wirklich in einem sommergrünen Park mit schattigen Wegen, großen Skulpturen aus der griechischen Sage und – in der Ferne – einem rauschenden Wasserspiel zu sein.

Vor der Bühne, in dem von einem hölzernen Geländer abgetrennten, schmalen Orchesterraum, warteten Fürst Kramskoj und ein unbekannter Mann – im Frack wie Burjew –, ferner ein älterer Herr mit einem dickglasigen Kneifer auf der Nase.

Jussupow blieb an der Tür des Zuschauerraums stehen und ließ den Anblick auf Boris von Soerenberg wirken.

»Ich habe mich bemüht, etwas Atmosphäre zu schaffen«, sagte er. Es klang höflich; Soerenberg wußte nicht, ob es auch spöttisch gemeint war. Auf jeden Fall begann das Duell, außergewöhnlich zu werden.

Ein Kampf auf Leben oder Tod in Theaterkulissen, beleuchtet von farbigen elektrischen Lampen an der Rampe, den Seitenkulissen und von der Decke. Jussupow war besonders stolz darauf, sein Theater nach den modernsten Erkenntnissen gebaut zu haben und vor allem die Elektrizität auszunützen. »Wenn sich die Herren nicht doch noch verständigen können, lasse ich natürlich mehr Licht auf die Bühne geben. Einen richtigen sonnigen Sommertag ...«

»Es ist nach zehn, Hoheit.« Soerenbergs Stimme war etwas tadelnd. »Wir sollten anfangen.«

Jussupows letzter Anlauf, die Dinge zu wenden, war gescheitert. Er ging wieder voraus und wartete am Orchestergeländer. Soerenberg und Burjew folgten. Fürst Kramskoj sah bleich und übernächtigt aus. Er trug einen dunkelbraunen Anzug im englischen Schnitt. Mit unruhigen, brennenden Augen sah er Soerenberg an. In seinen Mundwinkeln zuckte es. So sah kein Mann aus, dem der Sieg gewiß war.

»Die Herren von Soerenberg und Burjew«, stellte Jussupow vor. Bis auf Kramskoj verneigten sich die Herren knapp. Jussupow wandte sich an Soerenberg. »Das ist Graf Jean-Baptiste Palladini, ein Freund des Fürsten. Dr. Janis Abramowitsch Mrozek, der beste Wundarzt, den Petersburg zu bieten hat.«

Der Herr mit dem dicken Kneifer nickte würdig. Auf dem Stuhl, auf dem sonst der erste Bratschist des Jussupow-Orchesters saß, stand seine Arzttasche. Der typische, eckige, schwarze Lederkoffer, den man in der Mitte aufklappen kann und der in seinen einzelnen Fächern alles für den Notfall bewahrt. Jetzt hatte Dr. Mrozek seinen Koffer umgebaut; er hatte vor allem Klammern, Pinzetten, Nahtmaterial, Gefäßklemmen und blutstillende Mittel mitgebracht.

»Ein allerletzter Versuch –«, sagte Fürst Jussupow laut.

»Bitte nicht!« Soerenberg hob die Hand. »Ich habe mich mit der Dame, die Kramskoj unter die Kufen seines Schlittens nehmen wollte, vor einigen Tagen verlobt.«

»Sie sind wirklich gründlich, Boris Davidowitsch.« Jussupow hob resignierend die Schultern. »Unter diesen Umständen . . .« Er warf einen Blick zu Kramskoj.

Der Fürst trommelte mit den Fingern an einem Notenständer. »Bist du bereit, Valentin Wladimirowitsch?«

»Immer!« Es war ein Knurren, das Kramskoj von sich gab. Ein Blick voller Haß traf Soerenberg. Burjew stieg bereits die Treppe zur Bühne hoch und stellte sich in das Scheinwerferlicht. In seinem Frack, inmitten der Parkdekoration, sah er aus, als wolle er eine Arie singen.

Graf Palladini folgte ihm. Dr. Mrozek klappte seinen Koffer auf. Demonstrativ legte er Klemmen, Klammern und Scheren auf einen großen Mullappen. Eine braune Glasflasche mit Jod stellte er auf den Sitz des Flötisten.

Jussupow lief nach kurzem Zögern auch auf die Bühne, drehte irgendwo an Schaltern, neue Lampen flammten auf. Der sonnige Sommertag!

Boris von Soerenberg war nahe daran, Beifall zu klatschen. Die Illusion war vollkommen.

Ohne ein weiteres Wort zog Boris seinen Rock aus, knöpfte das Hemd auf und streifte es ab. Mit nacktem Oberkörper ging er dann an Kramskoj vorbei und stieg die Bühnentreppe hinauf.

Jussupow betrachtete ihn erstaunt. Ein gut trainierter Körper mit deutlichen Muskelsträngen, kein allzu breiter Brustkorb, aber ein Bild von Zähigkeit und Kraft.

Nun zog sich auch Fürst Kramskoj umständlich aus, hängte seinen Rock auf, faltete sein Hemd zusammen und zeigte seinen bloßen Oberkörper. Er war massiver als Soerenberg, gedrungener, bulliger, von einer gewissen Roheit. Man ahnte, daß seine Schläge aus der Zusammenballung aller Muskeln kommen würden.

Die Sekundanten Burjew und Graf Palladini sprachen flüsternd miteinander. Sie verglichen ihre Uhren und stimmten sich miteinander ab, daß der Kampf so lange fortgeführt werden sollte, bis einer der Duellanten kampfunfähig war oder durch Heben des Säbels hoch in die Luft freiwillig aufgab.

Im ernstesten Fall wurde der Kampf durch den Tod beendet. Das war zum Beispiel möglich, wenn ein Schlag die Halsbeuge treffen und die Schlagader zerfetzen sollte, oder wenn ein gewaltiger Hieb den Schädel spalten würde.

Fürst Jussupow selbst trug die Säbel herbei. Sie lagen auf zwei schwarzen, mit dem Wappen des Fürstenhauses bestickten Samtkissen. Boris hatte noch nie solche herrlichen Säbel gesehen: die Griffkörbe aus feinster Ziselierarbeit waren vergoldet; die blitzenden Klingen waren edelste Damaszenerarbeit, rasiermesserscharf in den Schneiden, auf dem Rücken kunstvoll mit orientalischen Ornamenten graviert.

Kramskoj nahm als erster seinen Säbel und wog ihn in der Hand.

Soerenberg ließ seine Klinge durch die Luft sausen – es gab einen zischenden, fast pfeifenden Klang. So dick kann Luft sein, dachte er, wenn sie eine so herrliche Klinge durchschneidet.

Kramskoj beobachtete Boris wie der Habicht eine Maus. Seine Augen waren enger geworden ... mit gespreizten

Beinen stand er da, ließ den Säbel in der Hand wippen und wollte offensichtlich Furcht verbreiten. Das psychologische Vorspiel hatte begonnen – der lautlose Nervenkrieg.

»Er liegt gut in der Hand!« sagte Boris zufrieden. »Die richtige Gewichtsverteilung. Ein wunderbarer Säbel.«

»Wie mich das freut, Boris Davidowitsch.« Jussupows Stimme klang ein wenig säuerlich. »Ich wünschte, ich könnte Ihnen den Säbel schenken. Der Sieger darf ihn behalten.«

»Hoheit, ich bedanke mich!« Soerenberg verbeugte sich knapp. »Ich nehme das Geschenk mit Freuden an.«

Kramskoj nagte an seiner Unterlippe. Seine Nerven vibrierten. Soerenbergs Siegesgewißheit erregte ihn maßlos.

»Was ist?« rief er grob. »Sind sich die Sekundanten endlich klar? Worauf warten wir noch? Was gibt es noch zu besprechen? Ich bin auf zwölf Uhr bei der Fürstin Trubetzkoi verabredet.«

»Bitte in Position!«

Graf Palladini zog seinen Frack zurecht. Fürst Jussupow griff nach einem dritten Säbel, der auf einem Kulissenstein gelegen hatte, und ging in die Mitte der Bühne. Es war seine Aufgabe, sofort den Kampf zu trennen, wenn die Regeln verletzt würden; etwa, wenn jemand stechen statt schlagen würde – oder wenn nach seiner Ansicht einer der Kämpfer sich nicht mehr verteidigen konnte.

Burjew trat an die Seite von Boris, klopfte ihm auf die nackte Schulter und sagte leise:

»Kramskoj wird sehr unbeholfen sein. Er hat die Hose schon jetzt voll.« Dann ging er drei Schritte zur Seite und gab den Platz frei.

Graf Palladini flüsterte auch Kramskoj ein paar Worte zu. Sicherlich waren es beruhigende Sätze.

»Kampf frei!« sagte Jussupow laut. Er hüpfte in Ausgangsstellung, den Säbel nach vorn gestreckt und gesenkt.

Boris Davidowitsch beobachtete seinen Gegner. Kramskoj verzichtete auf die klassische Fechterposition. Er kam langsam auf Soerenberg zu, den Säbel waagerecht erhoben, den Kopf in die breiten Schultern gezogen. Ein fleischgewordener Gedanke: Töte ihn!

Auf Klingenlänge blieb er vor Boris stehen und ließ die Waffe wippen. Das traditionelle Kreuzen der hochgehobenen Säbel, aus dem sich dann der Kampf entwickelte, mißachtete er.

Jussupow wollte etwas sagen, er, der Schöngeist, bestand auch bei diesem Duell darauf, daß die Form gewahrt blieb.

Er wollte seinen Säbel heben und unterbrechen, aber dazu kam er nicht mehr.

Kramskojs Klinge zischte hoch und fiel in einem leichten, gefährlichen Bogen auf Boris nieder. Blitzschnell geschlagen war das, ohne Ansatz, aus der Schulter heraus ... aus einem Aufzucken zischte der Tod.

Doch Boris Davidowitsch blockte ab. Er brauchte nicht die Klinge zu sehen ... er forschte nur in Kramskojs Augen und erkannte genau, was er wollte. Der Blick verriet den Bruchteil einer Sekunde früher, was geschehen würde. Mit einem hellen, klirrenden Laut stießen die Säbel zusammen, mit hocherhobenen Armen drehten sich Boris und Kramskoj, als seien sie aneinandergeschmiedet, dann stieß Soerenberg den Fürsten weg und schlug noch im Wegdrehen zu.

Kramskoj hatte Glück. Er parierte, mehr aus einem Reflex heraus, schlug Boris' Klinge weg und setzte sofort nach.

Vielleicht zwanzig Schläge lang ging es hin und her, bis nach einer herrlichen Quintenparade durch Boris der jetzt schwitzende Kramskoj zur Seite wich und sich mit einem dumpfen Laut, wild um sich schlagend, auf Soerenberg stürzte.

Sofort zuckte Jussupows Säbel dazwischen, aber mit einem gewaltigen Schlag hieb ihn Kramskoj zur Seite. Jussupow, darauf nicht vorbereitet, verlor den Säbel ... Er rutschte über die Bühne und klirrte in eine Seitenkulisse.

»Halt!« schrie Jussupow. »Valentin! Halt!«

Kramskoj hörte nichts mehr. Mit blutunterlaufenen Augen drang er auf Boris ein. Aus dem klassischen Fechten war ein Hauen und Stechen geworden, wie man im Krieg einen Gegner zu vernichten trachtet.

Boris Soerenberg blieb ruhig und besonnen. Er ging zurück, er fing die Schläge auf, fegte die Stichparaden zur Seite, beschränkte sich nur auf die Abwehr und schlug selbst nicht zu.

Mit weit offenem Mund keuchte Kramskoj, schlug wie ein Irrer zu, faßte sogar den schweren Säbel mit beiden Händen und hieb um sich.

Jussupow rief von neuem dazwischen, aber er war machtlos gegen diesen wahnsinnigen Ausbruch von Vernichtungsfieber. In Strömen rann der Schweiß über Kramskojs Körper, er schüttelte ihn aus dem Gesicht wie ein Hund das Wasser aus seinem Fell und drang weiter auf Boris ein.

Soerenberg war zurückgewichen. Er stand unter der gemalten Statue der Pallas Athene vor der Bühnenrückwand und sah Kramskoj anstürmen – blindwütend, mit verschleierten Augen, seinen ganzen Körper in den neuen Schlag legend. Er warf sich mit der Klinge fast selbst in dem Triumph vor, daß der Gegner jetzt nicht mehr ausweichen konnte. Es sollte ein Hieb werden, der jede Deckung wegfegen mußte.

Boris Davidowitsch wartete mit starrem Gesicht. Er war ganz ruhig, selbst in diesem gefährlichen Augenblick, in dem sogar Burjew die Hände faltete und Dr. Mrozek nervös an seinem Kneifer nestelte.

Der Tod hat viele Fratzen – jetzt zeigte sich eine in Kramskojs Gesicht.

In der Sekunde, in der die blitzende Klinge herunterzischte, machte Boris einen halben Schritt zur Seite. Kramskojs Säbel zerschlitzte die Kulisse, zerfetzte das Leinen mit der aufgemalten Göttin und durchhieb zwei Holzsprossen.

Wie ein angeschossener Bär brüllte Kramskoj tief auf und spuckte gegen die Kulisse, dann sah er noch, wie Boris Davidowitsch mit einer geradezu eleganten Bewegung seinen Säbel schwang und in die Lücke fallen ließ, die sich ihm bot: die ungeschützte linke Schulter Kramskojs.

Es war, als gäbe es keinen Widerstand.

Die scharfe Klinge schnitt tief ein, man konnte deutlich hören, wie sie auf das Schulterblatt prallte, dann klaffte die Wunde auseinander, eine Kaskade von Blut sprang hervor und überschüttete den Fürsten.

Kramskoj stand vor Boris und starrte ihn ungläubig an. Er wollte einen Schritt gehen und sah noch, wie Graf Palladini und Burjew gemeinsam Boris von ihm wegrissen.

Dann hörte man Jussupow schreien: »Mein Gott, schnell, Mrozek, schnell!« Und nun wurde es Kramskoj wohlig matt und schwerelos. Eine große Seligkeit ergriff ihn, er fiel um, rollte in den Blutsee, spürte sein Fallen schon nicht mehr und streckte sich beinahe glücklich in seinem eigenen Blut aus.

Dr. Mrozek kniete neben seinem Patienten, setzte die großen Wundklammern und war froh, daß Kramskoj besinnungslos geworden war. So konnte er ungehindert arbeiten und die Gefäße abklemmen, die der Hieb durchtrennt hatte.

Fürst Jussupow trat auf Boris zu, der an der linken Bühnenseite stand – hinter sich, auf den bemalten Kulissen, die Figur des Herkules, auf eine riesige Keule gestützt. Er hatte noch immer den Säbel umklammert, während ihm Burjew mit einem Handtuch den Oberkörper abrieb.

Graf Palladini saß auf einem Kulissenteil, einem Steinklotz aus Pappe und Leinwand, fächelte sich mit einem Spitzentuch Luft zu und vermied es, Kramskoj und das Blut anzusehen. Er war gelb im Gesicht. Ihm war speiübel.

»Sind Sie zufrieden, Boris Davidowitsch?« fragte Jussupow tonlos. »Ist Ihre Ehre gerettet?«

»Ich habe versucht, ihn auf die schonendste Weise kampflos zu machen.« Boris ließ den Säbel fallen. Er klirrte zu Jussupows Füßen. Der Fürst nickte schwer.

»Ich habe es gesehen. Sie hätten ihn mit einem Schlag köpfen können. Sein gesenkter Nacken lag vor Ihnen wie auf einem Schafott. Ich danke Ihnen ..., auch im Namen von Valentin Wladimirowitsch.«

»Er wird damit nicht einverstanden sein.«

»Ich werde ihm beibringen, daß Sie sein Leben geschont haben. Trotz allem ... Kramskoj ist ein Ehrenmann!« Jussupow blickte auf den Säbel zu seinen Füßen. Die Klinge war blutverschmiert. »Die Waffe gehört Ihnen, Boris Davidowitsch. Eine Damaszenerarbeit.«

»Sie paßt nicht zu mir, Hoheit. Sie ist zu wertvoll.«

»Immerhin haben Sie Ihr Leben damit verteidigt. Ich glaube nicht, daß Kramskoj daneben geschlagen hätte, wenn Sie ihm den Nacken hingehalten hätten. Nehmen Sie den Säbel als Erinnerungsgeschenk mit sich.« Jussupow atmete ein paarmal tief durch. »Ist Ihnen jetzt ein kleiner Imbiß genehm, Boris Davidowitsch?«

»Ich möchte abwarten, was Dr. Mrozek sagt.«

Sie gingen zu dem noch immer Besinnungslosen. Er lag in dem Blutsee und sah schrecklich aus. Dr. Mrozek hatte die Blutungen zum Stillstand gebracht, aber es war offensichtlich, daß Kramskoj nicht heimlich behandelt werden konnte.

»Ich habe eine gute Krankenstube«, sagte Jussupow, ehe Mrozek seine Diagnose loswerden konnte. »Wir können sie mit allem, was nötig ist, einrichten. Ich lasse die besten Chirurgen kommen, – aber es ist undenkbar, daß der Fürst in eine Klinik kommt. Das Ganze *muß* ein Unfall bleiben.«

»Die Muskelbänder sind durchgeschlagen.« Dr. Mrozek erhob sich von den Knien, sein Anzug war voller Blut. »Ich befürchte, daß der Fürst seinen linken Arm nicht mehr wird heben können. Vielleicht könnten Experten ... Wenn es gelingt, die Bänder zu nähen? Aber da sind noch die Nervenstränge ... Es könnten nur Fachleute ...« Dr. Mrozek schwieg. Fürst Jussupow verstand ihn gut.

»Ich werde die besten Fachärzte holen, Dr. Mrozek. Wer sind sie?«

»Professor von Bergmann von der Charité in Berlin; Professor Alain Ducroix aus Paris und Sir Henry Baldwin in London ...«

»Es gehen sofort Depeschen heraus.« Jussupow sah seinen Freund an. Das Gesicht war fahlweiß und spitz geworden. »Wird er den Blutverlust überstehen?«

»Mit Gottes Hilfe – ja.«

»Dann lasse ich beten!« antwortete Jussupow sarkastisch. »Ich bin gespannt, wie er ihm neues Blut verschafft ...«

Eine Stunde später fuhr Boris Davidowitsch zurück in den Anitschkowpalast. Die Kutschen mit den zehn Männern in den weiten Mänteln ratterten in Richtung Große Newa davon. Burjew fuhr mit ihnen und versprach allen ein gutes Mittagessen mit viel Wodka.

Im Palast angekommen, ging Boris zuerst in die Wohnung des Zwerges Mustin. Sie lag im linken Seitenflügel unter dem abgestuften breiten Dach mit Blick auf den Fontankakai. Es waren riesige hohe Räume mit Stuckdecken und bemalten Pfeilern, zwischen denen der Zwerg noch kleiner; noch armseliger wirkte: ein winziges Wesen, das menschlich sprach.

Mustin Fedorowitsch Urasalin lag auf einem Diwan und las in einem Buch von Puschkin. Das bewies seine große Intelligenz, denn er hatte erst vor vier Jahren lesen und schreiben gelernt.

Er sprang auf, als Boris eintrat und den von Jussupow geschenkten Säbel auf den Teppich, mitten ins Zimmer warf.

»Du brauchst ein Versteck, nicht wahr?« rief Mustin sofort. »Flieh nach Aserbeidschan, meine Brüder werden dich verstecken! Es gibt dort Gegenden, die noch nie ein normaler Mensch betreten hat, nur wir, die Hirten. Ich besorge dir ein gutes schnelles Pferd. Oder willst du deinen Dienstschimmel einfach mitnehmen? Das wäre am besten! Ihr seid aneinander gewöhnt . . .«

»Ich habe in zwei Stunden Begleitdienst beim Großfürsten.« Soerenberg setzte sich an eines der gewölbten Fenster und blickte auf die Fontanka hinunter. »Ich wollte eigentlich bei dir nur eine deiner verflucht guten Havannazigarren rauchen. Merkt eigentlich Großfürst Sergej nie, daß du ihm die Zigarren klaust?«

Mustin hüpfte von einem seiner Spinnenbeinchen auf das andere. Sein dicker Kopf war rot vor Aufregung. »Du hast Kramskoj nicht getötet?«

»Nein.«

»Boris! O Gott, Söhnchen, du bist doch nicht etwa weggelaufen?«

»Kramskoj wird wohl ein Krüppel bleiben. Lahmt auf dem linken Arm.«

»Das ist für ihn schlimmer als der Tod«, sagte Mustin leise.

»Nicht für Kramskoj. Er hat noch den rechten Arm mit beweglichen Fingern. Für seine Griffe reicht das!«

Boris zeigte auf den Säbel. »Ein Geschenk vom Fürsten Jussupow. Was mache ich damit?«

»Kramskoj eines Tages wirklich töten!« erwiderte der Zwerg ernst. »Du wirst es tun müssen, Söhnchen, denn er wird dich mit seinem Haß bis zum letzten Atemzug verfolgen . . .«

VIII

Konstantin Petrowitsch Pobedonoszew, der Lehrer und Berater des Zarewitsch und Vertrauter des Zaren Alexander III. – besonders, wenn es um absolut private, diskrete Probleme ging – brachte eine Neuigkeit in den Anitschkowpalast.

Wie immer ließ ihn der Zar in sein privates Kabinett führen, diesen mit Gemälden überladenen Raum, in dem sich der sittenstrenge Herrscher am wohlsten fühlte. Kunst und Regieren – das waren zwar konträre Welten, aber Alexander III. konnte sie zu seltener Harmonie verschmelzen. Wenn er vor seinen Gemälden saß, kamen ihm die besten Gedanken zur Ausübung seiner absoluten Macht.

Die Zarenfamilie hatte fast nie teil daran, der Zar hielt alle Politik aus seinem Privatleben fern und lehrte seinen Söhnen, vor allem dem Zarewitsch, vor allem eines: Der Zar hat immer recht! Der Zar ist absolut! Der Zar kommt für jeden Russen gleich hinter Gott. Der Zar ist Rußland!

Pobedonoszew also kam an diesem Tag in bester Stimmung zu seinem Herrscher. Er brachte zwei Fotos mit, die in schmalen silbernen Rahmen steckten. Diese stellte er auf den großen Schreibtisch des Zaren und trat dann einen Schritt zurück.

Die Aufnahmen zeigten ein liebliches, unschuldiges Jungmädchengesicht, eingerahmt von langen blonden Lokken. Die Augen blickten etwas verträumt, das Lächeln um die Lippen ging zu Herzen: ein Engel von ergreifender Reinheit.

Der Zar warf einen langen Blick auf die Fotos, lehnte sich in seinem Sessel zurück und kratzte sich den Nasenrücken.

»Wenn wir zwei nicht so alte Esel wären, Konstantin Petrowitsch«, sagte er gut gelaunt, »dann würde ich fragen: Wo wohnt die junge Dame? Kann man sie ungesehen besuchen?«

»Das ist eine gute Frage!« Pobedonoszew stützte sich auf die hohe Lehne eines Sessels. »Die junge Dame heißt Alice, Prinzessin von Hessen, und wir brauchen nicht in ihr Haus zu schleichen, sondern können in der Kalesche vorfahren und ihren Vater, den Großherzog Ludwig, fragen, ob er einverstanden ist.«

»Womit einverstanden, du alter Tropf?«

»Der Schwiegervater des künftigen Zaren Nikolaus zu werden.«

»Du bist verrückt, Pobedonoszew!« rief der Zar. »Total übergeschnappt! Willst du meinen Sohn mit diesem Engel verkuppeln?«

»Es ist nicht mehr nötig.« Pobedonoszew lächelte breit. »Der Zarewitsch ist bis in die Haarspitzen in sie verliebt.«

»Und darüber freust du dich?« Der Zar beugte sich vor. Mit zusammengekniffenen Augen betrachtete er die Fotos von Alice von Hessen genauer. Er hatte sie jetzt nicht wiedererkannt. Als er sie zum erstenmal sah, im Jahr 1884, war sie zwölf Jahre alt gewesen und besuchte ihre Schwester, die Großfürstin Elisabeth, die Frau des Großfürsten Sergej Romanow.

Überhaupt spielten die Hessen eine große Rolle in der Zarenfamilie ... Alexanders III. eigene Mutter, die Zarin Maria Alexandrowna, war eine geborene Prinzessin von Hessen, und Alexander II. war mit ihr glücklich geworden, wenn man davon absieht, daß er einige Mätressen hatte. Aber darüber sprach man am Zarenhof nicht. Es war normal wie eine Mehlsuppe.

Zum zweitenmal war Alice zum prunkvollen Silvesterball 1889 nach St. Petersburg gekommen, scheu und schön, von der snobistischen russischen Gesellschaft mit Ironie betrachtet. Man wußte, daß sie eine schöne Stimme besaß und in Darmstadt bei der Frau des Pastors Knispel und bei Professor Herborn in Frankfurt Gesangsunterricht genommen hatte. Sie sang vor allem Mozartarien, zuweilen auch

Rossini und Verdi. Ihre Lieblingsoper war »La Traviata«. Auch Klavier spielte sie sehr gut, – Kapellmeister von Hahn war ihr gestrenger Lehrer.

Nach diesem Silvesterball 1889, auf dem sich der junge Zarewitsch so intensiv um Alice gekümmert hatte, daß man darüber nicht nur in der Nähe des Hofes munkelte, schrieben die englischen Zeitungen unverblümt, eine Heirat mit dem Großfürst-Thronfolger und der hessischen Prinzessin, die ja eine Enkelin der englischen Königin war, wäre ein Unterpfand der russisch-englischen Annäherung. Und Alice gestand ihrer Freundin, daß der charmante Prinz mit den Gazellenaugen einen unwiderstehlichen Zauber auf sie ausübe.

»Ich denke nicht einmal daran!« hatte Alexander III. damals auf eine leise Anfrage der Hofschranzen geantwortet. Eine typische Antwort, die alle Diskussion ausschloß.

Als 1891 Alice noch einmal nach Rußland kam und ihre Schwester auf Ilinskoje bei Moskau besuchte, verbot der Zar sogar kategorisch, daß Nikolai Alexandrowitsch sie dort wiedersah.

»Ich will keine Deutsche mehr auf Rußlands Thron!« soll er damals geknurrt haben.

Auch die Zarin, die frühere Prinzessin von Dänemark, die den Namen Maria Fjodorowna angenommen hatte, widersetzte sich mit allen mütterlichen Mitteln der Möglichkeit, daß sich Niki, ihr geliebter ältester Sohn in Alice von Hessen verliebte.

Aber dennoch war es offensichtlich, daß der schüchterne Zarewitsch an der ebenfalls verträumt wirkenden, aber im Innern doch sehr ehrgeizigen deutschen Prinzessin Gefallen gefunden, wenn nicht sogar Feuer gefangen hatte.

Als Nikolai Alexandrowitsch erfuhr, daß die Zarin als Braut ihres Sohnes zu gern die schöne Hélène von Orléans, die Tochter des Grafen von Paris, gesehen hätte, schrieb er in sein Tagebuch die betrübt klingenden Zeilen:

»Das hat mich in eine ungewöhnliche Lage gebracht, an den Kreuzungspunkt zweier Wege: Ich möchte dem einen folgen, und meine Mutter scheint zu wünschen, daß ich einen anderen nehme . . .«

Von da an war das Thema Alice von Hessen kein Gespräch mehr in der Zarenfamilie. Es gab genug Prinzessinnen, die schön und klug waren, aber keine Deutsche! Nun aber stellte Pobedonoszew die neuen Fotos auf den Schreibtisch Alexanders III. und berichtete stolz, er wisse, daß der Zarewitsch noch immer an Alice mit Liebe denke.

Der Zar lehnte sich zurück, trank einen Schluck Wein, trotz seiner Nierensteine, die er einfach mißachtete, und wölbte die Unterlippe vor.

»Das sind keine Vermutungen, Konstantin Petrowitsch?« fragte er nachdenklich.

»Mir ist zugetragen worden, daß die Prinzessin seit ihrem Besuch 1889 intensiv Russisch lernt . . .«

»Zum Teufel!« Der Zar schlug sich auf den Schenkel. »Das nennt man deutsche Gründlichkeit! Keiner hat eine Ahnung, was sich da im geheimen zusammenbraut, und sie lernt Russisch!«

»Sie führt lange Gespräche mit dem Geistlichen der kaiserlichen Botschaft in London. Ihre Majestät, die Königin Victoria von England, hat bei der Großfürstin Elisabeth diskret anfragen lassen, ob man für Alice eine Konversion zur Orthodoxie vorbereiten soll.«

»Nie!« rief der Zar. »Nie! Das alles hinter meinem Rükken? Ich werde mir Nikolai vornehmen. Man kennt doch meine Ansichten . . .«

Pobedonoszew seufzte leise. Ja, man kannte sie genau. Sie begannen bei der heiligen Elisabeth von Thüringen, die der Zar eine Verrückte nannte, führten über die tragische Maria Stuart von Schottland bis zu der unheimlichen Krankheit, die ausnahmslos die männlichen Nachkommen Königin Victorias ergriff und die unheilbar war: Die Bluterkrankheit, die Hämophilie. Alice' Vater litt darunter, ihre Brüder, ihr Großvater väterlicherseits . . . eine erschreckende Erbfolge, die Alexander III. nicht über seinen Sohn nach Rußland bringen wollte. Er ging sogar so weit, daß er zu seinem Außenminister von Giers sagte, als ihm dieser eine Heirat des Zarewitsch mit der jüngsten Schwester des deutschen Kaisers Wilhelm II. vorschlug:

»Was bringen Sie mir da an? Ich habe mich erkundigt! Vielleicht ist das Blut der ganzen Familie infiziert, und das wäre furchtbar.«

Kaiser Friedrich III. war an Kehlkopfkrebs gestorben, den man zu spät erkannt und dann noch falsch behandelt hatte, aber für Alexander III. war noch schlimmer: Die Kaiserin war eine englische Prinzessin! Nicht umsonst nannte man Victoria die »Mutter Europas«.

»Wir müßten den Zarewitsch mal wieder auf Reisen schicken«, meinte der Zar jetzt. »Möglichst weit weg! Von mir aus noch einmal nach China oder an die Sibirische Eisenbahn, um die er sich ja so rührend kümmert! Konstantin Petrowitsch, woher stammen Ihre Informationen?«

»Es gibt ein Tagebuch des Großfürsten-Thronfolger, Majestät.«

»Da trägt er solche Dummheiten ein?«

»Ein Tagebuch ist der vertrauteste Gesprächspartner des Menschen.«

»Ha! Und Sie haben Ihre Spione selbst im Kabinett des Zarewitsch?«

»Ich hatte es auf Ihren Wunsch übernommen, Majestät, Nikolai Alexandrowitsch auf seine Berufung zum Zar vorzubereiten. Dazu gehört auch das Wissen seiner geheimsten Gedanken, seiner stillen Wünsche, seiner unerfüllten Sehnsüchte, seiner intimen Erfolge. In dieser Richtung ist der Zarewitsch ein braver Sohn. Ein paar leichte Affären ohne Tiefgang . . . bis dann Prinzessin Alice seinen Weg kreuzte und seine Gedanken um sie kreisten. Bis heute.«

»Wir werden das genau verfolgen, Konstantin Petrowitsch –«, sagte der Zar gedehnt. »Sehr genau!«

Er betrachtete erneut die Fotos in den schmalen Silberrahmen, nahm sie dann und legte sie, das Gesicht nach unten, in eine der breiten Schubladen.

»Was halten Sie übrigens von Hélène von Orléans?«

»Eine faszinierende Schönheit, ein großer Geist. Aber der Zarewitsch zieht sich innerlich zurück, wenn man von ihr spricht. Er liebt Alice, nachdem sie ihm aus ›La Traviata‹ vorgesungen hat.«

»Das kann man ändern!« Alexander III. hieb die Fäuste aneinander. »Lassen Sie dem Intendanten der Hofoper wissen, daß ›La Traviata‹ nicht mehr gegeben wird! Bei Gott, es gibt doch genug andere Opern . . .«

Es war eine der typischen Anordnungen des Zaren, über die niemand lange nachdachte.

Im Hause des Trödlers Minajew, in der ersten Etage, genauer in der Wohnung der Rosalia Antonowna Bondarewa, fand eine Woche später eine entscheidende Unterredung statt.

Boris Davidowitsch war mit einer Pergamentrolle erschienen und hatte sie auf dem nicht ganz sauberen Tisch ausgebreitet. Er beschwerte sie mit einer Teetasse und einem Blumentopf, damit sie sich nicht wieder zusammenrollte. Rosalia blickte das Papier etwas dümmlich an.

Es schien ein Plan zu sein – auf jeden Fall hatte sie keine Ahnung davon.

»So sieht die neue Wohnung aus!« sagte Boris fröhlich. »Große helle Zimmer. Unter den Fenstern fließt der Jekaterininskikanal. Es ist ein großes Haus im Renaissancestil und gehört einem schwerreichen Kaufmann namens Stroitsky . . .«

»Wen Gott segnet und wer kräftig betrügen kann, dem scheint immer die Sonne.«

Rosalia saß vor der Zeichnung, drückte eine irdene Schüssel in den Schoß und rührte einen Mehlteig an. Matilda übte heute bis zum Abend, und wenn sie müde nach Hause kam, wollte sie das Töchterchen mit duftenden, gefüllten Blinis erfreuen.

Nun war auch Boris noch gekommen, gut denn, so macht man etwas mehr Teig, auch er wird Blinis gern essen, man kann nicht immerzu Gänse und Hühner, Störe oder gar Hummer verspeisen.

Rosalia hatte sich noch nicht daran gewöhnt, einen Hochwohlgeborenen als Schwiegersohn zu haben, und sie erzählte es auch niemand. Nie würde sie das tun! Wußte man denn, wie lange so eine Laune anhält? Eines Tages war das Herrchen weg, verheiratet oder nicht, und dann blieb ihnen nichts als Spott. Was sollte man dann tun als armer Mensch? Das Recht wird immer nur aus dicken Börsen bezahlt . . .

»Du kennst die ehrbaren Stroitskys?« fragte sie vorsichtig.

»Wassilij Arkadjewitsch, der älteste Sohn, ist bei der Garde zu Pferde! Einer der wenigen Bürgerlichen . . . so reich sind die Stroitskys.«

»Sie müssen wahre Gauner sein!« Rosalia rührte heftig in ihrem Teig. »Was willst du mit der Zeichnung?«

»Wir werden nächste Woche umziehen, Mütterchen . . .«, sagte Boris leichthin.

»Wer wird umziehen?« Rosalia starrte auf die große Zeichnung.

»Wir! Du und Matilda. Was du da siehst, ist der Grundriß eurer neuen Wohnung.«

»Das da?« Sie tippte mit dem Quirl auf die Rolle. »Unsere Wohnung? Wieso denn?«

»Ich habe sie von den Stroitskys gemietet. Zunächst für ein Jahr . . .«

»So so! Für ein Jahr!« Sie sah Soerenberg mit schrägem

Kopf an. »Bist du verrückt, Boris Davidowitsch?«

»Matilda muß hier raus!« rief er und beugte sich über den Plan. »Es ist völlig unmöglich, daß sie länger hier lebt . . .«

»Unmöglich ist das?«

Rosalia Antonowna wuchtete ihre Schüssel auf den Grundriß der neuen Wohnung und wischte ihre Hände an der Schürze ab. »Matilda ist hier geboren und aufgewachsen«, sagte sie laut. »Sie hat nie die Räude oder die Krätze gehabt, ab und zu höchstens einen Floh, aber den haben wir hier alle. Nicht eine Wanze sitzt mehr in der Wand, die Schaben habe ich vernichtet und eine Laus läßt Minajew schon gar nicht hinein! Jedes Kleidungsstück, das er kauft, hängt er erst in den heißen Rauch, ehe er es wieder anbietet. Hier ist es sauber, Borja, sehr sauber! Hier waren wir glücklich, hier lernte mein Schwänchen tanzen, hier hat sie auch gelernt, den Menschen zu mißtrauen! Das ist überhaupt das wichtigste im Leben! Und jetzt sollen wir hier weg? Ich in eine solche Wohnung? Am vornehmen Jekaterininskikanal? In ein reiches, aber ranziges Haus . . .«

»Renaissance, Mütterchen! Das ist ein prunkvoller Baustil . . .«

»Vielleicht für einen Stroitsky, aber nicht für eine Bondarewa! Boris Davidowitsch, ich gehe nicht von hier weg!«

Sie stemmte die Beine gegen die ausgetretenen Dielen und drückte das Kinn an – ganz Abwehr.

»Versucht es nur, versucht es! Wegtragen müßt ihr mich! Aber ich werde schreien, auf der Treppe, auf der Straße, im Schlitten: Seht euch das an, Nachbarn! So geht man mit mir um! Nicht mehr gut genug ist diese Behausung für Tochter und Bräutigam. Wollen wohnen wie die Fürsten, mit Teppichen auf dem Boden und bemalten Decken! Helft mir, liebe Freunde! Und sie werden eine Mauer bilden, die Straße absperren, deinen Pferden Pfeffer in die Nüstern blasen, und Minajew wird aus dem Laden stürzen und seine alte Trompete blasen, als gelte es, eine Festung zu erstürmen. Ja, so wird es kommen . . .! Ich ziehe nicht zu den Stroitskys, sollen die uns auslachen? Die Nasen schlage ich ihnen lieber ein, diesen . . . diesen . . . Hochgereckten!«

Es war schwer, Rosalia Antonowna zu beruhigen. Vernünftigen Argumenten war sie nicht zugänglich, sie schrie nur immer: »Ich habe ein sauberes Haus! Wer das bezweifelt, dem schlage ich den Kopf ein!«

Selbst der Trödler Minajew, angelockt von dem Toben über sich und längst in Soerenbergs Plan eingeweiht, konnte nur erreichen, daß Rosalia ihm einen Tonbecher gegen die Nase schleuderte.

Erst Matildas Rückkehr von der Ballettschule besänftigte die Mutter ein wenig. Sie saß wie ein müder Boxer auf dem Diwan und atmete heftig.

»Ha!« brüllte sie sofort, als Matilda eintrat. »Dreh dich um! Dort an der Wand hängt ein Spiegel. Sieh dir an, wie jemand aussieht, dem die Mutter nicht mehr gut genug ist . . .«

»Mama, sei leise, bitte! Wenn dich Minajew hört . . .«

»Tichon Benjaminowitsch? Haha!« Sie lachte schrill. »Der sitzt hinter seiner Theke und drückt einen Lappen mit Essig gegen seine dumme Nase!« Sie streckte den Arm aus, die Hand war zur Faust geballt. »Du hast den Plan gesehen?«

»Ja, Mama. Borja hat ihn in die Schule gebracht. Auch Tamara Jegorowna findet die Wohnung wundervoll.«

»Findet sie? Natürlich! Sie wohnt in einem Palais! Bezahlt sie auch unsere Miete?«

»Das ist doch keine Frage, Mütterchen«, sagte Boris eindringlich.

»Eine große Frage ist das! Ich lebe nur so, wie ich es verdienen kann. Ich höre, ich höre! Du bezahlst die Miete, die Geldbeutel der Barone von Soerenberg haben sich geöffnet! Ihre Gnade fällt über uns wie ein warmer Frühlingsregen. Was muß ich tun? Einen tiefen Knicks? O nein . . . Bei meinem Grafen damals war es üblich, die Stiefel zu küssen. Komm her, Borja, mein Schwiegersöhnchen, daß ich dir die Lackschuhe küsse. Oder den Saum deines Rockes! Sag mir, was ich noch tun soll . . .«

»Den Mund halten!« sagte Matilda laut. »Draußen wartet eine Troika, – wir fahren gleich an den Kanal, um die Wohnung zu besichtigen.«

»Ich nicht!« Rosalia drückte sich gegen die Wand. »Ich binde mich fest! Und weinen werde ich. Schluchzen! Zum Himmel werde ich rufen: Da hat man ein Kindchen großgezogen, ein so liebes Kindchen, ein so kluges Kindchen – und was tut es? Es verleugnet seine Mutter! Will weg aus der Heimat, schämt sich der Muttererde, aus der es gekommen ist! Der Himmel wird mit dir weinen, ich prophezeie es dir – er wird weinen, und ein Engel wird sagen: Rosalia Antonowna, warte nur ein wenig, dann bist du bei Gott und darfst dir im Paradies einen kleinen Platz aussuchen, für dich ganz allein . . .« Sie begann zu schluchzen.

»Amen«, sagte Boris laut.

Rosalia zuckte zusammen. »Ein Ketzer ist er auch noch! Wie soll das alles nur enden . . .?«

Es war eine berechtigte Frage, denn eine Stunde später fuhr die Troika mit Boris, Matilda und natürlich Rosalia Antonowna durch die Stadt zum Jekaterininskikanal und hielt vor einem großen, von dorischen Säulen getragenen Portal.

Es war eines jener Stadtpalais der reichen russischen Familien, die – wie unter anderem die Stroganows – durch Handel mit sibirischen Produkten und Besitztümern im »Neuen Land«, dem Gebiet hinter Tjumen, wo die undurchdringliche Taiga beginnt, zu Ansehen gekommen waren. Es drückte sich vor allem darin aus, daß die Zaren den Familien immer neue sibirische Gebiete schenkten, die sie dann auf eigene Rechnung mit einer eigenen Privatarmee erobern mußten. So wurde ihr Reichtum unschätzbar.

»Hier?« fragte die Bondarewa. Sie blickte an der prunkvollen Fassade hinauf. »Fahr weiter, du Stinkpelz von Kutscher!«

»Die Hälfte der ersten Etage gehört uns –«, erklärte Boris Davidowitsch. »Die Stroitskys wohnen im Jahr nur drei Monate in Petersburg . . . sonst in Moskau oder Perm. Am Fuße des Urals haben sie ihren eigenen Kreml. Steigen wir aus . . .«

»Nein!« sagte Rosalia Antonowna laut. »Erst muß ich wissen, wer im Haus ist.«

»Es ist unbewohnt. Besorgt wird es von einem Hausmeister, einer Köchin, drei Lakaien und drei Hausmädchen. Im Garten und der Orangerie arbeiten zwei Gärtner.«

»Das sind zehn!« Rosalia schnaufte durch die Nase. »So etwas nennt er unbewohnt!«

»Ich habe sie mitgemietet.«

»Gott schütze mich!« Sie schlug schnell ein Kreuz. »Wir haben Dienstpersonal? Wenn ich mich hinstelle und rufe: He, bring mir Pantoffeln . . . dann rennt einer los?«

»Dazu ist er da. Es ist sein Beruf. Er führt jeden Wunsch aus.«

»Auch bei mir?«

»Du bist die Mutter Matildas. Du bist die Herrin. Sie werden vor dir besonders großen Respekt haben.«

»Vor mir? Das will ich sehen!«

Sie warf die Felle ab, sprang aus der Troika auf die Straße und zupfte ihre Pelzmütze zurecht. Unter dem Portal, in der breiten Tür, erschienen jetzt zwei Lakaien und waren sich unschlüssig, ob das die neuen Herrschaften waren.

Rosalia zeigte mit ausgestrecktem Arm auf sie.

»Sind das welche für uns?« fragte sie.

»Ja, Mütterchen«, antwortete Boris und zwinkerte Matilda zu.

»Hierher, ihr Trauertöpfe!« rief Rosalia Antonowna und winkte mit beiden Armen. »Wollt ihr wohl laufen? Glatt ist es vor dem Haus! Warum ist das Eis nicht weggehackt, he?

Soll man sich die Knochen brechen? Aber nein, da sitzt man am warmen Ofen und faulenzt in den Tag hinein, statt das Nötigste zu tun! Das ist vorbei! Lernt nur Rosalia Antonowna kennen! Euch wird das Wasser auf der Haut kochen! Hierher und angepackt! Ich gehe keinen Schritt über das blanke Eis!«

So zog Rosalia in die neue Wohnung ein.

Zwei Lakaien trugen sie keuchend über das Eis ins Haus, wo der Hausmeister sie erwartete und entgeistert anstarrte.

»Warum glotzst du so?« rief die Bondarewa grob.

Das gewaltige Treppenhaus überwältigte sie. So etwas hatte sie noch nie gesehen, nicht einmal geträumt. Riesige Marmorgestalten trugen die Lampen, aber das erschreckte sie weniger als die Tatsache, daß diese Männer alle nackt waren. Zwar waren sie aus Stein und daher leblos, aber sonst war alles so natürlich wie bei einem lebenden Mann ...

Rosalia drehte sich zu ihrer Tochter um, wurde rot im Gesicht und sagte leise:

»Töchterchen, das ist ein schweinisches Haus! Ich hätte nie geglaubt, daß Boris Davidowitsch so verdorben ist ... Man kann ja nicht hinblicken!«

»Es sind griechische Jünglinge, Mama ...«

»Na und? Sie sehen nicht anders aus als der Bauer Kulikow oder der Kutscher Brendeljew. Sich so hinzustellen! Aber so sind sie eben, die hochwohlgeborenen, reichen Herrschaften ...«

In der Nacht schlief Rosalia Antonowna in einem Bett, über dem ein großes Gemälde hing: Leda mit dem Schwan. Bevor sie einschlief, nach einem innigen Gebet, das sie keinen Abend vergaß, blickte sie noch einmal das Bild an.

»Daran werde ich mich nicht gewöhnen –«, sagte sie fest entschlossen. »*Ich* gehe nicht nackt, auch wenn das zum vornehmen Leben gehört.«

Dann schlief sie in dem weichen, von einem seidenen

Himmel überspannten Bett und träumte von Tichon Benjaminowitsch Minajew. Er stand nackt an der großen Treppe und hielt einen Leuchter hoch. Dabei grinste er dämlich.

Ausgerechnet Minajew! Rosalia spuckte ihn an – im Traum – und schritt hoheitsvoll die Marmorstufen hinauf ...

Der erste Besucher in der neuen Wohnung war Mustin, der Zwerg. Er erschien in seiner Hoftracht, im orientalischen Kostüm, mit dem Turban, der in der Mitte einen runden Spiegel trug. Als Einzugsgeschenk brachte er einen weißen Papagei mit.

Rosalia Antonowna empfing ihn im Blauen Salon, so genannt, weil seine Wände mit blauer Seide ausgeschlagen waren. Sie thronte würdevoll in einem großen Sessel. Sie trug ein wallendes, mit Spitzen besetztes Kleid, das ihren gewaltigen Busen und ihr sonstiges außerordentliches Format etwas minderte.

»Mustin Fedorowitsch, daß Sie als erster zu uns kommen, ist ein gutes Zeichen! Ein Narr! Wie wahr! Dieses Leben ist wirklich närrisch. Stellen Sie sich vor, ich habe zehn Mann Personal! Ich ziehe an einer Klingelschnur, und schon steht einer da! Und ich kann ihn hin und her jagen, und er sagt keinen Mucks! Wenn ich morgens aufstehe, steht ein Mädchen da und will mich waschen. Von oben bis unten, wenn ich es verlange. So etwas gibt es – warum lachen Sie nicht?«

»Das alles ist ernst genug«, antwortete Mustin Fedorowitsch. »Ich bin im Auftrag des Zarewitsch hier ...«

»Hinaus mit Ihnen, Mustin! Meine Tochter wird bald Baronin von Soerenberg heißen ...«

»Wer weiß das besser als ich? Aber ich habe einen Befehl und muß ihn ausführen.« Er zeigte auf einen großen vergoldeten Käfig in Pagodenform, den zwei Lakaien hereingetragen hatten.

Der weiße Papagei hockte auf der mittleren Stange und betrachtete Rosalia aus zwinkernden grünen Augen.

»Ein Geschenk des Zarewitsch für die neue Wohnung. Er wußte von dem Umzug noch am gleichen Abend – der Spitzeldienst ist gut organisiert. Der Papagei ist für Demoiselle Matilda bestimmt. Er kann sprechen . . .«

»Dann sag mal was!« rief Rosalia gegen den Käfig und beugte sich vor.

»So nicht!« Mustin trat zur Seite.

»Er reagiert nur auf ein Codewort. Sagen Sie bitte: ›Ich bin Matilda!‹«

»Ich bin Matilda!« rief also Rosalia.

Der Papagei sträubte sofort seine Federn, stieß den Kopf kräftig vor und antwortete:

»Ich heiße Niki!«

Ganz deutlich war das, ein wenig krächzend zwar, aber doch klar.

»Ich heiße Niki . . . ich warte auf dich . . . ich warte auf dich . . . Niki immer bei dir . . .«

Rosalia saß wie gelähmt vor diesem Wunder in ihrem Sessel und starrte den Vogel mit offenem Mund an.

Erst als Mustin weitersprach, begriff sie, was da ins Haus gekommen war. Der Zwerg sagte:

»Ich konnte es nicht verhindern. Ich bin nur der Narr . . . Niki ist der Kosename des Zarewitsch . . .«

Das Duell zwischen Fürst Kramskoj und Boris von Soerenberg blieb tatsächlich ein Geheimnis.

Das war an sich ein Wunder, denn gerade St. Petersburg war ein berüchtigtes Klatschnest, in dem nichts verborgen blieb. Über alles und jedes wurde hinter vorgehaltener Hand gesprochen, und die größten Geheimnisse waren die, die jeder kannte. In den Salons des Adels ersetzte das Flüstern eine Zeitung, und es gab in diesen Zeiten sicherlich vieles, was man mit entsprechendem Augenzwinkern oder fatalem Staunen weitergeben konnte ... Angefangen von einer Liebesaffäre bis hin zu einer politischen Verschwörung, von Schlafzimmergeheimnissen bis zur drohenden Gefahr einer neuen Revolution, waren alle Themen begehrte Unterhaltungsstoffe. Sie wissen doch, junge Wirrköpfe, die im Sinne hatten, Rußland statt von dem gottgewollten Zaren vom Volk regieren zu lassen ... Rußland, unser heiliges Rußland, von einem Kollektiv regiert – welch ein Irrsinn! In den Salons nahm man die junge Generation, die sich Kommunisten nannten, nicht ernst.

Fürst Jussupow hatte es glänzend verstanden, das Duell als eine ganz private Sache dem öffentlichen Interesse zu entziehen. Der geschlagene Kramskoj lag zähneknirschend und auf Rache sinnend in einem Bett auf der ersten Etage des Palais, aber in einem besonders abgeschlossenen Flügel, den nur zwei besonders schweigsame Diener betreten durften ... sie waren von Geburt an taubstumm.

Jussupow hielt sich die beiden für besonders delikate Aufgaben, stumm wie Automaten verrichteten sie ihre Missionen und waren ihrem hohen Herrn geradezu hündisch ergeben. Wer beschäftigte schon zwei Taubstumme, wo es in St. Petersburg soviel Armut und so viele Arbeitslose gab neben diesem geradezu unerhörten Reichtum.

Hier also, in dem als Privatklinik ausgestatteten Gebäudeflügel, erschienen, durch dringende Depeschen herbeigerufen, die Professoren Ducroix aus Paris und Henry Baldwin aus London, um Kramskojs Arm zu untersuchen. Professor von Bergmann aus Berlin hatte leider absagen müssen, in Genf fand ein Kongreß der Hirnchirurgen statt, den er nicht versäumen durfte.

Für die beiden anderen Herren aber bedeutete der Ruf des Fürsten Jussupow eine große Ehre, die vor allem auch vergoldet wurde. Der Fürst zahlte Honorare, die dem Jahresgehalt eines Medizinprofessors gleichkamen.

Die eingehenden Untersuchungen ergaben, daß Kramskojs Arm nicht steif blieb, sich aber später nur noch bis zur halben Höhe bewegen lassen würde. Was man befürchtet hatte, wurde nun zur Gewißheit: Kramskoj blieb ein behinderter Mensch.

»Ich bringe ihn um!« sagte er dumpf, nachdem das endgültige Urteil feststand.

Fürst Kramskoj saß im Bett, Jussupow hatte mit Champagner auf das gute Ergebnis der Untersuchungen angestoßen. Insgeheim hatte er damit gerechnet, daß Kramskoj gelähmt blieb.

»Felix, ich werde seine Spur verfolgen wie der Wolf den Blutgeruch. Und irgendwo treffe ich ihn wieder – und töte ihn! Ein Kramskoj als Krüppel, eines kleinen Hürchens wegen! Mir setzt der Herzschlag aus!«

»Soerenberg wird dir immer überlegen sein!«

»Und wenn ich ihn aus dem Hinterhalt erschieße ... Ich will meine Rache, weiter nichts. Wie ich sie finde, ist gleichgültig!«

»Es wäre aber glatter Mord, Valentin Wladimirowitsch.«

»Was kümmert's mich? Mit diesem Soerenberg ist ein Mensch zuviel auf der Welt!«

Kramskojs Haß, seine ungeheure Mordlust wuchsen mit den Tagen, in denen es ihm besserging.

Professor Ducroix aus Paris, anerkannter Spezialist für Unfälle und komplizierte Sehnennähte, hatte Kramskoj operiert. Dr. Mrozek hatte ihm assistiert. Beide Ärzte hatten noch einmal dringend geraten, den Patienten in eine Spezialklinik zu verlegen, aber Jussupow weigerte sich.

Eine Klinik würde Indiskretion bedeuten ... er kannte Petersburg gut genug. Die Komplikationen mit dem Zarenhof würden immens sein, denn auch ein Fürst Jussupow konnte es sich nicht leisten, in seinem Palais ein Privatduell zu veranstalten, in das ein Gardeoffizier verwickelt war. Auch hätte der Zar kaum Verständnis dafür gezeigt, daß ein Fürst Kramskoj mit seiner Troika ein junges Mädchen hatte überfahren wollen, nur weil es ihm nicht zu Willen sein wollte.

»Und wenn es zu einem Wundfieber kommt?« fragte Ducroix.

»Das kann in einer Klinik auch passieren!« entgegnete Jussupow. »Bei mir ist es sauberer als in einem Krankenhaus.«

Dagegen gab es nichts einzuwenden, Ducroix mußte es zugeben. Die Zustände in den Krankenhäusern der damaligen Zeit waren reformbedürftig, um es vornehm auszudrücken. Nur, wenn es eben Komplikationen geben sollte, hätte man alles zur Hand.

Die Operation gelang. Mit Spannung wartete man die nächsten Tage ab, aber Kramskoj hatte Glück. Es gab keine Infektion, es sammelte sich kein Eiter, es entstand kein Brand.

Dafür trank der Patient besten französischen Rotwein aus Burgund, mit Eiern verquirlt, um den Blutverlust auszugleichen. Manchmal lag er betrunken in den Kissen, ballte die Faust und lallte: »Boris Davidowitsch, sieh dich vor! Ich töte dich! Ich habe Zeit, dich zu suchen! Du entkommst mir nicht!«

Jussupow hielt es nach solchen Reden für besser, Soerenberg zu warnen. Da man sich im Anitschkowpalast, in der Nähe von Zar und Zarewitsch, oft traf, war es leicht, diese Warnung anzubringen.

»Er meint es ernst«, sagte Jussupow besorgt zu Soerenberg. »Er glüht vor Haß! Ich kenne Kramskoj gut genug, um zu wissen, daß er Ihnen wie ein Meuchelmörder auflauern wird. Erwarten Sie von ihm keinerlei moralische Bedenken. Er wird noch ungefähr zwei Monate bei mir wohnen müssen, bis er wieder unter Menschen treten kann, aber dann . . . Sie haben Zeit genug, mein lieber Boris Davidowitsch . . .«

»Wozu Zeit, Hoheit?« fragte Soerenberg verständnislos.

»Um eine Versetzung nachzusuchen.«

»Ich denke nicht daran!«

»Sie könnten beantragen, als Militärattaché nach China zu gehen. Das wäre weit genug, um Kramskoj abzuhalten, Ihnen zu folgen. Nach den guten Beziehungen, die wir zu China haben, vor allem nach dem Besuch des Großfürsten-Thronfolgers, wäre es leicht, Sie nach China zu schicken. Ich würde mit dem Zarewitsch selbst sprechen und den Plan unterstützen.«

»Ich flüchte nicht vor einem Kramskoj, Hoheit!«

»Er würde auch notfalls mit gekauften Mördern . . .«

»Unterstellen Sie mir Angst?«

»Aber nein!« Jussupow winkte ab. »Ich kenne Ihren Mut zu gut! Aber was nützt er gegen eine Kugel, die aus der Dunkelheit kommt? Wenn Ihnen China zu weit ist . . . was halten Sie von London oder Rom?«

»Ich bleibe in St. Petersburg, Hoheit!« Soerenberg schüttelte den Kopf. »Es gibt dafür viele Gründe.«

»Nummer eins – eine Frau!«

»Ja.«

»Nehmen Sie sie mit, Boris Davidowitsch.«

»Das wird unmöglich sein.«

Soerenberg blickte an Jussupow vorbei in den Innenhof des Palastes.

Die kaiserliche Karosse war vorgefahren. Alexander III. wollte einer Sitzung der Admiralität beiwohnen. Der Zarewitsch sollte ihn begleiten, was sehr selten war, denn der Zar hielt Politik grundsätzlich aus seinem Familienleben fern.

»Die junge Dame hat eine große Zukunft vor sich . . .«

»Ach! Sie wollen sie nicht heiraten?« Jussupow lächelte etwas maliziös. »Nehmen Sie Ihre Ritterlichkeit nicht etwas zu ernst, mein Lieber?«

»Ich werde die Dame heiraten, aber ich werde ihrem vorgezeichneten Weg nicht ein Hindernis sein.« Soerenberg straffte sich. »Der Zar kommt. Ich muß zum Begleitkommando. Sie werden mich kaum verstehen, Hoheit.«

»Ich gebe zu: für mich sprechen Sie in Rätseln.«

»Ich liebe dieses Mädchen über alles. Und weil ich sie so liebe, werde ich in den Hintergrund treten und meine Aufgabe darin sehen, sie vor den größten Fährnissen und Unannehmlichkeiten des Lebens zu beschützen. Sie hat nun einmal vom Schicksal als begnadete Künstlerin eine größere Aufgabe zugeteilt bekommen, als nur Hausfrau oder vielleicht einmal Mutter zu sein.«

»Wer soll das verstehen?« Fürst Jussupow sah Soerenberg äußerst erstaunt an. »Kenne ich die also gelobte Dame?«

»Noch nicht.«

»Sie machen mich neugierig, Boris Davidowitsch.«

»Die ganze Welt wird sie einmal bewundern, wird ihr zu Füßen liegen.«

»Dann bedauere ich Sie schon heute, Soerenberg.« Jussupow wedelte sich mit den Händen Luft zu. »Sie werden in ständiger Angst leben und von Eifersucht zerfressen werden. Ist das ein Leben für einen Mann wie Sie? Mit Ihren Fähigkeiten, Ihren Aussichten? Nehmen Sie meinen Rat an, mein lieber Freund: Gehen Sie als Attaché nach China, legen Sie sich dort einige süße kleine Konkubinen zu – die Chinesinnen sollen berühmt sein für ihre Liebesspiele. Dreitausendjährige Tradition, Soerenberg! Während wir in Europa noch – mit Bärenfellen bekleidet – das Bronzebeil schwangen, legten diese Damen schon ihre Liebeslager mit Rosenblättern aus! Und vor allem, Boris Davidowitsch: Sie sind dort sicher vor Kramskoj!«

»Ich glaube, Hoheit, Sie haben vor ihm mehr Angst, als ich sie haben müßte . . .«

»Genauso ist es! Kramskoj ist nun einmal ein Wolf . . .«

»Warum pflegen Sie ihn dann gesund?«

»Er ist auch mein Freund.«

»Sie sollten ihn nach China schicken!«

Soerenberg kontrollierte den Sitz seiner Husarenmütze. Der Zarewitsch kam aus der Tür, sah sich um, erkannte Soerenberg und winkte ihm zu.

»Das wäre eine Überlegung wert, Hoheit! Warum schickt man in Rußland immer die Falschen in den Fernen Osten? – Der Zarewitsch ruft mich!«

Er wandte sich zum Gehen, drehte sich aber noch einmal um. »Wenn Kramskoj wieder zu Ihnen von mir spricht, sagen Sie ihm bitte, daß nicht nur der Wolf jage, sondern daß man reißende Wölfe so lange hetzt, bis sie unschädlich gemacht worden sind. Ich bin ein guter Jäger, Hoheit!«

Fürst Jussupow blickte Soerenberg nachdenklich an und kratzte sich den Nasenrücken. Er wartete, bis Boris mit dem Zarewitsch in die Karosse gestiegen war und ging dann in den Seitenflügel des Palastes zurück.

Was hilft ihm Stolz und Heldenmut, dachte er, wenn man ihm auflauert! Der Fürst kam sich sehr hilflos vor. Wie kann man, bei aller Freundschaft, verhindern, daß Kramskoj ihn ermordet? Das ist fast unmöglich – man müßte denn Kramskoj vorher umbringen . . .

Jussupow zog die Schultern vor und fror plötzlich. Er haßte alle Gewalt, er liebte Musik und schöne Frauen, die Kunst und das Theater, den Tanz und alles, was Schönheit verbreitete. Sein Sohn, der elegante, zartgliedrige Felix, ein schöner Jüngling, würde genauso sein wie er . . .

Wer ahnte damals, daß es einmal einen Wundermönch mit Namen Rasputin geben würde, der die Zarenfamilie so völlig beherrschte, daß ausgerechnet dieser zarte schöne Felix Jussupow zum Mörder Rasputins und damit zu einer unsterblichen Figur der Weltgeschichte werden würde?

Wer ahnte, daß einmal aller Glanz, aller Reichtum, alle Macht zusammenbrechen würden und Rußland tatsächlich ein Staat der Völker wurde und nicht mehr länger der Tummelplatz des privilegierten Adels . . .?

Es ist schon ein nervenzermürbendes Leben mit einem Papagei! Und noch dazu mit einem, der dauernd spricht, die Wohnung zu teilen!

Bei Rosalia Antonowna artete es zu einem verbissenen Machtkampf aus. Bisher war es gewöhnlich so gewesen, daß keiner der Bondarewa widersprach, wenn er länger als fünf Minuten unter dem Beschuß durch ihre gewaltige Stimme gestanden hatte. Das war keine Niederlage, sondern viel mehr eine ehrenvolle Kapitulation, denn wer konnte Rosalia widerstehen?

Auf dem Markt war es früher so gewesen, daß selbst die kaiserliche Polizei bei irgendwelchen Streitigkeiten, in die Rosalia verwickelt war, sich mit keinem Verhör aufhielt, sondern den Kontrahenten der Bondarewa zur Seite nahm, ihn freundlich aber bestimmt ermahnte, sein Maul zu halten und weiterzugehen. Selbst die Armen, die meistens völlig im Recht waren, sahen schließlich die Unmöglichkeit, gegen dieses Weib anzugehen, und verdrückten sich stillschweigend.

Anders der Papagei!

Er hatte die unwahrscheinlichen Nerven, Rosalia standzuhalten und immer das letzte Wort zu behalten.

»Ein Mistvieh, ein wahres Saustück!« schrie Rosalia in den ersten Tagen. »Ich erdrossele es! Ich drehe ihm den Hals um! Seinen häßlichen Kopf schlage ich ihm ab! Gibt es denn so etwas? Sage ich: ›Schluß jetzt, du schielendes Aas!‹, antwortet der Teufel doch: ›Ich warte auf dich. Ich heiße Niki!‹ Wie kann man das ertragen?«

Man mußte es ertragen.

Der Papagei konnte es sich leisten, denn er besaß eine unantastbare Lebensversicherung: Er war ein Geschenk des Zarewitsch.

So etwas konnte man nicht einfach in eine dunkle Ecke stellen oder ihm den Hals umdrehen – das war völlig unmöglich.

Was blieb Rosalia anderes übrig, als den Kampf mit dem Vieh aufzunehmen und sich damit in eine aussichtslose Lage zu begeben? Denn der Papagei, bisher nur an vornehme Rede gewöhnt, die ihm ein kaiserlicher Vogelwart beigebracht hatte, lernte nun Dinge, die in keinem Palais gesprochen wurden.

Rosalia fiel daher fast leblos in einen Sessel, als sie eines Morgens lautstark von dem Papagei mit den zwei Worten begrüßt wurde: »Altes Luder!«

»Das ist zuviel!« keuchte die Bondarewa. »Das überlebe ich nicht! Die Hölle an deinen Hals, du Satansvogel!«

»Schiefmaul!« antwortete der Papagei und flatterte dabei mit den Flügeln. »Ich warte auf dich! Ich heiße Niki! Niki ist immer bei dir! Altes Luder – Mißgeburt!«

Das letzte Wort mißlang etwas, ein Papagei kann nicht gut artikulieren. Es klang wie »Mischburt«, aber Rosalia wußte genau, was es bedeutete.

Auch der Zwerg Mustin war fasziniert von den Gelehrsamkeiten des Vogels. Als er nach einer Woche wieder zu Besuch kam und ihn der Papagei mit »Altes Luder!« begrüßte, sah er aber die Bondarewa doch vorwurfsvoll an.

»Wie kann ich wissen, daß er solch ein ungebildeter Teufel ist?« schrie sie und deutete mit der Faust auf den Papagei. »Alles spricht er nach!«

»Das ist die Besonderheit dieser Vögel«, sagte der Zwerg. »Sie lernen alles.«

»Alles?« Rosalia wurde rot.

»Und sie sehen alles.«

»Auch das noch!«

»Und was sie sehen, das verstehen sie auch!«

»O Himmel!« Die Bondarewa fiel schwer auf ihren Diwan. »Ist dieses Miststück männlichen oder weiblichen Geschlechts?«

»Männlich!« antwortete Mustin ohne Zögern, ohne zu wissen, was der Papagei wirklich war. Man hatte sich darum nie gekümmert, er wurde nur aufgrund seiner Gelehrigkeit zu dieser Mission ausgewählt.

Rosalia Antonowna starrte den Vogel an. Sie schämte sich bis in die Tiefe ihres Herzens. Dreimal war sie nackt durch die Wohnung gelaufen, vom Bad ins Schlafzimmer, denn Baden war zu ihrem größten Spaß geworden.

Solange sie lebte, hatte sie nie Gelegenheit gehabt, in einer Badewanne zu liegen wie die hohen Herrschaften. Im Sommer hatte sie wohl ein paarmal an einsamen Plätzen in der Newa oder im Meer gebadet; und aus ihrer Jugendzeit besann sie sich eines Flüßchens mit buschbewachsenen Ufern, wo man sich erst liebte und dann den sündigen Leib im kalten fließenden Wasser reinwusch.

Nun besaß sie sogar ein Badezimmer aus weißem Marmor, mit einer riesigen Wanne mit goldenen Kränen; man konnte sich ins warme Wasser legen und sich wohlig durchweichen lassen, und es gab sogar Duftwasser, mit dem man das Badewasser verfeinerte, und Seife, die nach Jasmin oder Rosen oder Nelken roch. War das eine Wonne, so eine Stunde lang im Wasser zu liegen und dann, nach allen Blumen duftend, nackt herumzulaufen! Wer dachte da schon daran, daß solch ein verdammter Vogel ein Männchen war, alles sah, alles verstand, als sei er ein Mensch?

»Altes Luder!« sagte der Papagei aus tiefster Brust. Dabei blinzelte er Rosalia zu wie ein Kumpan aus den engen Gassen des Marktes.

»Beherrscht er noch mehr solcher Ausdrücke?« fragte Mustin Fedorowitsch.

»Ich weiß es nicht«, stammelte die Bondarewa. »Gott verzeih mir, aber mir versagt das Herz . . .«

»Es kann nämlich sein, daß der Zarewitsch zu Besuch kommt.«

»Hierher? Ich sterbe, Mustin . . .

»Und er wird sagen: Ah, da ist ja mein lieber Papagei! Wie geht es dir? Und was wird der liebe Vogel dann antworten?«

»Mißgeburt!« krähte der Papagei. »Altes Luder!«

»Der Zarewitsch wird entsetzt sein.«

Die Bondarewa wurde blaß, beugte sich zu dem Zwerg hinunter und flüsterte ihm ins Ohr: »Man sollte ihn vorher vergiften . . .«

»Sie können doch unmöglich ein Geschenk des Thronfolgers vernichten!«

»Ein Unfall! Frißt ein paar schlechte Körnerchen, ehe man es verhindern kann. Welch ein Unglück! Ich werde weinen und schwarze Kleider tragen, als sei ein Teil von mir gestorben. Aber er muß weg!«

Natürlich blieb der Papagei.

Auch Matilda hatte zuerst darauf gedrängt, den Vogel dem Zarewitsch zurückzuschicken. Mit Boris Davidowitsch hatte sie vor ihm gesessen und sich angehört, was er von sich gab. Ich heiße Niki . . . Ich warte auf dich . . . Und ihr Herz hatte gezuckt – ganz anders, als wenn Boris sie in die Arme nahm und sie küßte. Ein völlig unbekanntes Gefühl war es, das sie durchrann, wenn sie an den Zarewitsch dachte, an seine melancholischen Augen, seine weichen Züge, seine glatte Hand und seine wohllautende Stimme. Ich warte auf dich . . .

Das war wie eine immerwährende Botschaft, wie eine Mahnung, wie ein Versprechen. Ein gedankliches Hiersein.

»Ich lasse den Vogel zurückbringen«, hatte Matilda am zweiten Abend, nachdem der Papagei ins Haus gekommen war, zu Boris gesagt. Sie saßen im Kaminzimmer auf einem Sofa, aneinandergelehnt, nur beschienen von dem flackernden Schein des Holzfeuers, und der Käfig mit dem Papagei stand vor ihnen auf einem Tisch mit Marmorplatte.

Der Vogel saß still, mit vorgestrecktem Hals auf seiner Stange und beobachtete sie mit seinen runden, glitzernden grünen Augen.

»Ich will nicht mehr hören, was er sagt. Ich liebe nur dich, Boris . . .«

»Du kannst ein Geschenk des Thronfolgers nicht zurückschicken«, sagte Soerenberg.

So jung und heftig seine Liebe zu Matilda war – er hatte sich innerlich damit abgefunden, den übermächtigen Rivalen Nikolai Alexandrowitsch an seiner Seite zu dulden. Er hatte vorher nie geglaubt, daß so etwas möglich wäre: Daß man ein Mädchen lieben konnte und es doch teilen mußte mit einem anderen, klaglos, als ein Schicksal ansehend, weil der andere einmal der Zar sein würde, der mächtigste Mann der Welt, vor dem es keinen eigenen Willen mehr gab.

So war man erzogen worden: zum Gehorsam, zur Duldung, zum Opfer. Man hatte seinen Eid geleistet, und dieser Eid, getreu bis in den Tod zu sein, umschloß nun einmal alles, was Leben in Rußland bedeutete. Ein Leben im Schatten des allmächtigen Zaren . . .

Dazu gehörte auch Matilda Felixowna. Wenn der Zarewitsch sie verehrte, dann war das Schicksal. Schicksal, das einem sogar noch wohlwollend war: Was den Thronfolger vielleicht nur einmal wöchentlich beglückte, das besaß man Tag und Nacht. Natürlich konnte man ausbrechen, man konnte aus Rußland flüchten und Matilda mitnehmen, vielleicht weit über den Ozean, in die Neue Welt, in das freie Amerika – aber dieser Gedanke kam über einen Ansatz nicht hinaus.

»Was machst du, wenn der Zarewitsch mich rufen läßt?« fragte sie leise.

»Ich werde dich bis zu seiner Tür begleiten.«

»Und dann?«

»Ich weiß es nicht.« Boris Davidowitsch starrte in die prasselnde Flamme. Auf seinem Herzen lag ein schwerer Druck.

»Du wirst dich entscheiden müssen, Matilda.«

Der Papagei hob die Flügel. Sein Stichwort war gefallen: Matilda. »Ich heiße Niki!« krähte er laut. »Ich werde immer bei dir sein . . .«

»Laß uns weglaufen, weit weg!« Matilda drückte ihr Gesicht gegen Boris Davidowitschs Brust. Er legte den Arm um sie und zog sie fester an sich. »Ich habe Angst . . .«

»Du liebst den Zarewitsch?« fragte Soerenberg heiser. »Sei ehrlich, Matilduschka.«

»Ich liebe dich . . .«

»Als Flucht vor ihm . . .«

Er streichelte ihr Haar, er küßte ihren Nacken und spürte an dem Zucken ihres Körpers, daß sie lautlos weinte.

Da schwieg er, denn es war sinnlos, jetzt mit Worten zu trösten, wo man nicht trösten konnte. Er empfand ja das gleiche wie Matilda – nur im umgekehrten Sinn: Auch seine Liebe war von Beginn an zu immerwährender Tragik verurteilt. So aussichtslos Matildas Liebe zu dem Zarewitsch war, so opfervoll würde die seine sein, immer überschattet von der Unerfüllbarkeit.

Der Papagei blieb also im Haus, aber Matilda hörte ihn nicht mehr an. Sie überließ ihn ganz ihrer Mutter, die tapfer zum Duell mit dem Vogel antrat. Es war eine Aufgabe, die Rosalia Antonowna voll ausfüllte.

IX

Mitte Dezember war Fürst Valentin Wladimirowitsch Kramskoj so weit geheilt, daß Jussupow ihn aus seinem Palais entlassen konnte. Man spielte dazu eine kleine Komödie, die auch jeder glaubte.

Tief vermummt, in einem eleganten Reiseschlitten mit zwei Begleitschlitten voller Koffer und Kisten rückte der Fürst wieder in St. Petersburg ein, von einer großen Reise zurückkommend, die er plötzlich hatte antreten müssen. Er sah von den langen Wegen und den argen Reisestrapazen sehr abgespannt aus, er hatte sich außerdem, wie er erzählte, bei seiner Fahrt durch Polen verletzt, weil ein Kutscher den Schlitten umstürzen ließ. Deswegen trug er auch den linken Arm in einer Binde, nahm die Huldigungen seines Personals entgegen, ließ sich den Saum seines Pelzmantels küssen und bestellte noch am selben Abend einige recht finster aussehende Männer in sein Palais.

»Ich zahle tausend Goldrubel demjenigen, der mir die rechte Hand von Boris Davidowitsch Soerenberg bringt!« sagte er mit bebender Stimme. »Nur die rechte Hand, das genügt! Sein Leben interessiert mich nicht. Ich brauche seine rechte Hand, um sie einbalsamiert auf meinem Schreibtisch stehen zu haben! Tausend Goldrubel – und ein freies Leben in Frankreich!«

Die Männer schwiegen. Sie hatten schon andere Aufträge für weniger Lohn ausgeführt. Ein Menschenleben galt ihnen soviel wie der Schrei eines Huhns, ehe man es köpft.

Die rechte Hand, dachten sie. Welch ein Auftrag! Warum sagt er nicht: den Kopf? Es kommt auf das gleiche heraus . . .

Kramskoj war sehr zufrieden, als die Männer gegangen waren. Er wäre nicht so freudig zu seinem Wein gegangen, wenn er gewußt hätte, daß die vier finsteren Gestalten von zehn ebenso verwegenen Kerlen abgefangen wurden. Man zerrte die vier Kerle in zwei Kutschen, raste mit ihnen hinaus in eine einsame Gegend der kleinen Newa und hier, weit draußen, im Sumpfgebiet der Krestowskij-Insel, wo um diese Zeit nur die Winde heulten und die Füchse froren, stieß man sie ins Freie und verhörte sie.

Drei der Kerle schwiegen, als hätten sie keine Zunge.

Man machte wenig Aufhebens mit ihnen, stieß ihnen einen Dolch in den Rücken und schlug ihnen, zur Sicherheit, mit kurzen Eisenstangen noch die Schädeldecke ein. Das überzeugte den vierten Mann, der nun von den tausend Goldrubeln und der rechten Hand als Schreibtischschmuck erzählte.

Die unbekannten Zehn lobten ihn, erstachen ihn ebenfalls und trennten dann seine rechte Hand vom Gelenk. Die Leichen warfen sie in die kleine Newa, nachdem sie mit den Eisenstangen ein Loch ins Eis gestoßen hatten.

Es war im Winter die probateste Art, lästige Körper verschwinden zu lassen. Wenn sie im Frühjahr dann irgendwo auftauchten, erkannte sie keiner wieder.

In der Nacht wurde Fürst Jussupow aus dem Bett geholt. Ein Mensch sei da, berichtete der Leiblakai, der sich nicht abweisen lasse und behaupte, Hoheit warte auf ihn.

Jussupow zog seinen seidenen Morgenmantel über und ging in sein Arbeitszimmer. Ein durchgefrorenes Subjekt mit rotem Gesicht und tropfender Nase verbeugte sich tief. Aus seinem Mantel sickerte Tauwasser auf den wertvollen Teppich.

»Was soll das?« fragte der Fürst ungehalten. »Was eilt denn so, Tulpanow?«

»Wir haben den ersten Anschlag vereitelt, Euer Hochwohlgeboren«, berichtete Tulpanow demütig. Er wohnte mit vier Geschwistern in einem Loch von Zimmer und war jetzt stolz, etwas Großes geleistet zu haben.

»Vier Kerle waren es. Sie sollten dem Fürsten Kramskoj die rechte Hand von Boris Davidowitsch bringen.«

Jussupow spürte, wie sich auf seiner Haut kalte Punkte bildeten. »Und?« fragte er kurz.

»Der Fürst wird seine Hand bekommen.«

Jussupow fror nun wirklich. Er fragte nicht weiter, sondern wischte sich nur mit zitternder Hand übers Gesicht. Dann sagte er heiser:

»Ihr hattet den Auftrag, nur abzuwehren! Sonst nichts!«

»Mehr haben wir Euer Hochwohlgeboren auch nicht zu melden. Wir stehen immer zu Diensten!«

»Euer Geld könnt ihr euch morgen früh in der Kanzlei abholen. Jeder dreihundert Rubel!«

»Gott segne Sie«, sagte der Mann gläubig. »Sollen wir

weiter in dieser Angelegenheit aufpassen?«

»Ja!«

Jussupow drehte sich um und lief aus dem Zimmer. Ihm war, als habe er Kloakengeruch einatmen müssen. Er lief an seinem Schlafzimmer vorbei in die kleine Privatkapelle und kniete dort auf dem Betstuhl vor der goldenen Ikonenwand nieder. Tief senkte er den Kopf und stieß mit der Stirn gegen das Bettgestell.

»Gott, Du bist mein Zeuge, das habe ich nicht gewollt!« stammelte er zerknirscht. »Wo soll das hinführen? Wie soll das enden? Was kann ich tun? Laß einen Blitz herniederfahren und Kramskoj erschlagen! Ich flehe Dich an, Gott . . .«

Ob Gott ihn erhört hatte? Eines war merkwürdig: Am nächsten Morgen brachte ein unbekannter Bote, der schnell wieder verschwand, in das Kramskojpalais eine Blechschachtel.

Der Lakai, der die Schachtel neugierig als erster öffnete, warf einen Blick hinein, verdrehte die Augen und fiel in Ohnmacht. Nicht viel anders reagierten zwei Stubenmädchen und eine dicke Waschfrau, die zufällig in der Nähe des schwachnervigen Lakaien standen.

Erst der Haushofmeister des Fürsten, ein ausgedienter Feldwebel, besaß den nötigen Schneid, die Blechschachtel zu seinem Herrn zu bringen.

Kramskoj betrachtete den Inhalt der Schachtel, erkannte natürlich sofort die Fälschung und begann schallend und schrill zu lachen. Minutenlang lachte er, mit jagendem Atem und hervorquellenden Augen. Er saß in einem Sessel, trommelte mit den Beinen auf den Teppich und hustete am Ende so heftig, daß ihm der Schleim über das Kinn rann.

Von diesem Morgen an beobachtete man eine Veränderung im Wesen des Fürsten Kramskoj. Alle Anzeichen deuteten darauf hin, daß ihn ein schleichender Wahnsinn befallen haben mußte – aber niemand wagte es, diesen Verdacht auszusprechen.

Man berichtete – nur mit Schaudern – dem Fürsten Jussupow, daß Kramskojs Lieblingshund, ein Dobermann von riesiger Größe, den Inhalt der ominösen Blechschachtel im Beisein des Fürsten aufgefressen habe. Kramskoj habe wieder schaurig gelacht, als zwischen den Zähnen des Hundes die Knochen zerknackten.

Das war Grund genug, Jussupow von neuem an seinen Betstuhl zu treiben.

Die letzten Proben waren vorüber.

Das Corps de ballet der Kaiserlichen Oper lief in seine Garderobe. Der Regisseur der Aufführung »Dornröschen«, der gefürchtete Leonid Iwanowitsch Passukow, von dem gesagt wurde, er habe einmal bei einer Generalprobe aus Wut und in Ekstase seine seidene Krawatte aufgegessen, saß in der vierten Reihe des Parketts und wischte sich den Schweiß von der Stirn. Er nahm einen Schluck Wasser aus einer Kristallkaraffe, die auf seinem Regiepult stand, und streckte die Beine weit von sich.

Oben auf der Bühne, in der Dekoration und noch beschienen von den Scheinwerfern, stand allein und klein nur noch Matilda Felixowna und strich sich ihr Kostüm als Aurora glatt.

Ihr Blick irrte hilfesuchend in die Seitenkulisse. Dort stand Tamara Jegorowna, aber sie rührte sich nicht.

»Na also!« sagte der gefürchtete Passukow – und das war viel.

Er hatte heute weder seinen Schlips verzehrt, noch war er aufgesprungen und hatte gebrüllt: »Was sehe ich denn da? Was sehe ich denn? Nur hüpfende Kröten! Gebt mir einen Knüppel! Ich muß einen Knüppel haben! Ich muß diese Kröten erschlagen – alle, ohne Ausnahme!«

»Na also!« sagte der wilde Mann heute. »Das war ja ganz gut, Matilda. Am Schluß hättest du den Hintern etwas mehr einziehen sollen, aber das ist Ansichtssache und geht zu Lasten von Tamara Jegorowna. Wenn du morgen bei der Premiere auch so tanzt, haue ich dir eine Rose um die Ohren! Ende der Generalprobe! Das Orchester hat gespielt wie eine Horde von Bettnässern! Ja, das gilt Ihnen, Arkadji Mironowitsch. Sie haben dirigiert, als wollten sie Mücken fangen! Danken Sie Gott, daß Tschaikowsky tot ist! Aber auch Leichenschändung ist strafbar! Keine Widerworte, Arkadji! Morgen, nach der Premiere, sprechen wir uns wieder!«

Die Lichter erloschen bis auf die normale Probenbeleuchtung. Passukow verließ den Zuschauerraum. Matilda stand noch immer bewegungslos allein auf der großen Bühne, betäubt von dem seltenen Lob.

Seit sechs Tagen wußte sie, daß sie der jahrelangen Mütterlichkeit von Tamara Jegorowna entwachsen war.

Es hatte damit begonnen, daß die Jegorowna sie mit wahrer Feierlichkeit in die Oper geführt hatte, die sie von ihren Elevinnenauftritten ja kannte. Statt in die allgemeine Ballettgarderobe führte Tamara sie in einen anderen Gang und öffnete eines der geheiligten Solistenzimmer.

Wer hier einzog, wessen Kostüm hier auf dem Bügel hing, wessen Gesicht hier von einer Maskenbildnerin geschminkt wurde, der hatte es erreicht: Die Welt stand offen! Jetzt mußte man sie aus eigener Kraft, mit eigenem Können erobern!

»Deine Garderobe!« sagte die Jegorowna, und ihre Stimme schwankte ein wenig vor Rührung. Sie erinnerte sich an die Stunde in ihrem Leben, als sie zum erstenmal ihr Solistenzimmer betrat und »die Jegorowna« wurde.

Heute war sie sich sicher, daß auch Matilda ab morgen abend »die Felixowna« sein würde, der neue Stern am Ballethimmel St. Petersburgs und damit der Welt.

»Tritt ein, Matilda«, sagte Tamara Jegorowna leise. »Tritt ganz langsam ein und bete dabei. Es ist ein langer Weg gewesen – hier hinein, aber es kann ein sehr kurzer Weg sein wieder hinaus, wenn du versagst! Glaube nur an dich, du hast alles, mein Kind, was Gott dir nur schenken konnte, um neben den Sternen zu leuchten.«

Und Matilda war ganz langsam und feierlich in das Zimmer gegangen und hatte gebetet: Gott, verlaß mich jetzt nicht! Gott, laß mich stark genug sein!

Dann hatte sie sich zum erstenmal vor den eigenen großen Spiegel gesetzt, in einen breiten Barocksessel, hatte sich im Spiegel angestarrt und gesehen, wie die Garderobiere mit einem Knicks ins Zimmer trat und sie begrüßte, als sei sie schon »die« Felixowna.

Tamara Jegorowna lehnte neben der Tür und hatte Tränen in den Augen. Das erschütterte sie so, daß sie keinen Atem mehr bekam.

Sie weint, dachte Matilda beklommen, Mütterchen Tamara weint vor Glück. Sie weint meinetwegen ... Die große gefürchtete Jegorowna weint.

Dann waren die Bühnenproben gekommen, der brüllende Passukow, die lähmende Erkenntnis: Du kannst ja nichts. Du kannst gar nichts! Du hüpfst nur dumm herum, wirklich, du bist eine Kröte! Und dann Passukows Raunzen: »Ganz gut, Matilda! Noch mal den Pas de deux mit Jefim! Nicht deinetwegen, Matilda, wegen dem Jefim, dem lahmen Lümmel! Der läuft ja über die Bühne, als suche er einen Platz zum Austreten! Und das soll ein Prinz sein!«

Morgen! Die Premiere in der Kaiserlichen Oper! Am 23. Dezember 1893! Der Untergang eines Traumes.

Das große Lachen über Matilda Felixowna ...

Sie stand noch immer allein auf der Bühne, die Hände vor der Brust gekreuzt, und starrte in den leeren dunklen Zuschauerraum. Die Sitzreihen glotzten sie an wie feindliche Augen, wie Fabelwesen, die sie fressen wollten.

Und morgen abend saß hier die große Welt von St. Petersburg – und oben, in der Zarenloge, saß der Zar Alexander III. mit seiner Familie ...

Mit Nikolai Alexandrowitsch, dem Zarewitsch, der ihr jeden Tag durch seinen Papagei sagen ließ: Ich warte auf dich ... Ich bin immer bei dir ...

Woher soll man die Kraft nehmen, gütiger Gott, das zu überstehen!

Schon vier Stunden vor der festlichen Premiere war Matilda in der Oper. Sie saß allein in ihrer Solistengarderobe vor dem großen Spiegel und starrte sich mit zitternden Augen an. Noch war niemand da, keine Frisöse, keine Garderobiere, kein Inspizient, keine Kollegin. Nur die Bühnenarbeiter arbeiteten noch an den Kulissen, bauten auf, strichen einige Kulissenteile nach, besserten aus, hingen einige Soffitten um, weil der Bühnenbildner, der bekannte Kunstmaler Valentin Dragnowitsch Pluchjanin eine neue Idee hatte.

Man kannte das – er änderte jeden Tag seine Bühnenbilder, war nie zufrieden, hatte immer neue Einfälle – und es war zu erwarten, daß jede Aufführung anders aussehen würde, wenn man ihn gewähren ließe. Nachher, wenn Passukow kam, flog der Kunstmaler sowieso von der Bühne, aber solange er allein hier war, mußte man seinen Schreiereien gehorchen.

In den Villen und Palais, den Herrenhäusern und Gütern von und um St. Petersburg schminkten sich jetzt die Damen, hielten die Zofen die wertvollen Abendroben bereit, schimmerte in den Schatullen der unschätzbar wertvolle Schmuck oder wurden die seltenen Pelze gebürstet. Die Herren zogen ihre Galauniformen oder die Fräcke an, sie kontrollierten den Sitz ihrer Orden, ließen sich von ihren Kammerdienern noch einmal die Barthaare stutzen und drehten sich, nicht anders als ihre Frauen, eitel vor den Spiegeln und besprühten sich mit französischen Parfüms.

Die Premiere der Kaiserlichen Oper am Vorweihnachtstag war neben dem Silvesterball im Winterpalais von jeher ein Höhepunkt des gesellschaftlichen Lebens. Dann waren sie alle versammelt, die Großfürsten und Großfürstinnen aus dem Hause Romanow, die Fürsten der alten Geschlechter, die jeder kannte, von Trubetzkoj bis Jussupow, von Orlow bis Potemkin, von Menschikow bis Scheremetjew. Und die Reichsten der Reichen kamen: vom sagenhaften Stroganow bis zum scheuen Woronzow, von dem niemand wußte, was ihm eigentlich an Ländereien diesseits und jenseits des Urals gehörte. Wie konnte man das auch ermessen? Sibirien war so unendlich groß, daß alle Maßstäbe versagten. Was heißt das schon: Ihm gehört Land am Ussuri? Der Ussuri war die Grenze zu China ... da hört alles Nachdenken auf.

Und die berühmten Generäle waren da, die Botschafter der anderen Staaten, das Diplomatische Corps, die großen Gelehrten, der Staatsrat, auserwählte Künstler, vielleicht sogar Prinzen und Prinzessinnen aus befreundeten Ländern ... St. Petersburg zeigte zu einer solchen Premiere den ganzen Zauberglanz des geheimnisvollen Rußland: Unfaßbarer Reichtum in einem Land, das zum größten Teil noch unerforscht, ja unbetreten war.

Rosalia Antonowna hatte natürlich keine Eintrittskarte bekommen, obgleich sie die Mutter Matildas war. Auch die Jegorowna und sogar der Zwerg Mustin hatten vergeblich versucht, die Bondarewa ins Theater zu bekommen. Auch der mächtige Ballettchef des kaiserlichen Balletts, der schon zu Lebzeiten legendäre Tänzer und Choreograph Marius Petipa war machtlos, ebenso wie der Solotänzer und zweite Ballettmeister Lew Iwanowitsch Iwanow, der zuletzt in der vergangenen Saison 1892 Tschaikowskys »Nußknacker« in einer aufsehenerregenden Regie herausgebracht hatte. Sie alle sagten das gleiche: »Man müßte 5 000 Plätze haben in der Oper, selbst die reichten nicht aus! Wie kann Rosalia Antonowna eine Karte bekommen, wenn wir Fürsten abweisen müssen?«

»Es ist ja gut so!« jammerte die Bondarewa, schlug immer

wieder das Kreuz und weinte, während ihr Busen mächtig wogte. »Laßt mich nur hier! Ich würde sterben, ja, sterben würde ich, wenn ich zusehen müßte, wie mein Täubchen stolpert und alle die Hochwohlgeborenen über Matilda lachen! Der Schlag würde mich treffen, auf der Stelle, vom Sitz würde ich fallen, und ihr hättet nur die Mühe, mich wegzutragen. Nein, laßt mich hier! Ich werde beten für mein Kindchen und eine dicke Kerze anzünden! Bemüht euch nicht länger! Was bin ich denn schon? Bin ja nur die Mutter, nur eine arme Frau! Mich würde der Glanz blenden, ganz gewiß, ich würde blind werden! Wenn ich die Zarin sehen müßte, setzte mir das Herz aus! Ist schon recht, daß es für eine Mutter keine Karte gibt – wenn die Vöglein flügge werden, hoppelt die Alte immer hinterher . . .«

Dann weinte sie wieder, es klang alles sehr traurig, bis ausgerechnet der gefürchtete Passukow eine geniale Lösung fand: Man reihte Rosalia Antonowna in die Komparserie ein! Sie wurde in ein Kostüm gezwängt und stellte eine Bauersfrau dar, was ihr ja auf den Leib geschrieben war. Sie mußte mit einem Korb voll Obst auf der großen Bühne herumstehen und konnte so ganz aus der Nähe ihr Töchterchen und das Corps de ballet in voller Aktion sehen.

Hätte man diese Lösung lieber nicht gefunden!

Wenn man Passukow später darauf ansprach, rollte er wild mit den Augen, spuckte gegen die Wand und sagte dumpf: »Ich lasse mich nie wieder von den Tränen einer Mutter rühren. Eher kastriere ich mich!« Wer Passukow kennt, der konnte ermessen, was diese letzte Drohung für ihn bedeutete. Die Erschütterung mußte ungeheuer groß gewesen sein.

Es begann damit, daß Rosalia Antonowna in der Statistengarderobe, eine Stunde vor der Premiere, zu den anderen Frauen sagte: »Glotzt mich nicht so dämlich an, ihr schieläugigen Rebhühner! Ich bin die Mutter der neuen Ballerina! Matilda Felixowna – den Namen müßt ihr euch merken! Den Namen müßt ihr mit jedem Brei in euch hineinfressen! Die Welt wird ihr zu Füßen liegen!«

Als man lachte, da sie in das Bäuerinnenkostüm kaum ihre riesigen Brüste hineinzwängen konnte, schrie sie: »Seht euch selbst im Spiegel an! Wackelt da herum mit euren fetten Hintern, und der Bauch hängt bis zu den Knien! Ich kann mich sehen lassen, jawohl! Wenn ich mich ausziehe, dann brüllen die Männer auf wie die Stiere!«

Als man weiterlachte, mehr noch als zuvor, hieb sie vor Zorn mit einem Stuhl um sich, drosch und fegte die Garderobe leer und schlug dem ersten Inspizienten, den man um Hilfe gerufen hatte, ein Loch in den Schädel. Als ganz unmöglich erwies es sich, sie aus dem Theater zu entfernen und nach Hause zu schicken.

Sie setzte sich in eine Ecke der Garderobe, war dort hingepflanzt wie ein Felsbrocken und sagte böse: »Wer wagt es, mich anzurühren? Kommt nur mit zehn Polizisten! Kommt nur! Mein Schwiegersohn ist der Freund des Zarewitsch, in der Loge wird er neben ihm sitzen! Und meine Tochter ist der Star des heutigen Abends. Kommt nur, ihr Gesindel! Tragt mich weg! Aber polstert vorher eure Hohlköpfe!«

Schließlich kapitulierte man; ein Sprecher der Statisterie entschuldigte sich bei Rosalia Antonowna, und sie verzieh allen gnädig. Sie war nicht nachtragend, das war sie nie gewesen. Wo wäre sie sonst hingekommen und wo gelandet? In ihrem Leben war Vergessen ein Grundelement, sozusagen.

Die Zeit bis zum Auftritt ist für jeden Bühnenkünstler ein Teil der Hölle, besonders bei Premieren.

Das Anziehen des Kostüms, das Schminken, die Reden der Menschen, die einen betreuen, zerstreuen noch ein wenig das verdammte Gefühl, gleich gevierteilt zu werden. Aber wenn das alles erledigt ist, wenn Kostüm und Maske stimmen, dann kommt das Warten . . . Die Minuten rinnen wie Stunden, die Geräusche, die man sonst kaum wahrnimmt, quellen auf wie Donnertöne, es zuckt in den Gliedern, am Herzen, in den Därmen ... Man möchte den Inspizienten ermorden, der ab und zu erscheint und durch die Türritze ruft: »Noch zwanzig Minuten!« – »Noch zehn Minuten!« – »Gleich auf die Bühne ...« Und man kann kaum noch gehen, wenn es heißt: »Auf die Bühne! Viel Glück! Toi-toi-toi ...«

Und man hört durch die offene Tür die Ouvertüre. Die Vorstellung hat begonnen, unwiderruflich, und man weiß ganz sicher: Jetzt kannst du nicht mehr zurück! Nur der Tod kann dich noch retten! Du mußt hinaus in die unbarmherzig grellen Scheinwerfer, vor die tausend festlich gestimmten und zu allem bereiten Scharfrichter – vor das Publikum!

Es gab berühmte Sänger, die in diesem Augenblick, in der Seitenkulisse stehend und auf ihren Auftritt wartend, am ganzen Leib zitterten, von Schweiß überströmt waren und ihre Stimme verloren hatten. Es gab große Schauspieler, die kein Wort ihrer Rolle mehr kannten, deren Hirn plötzlich leer war. Und es gab große Tänzerinnen und Tänzer, die lahm wurden und keine Zehe mehr bewegen konnten. Kurz, es war der Augenblick, in dem man sich selbst abgrundtief haßte.

Matilda Felixowna stand links neben dem Pult des ersten Inspizienten und starrte das bereits tanzende Corps de ballet an. Hinter ihr stand Tamara Jegorowna und massierte ihr mit kaum drückenden Fingern den Hals und die Schultern. Es war mehr ein Streicheln, eine mütterliche Geste der Beruhigung. Noch vor zehn Minuten hatte sie gesagt: »Denk daran, Matilda, daß du gar nichts falsch machen kannst! Denk an die große Fanny Elßler. Als sie – 1859 hier in St. Petersburg – in ›Giselle‹ einen falschen Schritt machte und ihr Lehrer sie in der Pause deswegen ansprach, sagte sie erstaunt: ›Was wollen Sie, monsieur? Es war kein falscher, es war ein neuer Schritt! Er fiel mir gerade ein!‹ – Was du auch tust, Matilda, heute abend wirst du alle besiegen!«

Dabei war die Jegorowna aufgeregter als Matilda. Ihnen gegenüber, auf der anderen Bühnenseite, stand der berühmte Enrico Cecchetti in der Kulisse, einer der ganz großen Lehrer der Kaiserlich-russischen Ballettschule, der seit 1887 in St. Petersburg war und als einer der blendendsten Tänzer seiner Epoche galt. Er tanzte heute, im Einvernehmen mit der Jegorowna und als Hilfe für Matilda, seine Lieblingsrolle – den »Carabosse« in Dornröschen.

Auch der mit allen Ballettwassern gewaschene Cecchetti war unruhig, auch er wurde von Lampenfieber geschüttelt. Man erkannte es daran, daß er seinen Kopf kreisen ließ, als habe er einen völlig versteiften Nacken. Seine Beinhaltung war für einen Tänzer grotesk, denn er stand da wie ein X-beiniger Kutscher, plump und lahm. Aber nachher, wenn er auf die Bühne springen würde, dann würde ein Raunen durch die Zuschauer gehen, denn noch nie hatte man eine solche Schwerelosigkeit gesehen ...

»Gleich!« flüsterte die Jegorowna Matilda ins linke Ohr.

Matilda nickte. Ihre Muskeln strafften sich. Ihr Körper wurde angestaute Musik, die sich in Bewegung befreien mußte. Ganz kalt war es in ihr, kein Brennen, keine Angst, kein Wunsch zu sterben. Die Musik trug sie bereits fort in das Leben des bunten Märchens, das sie in wenigen Sekunden tanzen würde.

»Jetzt!« sagte die Jegorowna leise. Ihre Stimme war heiser vor Erregung. Zehn ihrer Jahre schickte sie jetzt auf die Bühne. Zehn Jahre Tränen und Schweiß, zehn Jahre harte Schule, zehn Jahre Entbehrungen ...

»Jetzt!« Sie biß sich auf die Unterlippe und hielt dabei den Atem an.

Wie eine Feder, wie eine Schneeflocke im leisen Wind schwebte Matilda Felixowna auf die Bühne. Das Licht erfaßte sie ... eine Gestalt wie aus einem Traum.

Passukow, der neben dem im Lampenfieber zitternden

Cecchetti stand, starrte dem fliegenden Körper nach und wischte sich den Schweiß von der Stirn.

»Welch ein Auftritt!« stammelte er leise. »Gott im Himmel, welch ein Schritt! Sie ist ja gefährlich ... sie wird alle anderen Tänzerinnen mit ihrer Grazie hinmorden! Daß ich so etwas erleben darf ...«

Die Jegorowna lehnte am Inspizientenpult und hatte die Hände gefaltet.

Diese Aurora – Matilda Felixowna – beherrschte vom ersten Schritt an die Bühne.

Der Inspizient hatte die Spitze seines linken Schnurrbarts in den Mund gezogen und kaute darauf herum. »Du lieber Himmel«, flüsterte er der Jegorowna zu. »Die hat ja bei den Proben nur markiert! Haben Sie gewußt, daß sie so tanzen kann?«

»Ich habe es geahnt!« antwortete Tamara Jegorowna. »Und dabei beginnt sie erst, eine Tänzerin zu werden ...«

Es war, als ob Tschaikowskys Musik in einem luftleeren Raum gespielt würde. In dem goldenen Rund des Zuschauerraums der Kaiserlichen Oper rührte sich nichts; selbst das Fächerrauschen der sich Luft zuwedelnden Damen erstarb. In der Zarenloge lehnte sich der Zarewitsch zurück, als könne sein Vater die plötzliche Röte sehen, die sein Gesicht überzog.

Alexander III. saß, wie immer, hoch aufgerichtet in seinem Sessel und dirigierte mit der rechten Hand die Musik mit. Er war ein Musikfanatiker und stritt sich manchmal sogar mit den Dirigenten seiner Oper, wenn er eine andere Auffassung vertrat.

In der Kaiserloge war auch Boris Davidowitsch Soerenberg. Er stand ganz hinten an der Tür, trug seine Galauniform und war auf ausdrücklichen Wunsch des Großfürsten-Thronfolgers mitgekommen. Es gab keine Probleme zwischen ihnen. Man sprach einfach nicht über Matilda in ihrer Eigenschaft als Braut von Boris Davidowitsch. Sie lebte, der Zarewitsch liebte sie – das war die einfache Formel.

Alles andere waren nur störende Verzierungen.

Nach dem ersten Solo von Matilda brach ein wahrer Jubel aus. Ein schneller Blick zur Zarenloge zeigte, daß der gestrenge Alexander III. begeistert die Hand rührte und klatschte, die Zarin applaudierte, der Zarewitsch, die Großfürstinnen und Fürsten . . .

Und das war das Signal, der kleinen, bis heute noch unbekannten Matilda Felixowna explosionsartige Ovationen darzubringen.

Sie verneigte sich tief, senkte den Kopf und erstarb in einer Demutsgeste, wie es nur Primaballerinen können.

Auf der Bühne wäre es dabei beinahe zu einem Skandal gekommen. Rosalia Antonowna, das Mütterchen im strammen Bauernkostüm, schluchzte hell auf und machte sich auf den Weg, ihrem Töchterchen um den Hals zu fallen. Vier kräftige Männer mußten sie festhalten, und einer preßte seine breite Hand auf ihren Mund, als sie laut schreiend verkünden wollte, sie habe ja wohl als Mutter das Recht, jetzt ihre Tochter zu küssen.

Während die Musik wieder einsetzte und das Corps de ballet mit seinen wirbelnden Gestalten die Statisterie verdeckte, schleifte man die Bondarewa hinter die Kulissen und drückte sie gegen eine Mauer. Ein Bühnenarbeiter, ein Hüne von Mensch, kam mit einem dicken Strick und knotete beim Gehen eine Schlinge.

»Sie wollen mich aufhängen!« stammelte Rosalia Antonowna fassungslos. »Aufknüpfen wollen sie mich! Mißgönnen mir solch eine Tochter! O welch ein Lumpenpack! Mörderbande! Feige Kerle! Vier Männer gegen eine wehrlose Frau! Hilft mir denn keiner? Kann man hier einfach einen braven Menschen aufhängen, bei Tschaikowskymusik und bunten Lampen? Hilft mir denn wirklich keiner?«

Ihr Jammern erbarmte keinen.

Man band sie an einer gemauerten Säule fest, und einer

der Edelstatisten – er durfte im Scheinwerferlicht einen Stuhl über die Bühne tragen, was ihn natürlich vor allen anderen auszeichnete – sagte zu ihr:

»Wenn du noch einen Ton von dir gibst, Mütterchen, binden wir dir auch noch dein schreckliches Maul zu. Richte dich danach!«

Rosalia Antonowna nickte schwer, hob den Blick nach oben und antwortete brav: »Hinter einem verdorrten Busch sollst du verrecken, stinkende Maus!« Es war die Sprache gewesen, die sie verstand.

Einmal kam Passukow, der gefürchtete, an ihr vorbei, blieb kurz vor ihr stehen, betrachtete sie und nickte zufrieden. »Ideen muß man haben!« sagte er wohlgefällig. »Nur so lebt das Theater ewig!«

Die Bondarewa verzichtete auf eine Antwort, spuckte aus und knirschte schauerlich mit den Zähnen.

Passukow starrte sie erschrocken an und lief weiter.

In der Pause saß Matilda zusammengesunken vor dem großen Spiegel in ihrer Garderobe und trank ein Glas Zitronenwasser. Die Garderobiere trocknete ihr die Schultern mit einem Handtuch ab.

Gleich nach dem Fallen des Vorhangs hatte Passukow mit offenen Armen Matilda in Empfang genommen und an sich gezogen. Mehr nicht . . . Kein Wort war gefallen. Aber daß gerade der größte Intrigant und Stänkerer St. Petersburgs auf solch auffällige Art sein Lob darbot – stumm –, das war eine Sensation für sich. Sie lief durch das Opernhaus wie ein Feueralarm. Passukow hatte die Felixowna umarmt! Wortlos! Jawohl, schweigend! Kein Satz war gefallen etwa wie: »Es sah aus, als hättest du Plattfüße!« oder »Das Stück heißt Dornröschen und nicht Wackelhintern!« – nichts, rein gar nichts!

Passukow schien rundum zufrieden zu sein. Er mußte erkrankt sein . . .

»Ich habe zweimal gehakt!« sagte Matilda, als Tamara Jegorowna in die Garderobe kam.

Die Jegorowna hatte sich bemüht, Rosalia Antonowna zu befreien, aber zwei Statisten hielten bei ihr Wache und prophezeiten einen Skandal, wenn man das Mütterchen wieder auf die Bühne ließe.

Matilda wußte von alledem nichts. Sie hatte nur gesehen, wie der Zarewitsch sich von seinem Sessel erhoben und stehend zu ihr applaudiert hatte. Auch Zar Alexander III. hatte geklatscht, die Zarin hatte mit dem Fächer gewedelt, was als lautloses Klatschen galt.

Die ersten Visitenkarten mit der Bitte um eine Vorladung wurden von einem Theaterdiener eingesammelt. Passukow hatte – als alter Fachmann – den Garderobentrakt absperren lassen. Nur wer bekannt war, durfte den Flur betreten, keinesfalls ein Besucher. Da half auch kein Titel . . .

»Sieh an, sieh an!« sagte Passukow denn auch, als er die Visitenkarten an sich nahm und las. »Die Fürsten Raspolnikow, Tschemkass, Wobroninew und Batanoj! Das sind mir die richtigen! Ein Aufmarsch der Lebemänner, die zu gern frische Früchte essen! Aber nicht hier – nicht bei uns! Aha, sieh an, auch der Graf Poltonowsky. Witwer seit zehn Tagen! Und der General Wanurian, der Preisstier von Tiflis! Ha, das wäre was für euch, die kleine Felixowna. Da läuft euch das Wasser im Mund zusammen, was? Wenn ihr wüßtet, was für einen Auftrag ich habe . . . nachher, am Ende der Vorstellung! Ihr würdet um Vergessen stammeln und euch schnellstens entfernen . . .«

»Zweimal!« berichtete Matilda. »Einmal bin ich auf der Spitze eingeknickt . . .«

»Es hat niemand bemerkt.« Die Jegorowna lehnte an der Wand der Garderobe. »Du warst sehr gut, Töchterchen!«

»Wirklich?«

»Sehr gut ist aber nicht genug! Du mußt wunderbar sein. Unerreicht! Einmalig! Sehr gut sind viele. Nachher wird Petipa zu dir kommen. Und im Vorraum habe ich Virginia

Zucchi getroffen, sie hat mich kaum gegrüßt! Was willst du mehr?«

Matilda nickte stumm. Die große Zucchi, die Ballerina am Marientheater von St. Petersburg, dem berühmtesten Ballett-Theater der Welt. Sie ist neidisch! Sie spürt die Konkurrenz! Gibt es das? Wer kann denn heute tanzen wie die Zucchi? Vielleicht nur noch Olga Preobrajenska! Was ist dagegen eine Matilda Felixowna?

»Petipa?« Matilda sah durch den Spiegel die Jegorowna an. »Er kommt zu mir?«

»Du sollst in seinem neuen Ballett tanzen . . .«

»Unmöglich!« Sie preßte die Hände flach gegen ihre Brust. Ihre Augen flackerten entsetzt. »Ich . . . ich kann doch gar nicht tanzen . . . Nicht bei Petipa! Höchstens im Corps.«

»Als Solistin!« Die Jegorowna lächelte glücklich. »Du mußt es ertragen lernen, Matilda: ab heute verändert sich für dich die Welt! Du brauchst der Sonne nicht mehr nachzulaufen . . . sie kommt zu dir! Nutze es aus . . . das Leben ist nur ein Hauch . . .«

Im zweiten Teil des Balletts, vor allem aber im Finale, erlebte St. Petersburg die Geburt eines neuen Sterns.

Petipa und der schwitzende Enrico Cecchetti, der sich nach jedem Auftritt in der Seitenbühne von einem Pagen mit einem parfümierten Tuch abreiben ließ, standen beinahe Hand in Hand da und verfolgten von der Seitenkulisse aus mit zitternden Blicken den schwerelosen Körper, der da über die Bühne schwebte.

»Ungeheuerlich!« sagte Petipa leise. »Einfach ungeheuerlich. Ich habe bis heute geglaubt, ich wüßte was tanzen ist . . .«

»Sie muß verhext sein.« Cecchetti schnaufte und nahm einen Schluck Wasser. »Wenn man sie hebt . . . man spürt sie überhaupt nicht. Man glaubt, leere Hände zu haben! Das ist doch Hexerei – gibt es denn so etwas?«

»Ich weiß nur, daß die Preobrajenska an ihren Nägeln kaut, daß die Zucchi mit einer Gelbsucht ins Bett gegangen ist und daß ich einen Kampf gegen Lew Iwanowitsch Iwanow ausfechten werde, der mir die Felixowna wegnehmen will! Aber sie tanzt in meinem nächsten Ballett, und wenn ich den Zaren selbst zu Hilfe rufen muß! Diese Matilda Felixowna wird einmal die Assoluta von Petersburg werden, wenn sie mir keiner versaut! Ich werde sie bewachen müssen wie ein Diadem aus Diamanten und Rubinen!«

»Sie ist verlobt«, sagte Cecchetti und ließ sich noch einmal mit dem Parfümtuch abtrocknen.

»Man sagt es.«

»Es ist bestimmt so. Ein Offizier der Gardehusaren. Ein Günstling des Zarewitsch – außerdem!«

»Woher weißt du das?«

»Von der Jegorowna. Seit drei Monaten holt er Matilda von der Schule ab, bringt sie morgens hin, hat für sie seit drei Wochen eine Wohnung im Palais Stroitsky gemietet, hat ihr eine Troika mit ausgesucht schönen Pferden gekauft . . .«

»Noch mehr solche schlechten Nachrichten?« knurrte Petipa. »Also werde ich mit dem Bräutigam sprechen! Eine Frau wie Matilda gehört nicht ins Kindbett und hinter den Herd, sondern auf die Bühnen der ganzen Welt! Man kann ein Wunder nicht einsperren . . .«

Die letzten Takte des Balletts erklangen.

Cecchetti hüpfte noch einmal auf die Bühne, Petipa wischte sich mit beiden Händen das Gesicht ab.

Matilda Felixowna drehte sich selbstvergessen in einer Pirouette. Man vergaß, daß sie auf Zehen stand, man sah sie nur schweben – ein Kreisel im freien Raum.

»Das ist unglaublich!« stammelte Petipa ergriffen. »Unfaßbar! Und so etwas will heiraten?«

Die triumphalen letzten Töne, die musikalische Apotheose, Tschaikowskys berühmter Schlußjubel erklang.

Dann war ein paar Sekunden vollkommene Stille, ein Atemanhalten, ein Seufzen darauf – und dann ein Beifall, der sich wie eine Explosion entlud. Es war, als stürze das Kaiserliche Opernhaus zusammen, als sprengten die Mauern auf. Das glanzvollste Publikum der Welt sprang von den Sitzen und konnte nur noch jubeln. Zar Alexander III. klatschte wie ein Tanzbär, der sich bei seinen Zuschauern bedankt.

»Wie heißt die Tänzerin?« fragte er seinen Sohn, während er ununterbrochen applaudierte.

»Matilda Felixowna Bondarew.«

Der Zarewitsch hatte rote Backen wie nach einem langen Lauf. Er applaudierte und unterdrückte nur mit Mühe den Ruf: Bravo! Matilda, bravo! Matilda! Sein Herz zuckte, das Atmen fiel ihm schwer. Er zog die Unterlippe zwischen die Zähne und klatschte pausenlos.

»Fabelhaft!« rief Alexander III. »Und so etwas kommt aus meiner Schule! Fabelhaft! So etwas ist ein besserer Botschafter Rußlands als jeder glatte Diplomat. Merk dir das, Nikolai! Man kann Hunderttausende nach Sibirien verbannen, die Welt klagt uns an . . . aber wenn wir ihr dann eine Matilda Felixowna schicken, wird sie alles vergessen und Rußland verzeihen. Roms alter Wahlspruch ›Brot und Spiele‹ gilt auch hier.«

»Mußt du immer alles politisch sehen, Vater?« sagte der Zarewitsch und klatschte unermüdlich. Matilda verbeugte sich tief, das Licht war voll auf sie gerichtet, was vor allem Cecchetti ärgerte.

Passukow, der Chef des heutigen Abends, lief in den Kulissen herum und brüllte, sobald sich der Vorhang wieder senkte.

»Das ganze Corps in einer Reihe! Matilda . . . hierher . . . allein nach vorn! Mehr Licht! Vorhang auf! Vorhang!«

Alexander III. lachte laut. Er war ein Kraftmensch, ein Stier, ein Felsklotz verglichen mit dem zarten Zarewitsch.

»Alles, was Rußland tut, muß Politik sein, Söhnchen!« rief er gut gelaunt. Das war selten, aber der heutige Abend versetzte ihn in heitere Stimmung.

Die Zarin schielte zu ihm hin, – wenn Alexander mit Nikolai lachte, wurde es eine traute Familiennacht, eine der seltenen Stunden der wirklichen Eheharmonie.

»Gewöhne dich endlich daran, immer zu denken und danach zu handeln: Rußland ist eine Weltmacht! Das Gleichgewicht allen irdischen Lebens und Zusammenlebens wird an Rußland gemessen! Wer das nicht glauben mag, wird dazu gebracht werden, und wenn es meine Vettern in Deutschland und England sind! Rußland ist der einzige Felsen, den man nie sprengen kann! Wenn Rußland untergeht, gibt es auch diese Welt nicht mehr!«

Nikolai Alexandrowitsch nickte. »Es wäre traurig, Papa«, sagte er, »wenn Rußlands Schicksal an einem Mädchen hinge . . .«

»Es kann an einem Floh hängen, wenn er die Person wechselt. Das meiste Leid entsteht aus Nebensächlichkeiten! Ich werde diese Kleine da unten zu mir kommen lassen . . .«

»Du willst Matilda empfangen, Papa?« Der Zarewitsch starrte den Zaren an. »Warum denn?«

»Ich will ihr sagen, daß sie in Berlin, Wien, Paris, London, New York, Rom, Tokio, Brüssel, Madrid, Mexiko . . . überall tanzen muß, begleitet von dem Spruch: Das schenkt Rußland der Welt!«

»Das wird sie wissen, Papa. Man hat es ihr bestimmt schon gesagt.«

»Ich will es ihr selbst sagen.« Alexander III. klatschte lauter. Der Vorhang hob sich wieder. Matilda Felixowna knickste tief und demütig vor den Ovationen. »Ich übertrage dir das Arrangement.«

»Wann willst du sie sehen, Papa?«

»Wann es ihr recht ist, den Zaren zu empfangen.«

Nikolai Alexandrowitsch starrte seinen Vater ungläubig an, dann erhob er sich und ging zu dem hinten stehenden, gleichfalls wie wild applaudierenden Boris Davidowitsch. Der Zar befahl nicht – er bat! Es war eine völlig neue, unbekannte Weltordnung . . .

»Ist alles in Ordnung, Boris Davidowitsch?« fragte der Zarewitsch.

Soerenberg stand stramm und blickte über den Kopf des Thronfolgers hinweg auf die Bühne.

Matilda wurde jetzt von Blumen eingerahmt, die livrierte Lakaien von den Seiten heranschleppten. Riesige Körbe mit einer Blütenpracht, die den Treibhäusern St. Petersburgs entstammte und soviel kostete, wie ein Tagelöhner in einem Jahr verdiente. Korb für Korb . . .

»Es ist alles nach den Wünschen Eurer Kaiserlichen Hoheit arrangiert«, meldete Boris steif. Er war Offizier, er war der Vertraute des Zarewitsch . . . auf eigene Gefühle und Gedanken kam es da nicht an.

»Die Diskretion ist gesichert?«

»Absolut.«

»Auf Sie kann ich mich verlassen, Boris Davidowitsch.« Der Zarewitsch klopfte Soerenberg vertraut auf den Arm. »Wenn Sie einmal Probleme haben sollten, vertrauen Sie sich ruhig mir an, ich werde Ihnen immer helfen.«

»Ich weiß es, Kaiserliche Hoheit, danke.« Soerenberg erwiderte das freundschaftliche Lächeln des Thronfolgers. »Aber ich habe keine Probleme.«

Matilda wird seine Geliebte werden, dachte er dabei. Ich kann es nicht verhindern. Das ist einfach schicksalhaft. Und Schicksal ist kein persönliches Problem . . . Schicksal kann man nicht ändern. Nikolai Alexandrowitsch, nein, ich habe keine Probleme . . .

Der Vorhang senkte sich wieder, aber das glanzvolle Publikum klatschte weiter, auch der Zar und die Zarin.

Das hatte es selten gegeben . . . Es waren nur wenige in

der Oper, die sich an Ähnliches erinnern konnten. Ein zartes, schwarzhaariges Mädchen besiegte St. Petersburg.

An ihrer Säule, noch immer festgebunden, hörte Rosalia Antonowna das Donnern der Handflächen, Bühnenarbeiter, Statisten, Tänzer, Beleuchter rannten an ihr vorbei und beachteten sie nicht. Schließlich kam Passukow an ihr vorbei, schwitzend, aufgelöst von diesem Triumph, in heller Erregung, weil er wußte, was gleich hinter der Bühne, in der Garderobe geschehen würde.

»Hej!« brüllte die Bondarewa schrill. »Hej, bleib stehen, du Kretin!«

Passukow blieb stehen, als habe man ihn vor die Brust gestoßen. Ach, die Alte! Mit blutunterlaufenen Augen drehte er sich um. »Ha!« sagte er nur, nichts weiter.

»Gilt der Beifall meinem Töchterchen?« schrie Rosalia Antonowna.

»Gewiß!«

»Der Zar klatscht auch?«

»Alle . . .«

»Sie jubeln meinem Schwänchen zu? Die hohen Herrschaften klatschen in die Hände vor meiner Matilduschka? Ist das wahr, ist das wirklich wahr? Das gilt alles meinem Herzblut, du krummer Affe?«

»Wie kann ein Engel wie Matilda aus einem solchen Höllenloch kommen?« fragte Passukow erschüttert. »Das ist das zweite Wunder der Matilda Felixowna . . .«

»Binde mich los, du Wanze!« schrie Rosalia Antonowna. »Alle Welt kann mein Täubchen bewundern, nur die eigene Mutter halten sie davon ab! O ihr Teufelsbrut! Befreit mich!« Sie hob den Kopf und brüllte in die hin und her wogende Menge hinein. »Ihr guten Menschen, befreit mich doch! Bindet mich los. Habt Erbarmen mit einer geknechteten Mutter! Könnt ihr das ohne blutende Herzen ansehen? Eine Mutter binden sie fest, weil sie ihr erfolgreiches Kind umarmen will! Ihr Menschen, geht nicht an mir vorbei . . .«

Passukow schüttelte sich, als käme er aus der Newa, und rannte weiter. Die anderen beachteten Rosalia gar nicht. Wenn man sie festgebunden hatte, mußte das seinen guten Grund haben. Warum also lange fragen?

Die Bondarewa ließ das Schreien sein, weinte dann still vor sich hin und geriet allmählich in ein Stadium, wo man wirklich Mitleid mit ihr haben konnte. Schließlich war sie Matildas Mutter; und was konnte sie dafür, daß sie nicht in einer geschnitzten Wiege gelegen hatte, keine Hauslehrer kannte, nicht französisch parlieren konnte und keiner ihr beigebracht hatte, wie man sich in höheren Kreisen benimmt. Aber sie hatte sich und ihr Kind durchgebracht bis zu diesem Erfolg, zu diesem Triumph – und das sollte man anerkennen! Jawohl, verdammt noch mal, ihr Hundesöhne, um mit Rosalia Antonowna zu reden ...

Man band sie erst los, als die Scheinwerfer ausgingen und die Dekorationen abgebaut wurden. »Danke!« sagte sie artig. »Gott belohne euch dafür!« Dann gab sie jedem der beiden Arbeiter einen Tritt vors Schienbein und ging stolz, hocherhobenen Hauptes zu den Garderoben.

Aber hier war Schluß – vier Gardesoldaten sperrten den Trakt ab.

»Warum?« fragte die Bondarewa, zuerst noch freundlich.

»Das geht dich einen Dreck an, alte Vettel!« entgegnete ein Unteroffizier. »Verschwinde!«

Rosalia Antonowna nickte. Diese Sprache verstand sie. Sie wußte plötzlich, warum die kaiserliche Garde absperrte. Ihr Herz zuckte zwar und tiefe, mütterliche Angst stieg in ihr hoch ... Nur Angst, kein bißchen Stolz, in der Sonne kaiserlicher Huld zu stehen.

»Ich gehe schon, du Rattenschwanz!« sagte sie zu dem erstaunten Unteroffizier. »Wenn du jemals eine Tochter haben solltest, so wünsche ich dir, daß dein Haus belagert wird wie das einer läufigen Hündin! Dann denk mal an mich ...«

Sie wandte sich ab, verließ das Opernhaus, rief eine Miettroika herbei und ließ sich zum Stroitskypalais bringen. »Das ist gut«, sagte der Kutscher. »Verdienst doppelt, was? Am Tag bei der Herrschaft, abends im Theater. Ja ja, man muß zusehen, daß man immer einen warmen Hintern hat.«

Rosalia wollte ihn anbrüllen, aber dann fiel ihr ein, daß sie ja immer noch das Bäuerinnenkostüm vom Ballett trug. Konnte man es dem Kutscher übelnehmen?

Vor dem Palais stieg sie aus, zog an dem Klingelseil, zwei Lakaien stürzten auf den Vorplatz, glotzten sie an und verneigten sich dann.

»Gebt dem armen Pferdequäler einen Rubel!« sagte sie laut und betrat »ihr« Palais.

Wenn er jetzt vom Bock fällt, dachte sie fröhlich, dann braucht man sich nicht zu wundern oder ihn für betrunken zu halten . . .

Die Garderobe war zu eng geworden. Nur ein schmaler Gang blieb zwischen den riesigen Blumenarrangements, um den Schminktisch zu erreichen. Die spanische Wand, hinter der man sich umzog, war beiseite geschoben, um einem kleinen runden Tisch mit zwei Sesseln Platz zu machen. Der Tisch war festlich gedeckt mit schwerem Silber, Porzellan aus Meißen und Kristallgläsern aus Frankreich. Matilda prallte vor dem schweren Duft der Blüten zurück . . .

Nach der Absperrung war sie allein geblieben. Zuvor hatten ihr alle Wangenküsse gegeben: die Jegorowna, Petipa, die große Zucchi, mit hektischer Röte im Gesicht, der noch immer stark transpirierende Cecchetti, der verwandelte Passukow und natürlich Petipas Konkurrent, der Erste Tänzer und Choreograph Iwanow vom berühmten Marientheater.

Nach dem Kuß ließen sie alle Matilda allein . . .

Zwischen den Blumen erkannte sie nun eine Uniform,

die Gala der Gardehusaren. Sie blieb stehen und lachte glücklich, aber sehr erschöpft.

»Boris, warum versteckst du dich? Ich habe dich sofort erkannt! Hast du gesehen, wie sie alle begeistert waren? Der Zar ist aufgestanden und hat sich über die Loge gebeugt! Er hat mir sogar zugewunken! Der Zar – mir! Wo ist Mama? Warum ist sie nicht hier? Warum habt ihr alles absperren lassen?«

Boris Davidowitsch kam langsam um die Blumen herum. Er beugte sich über Matilda und küßte sie, fast brüderlich, auf die Stirn. Dann führte er sie zu dem kleinen, festlich gedeckten Tisch. Sie sah ihn erstaunt an, griff rasch nach seiner Hand und küßte sie. Soerenberg hatte keine Möglichkeit, sie zurückzuziehen und das zu verhindern.

»Champagner . . .«, sagte sie ehrfurchtsvoll. »Französischer Champagner. Boris, wo hast du das Geschirr her? Die wundervollen Gläser! Wollen wir zwei gleich hier in der Garderobe feiern? Warum nicht zu Hause? Ich bin müde, Liebling, ich falle dir bestimmt nach dem ersten Glas Champagner um. Ich habe keine Knochen mehr, in mir ist alles aufgeweicht.«

»Ich bin jetzt nur eine Dekoration, Matilda«, sagte Soerenberg und seine Stimme war plötzlich belegt. »Staffage – wie die Blumen und die Schleifen. Ich habe in allerhöchstem Auftrag die Frage an dich zu richten, ob du gewillt bist, eine Bitte zu erfüllen . . .«

Sie starrte ihn ungläubig an und tippte dann mit dem Zeigefinger gegen seine Brust. »Was ist los mit dir, Boris, mein Schatz?«

»Der Zarewitsch bittet durch mich um die Gunst, deine Premiere hier mit dir feiern zu dürfen . . .«, sagte Soerenberg steif.

»Nein . . .«, stammelte Matilda. Ihr Gesicht wurde abwechselnd bleich und rot. »Nein . . .«

»Du lehnst ab?«

»Ja . . . Das heißt: Nein! Nein! Ich kann doch nicht den Zarewitsch . . . Boris, hilf mir! Ich kann doch nicht dem Zarewitsch sagen . . .«

»Nein, das kannst du nicht«, erwiderte Boris Davidowitsch sehr ernst. Dabei hämmerte sein Herz gegen die Rippen, und ein unbekannter Schwindel erfaßte sein Hirn. »Der Großfürst wartet nebenan auf dein Wort . . .«

»Nebenan? Mein Gott!« Sie lehnte sich an ihn. »Boris, was soll ich tun?«

»Ich werde ihm sagen, daß du das Glück zu würdigen weißt, mit ihm deinen ersten Triumph zu feiern.«

»Boris!« Sie klammerte sich an ihn fest. »Und du? Boris, ich flehe dich an . . . laß mich nicht allein mit ihm . . . bleib in der Nähe . . . Boris, ich wollte doch mit dir und Mama . . .«

»Ich bin nicht wichtig, Matilda. Und Mama wird es verstehen. Ich hole nun den Zarewitsch.«

Er beugte sich über sie, küßte ihr schwarzes Haar und sagte leise: »Gott sei mit dir, Madjuschka. Ich liebe dich unendlich. Nur weil ich dich so liebe, kann ich es ertragen. Gott segne dich . . .«

Er ging schnell hinaus.

Eine Minute später betrat der Zarewitsch den Raum. Er trug weiße Orchideen wie eine Monstranz vor sich her.

X

Im Leben eines jeden Menschen – bei dem einen früher, bei dem anderen später – kommt der Augenblick, in dem er spürt, daß ein Höhepunkt des eigenen Daseins erreicht ist. Oft kommt diese Erkenntnis plötzlich, schicksalhaft, wie ein Blitzeinschlag; manchmal ist sie das Ende einer langen Entwicklung, die Erreichung eines Ziels, die Frucht aller

Mühseligkeit. Aber immer, wenn man spürt, darüber hinaus könne es nun nichts mehr geben, immer ist es wie eine totale Lähmung.

Bis man dann weiß und eingesehen hat, das Leben geht weiter – aber mit einem veränderten Gesicht.

Matilda knickste tief, als Nikolai Alexandrowitsch eintrat. Sie hörte, wie die Tür leise ins Schloß fiel, sie hörte seine Schritte, sie spürte seine Nähe und wagte nicht, den Kopf zu heben und ihn anzublicken. Seine Stimme klang sanft und seltsam gehemmt, als er sagte:

»Matilda Felixowna, ich hatte Ihnen versprochen, bei Ihrem Triumph dabeizusein. Es mußte ein Triumph werden, darüber war ich mir von Anfang an klar. Sie haben heute nicht nur St. Petersburg erobert, Sie haben auch mich ganz erobert. Und – sogar den Zaren! Mein Vater läßt Sie bitten – bitten! – zu ihm zu kommen. Hiermit erfülle ich meine dienstliche Mission.«

Matildas Herzschlag setzte jetzt tatsächlich aus. Jetzt sterbe ich, dachte sie ganz klar. So also ist das mit dem Tod ... Ganz still ist es in einem, kein Laut mehr in der Brust, alles verliert Raum und Klang. Sie wartete auf die Dunkelheit, aber es blieb hell um sie.

Sie roch den Duft der herrlichen Orchideen, sie hörte, wie der Zarewitsch mit irgend etwas hantierte, sie vernahm von weitem ein rhythmisches Hämmern. Die Bühnenarbeiter bauten die Dekorationen ab.

»Kaiserliche Hoheit –«, sagte sie leise. »Womit habe ich diese Ehre verdient ...«

»Ich bin gekommen als Nikolai Alexandrowitsch und möchte mit Ihnen ganz allein ein Glas Champagner auf Ihren Erfolg trinken. Lassen wir uns dabei nicht stören von einer Kaiserlichen Hoheit. Ich sehe keine in diesem Raum ...«

Matilda zuckte zusammen. Eine Hand des Zarewitsch faßte ihren Ellenbogen und zog sie hoch aus ihrer tiefen

Verneigung. Sie hob den Kopf ... und wieder war es wie bei ihrer ersten Begegnung im Oktober, als seine sanften Augen sie anblickten, scheu über den Umweg durch den Spiegel an der Übungsstange. Es war ein Blick, der sie durchdrang und sie ganz in seine Hände gab.

Sie richtete sich auf und nahm die weißen Orchideen entgegen, die Nikolai ihr jetzt mit der anderen Hand hinhielt. Dann standen sie sich gegenüber und wußten nicht, was sie sagen sollten, denn alle Worte würden jetzt dumm und banal klingen.

»Ich ... ich habe mir gedacht«, sagte Nikolai endlich, »daß unsere kleine Feier am besten in Ihrer Garderobe stattfindet, am Ort Ihres Triumphes. Außerdem ist er sehr gut abzuschirmen. St. Petersburg ist ein Schwatznest ... wenn man irgendwo in einem Garten mit der Stiefelspitze gegen einen Stein stößt, wissen es in kürzester Zeit der Hof, der Innenminister, der Polizeipräsident, der Chef der Geheimpolizei und der Direktor der Chirurgischen Klinik. Der Thronfolger ist an einen Stein gestoßen! Wie kann das möglich sein? Wer hat ihm den Stein in den Weg gelegt? War es ein Attentat? Suchet und findet den Schuldigen ...«

Matilda lachte.

Dieses Lachen befreite sie endlich von dem inneren Druck, der auf ihr lastete. Trotzdem – es klang alles so komisch und unwahrscheinlich. Sie wandte sich ab, stellte die Orchideen in dem goldenen, reich verzierten Korb auf ihren Schminktisch und blickte den Zarewitsch durch den Spiegel an.

»Ich könnte so nicht leben«, sagte sie ehrlich.

»Ich muß es, Matilda. Manchmal beneide ich jeden, der frei wie ein Adler aufwächst. Es ist eine Last, keine Freude, Rußlands Krone zu erben ...«

»Es muß doch etwas Herrliches sein, der mächtigste Mann der Welt zu sein.«

»Ist das der Zar?«

»Man sagt es jedenfalls überall.«

»Aber sagt man auch, wie einsam Macht macht? Sagt man auch, wie kalt es da droben auf dem Thron ist, weil keine menschliche Wärme mehr bis dahin dringt? Der große Zar! Die meisten meiner Vorfahren lebten mit einem Zwillingsbruder zusammen: der Angst! Nur mein Vater nicht. Nein, Alexander Alexandrowitsch ist wie ein Fels. Sie werden ihn ja kennenlernen, Matilda.«

Der Zarewitsch ging zur Tür, öffnete sie einen Spalt und klatschte in die Hände.

Es war, als habe man im Gang darauf gewartet. Drei Diener in orientalischen Uniformen marschierten hintereinander in die Garderobe, trugen silberne Schüsseln und bedeckte Platten, Champagnerkühler mit Flaschen herbei und stellten alles auf dem Schminktisch ab.

Mit einem langen Blick überprüfte Nikolai Alexandrowitsch die Gedecke und winkte dann stumm.

Die drei Diener verschwanden lautlos, nur die Tür klickte leise, als sie ins Schloß fiel. Matilda schüttelte den Kopf, vor allem, als der Zarewitsch einen der Deckel abhob und mit vorgestrecktem Kopf schnupperte.

»Wer soll das alles essen?« fragte Matilda. »Das ist alles für uns zwei allein?«

»Ein wenig Kaviar und Trüffelsuppe, ein geräucherter junger Stör, Fasanenbrustschnitten mit Waldpilzen und ein Walnußparfait – dazu Wein aus Georgien und Champagner von der Krim. Das ist alles! Ein fast bescheidenes Mahl für die neue Bühnenkönigin von St. Petersburg!«

»Ich habe von dem allen noch nie etwas probiert. Doch ja – Kaviar! Als ich zwölf Jahre alt war, kam ein komischer Mann zu uns. Er war klein, trug einen bestickten Hut und einen langen schwarzen Bart. Er brachte meiner Mutter ein großes Glas Kaviar mit und sagte: ›Einen Vorschlag, Madame Bondarewa. Ich liefere Ihnen Kaviar, Sie machen damit einen Handel auf und sind in kürzester Zeit eine wohlhabende Frau! Wer kann schon mit solchem Kaviar handeln, wie ich ihn anbiete? Ihre Gegenleistung? Sie geben mir Ihre Tochter mit. In Samt und Seide kleide ich sie, das Glück meines Alters.‹«

»Man hätte diesen Kerl sofort auspeitschen lassen sollen!« sagte der Zarewitsch wütend. »Was hat Ihre Mutter geantwortet?«

»Nichts!«

»Nichts?« rief der Thronfolger entsetzt.

»Der kleine Mann mit dem bestickten Hut lag drei Wochen im Spital. Die Ärzte dachten zuerst, er habe sich das Rückgrat gebrochen . . . Wie ein Holzscheit ist er die Treppe hinuntergerollt!«

»Ich werde Ihre Mutter bald kennenlernen.« Nikolai hob den Deckel von der mit Eis gefüllten Kaviarschale. »Ich werde ihr für vieles danken müssen, was sie für Sie getan hat, Matilda . . . Darf ich Sie bedienen?«

»Aber Kaiserliche Hoheit . . .« Sie setzte sich an den kleinen Tisch. Ihr Gesicht war hell gerötet. Sie faltete die Hände, als der Thronfolger wie ein gelernter Kellner den Kaviar servierte und eine der Champagnerflaschen öffnete.

»Meine Freunde nennen mich Niki –«, sagte der Zarewitsch und goß die Gläser voll. »Könnten Sie sich vorstellen, daß Sie das auch tun?«

»Nie, Kaiserliche Hoheit.«

»Und wenn ich Sie herzlich darum bitte?«

Er griff nach Matildas Händen, führte sie an seine Lippen und küßte sie. Der Blick aus seinen verträumten Augen löste eine heillose Verwirrung in ihr aus.

»Ich wünsche mir nichts so sehr, als daß dieser Abend nicht unser letzter ist. Vorausgesetzt, daß Sie mich nicht einfach abscheulich finden, Matilda.«

Er setzte sich ihr gegenüber, hob sein Champagnerglas und lächelte sie über den Glasrand an. Es war ein vorsichtiges, beinahe trauriges Lächeln. Eine in leise Fröhlichkeit gebettete Melancholie – sozusagen.

Er ist nicht glücklich, dachte Matilda. Dieser Mann, der einmal das größte Reich dieser Erde regieren wird, der zu den Mächtigsten der Welt zählen wird, der zukünftige Zar mit unbeschränkter Macht – dieser Mann ist in seiner Seele ein ganz trauriger Mensch. Warum ist er so anders, wie man sich einen Zaren vorstellt? Was bedrückt ihn?

Plötzlich hatte Matilda Mitleid mit dem Zarewitsch; Mitleid, in das sich ein Gefühl mischte, das sie nicht erklären konnte. Aber beide Empfindungen zusammen ergaben eine schicksalhafte Zuneigung zu dem schönen, schlanken Mann mit den rehbraunen Augen, der ihr zutrank.

»Ich bin sehr glücklich, mit Ihnen zusammen zu sein – Niki –«, sagte sie stockend.

Der Zarewitsch hob sein Glas höher.

»Danke. Ihr Niki hat den schönsten Klang aller Nikis, die ich je gehört habe. Trinken wir auf das Schicksal, das es einmal gut mit mir gemeint hat.«

Die Gläser klangen zusammen, sie tranken den Champagner, aßen den eisgekühlten, zart gesalzenen Kavier und schwiegen eine Weile.

Plötzlich sagte Matilda:

»Darf ich etwas fragen, Niki?«

Der Zarewitsch zuckte zusammen. »Mein Herz bebt, wenn Sie Niki sagen . . .«

»Dieser Kaviar ist nun das Essen der ganz Reichen . . .«

»Unter anderem.«

»Ich verstehe es nicht.« Sie legte den silbernen Löffel hin und nippte an ihrem Glas. »Für mich sind es gesalzene kleine Kügelchen mit Fischgeschmack. Was ist das Besondere dabei?«

»Das kann man kaum erklären.« Nikolai Alexandrowitsch dachte nach. »Die Feinheit der Körnung, die Kunst des Salzens, die Seltenheit . . .« Er lachte plötzlich, sprang auf, räumte den Kaviar ab und stellte ihn auf den Schminktisch zurück. »Ich bin ein dummer Mensch«, sagte er dabei. »Schimpfen Sie mit mir, Matilda! Ihnen wäre eine Krautsuppe lieber gewesen? Sagen Sie es ruhig! Was mache ich jetzt mit der Trüffelsuppe?«

»Probieren, Niki . . .«

Es fiel ihr plötzlich leicht, den Erben des russischen Reiches einfach »Niki« zu nennen. Dieser Kosename paßte wirklich zu ihm. Nikolai Alexandrowitsch Romanow – das klang steif, das klang nach Zar. Niki dagegen war ein Gefährte für fröhliche oder auch melancholische Stunden; in Niki spiegelte sich die Sehnsucht nach dem wider, was Nikolai so gern sein wollte, aber nicht durfte oder konnte: einfach ein normaler Mensch!

Sie probierten die Trüffelsuppe mit Sahne, und sie schmeckte Matilda ausgezeichnet, bis auf die Trüffeln. »Sie sind muffig!« sagte sie. »Aber ich nehme an, sie müssen so schmecken . . .«

»Es sind ganz seltene Pilze aus einer bestimmten Gegend von Frankreich, aus Périgord. Dort findet man sie, indem man Schweine danach suchen läßt.«

»Schweine? Niki, jetzt machen Sie sich lustig über mich.«

»Es ist die Wahrheit! Die Bauern schicken ihre Schweine los, und wo sie schnüffeln und zu graben beginnen, da findet man die Trüffel. Das ist aber nur in der Landschaft Périgord so.«

»Und deshalb sind sie so wertvoll?«

»Ja.«

»Auch wenn sie muffig schmecken?«

»Matilda! Ich verspreche Ihnen, unser nächstes Diner wird aus Borschtsch Bjelorosskije und Gurkengemüse bestehen. Aus Plinis und Piroggen!«

Der Zarewitsch tippte mit dem Zeigefinger auf den Silberdeckel einer großen Platte. »Darf ich Ihnen nun noch die Fasanenbrust anbieten? Aber ich warne Sie – sie ist rosa gebraten. Auf meinen französischen Koch kann ich mich verlassen. Aber ich befürchte, Sie werden sagen: Das Fleisch ist ja noch halb roh!«

»Ist es das?«

»Nun, es ist à la point ...«

»Und das heißt?«

»Auf den Punkt gebraten! Eine Minute weiter – und jeder Franzose wäre beleidigt, so etwas vorgesetzt zu bekommen.«

»Versuchen wir es, Niki.«

Matilda lachte und rieb sich die Hände. Der Champagner machte sie fröhlich und schwemmte alle Hemmungen weg, die sie noch vor dem Zarewitsch gehabt hatte.

»Bringen Sie uns den Punkt ...«

»Dazu Wein aus Georgien. Ein roter, der leuchtet wie ein Rubin in der Sonne.«

»Und der sich wie Blei auf den Kopf legt – ist es so?«

»Wir werden ihn vorsichtig trinken, Matilda.«

Nikolai Alexandrowitsch richtete auf beiden Tellern die Fasanenbrustscheiben an, träufelte die Sauce darüber, garnierte das Gemüse aus Blumenkohl, kleinen, dünnen grünen Bohnen und in schwimmendem Fett gebackenen Zwiebeln, entkorkte die Rotweinflasche und servierte alles mit einer Perfektion, als habe er sein Leben lang immer nur Speisen aufgetragen und sei nie der Zarewitsch gewesen, den ein kleines Heer von Lakaien und Dienern umschwärmte, das ihm jede niedere Tätigkeit abnahm, überwacht von einem sehr vornehmen Haushofmeister, der sogar den Grafentitel trug.

Dann saßen sie sich wieder gegenüber, probierten den schweren Rotwein und sahen sich nun schon mit anderen Blicken an als vor einer halben Stunde.

»Meine Mutter hat mir einmal erzählt, was ihr eine Magd anvertraut hat«, erzählte Matilda. Die ersten Schlucke des Rotweins durchrannen sie wie ein warmer Strom – sie spürte es im ganzen Körper.

»Oben – im Norden soll es gewesen sein, auf einem Gut, das sich Nowo landorska nannte. Es gehörte einem Grafen Michail Leontonowitsch Probinsky. Er war einer der letzten, der bei sich die Leibeigenschaft abschaffte. Die Magd – Maruta hieß sie . . . Ich habe das alles so gut behalten, weil Mama gesagt hat: ›Vergiß es nicht. Es kann dir genauso ergehen in dieser verdammten Welt!‹ – Also, Maruta war jung und hübsch, Tochter eines Holzfällers des Grafen. Eines Tages sah Graf Probinsky zufällig Maruta auf dem Feld, sie hackte Rüben. Er rief sie zu sich, lud sie in seine Kalesche, fuhr sie auf das Gut, und als sie ihm auswich, weil er sie berühren wollte, gab er ihr Rotwein zu trinken. Maruta kannte keinen roten Wein, sie glaubte also, was der Graf sagte –, es sei ein Fruchtsaft aus dem Süden. – Als Maruta zu sich kam, lag sie zu Hause in der Holzfällerhütte, ihr Vater weinte bitterlich, zeigte ihr einen Goldrubel und knirschte: ›Wenn ich dich doch nur erschlagen könnte! Wenn ich es doch könnte! Aber man kann doch nicht sein eigenes Fleisch und Blut mit einem Knüppel erschlagen!‹ Maruta starb dann an der Geburt ihres Kindes, ihr Vater erwürgte den Enkel, kaum daß er atmete, und wurde später dafür gehängt. Meine Mutter sagte: ›Merk dir das, Matilda! Wenn ein feines Herrchen dich zum Wein einlädt, mußt du eines wissen: Wenn ein solches Herrchen mit dir Wein trinkt, dann will er dich nur betäuben! Nichts anderes hat er im Sinn! Und dann geht er weg, sagt nicht einmal Danke schön und läßt dich mit deiner ungewissen Zukunft allein!‹«

Sie erhob ihr Glas und prostete dem Zarewitsch zu.

»Auf diesen Abend, Niki! Ich habe keine Angst . . .«

»Es ist nicht so, Matilda!« Nikolai stocherte in seinem Essen herum. »Ich muß unbedingt mit deiner Mutter sprechen.«

»Warum sitzen wir hier?« fragte sie.

Der Zarewitsch erschrak. »Welch eine Frage!«

»Der zukünftige Zar ißt heimlich mit einer kleinen Tänzerin seines Balletts. Man kann nicht sagen, daß so etwas üblich ist . . . auch nach einer Premiere nicht.«

Der Thronfolger legte sein Besteck hin und sah Matilda mit seinen verträumten Augen ein paar Atemzüge stumm an.

Dann sagte er:

»Was wollen Sie hören, Matilda?«

»Ich habe gelernt, immer die Wahrheit zu sagen. ›Sag sie, auch wenn man dich nachher erschlägt . . .‹«

»Empfahl Ihre Mutter . . . Sie muß eine wunderbare Frau sein.«

»Mama? Wunderbar? Ich weiß es nicht. Ihr ganzes Leben war Umsichschlagen! War ein Kampf ums Überleben. Wir sind zwei von den Hunderttausenden Ihres Volkes, Niki, die für jeden satten Magen ein inniges Gebet sprechen, weil niemand weiß, ob er morgen auch satt werden kann. Mama sieht die Welt anders als Sie . . . aber ob das wunderbar ist . . .?«

»Ich habe nach unserer ersten Begegnung immer an Sie denken müssen«, sagte der Zarewitsch. »Ich habe Sie von diesem Tag an nie aus den Augen verloren . . . ich wußte immer, was Sie taten.«

»Mustin, der Zwerg, hat alles berichtet.«

»Und Boris Davidowitsch. Ich weiß natürlich, daß Sie in das Stroitskypalais gezogen sind, daß Soerenberg einen Troikaschlitten gekauft hat . . . Ich muß Ihnen sagen –, ich habe vor Eifersucht gezittert!«

»Niki!« Sie starrte ihn entsetzt an.

»In meinen Gedanken, in meiner Seele, in meinen Träumen waren Sie immer bei mir, Matilda. Ist das eine genügende Antwort auf Ihre Frage, warum wir heute hier zusammensitzen? Es soll ein Beginn sein . . . Ich wünsche mir noch viele Abende mit Ihnen, Matilda. Nicht in einer Theatergarderobe . . . Bei Ihnen, im Stroitskypalais, oder bei meinen Freunden in Zarskoje Selo. Ich ... ich muß Sie sehen!« Er schob abrupt seinen Teller weg. »Es ist so blöd, so etwas über einer Fasanenbrust auszusprechen! Lachen Sie über mich, Matilda – jetzt habe ich es wirklich verdient!«

»Und was wird der Hof sagen?« fragte sie stockend. »Der Zar? Die Zarin? Die Großfürsten ...?«

»Leben die alle mein Leben?«

»Aber – Sie sind Rußland, Niki!«

»Das verlangt man von mir.« Nikolai Alexandrowitsch blickte Matilda beinahe flehend an. »Ahnen Sie, wie unmenschlich diese Last sein kann? Um sie abzulegen, um ihr für wenige Stunden zu entfliehen, um ab und zu einmal nur ein Mensch zu sein, so einfältig glücklich wie der geringste Kulak ..., darum will ich bei Ihnen sein. Ich bitte Sie: Retten Sie mich von der grausamen Erwartung, immer nur der kommende Zar zu sein ...«

»Ich? Ausgerechnet ich? Was kann ich denn tun, Niki?«

»Nur gegenwärtig sein ... einige wenige Stunden vergolden ... ein Zufluchtsort für mich sein, wo mich niemand findet ... Ich brauche Sie, Matilda Felixowna.«

Fast drei Stunden später brachte Boris Davidowitsch in der neuen Schlittentroika Matilda nach Hause.

Der Zarewitsch war vorher abgefahren, nachdem er durch einen Bühnenausgang die Oper verlassen hatte. Niemand, der noch auf den Straßen St. Petersburgs unterwegs war, ahnte, daß in der einfachen Kalesche, die langsam über die vereisten Straßen holperte, der russische Thronfolger saß.

Seine einzige Begleitung war der Zwerg Mustin Fedorowitsch Urasalin.

Matilda Felixowna saß dick eingemummt in Fellen und hatte den Kopf weit zurückgelegt. Der Himmel war sternenklar, und Sternenkälte fiel auch über das Land. Die langhaarige Pelzmütze ließ von ihrem schmalen Gesicht nur die

Augen und die kleine Nase sehen. Über den Mund war ein wollenes Tuch gelegt; jeder Atemzug gefror sofort und erstarrte zu weißen Kristallen.

»Er liebt mich, Boris . . .«, sagte Matilda leise.

»Ich weiß es.«

Soerenberg starrte auf den Rücken des Kutschers. Die Glöckchen an dem runden Gespann klingelten hell, die Pferde trabten und dampften aus den Nüstern. Er saß neben Matilda, in einen Wolfspelz gewickelt.

»Er sagt, er braucht mich.«

»Wenn der Zarewitsch das sagt, muß man es glauben.«

»Irgendwie ist er aber unglücklich. Er würde am liebsten gar kein Zar werden.«

»Aber er wird es müssen!«

»Mehr sagst du nicht dazu? Du liebst mich doch auch . . .«

»Das ist etwas ganz anderes, Matilda. Unsere Liebe wird bis zu unserem Tod dauern . . .«

Sie nickte und legte den Kopf an seine Schulter. »Ich verstehe . . .« Ihre Stimme war durch den vereisten Schal, das Klingeln der Glöckchen und das Trappeln der Pferde kaum zu verstehen.

»Ich werde – eine Episode sein . . .«

»An nichts anderes solltest du denken, auch wenn du Nikolai Alexandrowitsch liebst.«

»Ich weiß nicht, ob ich ihn liebe, Boris.«

»Aber ich weiß es.«

»Und das kannst du ertragen? Das kannst du einfach so sagen?«

»Wir sind wie ein Stück Erde, Matilda. Die Erde lebt von Regen und Sonne, von Wind und Dürre, von Hitze und Frost, sie reißt einmal auf – und sie schließt sich wieder, sie ist leblos und grau, und plötzlich grünt sie wieder, sie läßt Stürme über sich hinwegbrausen wie einen vernichtenden Brand . . . und hat doch immer wieder die Kraft, von neuem

Früchte hervorzubringen. Selbst eine Wüste ist nicht tot – sie beginnt mit neuem Leben, wenn Wasser in sie eindringt.«

Er beugte sich über sie, küßte ihre Augen und bezwang sich, nicht zu schreien: Das ist ja alles Lüge! Dumme Rederei! Selbstbetäubende Ironie! Ich könnte den Zarewitsch auf meinen Degen spießen, wenn ich daran denke, daß er dich küßt ...

Aber er schrie es nicht, er lehnte sich zurück, starrte in den eisigen Sternenhimmel und sagte laut:

»Ich will nur, daß du glücklich bist. Heute, morgen, immer! Das wird meine Lebensaufgabe sein.«

»Ich werde dir das nie danken können.«

»Es genügt mir, wenn du da bist ...«

Im Stroitskypalais herrschte helle Aufregung.

Rosalia Antonowna stürzte ihrer Tochter entgegen, stieß ein wahres Geheul aus und drückte Matilda an sich.

»Was hat er dir angetan, mein Schwänchen?« jammerte sie. »Soll ich ihn verfluchen? Wir armen Untertanen, nur gehorchen dürfen wir, sogar im Bett! Boris, was stehst du herum und schaust stumm in die Gegend? Wie ein Schafsbock sieht er aus! Tue etwas, bereite eine Revolution vor, sprenge die ganze Zarenbrut in die Luft! O wenn ich als Mann geboren wäre! Komm, mein Liebling, sei ganz ruhig, mein Täubchen, ruhe dich aus! Seht ihr denn nicht, daß sie einen Schock erlitten hat? Der Zarewitsch hat ein junges Leben zertreten! Wie hat es angefangen, mein Vögelchen? Erzähle, befreie dich von dem inneren Druck ...«

»Mit Kaviar und Champagner ...«, sagte Matilda matt. Sie setzte sich auf ein Sofa und streifte die Pelzmütze ab.

In der plötzlichen Wärme tauten die Eiskristalle. Das Schmelzwasser lief ihr aus den Haaren übers Gesicht. Es sah aus, als weine sie ...

Boris Davidowitsch warf seinen Pelz in eine Ecke und

ging zu einem Tisch, auf dem in Kristallkaraffen Süßweine, Liköre und Kognak standen. Er goß für sich und Matilda einen Portwein ein und brachte ihn ihr.

Die Bondarewa raufte sich die Haare.

»Kaviar und Champagner! Ja, so fängt es immer an! Das ist die feine Art, vom Magen her ein Mädchen zu erobern! – Boris, bekomme ich kein Glas?«

»Ich kann nur zwei tragen, Mütterchen.« Boris stellte sich zwischen Matilda und Rosalia Antonowna. »Der Zarewitsch hat mit Matilda gegessen, – sonst nichts!« sagte er hart.

»Nichts? Warst du dabei?«

»Im Nebenzimmer.«

»Hat die Wand ein großes Loch?«

»Es wäre besser, Mütterchen, du legtest dich hin. Es ist schon spät . . .«

»Ha! Entfernen will man mich? Hört alle zu: Man will mich entfernen! Man will mich von der Wahrheit wegdrängen, mich, eine zitternde Mutter! Kaviar und Champagner, und dann nichts hinterher? Nur essen und reden? Wer glaubt das denn? Und wenn es wahr ist: O Himmel, gibt es denn keine Männer mehr? Da warte ich hier, renne mit zerrauften Haaren herum, knie in der Kapelle und bete um das Seelenheil, stehe am Fenster und warte auf den Schlitten, und da kommen sie endlich, mein Mutterherz zerreißt, meine Seele brennt, und ich denke: Jetzt wirst du es erfahren! Jetzt gleich! Du bist die heimliche Schwiegermutter des Zarewitsch geworden! Und was bekomme ich zu hören? Es war nichts, trotz Kaviar und Champagner. Oh, ich sterbe! Mein Herz setzt aus! Wie überlebe ich diese Enttäuschung?«

Sie ließ sich in einen großen Sessel fallen, streckte die Beine von sich und ließ sich von Boris den Portwein einflößen, als sei sie gelähmt.

»Er ist ein scheuer Mensch, Mama –«, sagte Matilda

nachdenklich. »Ich kann es schwer erklären ... Aber wenn ich in seine Augen blicke, werde ich traurig. Und ich spüre, daß er kein glückliches Leben haben wird – später, als Zar. Weißt du, was ich gedacht habe, als er mir erzählte, wie gern er draußen in Zarskoje Selo lebt und allein durch den Park wandert oder irgendwo versteckt in der Sonne sitzt? Gott möge es verhindern, was ich fühle – aber ich habe gedacht, du wirst einmal nicht alt werden, Nikolai Alexandrowitsch ...«

»So etwas!« jammerte die Bondarewa. »Nein, solch ein Unglück! Der zukünftige Zar liebt sie, und sie denkt daran, daß er nicht alt wird! Ist das deine Sorge? Boris, wie soll man diesem Kind erklären, daß eine Frau schneller altert als ein Mann, besonders wenn sie eine Geliebte ist?«

»Überhaupt nicht erklären!« antwortete Boris grob. »Der Zarewitsch wird in den nächsten Tagen zu uns kommen –, darauf sollten wir uns einstellen.«

»Hierher?« schrie Rosalia Antonowna. »Ich falle um wie ein gespaltener Klotz, wenn er mir die Hand gibt. Ihr Heiligen, was will er hier?«

»Tee trinken, ein Stück Kuchen essen, plaudern, sich erholen. Vielleicht bringt er auch Freunde mit, es wird gesungen, getrunken und getanzt. Er soll sich hier wohl fühlen ...«

»Ausgerechnet bei mir?«

»Bei Matilda! Du wirst ihn kaum zu Gesicht bekommen, Mütterchen!«

»Bin ich ein Scheusal? Muß man mich verstecken und einsperren, wenn ein so hohes Herrchen kommt? Ich sage dir, Boris, ich konnte schon mit Grafen umgehen, da lagst du noch in den Windeln! Sieh her!«

Sie trat zurück und machte einen tiefen, wenn auch mißglückten Hofknicks.

Boris sah dieser Verrenkung sprachlos zu.

Die Bondarewa richtete sich auf und zog das verrutschte

Kleid über den gewaltigen Brüsten zusammen. »Da bist du sprachlos, was?« rief sie. »Das darfst du auch sein. Vor dem Spiegel habe ich das geübt! Mit einer Madame Lapèche, die einen Frackverleih hat und sich in den höchsten Kreisen auskennt! Sie hat selbst schon einmal einen Knicks vor der Zarin machen dürfen!«

Rosalia Antonowna stemmte die Hände in ihre ausladenden Hüften und blickte ihre Tochter triumphierend an. »Ich bin auf alles gewappnet«, fügte sie stolz hinzu. »Laß ihn nur kommen, den Großfürsten-Thronfolger. Ich mache ihm ein Gurkengemüse, daß er am nächsten Tag seinen Leibkoch in den Hintern tritt und rausschmeißt! Nikolai Alexandrowitsch wird vor Vergnügen schmatzen . . .«

Man sprach noch bis zum Morgengrauen darüber.

Am nächsten Vormittag, gegen zehn Uhr, brachte eine kaiserliche Kutsche vier riesige Blumenkörbe in das Stroitskypalais. Zwei Lakaien des Zarewitsch trugen sie in die Halle und übergaben einen Brief für Demoiselle Matilda Felixowna.

Der Zarewitsch schrieb: »Welch eine Nacht! Ich habe nicht schlafen können. Ich war ganz angefüllt von Deiner Stimme, dem Blick Deiner Augen, den Bewegungen Deiner Hände, dem Schweben Deines Ganges, dem Glockenton Deines Lachens. Alles um mich herum ist Musik, unwirklich, sphärisch, engelsrein, fern dieser grausamen Welt. Matilda, woher kommst Du wirklich? Bist Du ein Geschenk Gottes? Wie kann die Menschheit ein Geschöpf wie Dich hervorbringen? Die Welt hat sich für mich verändert . . . Sie ist so schön geworden, wie sie es sonst nur in Wünschen und Träumen war . . .«

Ein Brief voller Überschwang.

Matilda las ihn ihrer Mutter vor, die sofort in Tränen ausbrach und ergriffen sagte: »Welch eine Bildung! Von uns ahnt ja keiner, was man mit Worten alles machen kann! O Gott, wie wird sich nun unser Leben verändern . . .«

Zum Mittagessen erschien der Zwerg Mustin Urasalin. Er begrüßte Rosalia Antonowna mit einem Handkuß, den sie verschämt, wie ein heranwachsendes Mädchen, entgegennahm. Dann saßen sie sich gegenüber, der Zwerg mit den Spinnenbeinen und dem riesigen Kopf und die Dame des Hauses mit ihren ausladenden Schenkeln und dem gewaltigen Busen. Ein ungleicheres Paar hätte wohl selbst ein Märchenerzähler nicht erfinden können, aber das Leben übertrifft eben oft die Phantasie.

Die Dienerschaft der Stroitskys, die sich erst an die neue Situation und die veränderte Herrschaft gewöhnen mußte, – denn es war eine gewaltige Umstellung von der vornehmen, stets gedämpft sprechenden Valerie Maximowna Stroitskaja zu der lautstarken und mit Ausdrücken nicht eben zimperlichen Bondarewa –, servierte das Essen und bewunderte im stillen die innere Festigkeit der Rosalia Antonowna, in Gegenwart einer solchen Mißgeburt noch mit Appetit essen zu können.

Boris Davidowitsch hatte einen dienstfreien Tag bekommen. Er nutzte ihn, um für Matilda einige Weihnachtsgeschenke zu kaufen und bei dem Fürsten Jussupow vorbeizufahren, der ihn dringend sprechen wollte.

Fürst Valentin Wladimirowitsch Kramskoj, dem niemand zu sagen wagte, daß er auf den Irrsinn zusteuerte, hatte »die Felixowna« – wie sie schon jetzt in St. Petersburg genannt wurde – bei ihrer Premiere auch erlebt; er gehörte nun einmal zu dem Kreis der auserwählten Personen, der eine Einladung erhalten hatte.

Den Arm noch in einer Schlinge, hatte er im Frack, geschmückt mit Orden, in einer Loge gesessen und durch ein Opernglas sofort erkannt, wer da gefeiert wurde. Bis zu diesem Augenblick hatte er den Namen des Mädchens nicht gekannt, für dessen Ehre er zum Krüppel geschlagen worden war, nun wußte er ihn! In der Pause nahm er zähneknirschend seinen Freund Jussupow zur Seite und sagte mit vor Erregung zitternder Stimme:

»Wegen einer Ballettratte ist also mein Leben verpfuscht! Ein Weibsstück, das durch die Betten zieht wie ein Spielmann über die Märkte!«

»Ich glaube nicht, daß die Felixowna zu dieser Sorte gehört«, antwortete Jussupow vorsichtig. Er zog Kramskoj in eine Nische, um jedes Aufsehen zu vermeiden. »Valentin Wladimirowitsch, du solltest die ganze Angelegenheit schnellstens vergessen!«

»Vergessen? Mit einem lahmen Arm? Mit einer Narbe über der ganzen Schulter? Vergessen? Ich werde erst wieder glücklich sein, wenn ich am Grabstein dieses Soerenberg stehen kann!«

»Zieh dich auf deine Güter zurück«, riet Jussupow eindringlich. »Ich befürchte, du kommst sonst mit dem Hof in Konflikt.«

»Was geht den Zaren mein Privatleben an?«

»Nichts. Du bist auch völlig uninteressant, aber man wird noch viel und oft von der Felixowna hören. Wenn es stimmt, was man mir zugetragen hat, dann wird sich nach der Pause die Garderobe der Matilda Felixowna in einen Blumengarten verwandeln. Ein kleiner Gruß des Zarewitsch! Kramskoj ... dieser Gegner ist zu groß für dich.«

Fürst Kramskoj hatte sinnend geschwiegen, hatte dann seinen Freund Jussupow einfach stehenlassen und war in seine Loge zurückgerannt.

Dort nahm er während des zweiten Teils des Balletts das Opernglas nicht von den Augen und starrte mit bebenden Lippen die Felixowna an.

Jussupow hatte ihn von seiner Loge aus beobachtet. Er ahnte Schreckliches.

»Was machen wir mit ihm?« fragte Fürst Jussupow seinen Gast Soerenberg. Sie saßen in der Bibliothek des Palastes zusammen, tranken einen Kaffeelikör und rauchten eine Zigarre. »Freiwillig verläßt er St. Petersburg nicht. Eine anonyme Anzeige nützt nichts, der Polizeipräsident wird sich hüten, einen Mann wie Kramskoj auch nur zu verhören! Dem Zaren einen Wink zu geben, widerstrebt mir. Immerhin nenne ich Kramskoj meinen Freund, andererseits bin ich Ihnen gegenüber verpflichtet, Boris Davidowitsch, weil ich weiß, daß Kramskojs Leben nur noch aus dem Gedanken besteht, Sie zu vernichten. Was soll ich tun? Raten Sie mir! Aber geben Sie mir nur nicht den klassischen Rat: Es muß doch möglich sein, einen Menschen spurlos verschwinden zu lassen. Wir leben nicht mehr zu Zeiten des Zaren Iwan IV.«

»Man kann nichts weiter tun, als aufmerksam zu sein und – in Notwehr eben die Luft zu reinigen«, entgegnete Soerenberg nachdenklich. »Ich sollte vielleicht Kramskoj einen Besuch abstatten.«

»Sind Sie von Sinnen, Boris Davidowitsch? Sie kämen aus dem Palais nicht lebend heraus.«

»Wenn ein Mensch Rache um jeden Preis will, kann man ihn nicht daran hindern. Er wird hundert und mehr Möglichkeiten ersinnen. Es bleibt nur eins: Ihn beim ersten Versuch bereits für immer auszuschalten.«

»Ja, das müssen Sie tun, Boris. Ich kann Ihnen dabei nicht helfen, ich kann Sie nur warnen, wenn ich etwas erfahre. Stimmt es übrigens, daß der Zarewitsch Interesse an der Felixowna zeigt?«

»Wer behauptet das?«

»Ihre Gegenfrage ist Antwort genug.« Jussupow lächelte verhalten. »Werden Sie Nikolai Alexandrowitsch auch zum Krüppel schlagen?«

»Er würde nie versuchen, sich etwas mit Gewalt zu holen.«

»Konstruieren wir, er täte es!«

»Undenkbar!«

»Denken Sie es einmal . . .«

»Ich würde ihn erschießen. Es wäre einfach für mich. Er betrachtet mich als seinen Freund . . .«

»Das täten Sie für eine Matilda Felixowna?«

»Nur für sie!«

»Mein Gott, wie sehr müssen sie dieses Mädchen lieben, Boris Davidowitsch! Und welch ein Herz müssen Sie haben, dem Zarewitsch zusehen zu können.«

»Kein Herz, Hoheit. Nerven! Man muß die Nerven haben, sein Schicksal zu ertragen. Vielleicht ändert sich etwas in Rußland durch Nikolai und Matilda . . .«

»Glauben Sie das?«

»Ein neues Paar wie Cäsar und Kleopatra . . .«

»O Himmel, beschwören Sie das nicht herauf! Cäsar wurde ermordet, Antonius stürzte sich in sein Schwert, Kleopatra ließ sich von Giftschlangen beißen und zwei Weltreiche – Rom und Ägypten – gingen zugrunde! Wünschen Sie das Rußland?«

Am Nachmittag desselben Tages erschütterte eine Explosion die Mauern des Stroitskypalais.

Der Schlitten, den der Kutscher vorfuhr und in dem Matilda zu Tamara Jegorowna fahren wollte, flog in die Luft, zerplatzte in vier Teile und regnete als Trümmer in den Innenhof. Dem Kutscher wurde der Bauch aufgerissen, die Pferde lagen übereinander, wieherten schrill, daß einem die Seele erfror, schlugen mit den Beinen um sich und bluteten aus zerfetzten Leibern.

In der Halle fiel Rosalia Antonowna in Ohnmacht, nicht ohne vorher geschrien zu haben: »Jetzt geht die Welt unter! Erbarme dich, Herr!«

Es gab keinen Zweifel: In dem Schlitten war eine Bombe versteckt gewesen.

Nun erhob sich die Frage: Was macht man, wenn eine Bombe explodiert ist? Die meisten werden antworten: Sofort in Deckung gehen, lang auf den Bauch, den Kopf zwischen die Schultern stecken, den Hintern flach andrücken, kein Ziel mehr darbieten und dann ruhig abwarten, was noch kommen könnte.

Eine solche Reaktion ist natürlich, denn wer wird schon ein Held sein wollen, wenn versteckte Bomben hochgehen?

In Rußland, vor allem in St. Petersburg, hatte man sich in dieser Zeit, besonders nach dem Bombenanschlag auf den Zaren Alexander II., daran gewöhnt, daß Extremisten, Kommunisten, Dumagegner, Regimekritiker, Fanatiker, religiös Wahnsinnige oder auch schlicht nur Unzufriedene ihrem Unmut durch mehr oder weniger wirkungsvolle Sprengladungen Ausdruck gaben.

Nicht, daß es überall, an allen Ecken St. Petersburgs, täglich knallte, als sei das Leben ein einziges Feuerwerk, – wenn aber wieder einmal eine Bombe detonierte, dann rückte eine Sonderkommission der Polizei aus, die auf solche Ereignisse spezialisiert war; eine Abteilung Kosaken wurde in Alarmbereitschaft versetzt und ein Bataillon der Gardeinfanterie wartete darauf, gegen irgend jemand marschieren zu müssen.

Meistens traf es die Falschen und Unschuldigen.

Krachte es irgendwo, so verhaftete man schnellstens alle, die durch Reden oder Schriften unangenehm aufgefallen waren oder denen man zutraute, daß sie Bomben legten. Das waren politische Neuerer, Freiheitswirrköpfe, Zarkritiker, die besonders gefährlichen Sozialisten; eben alle, über die bei der Geheimpolizei, der gefürchteten Ochrana, dicke Aktenstücke existierten. Allein der Verdacht genügte dann, um sie zu verurteilen und nach Sibirien zu verbannen.

Eine explodierende Bombe war deshalb auch immer der Anlaß, daß einige hundert russische Bürger und Bürgerinnen rasch untertauchten und eine Zeitlang in Verstecken und im Untergrund lebten, auch wenn sie mit dieser Bombe nicht das geringste zu tun hatten.

Unmittelbar Betroffene gingen nicht mehr in Deckung – sie räumten auf! Wo eine Explosion gewesen ist, kommt so schnell keine zweite, das wußte man aus Erfahrung, wie auch die alte Kriegsweisheit lautet, daß äußerst selten in einen Granattrichter eine zweite Granate fällt. Wer also bei einem Angriff in einen frischen Granattrichter sprang, war dort verhältnismäßig sicher – damals!

Kaum war also die Bombe im Hof des Stroitskypalastes detoniert und hatte den Schlitten für Matilda Felixowna auseinandergerissen, rannten der Haushofmeister, zwei Lakaien und der Pferdeputzer zu dem schreienden, blutenden Knäuel aus Pferdeleibern, Kutscher und qualmenden Schlittenteilen und räumten auf. Mit langläufigen Pistolen erlösten sie zunächst die Pferde von ihren schrecklichen Qualen und schafften dadurch Ruhe. Das fürchterliche Wiehern hörte auf. Wer einmal ein verwundetes Pferd hat schreien hören, der vergißt das in seinem Leben nie – der Ton brennt sich in seine Seele ein.

Dann zog man den Kutscher aus den Trümmern heraus, einen blutüberströmten Klumpen in einem zerfetzten langen Pelzmantel, legte ihn seitlich von dem Chaos in den Schnee und betrachtete ihn.

Man brauchte kein Arzt zu sein, um die Diagnose zu stellen, daß der früher so kräftige Semjon Iwanowitsch Tulpinew nie mehr auf einem Kutschbock sitzen würde. Die Bombe hatte ihm den Bauch aufgerissen, die Därme quollen hervor, ein grauenhafter Anblick war es. Tulpinew hatte die Besinnung verloren, er spürte keine Schmerzen mehr, aber die Nerven seines zerrissenen Körpers zuckten noch. Es war sinnlos, an ein Überleben zu denken.

Der Haushofmeister, einstmals Feldwebel bei der zaristischen Artillerie, kniete neben dem Kutscher nieder, bekreuzigte sich und sagte ergriffen:

»Semjon Iwanowitsch, der Herr sei bei dir. Ein guter Mensch warst du immer, das bezeugen wir alle. Das Paradies hast du verdient. Sprich dort oben gut für uns, deine lieben Freunde.«

Dann setzte er die Pistole an die Schläfe des Sterbenden und drückte ab. Was man einem Pferd gönnt, soll man einem Menschen nicht verwehren – die Erlösung.

Zwei Lakaien trugen den Leichnam dann weg in den Stall und bahrten ihn in der Sattelkammer auf – auf dem Tisch, an dem Semjon Iwanowitsch immer das Zaumzeug so gründlich mit Lederfett gepflegt hatte.

Um die ohnmächtige Rosalia Antonowna kümmerte sich unterdessen die Zofe.

Da die Bondarewa zu schwer war, um sie vom Marmorboden der Halle aufzuheben, hatte man sie zur Treppe geschleift und dort gegen das Geländer gelehnt. So saß sie halb auf dem Boden, mit hängendem Kopf, und die Zofe wedelte ihr mit einer Schürze Luft zu. Bei jedem Pistolenschuß vom Innenhof zuckte Rosalia Antonowna zusammen und rutschte weiter zurück in eine liegende Stellung.

Matilda Felixowna hatte sich, als die Bombe explodierte, gerade in ihren Pelz gehüllt. Sie wollte das Zimmer verlassen, da krachte es. Die Fenster flogen auf, Glassplitter regneten in den Raum, und mit einem Schrei flüchtete Matilda hinter einen breiten Sessel. Dort warf sie sich aufs Parkett. Dann hörte sie das fürchterliche Pferdewiehern und preßte die Hände gegen die Ohren, zog den Pelzmantel über sich und rollte sich zusammen wie ein sterbendes Hündchen.

Knapp eine Stunde später glich der Stroitskypalast einer vom Militär eroberten Festung.

Die Bombensonderkommission der St. Petersburger Polizei hatte alles abgesperrt und verhörte das Personal. Experten suchten in den Trümmern nach Bombenteilen. Mustin, der Zwerg, saß am Bett von Rosalia Antonowna und hielt deren schlaffe Hand, tröstete sie und versuchte, ihren Schock zu mildern.

Boris Davidowitsch war mit einer Abteilung Husaren sofort vom Anitschkowpalast herübergekommen. Er war in zweifacher Funktion dienstlich hier: Der Zar persönlich hatte ihn beauftragt, den Schutz der Tänzerin Matilda Felixowna zu übernehmen, und der Zarewitsch, der bei der Meldung des Attentates bleich bis in die Haarspitzen geworden war, hatte Soerenberg angefleht, Matilda nun nicht mehr aus den Augen zu lassen.

»Diese Geier!« sagte Nikolai Alexandrowitsch dumpf. »Nichts ist ihnen mehr heilig! Jetzt töten sie schon die Schönheit, um Rußland zu treffen! Was sind das nur für Menschen? Was hat ihnen eine Frau wie Matilda getan? Und solche Kreaturen glauben, sie seien ausersehen, Rußland zu beherrschen? Gott im Himmel, wo steuert unser Land hin? Soll mein schönes gläubiges Vaterland zu einem Verbrecherstaat werden? Boris Davidowitsch, wir müssen diese Bombenleger finden und vernichten!«

In Rußland wurde eben immer nur politisch gedacht. So etwas ändert sich nie.

Als Geschenk des Zarewitsch wurde eine Kalesche voll Blumen bei Matilda abgegeben. Dabei lag ein Briefchen:

»Teuerste, Gott hat Dich beschützt. Wie kann man mit Worten das Entsetzen ausdrücken, das ich über diese ruchlose Tat empfinde? Ich werde alles tun, um Dich zu beschützen. Es kann nur die Tat eines Wahnsinnigen sein, – eine andere Erklärung gibt es nicht. N.«

XI

Der einzige Mensch, der außer den Beteiligten die Wahrheit wußte oder zumindest ahnte, schwieg zunächst betroffen: Fürst Jussupow.

Dann fuhr er zu Fürst Kramskoj und hielt sich nicht damit auf, sich anmelden zu lassen. Er stieß den Kammerdiener zur Seite und riß den Salon auf.

Kramskoj saß auf einer Chaiselongue und las in einem Journal. Er machte einen zufriedenen Eindruck und winkte Jussupow erfreut zu. Da er seinen rechten Arm nicht heben konnte, hatte er sich ein Lesepult bauen lassen, auf dem das Journal lag und wo er es mit der linken Hand umblättern konnte.

»Du kommst genau richtig zum Tee!« sagte er zur Begrüßung. »Setz dich! So ernst? Was ist los? Schlechte Nachrichten von deinen Gütern? Daran muß man sich gewöhnen! Die besten und ehrlichsten Verwalter sehen es heute als Sport an, die Herrschaft zu betrügen. Mein Lieber, die Sitten verfallen zusehends . . .«

Der Fürst nahm Platz.

»Bei Matilda Felixowna ist vor einer halben Stunde eine Bombe explodiert!« sagte Jussupow dann rauh.

Kramskoj lehnte sich zurück.

»Das ist ja furchtbar! Wo denn? Im Haus? Ist jemand zu Schaden gekommen?«

»Die Bombe lag versteckt in ihrer Troika. Sie ging zu früh los.«

»Ach!« Kramskoj starrte gegen die bemalte Decke des Salons. Ein italienischer Maler hatte sie mit allegorischen Bildern geschmückt. »Der neue Stern von St. Petersburg ist unverletzt?«

»Stell dir vor . . . welch ein Pech für den Attentäter! Nur die Pferde und der Kutscher mußten daran glauben. Matilda war noch im Haus.«

Jussupow kam näher, trat plötzlich das Lesepult zur Seite und griff zu. Er riß Kramskoj von seiner Chaiselongue und zog ihn an sich. »Du hast dazu nichts zu sagen?« fragte er heiser.

Kramskojs Augen flammten. »Willst du auch ein Duell?« fragte er gepreßt. »Mit Säbel geht es leider nicht mehr. Links kann ich schlecht schießen, – das wäre ein unfairer

Kampf. Aber wir könnten uns aus nächster Distanz anspukken . . .«

»Das möchte ich jetzt!« Jussupow ließ Kramskoj los. »Verlasse Rußland . . . so schnell wie möglich!«

»Bist du verrückt? Warum?«

»Es ist das letztemal, daß ich schweige.«

»Du hast keinerlei Beweise.«

»Der Uhrmacher Kyrill Abramowitsch Stepura hat gestern einen Karton in dein Haus gebracht. Soll man ihn fragen?«

»Stepura hat eine kleine Tischuhr repariert.«

»Ob er das auch aussagt, wenn man ihn bei der Ochrana im dritten Keller verhört?«

Jussupow ging zum Fenster und blickte hinaus. Ein dick vermummter Straßenarbeiter kehrte den Schnee von der gebogenen Brücke über den zugefrorenen Kanal.

»Der Zar selbst hat sich eingeschaltet! Noch, heute noch, bin ich dein Freund, Valentin Wladimirowitsch! Aber es wird immer schwerer, es zu bleiben, und es ist abzusehen, wann es unerträglich wird! Willst du in Ketten nach Sibirien, auf Sachalin? Wenn die Wahrheit herauskommt, ist niemand mehr da, der dich schützt!«

Kramskoj schwieg, aber in seinen Augen, die von Zeit zu Zeit ausdruckslos und fischig wurden, glühte der Haß.

»Ein Kramskoj soll an einer hergelaufenen Tänzerin zugrunde gehen?« fragte er leise.

Jussupow kam in das Zimmer zurück. Beginn des Wahnsinns, dachte er, und sagte: »Die Sonderkommission hat ihre Tätigkeit aufgenommen. Willst du warten, bis man eine Spur aufrollt?«

»Es gibt keine Spur.«

»Von selbst ist die Bombe nicht in die Troika geschlichen!«

»Du willst mich zwingen, meine Heimat zu verlassen, meine Güter aufzugeben, das Palais verfallen zu lassen –

nur, weil ich mir das Recht der Rache nehme?«

»Was hat diese Matilda dir getan?«

»Von ihr geht doch alles aus . . .«

»Weil sie dir nicht zu Willen war . . .«

»Zu Willen!« Kramskoj lachte rauh. »Was bildet sie sich ein? Eine Sumpfblüte aus der Gosse von St. Petersburg! Die Tochter einer Magd! Vater unbekannt! Wo ist da eine Nische für so etwas wie Ehrgefühl? Das einzige, was sie anzubieten hat, liegt unter ihrem Rock!«

»Ich habe es erwartet, daß du nicht anders reagierst.« Jussupow trat entschlossen an Kramskoj heran, und ehe es dieser verhindern konnte, hatte Jussupow mit dem silbernen Knauf seines Stockes zugeschlagen.

Mit einem Stöhnen sank Kramskoj auf die Chaiselongue zurück und drückte die linke Hand gegen die Stirn. Dort bildete sich sofort, unter den Fingern spürbar, eine Beule.

»Du Hund!« knirschte Kramskoj. »Schlägst einen Wehrlosen! Einen Krüppel! Aber auch die Jussupows sind nicht unsterblich.«

»Ich werde mich darauf einzurichten wissen. Mit mir hast du den letzten Freund verloren. Du *kannst* gar nicht in Rußland bleiben!«

»Ich werde euch alle überleben!« sagte Kramskoj dumpf. »Euch alle! Die Jussupows und Trubetzkjs, die Orlows und die Woronzows, die Scheremetjews und die Putjatins! Und den Zaren! Es wird eines Tages keine Romanows mehr geben, aber immer noch die Kramskojs!«

»Das hört sich an wie die Visionen eines Irren!« sagte Jussupow betreten.

»Warte es ab!« Kramskoj lehnte sich zurück, die Hand noch immer auf die Stirnbeule gepreßt. »Ich würde mich mit den Kommunisten verbünden, um euch zu vernichten! Verlaß mein Haus, Felix. Ich kenne dich nicht mehr!«

»Du wirst überwacht, Valentin Wladimirowitsch!«Jussupows Stimme war kühl und ohne ein persönliches Gefühl.

»Ich schweige nicht mehr, wenn du eine andere Aktivität betreibst als die, Rußland zu verlassen!«

Grußlos verließ er den Salon.

Kramskoj blickte ihm nach und ballte die Faust. Dann klingelte er seinem Kammerdiener und drehte ihm den Rücken zu, damit er nicht die Beule sehen konnte.

»Man sollte sich um den Uhrmacher Stepura kümmern«, sagte Kramskoj kalt. »Kyrill Abramowitsch ist ein redseliger Mensch. Es heißt, er unterhält sich sogar mit seinen Uhren. Mich interessiert so etwas. Man sollte einmal zuhören, was er alles erzählt . . .«

Am Abend schon fand man den Uhrmacher Stepura zwischen seinen Uhren mit eingeschlagenem Schädel. Ein Unbekannter hatte seine Hirnschale mit einem silbernen Hammer zertrümmert . . . mit dem Hammer, mit dem Stepura sonst den Klang der Glöckchen an den Spieluhren prüfte . . .

Aber auch die Polizei wurde fündig: Bei den Verhören des Personals wurde immer wieder erwähnt, daß kein Fremder das Palais betreten habe, bis auf drei Arbeiter, die nicht ins Haus gehörten und in den Stroitskyräumen am Vormittag ihrer Tätigkeit nachgegangen waren.

Der Haushofmeister, für alle diese Dinge verantwortlich, bekam zunächst rote Ohren vor Aufregung; dann mußte er sich von dem Polizeikommissär, der Tschumkassy hieß, anbrüllen lassen, er sei ein rostiger Eisentopf – aber er werde es schon sehen, man würde ihn blank scheuern.

Boris Davidowitsch mahnte zur Mäßigung, denn aus einem verstörten Menschen sei nicht viel Vernünftiges herauszuholen, und sogar Mustin, der Zwerg, schaltete sich in das Verhör ein und befahl allen, in den Spiegel an seinem Turban zu blicken, dabei schrie er beschwörend:

»Weh dem, der lügt! Der Spiegel wird sofort blind! Daran erkenne ich die Sünder! Hineingeblickt und ausgepackt! Die kleinste Unwahrheit und der Spiegel verfinstert sich!«

Es war schon eine große Sache, dieses Verhör.

Selbst Kommissär Tschumkassy war sich nicht ganz im klaren darüber, ob Mustins Turbanspiegel wirklich so ein Zauberding war, aber er bezweifelte in keiner Weise die ungeheure Wirkung auf die Delinquenten.

So kam also auch heraus, daß drei Arbeiter im Palais gewesen waren: ein Tischler, der ein Stuhlbein angeleimt hatte; ein Seidenspanner, der eine Tapete im Grünen Salon ausgebessert hatte; ein Schlosser, der im Magazin ein neues Riegelschloß angebracht hatte.

Die Polizeibeamten schwärmten aus.

In dem geleimten Stuhl fand man keine neue Bombe, hinter der Seidentapete im Salon verbarg sich kein Hohlraum für etwaige neue Untaten, der Riegel an der Magazintür funktionierte, ohne daß etwas knallte.

Trotzdem mußte es einer dieser drei Arbeiter gewesen sein, der die Bombe in die Troika geschmuggelt hatte.

Tschumkassy schickte seine Leute aus, und nach zwei Stunden standen die drei Handwerker, mit Ketten gefesselt, im Stallgebäude des Palais.

Verhöre sind immer absolut individuelle Leistungen, wenn sie nicht durch Gesetze oder Verfügungen eingeengt werden und dem Verhörenden mehr Unbill verschaffen als den Verhörten. Im zaristischen St. Petersburg gab es wohl eine Gerichtsordnung, aber die war nur den Studierenden bekannt. Der einfache Bürger in Stadt und Land nahm klaglos hin, was ihm die Behörde – dazu noch ein Uniformträger – bescherte.

Wozu protestieren? Ein Protest fiel ja doch nur wie ein Hammer auf einen selbst zurück.

Kommissär Tschumkassy hatte seine eigene Verhörmethode.

Über sie war noch nie geklagt worden, sie wurde nicht verworfen, kritisch betrachtet oder gar untersagt – sie hatte einfach immer Erfolg!

Und Erfolge wiegen bekanntlich alle Bedenken auf.

Es war ein Verhör der Entmenschlichung.

Zunächst wurden der Tischler, der Seidenspanner und der Schlosser zur Einstimmung im Stallgang verprügelt. Man ohrfeigte und trat sie, riß an ihren Bärten, drehte an ihren Ohren, klopfte ihnen den Rücken weich und sagte dann leutselig: »Ich nehme an, deine Gedanken sind jetzt klar wie das Wasser der Lena. Wie hast du die Bombe in den Schlitten gelegt? Zeig es uns . . .«

Natürlich konnte es keiner zeigen. Tschumkassy hatte es nicht anders erwartet, Schläge auf den Rücken und Tritte waren solche Subjekte gewohnt – damit erfährt man keine Wahrheit.

Man packte die Armen also und schleppte sie einzeln in die Sattelkammer.

Dort lag auf dem Tisch der tote Kutscher Semjon Iwanowitsch Tulpinew mit aufgeklapptem Pelzmantel und dem zerrissenen Leib. Der Polizeiarzt hatte seinen Tod festgestellt, ohne sich damit aufzuhalten, daß neben dem Bauch auch ein Loch in der Schläfe vorhanden war. Der Anblick des zerfetzten Körpers allein genügte, um ins Protokoll zu schreiben: »Tod durch Explosion einer Bombe.«

Nun lag also Semjon Iwanowitsch auf dem Holztisch, blutig, zerfetzt, und stellte einen Anblick dar, den auf die Dauer nur abgebrühte Polizeinerven ertragen konnten.

Der Tischler hatte diese Nerven nicht. Er brach in Schluchzen aus, schwankte, mußte auf den Beinen gehalten werden, erhielt zur Ermunterung einen Schlag in den Nakken und gestand unter einem Tränenstrom, daß er seinen Schwager, den Mitbesitzer der Tischlerei, durch nicht abgeführte Gelder um 134 Rubel betrogen habe. Mit Tulpinews zerrissenem Leib aber hatte er nichts zu tun.

Der Seidenspanner glotzte den Toten entsetzt an, schluckte dann laut und fiel um. Wer mit so zarten Dingen wie Samt und Seide umgeht, der darf auch zarte Nerven haben. Kommissär Tschumkassy ließ ihn wegbringen und schleifte den Schlosser in die Sattelkammer.

Dieser Mensch, ein kleiner, windiger Bursche mit Namen Dragonetz, schlug ein Kreuz vor dem Toten, verdrehte die Augen und erbrach sich. Draußen im Stall begann er dann zu weinen, und er weinte noch lauter, als die beiden Polizisten, die inzwischen bei ihm das Haus durchsucht hatten, zurückkamen und eine schmale Ledertasche mitbrachten. Sie brachten auch die Frau mit, die jammernde Dragonetzkaja, die beteuerte, sie habe nicht gewußt, daß ihr Mann eine Tasche mit 200 Rubeln in der Werkstatt versteckt hatte.

Kommissär Tschumkassy glaubte ihr sofort, schrie sie an, sich anständig zu benehmen und ließ den zitternden Dragonetz die Kleider vom Leib ziehen. Schmal, mickrig und völlig nackt, mit Ketten gefesselt, stellte man ihn draußen in den klirrenden Frost und goß eine Kanne Wasser über seinen Kopf. Das Wasser gefror sofort und bildete bizarre Eiszapfen um Dragonetz' Schädel, Schultern und Leib.

»Erinnere dich . . .«, sagte Tschumkassy gemütlich. Auch hier zeichnete sich ab, daß seine individuelle Verhörmethode Erfolg haben würde. »Wer hat dir die zweihundert Rubelchen gegeben, und wie hast du die Bombe in den Schlitten gelegt? Wer dir das Geld gegeben hat, der hat dir auch die Bombe mitgebracht, nicht wahr? Mehr will ich nicht wissen. Bitte, mein lieber Dragonetz, erinnere dich . . .«

Nach zwei Stunden war Dragonetz steif gefroren und tot. Sein Herz hörte einfach zu schlagen auf, entweder war das Blut gefroren oder die Herzklappen waren vereist. Er fiel nicht einmal um, denn die Wassergüsse und das daraus entstehende Eis hatten ihn auf dem Boden festgewurzelt. Klein, nackt und eisglänzend stand er auf dem Hof.

»Brich ihn ab und trag ihn weg!« sagte Tschumkassy zu der Witwe. »Er war es! Er hat die Bombe gelegt! Die zweihundert Rubel sind beschlagnahmt! Judaslohn!«

Damit war der Täter gefunden, aber nicht der Auftraggeber im Hintergrund. Er blieb im dunkeln. Und für die Polizei bestand weiterhin das Rätsel, denn es gab kein Motiv! Wer hatte schon ein Interesse daran, Matilda Felixowna zu töten?

So blieb nur eine Erklärung, die in Rußland jedermann glaubte: die Politik! Fanatische Extremisten, die alles in die Luft sprengten, was die innere Ordnung festigte. Es galt, Werte zu zerstören, auch kulturelle Werte. Der neue Stern am Balletthimmel Rußlands war ein solcher Wert. Der Polizeibericht wurde deshalb eine politische Anklage, und verdächtige Leute, die man in den nächsten Tagen verhaftete und in die Peter-und-Pauls-Festung brachte, waren baß erstaunt.

Am Abend dieses ereignisreichen Tages kamen neue Blumenkörbe in das Stroitskypalais, diesmal für Rosalia Antonowna. Der Zarewitsch bat um die Ehre, morgen seine Aufwartung machen zu dürfen.

Die Bondarewa versank in neue Schrecken, aber sie fiel nicht um, denn sie lag noch im Bett.

»Der Zarewitsch kommt zu uns? Tatsächlich, er kommt! Am ersten Weihnachtstag! Helft mir! Ich verstecke mich! Matilda, sag einfach, man habe Verdacht auf Pest bei mir festgestellt. Dann lassen sie mich in Ruhe.«

»Unmöglich, Mamuschka. Du wirst Nikolai Alexandrowitsch einen guten Tee kochen. Ich muß morgen tanzen. Der Zar gibt für seine Familie und seinen kleinen Kreis eine Soiree in seinem Privattheater. Dann bringt mich der Zarewitsch hierher.«

»Und ich sterbe!« röchelte Rosalia Antonowna. »Ist das ein Weihnachtsfest? Früher, in der Krasnogary, da habe ich uns Kuchen gebacken, wir haben gemeinsam gesungen; wir waren zwar arm, aber glücklich und zufrieden. Keiner warf Bomben auf uns, keiner ließ vor meinem Fenster Attentäter erfrieren, nur der liebe, gute alte Minajew war da und schenkte uns aus seinem Trödlerladen das beste Stück.«

»Du kannst morgen auch Kuchen backen und mit uns singen . . .«

»Mit dem Zarewitsch? Singen? O Gott!« Sie verdrehte die Augen, zog die Decke über ihren Kopf und lag da wie eine zugedeckte Tote.

Später stand sie doch auf, betrachtete die Blumenpracht in ihrem Zimmer und beschloß, dem Zarewitsch morgen einen Butterkuchen zu backen. wie man ihn zu Weihnachten am Ilmensee ißt.

Man soll nicht glauben, daß der Anschlag bei Matilda keine Spuren hinterlassen hatte. Boris Davidowitsch hatte in den ersten Stunden große Mühe, sie zu beruhigen, aber erst, als der Brief und die Blumen des Zarewitsch eintrafen und Soerenberg ihr einen französischen Cognac einflößte, beruhigten sich ihre Nerven.

»Was habe ich getan?« fragte sie immer wieder. »Boris, sag mir, was ich getan habe! Es kann doch nicht wahr sein, daß man mich töten will, weil ich gut tanzen kann, weil ich schön bin, wie man sagt, weil ich Erfolg hatte. Muß ich jetzt jedesmal nach einem Auftritt denken: Kommst du lebend nach Hause? Tötet dich jemand, wenn du aussteigst?«

»Ich glaube nicht, daß sich der Anschlag wiederholt«, sagte Soerenberg. Auch er wußte keine Erklärung –, an Fürst Kramskoj dachte er nicht. »Wir stehen alle vor einem Rätsel!«

Später vereiste dann der kleine Dragonetz, ohne den Mund aufgemacht zu haben, und nahm ein Geheimnis mit sich, für das er vielleicht sogar sein Leben behalten hätte, wenn er mit diesem Einsatz gespielt hätte.

So aber blieb alles im dunkeln.

Am Vormittag des ersten Weihnachtstages begleitete eine starke Eskorte von Gardehusaren die geschlossene Kutsche des Zaren, die Matilda zur Soiree abholte. Boris Davidowitsch saß neben ihr, seine Reiterpistole schußbereit auf den Knien. Der Zwerg Mustin, der mit der Kutsche vom Anitschkowpalast gekommen war, blieb im Stroitskypalais bei Rosalia Antonowna.

»Ja, Sie sind ein wahrer Kavalier, Mustin Fedorowitsch«, sagte die Bondarewa dröhnend. Seit dem frühen Morgen war sie auf den Beinen, scheuchte die Dienerschaft herum und brachte die Köchin zur Verzweiflung, die Honigkuchen für den Zarewitsch backen wollte und sich weigerte, einen Butterkuchen nach Ilmenseeart zu backen. Das sei ein Armeleutekuchen, bestreut mit Zucker und Zimt ... Rosalia Antonowna warf kurz entschlossen den bereits angerührten Teig für den Honigkuchen an die Küchenwand, nannte die Köchin eine Stinkkatze und befahl, alles herzurichten für einen vernünftigen Kuchen.

»Sie wollen mir helfen«, sagte sie nun zu dem Zwerg. »Das nennt man wahre Freundschaft! Fangen wir damit an, die faule Bande von Gesinde in Schwung zu bringen. O Mustin, wie schön wäre die Welt, wenn es mehr wie uns gäbe!«

Sie waren schon ein merkwürdiges Paar, aber keiner wagte es, darüber zu lachen.

Und während Matilda zum Zaren gefahren wurde, entwickelte sich im Stroitskypalais ein Rennen und Wirken, das wenig Weihnachtliches an sich hatte, aber in ein paar Stunden doch eine ergreifende Weihnachtsstimmung schuf ... von der Halle bis zum Speisesaal war alles mit Blumen und Tannengrün geschmückt, und die Kerzen trugen bunte Samtschleifchen.

Letzteres war eine Idee von Rosalia Antonowna; selbst Mustin wagte es nicht, sie ihr auszureden, so glücklich war sie darüber.

Auf dem Weg zum Zaren holte Matilda noch Tamara Jegorowna ab. Sie drückte ihren Liebling an sich und küßte sie, als habe sie ihre Tochter nach langen Jahren wiedergesehen.

»Ganz Petersburg spricht bereits von dem Attentat«, berichtete sie. »Dein Name ist in aller Mund. Überall gibt es Verhaftungen! Alle beteuern, daß sie gar keinen Grund hatten, dich zu töten! Die bekanntesten Extremisten verurteilen den Anschlag. Mein Täubchen, was mußt du gelitten haben! Kannst du überhaupt heute tanzen?«

»Der Zar will es –«, sagte Matilda leise. »Also wird es gehen ...«

»Und wenn dich die Kraft verläßt?«

»Nein!« Sie lächelte verklärt. »Er ist ja da, Tamara ... ich tanze für ihn ... Niki ...«

Der Zarewitsch empfing sie selbst, hob eigenhändig Matilda aus der Kutsche und führte sie durch viele prunkvolle Gänge mit Marmorwänden und Statuen zum Privattheater des Zaren. Sie gingen ein paar Schritte voraus ... erst dann folgten Boris Davidowitsch, die Jegorowna und andere Begleiter.

»Wie fühlst du dich?« fragte Nikolai Alexandrowitsch. »Ich habe auf meinen Vater eingeredet, ich habe ihm gesagt, daß du am Rande eines Nervenfiebers stehst, er soll die Vorstellung absagen, – aber nein, der Zar, dieser Bär, will seine Soiree. Er hat für diese Stunde seit Wochen eisern geübt und seinen Kontrabaß sogar mit ins Schlafzimmer genommen.«

»Was hat er?« fragte Matilda verblüfft.

»Laß es dir erklären. Es ist eine Marotte meines Vaters, von der nur ein kleiner Kreis am Hofe weiß. Wir kommen jetzt von oben ins Theater ... dann wirst du alles sehen.«

Er öffnete eine samtbespannte Tür, sie betraten eine Loge und gingen bis zur Brüstung. Vor ihnen lag das kleine, in Gold und Rot gehaltene Theater des Zaren. Die Plätze waren noch leer, nur das Orchester saß schon hinter der Rampe und übte noch einmal schnell einige Passagen aus »Schwanensee«.

Im Augenblick sahen alle auf den Kaiserlichen Hofkapellmeister Wladimir Jewsejewitsch Marabow, der ihnen etwas erklärte, was sie im falschen Tempo gespielt hatten. Er verwandte für diese Kritik keine tadelnden Worte und schrie nicht herum, wie es Dirigenten sonst mit Vorliebe tun, sondern sprach leise und höflich, ab und zu durch kleine Verbeugungen unterstrichen.

Denn dieses Orchester hatte es – sozusagen – in sich; niemand beneidete Marabow um die Ehre, es dirigieren zu dürfen.

»Siehst du – das ist es!« sagte der Zarewitsch leise. Dann erklärte er: »Der erste Geiger ist Großfürst Wladimir, das zweite Cello spielt Fürst Bartyscht. Die Soloflöte bläst Großfürst Iwan, Bratsche und Viola sind von den Gebrüdern Grafen Nowrocky besetzt. Und der da an der dunklen Baßgeige, der sich gerade mit dem Bogen am Kopf kratzt, ist mein Vater, Zar Alexander III. Der beste Mann aber ist der Dicke an der Pauke! Ja, der mit dem Hängeschnauzbart und den chinesischen Augen. Es ist General Dschingis-Khan, einer der letzten Nachkommen des berüchtigten Völkerschrecks. Wenn der auf die Pauke haut, glaubt man, der Himmel donnert! Mein Vater ist von ihm begeistert. Seit Jahren sucht er nach einem Komponisten, der ein Stück für Pauke und Kontrabaß schreibt. Aber anscheinend wagt das keiner.«

Der Zarewitsch legte seinen Arm um Matildas Schulter und zog sie an sich. »Da hast du nun unser Kaiserliches Orchester! Es wird heute für dich spielen, denn es wird deinen Tanz begleiten.«

Der arme Marabow klopfte mit dem Taktstock gegen sein Pult.

»Noch einmal ab zweiunddreißig, bitte!« rief er und hob die Arme. »Majestät, bitte bei sechsunddreißig nicht voll zugreifen. Nur leicht anzupfen! Und denken Majestät bitte daran, daß ab achtunddreißig der Baß die glissandi der ersten Geigen nur unterstreicht . . .«

»Das fasse ich aber anders auf!« schrie Alexander III. »Wladimir Jewsewitsch, wenn Tschaikowsky noch lebte, würde er mir recht geben! Zweifeln Sie etwa daran? Meine Baßstelle drückt die höchsten Gefühle aus – nicht nur eine Begleitung, wie Sie es sehen! Meine Herren, ich rufe Sie als Zeugen an: Wer hat recht?«

Das war so eine Situation, die ausreichte, Marabow trotz seines Titels Kaiserlicher Hofkapellmeister tief zu bedauern.

Das Orchester schwieg, man wollte nicht für den Zaren Zeuge sein, zumal man Marabow zustimmen mußte, daß der Kontrabaß des Zaren hier nur Begleitung war – an dieser Stelle . . . Da ließ General Dschingis-Khan seinen Schlegel auf die Pauke sausen. Es donnerte gewaltig.

»Was soll das heißen?« brüllte der Zar.

»Marabow hat recht«, brüllte Dschingis-Khan zurück. »Majestät, Sie bleiben im Hintergrund. Tschaikowsky wollte es so! So steht es in der Partitur!«

»Man kann unrichtige Dinge berichtigen!« sagte Alexander III. beleidigt. »Auch Komponisten können sich irren! Ein Zar nie! Ist das bekannt?«

»Bei ›Schwanensee‹ nicht, Majestät!« General Dschingis-Khan nickte dem armen Dirigenten aufmunternd zu. »Los geht es, Wladimir Jewsejewitsch! Haben Sie an meinem Paukenwirbel etwas auszusetzen?«

»Nein, nichts, General . . .«

»Aha!« Dschingis-Khan blickte den Zaren triumphierend an. »So etwas muß man eben im Gefühl haben!«

Nur weil der Zarewitsch laut lachte, gab es keinen neuen Anfang. Resignierend ließ Marabow den Taktstock sinken.

»Wer lacht da?« brüllte der Zar zu den verdunkelten Logen hinauf.

»Dein Sohn, Väterchen!«

»Niki?« Der Zar legte seinen Bogen beiseite. »Hast du das gehört? Alle sind gegen mich, jetzt sogar im Orchester! Überall Rebellion, überall Aufstand! Man gönnt mir nicht einmal mehr eine eigene Auffassung am Kontrabaß. Soweit ist es mit uns gekommen, mein Sohn. Bist du allein?«

»Nein. Matilda Felixowna ist bei mir, Vater.«

»Herunter mit ihr!« Der Zar legte beide Hände über die Augen und starrte hinauf zur Loge. »Wo sind Sie?«

»Hinter der Brüstung, Vater. Sie macht gerade einen Hofknicks!« Nikolai lachte wieder. »Du hast sie erschreckt, Vater!«

»Kommt herunter!« Der Zar winkte mit beiden Händen. »Bei ihrem Solo werde ich mit dem Baß hervortreten, daß die Seele zittert. Ob's nun dem Marabow und Dschingis-Khan gefällt oder nicht. Mir wird es gefallen! Wenn ich Tschaikowsky noch sprechen könnte, würde er die Stelle sofort umschreiben! Meine Herren, proben wir weiter!«

Unter den Melodien von »Schwanensee« stiegen Matilda und der Zarewitsch zum Orchester hinunter.

Der Zar strich über seinen Baß und lachte ihnen entgegen.

Es war eine der wenigen Stunden, in denen der mächtigste Mann der Erde beinahe glücklich war.

Nur wenigen Sterblichen wurde die Ehre zuteil, vom Zaren empfangen und angesprochen zu werden. Nur ganz wenigen Menschen hatte er die Hand gedrückt und zu ihnen gesagt: »Setz dich neben mich!« und fast keinem hatte er gestanden: »Ich war begeistert!«

Zar Alexander III. war das, was man einen Klotz von Mann nennt. Groß, bullenstark, polternd, sich seiner Allmacht voll bewußt, ein Gott in Menschenkleidern, ein absoluter Herrscher mit einem eisernen Schädel, aber ganz tief verborgen mit einem weichen Herzen, das allerdings nur die wenigsten erkannten, schon gar nicht seine nächsten Angehörigen.

Er regierte Rußland streng und gerecht, wie er meinte, war tief religiös, achtete die Familie und die eheliche Treue, hielt sich nicht, wie seine Vorgänger, Mätressen und baute ihnen Schlösser in den schönsten Gegenden, er kannte auch den Begriff »Günstlinge« nicht – eitle, gerissene Speichellecker, die den Zaren berieten und dafür mit Landgütern belohnt wurden –, Alexander III. vertraute vielmehr seinem eigenen Gespür, umgab sich mit wenigen Beratern und entschied trotzdem oft selbstherrlich, sehr zum Ärger der Duma, des russischen Reichstages, die sich als echtes politisches Organ auffaßte und den Zaren immer stärker zu einer reinen Repräsentationsfigur machen wollte.

Vor allem die jungen, progressiven Politiker schürten einen massiven Gegensatz zum Haus Romanow und propagierten eine neue Freiheit, die Regierung des Volkes, durch gewählte Vertreter der breiten Masse.

Zar Alexander III., dieser massige Bär auf dem Thron, betrachtete diese Bestrebungen gelassen oder knurrend, je nach Stimmung. Wer zu laut wurde, bekam wie eh und je eine Fahrkarte nach Sibirien und verschwand in der grenzenlose Weite der Taiga ... Darin hatte sich nichts geändert in der tausendjährigen Geschichte Rußlands.

Ob der Zar beliebt war beim Volk – wer kann das sagen?

Das russische Volk hat wohl noch nie einen Zaren geliebt, es hat ihn immer nur geachtet, gefürchtet, erduldet, von Gott gesandt betrachtet, eine der Plagen des Himmels, gegen die man machtlos ist. Wer kann einen Sturm aufhalten? Wer das Eiswasser des Jenessej bremsen? Wer den Himmel verschließen, damit es nicht mehr schneit? Brüderchen, und du willst den Zaren abschaffen? Geh, zünde eine große Kerze an für deinen kranken Geist ...

Matilda setzte sich neben den Zaren auf einen der Orchesterstühle, nachdem er sie aus ihrem tiefen Hofknicks zu sich emporgehoben hatte.

Wladimir Jewsejewitsch Marabow klopfte die Probe ab, wischte sich den Schweiß von der Stirn und fragte sich, wie das Konzert in einer Stunde ohne Blamage über die Bühne gehen sollte. Auch der Großfürst Iwan, der die Soloflöte blies, kiekste ab und zu und konnte den Ton nicht halten – was für Marabow, dem man das absolute Gehör nachsagte, eine tiefe Qual war –, aber wenn man einen Zaren im Orchester hat, kann man nicht einfach brüllen: »Was soll denn das? Bei einer Probe Privatgespräche? Hinaus mit allen, die hier nicht spielen!«

Beruhigend war nur, daß nachher die feine Gesellschaft auch Beifall klatschte, wenn man hier und da Tschaikowskiy etwas vergewaltigt hatte.

»Du tanzt wie eine Elfe«, sagte Alexander III. zu Matilda. »Ich habe schon viele Tänzerinnen erlebt, aber du hast von allen die größte Zukunft!« Er duzte sie ganz selbstverständlich, sie war ein Kind des Volkes, seines Volkes, er war aller Vater! Sie Demoiselle zu nennen, wie der Zarewitsch es tat, wäre ihm nie in den Sinn gekommen.

»Du wirst dazu beitragen, daß man Rußland in aller Welt lieben wird. Was die Diplomaten zerschlagen, muß die Kunst kitten! – Eigentlich sollte man nur Sänger, Tänzer, Schriftsteller, Bildhauer, Maler und Schauspieler zu Diplomaten machen. Sie sind die einzigen, die den wirklichen Wert eines Volkes darstellen.«

»Majestät haben die Musiker vergessen«, sagte Marabow schüchtern.

»Und das Militär!« knurrte General Dschingis-Khan vernehmlich.

»Da hörst du es!« Der Zar streichelte Matilda die Wange. »Alle wollen etwas zu sagen haben! Wo soll das hinführen? Ein Glück, daß ich die lauteste Stimme habe!« Er umfaßte wieder seine Baßgeige, blinzelte Matilda zu und hob den Bogen. »Weitermachen!« kommandierte er. »Marabow, Sie

Krähe, warum hacken Sie immer auf mir herum? Haben Sie nicht das fürchterliche Tremolo von Großfürst Iwan gehört?«

Nikolai Alexandrowitsch zog Matilda mit sich fort. Die Audienz war beendet. Sie verließen das Orchester, der Zarewitsch brachte Matilda in ihre Garderobe und küßte sie zum Abschied auf die Augen. »Es bleibt dabei?« fragte er. »Wir fahren nach der Vorstellung zu dir?«

»Mama freut sich. Es ist für sie der schönste Tag ihres Lebens.«

Das war – um es milde auszudrücken – falsch interpretiert. Rosalia Antonowna war nicht beseligt vor Glück, – sie war ein brüllender Vulkan vor Verzweiflung.

Im Stroitskypalais klappte nichts.

Was der Bondarewa jahrzehntelang mit Bravour gelungen war, geriet jetzt völlig daneben: Ihr Glanzstück, der Butterkuchen vom Ilmensee, war glitschig!

Dafür entwickelte sich der Honigkuchen der Köchin zu einem Prachtstück! Wer kann so etwas ertragen?

Rosalia Antonowna wurde nur durch die Gegenwart von Mustin Fedorowitsch daran gehindert, die erfolgreiche Köchin zu ohrfeigen. Daß sie den Haushofmeister einen kastrierten Esel nannte, konnte er nicht verhindern.

Als das Chaos begann, unentwirrbar zu werden und Rosalia Antonowna zu Mustin sagte: »Bevor der Zarewitsch eintrifft, hat mich der Schlag getroffen! Mustin, mein Lieber, habe ich solch ein Ende verdient?«, brachten zwei kaiserliche Kutschen einen großen, vergoldeten Samowar, Meißener Porzellan, vergoldete Bestecke, gewaltige Torten aus Sahne und Creme, wahre Kunstgebilde, als habe ein Bildhauer an ihnen gearbeitet, schwere Damastdecken und Kristallgläser aus dem Böhmischen.

Das alles trugen vier livrierte kaiserliche Diener herein, kommandiert von einem ganz vornehmen Hofbeamten in einem seidenen Frack. Auch ein Koch war mitgekommen, ganz in Weiß mit einer riesigen Kochmütze, auch er sehr vornehm, zurückhaltend und wortkarg.

Er besichtigte die Küche, fand sie annehmbar, schnupperte an dem Honigkuchen der Köchin und sagte: »Mamsell, Sie sollten ihn kalt stellen. Nach unserer Erfahrung verderben sich an warmen Kuchen die Hunde schnell den Magen . . .«, und schaltete solcherart elegant die Köchin aus. Weinend verkroch sie sich in ihre Kammer.

»Na also!« sagte Mustin zufrieden, als in kürzester Zeit alles so hergerichtet war, wie man es von Zarskoje Selo gewöhnt war. »Es wird dem Zarewitsch nie glücken, deine Blinis mit Pilzen zu essen, Rosalia Antonowna! Immer werden die anderen vorher dasein und alles umfunktionieren!«

»Das nächstemal nicht!« knirschte die Bondarewa. »Heute haben sie mich überrumpelt, aber beim nächstenmal jage ich sie aus dem Haus!«

Das war keine Großsprecherei. Mustin traute es der Bondarewa ohne Einschränkungen zu.

Mit diesem Nachmittag am ersten Weihnachtsfeiertag des Jahres 1893 begann für Matilda und Nikolai eine Zeit der Seligkeit.

Fast jeden Abend kam der Zarewitsch zum Essen in das Stroitskypalais, und Rosalia Antonowna kochte ihm die Gerichte des Volkes, von einer dicken Suppe aus Graupen bis zum gefüllten Stör; und wenn sie selbst die Platten auftrug, breithüftig, die Schürze noch umgebunden, das Gesicht vom Herdfeuer gerötet, den Küchendunst hinter sich herziehend, dann sagte sie wohl, während sie sich an den Tisch setzte, voller Stolz: »Niki, das ist ein besonderer Schneehase. Bei Vitja Leontinowitsch, dem Erzgauner, dem Händler an der Ecke zur Krasnogary, habe ich ihn gekauft! Die besten Hasen hat er, ganz frisch! Wollte mir ein altes zähes Luder andrehen, aber ich habe es ihm um die Ohren geschlagen, durch den ganzen Laden habe ich ihn gejagt, bis er mir von hinten diesen frischen Schneehasen holte!«

Mit derlei Tafelmusik begann das Essen, und der Zarewitsch fühlte sich glücklich.

So gingen die Wochen des langen Winters dahin.

Matilda tanzte in der Oper von Erfolg zu Erfolg, wenn sie an einem Abend frei war, saß sie am Fenster, denn sie wußte, daß der Zarewitsch kommen würde. Sie wartete ungeduldig, bis sie den Hufschlag seines Pferdes hörte und ihn die Straße heruntertraben sah. Dann empfing sie ihn in der Halle des Palais und fiel ihm um den Hals. Es war ein junges, alle Himmel aufstoßendes Glück, und Rosalia Antonowna, die als erfahrene Frau über den Tag hinausblickte, sagte manchmal zu ihrem Freund, dem Zwerg Mustin:

»Wie soll das enden? Wie nur?«

»Warten wir es ab.«

»Einmal wird er Zar, und Matilda kann doch nie Zarin werden.«

»Unmöglich.«

»Wir werden alle ins Unglück stürzen, sage ich dir. Mir haben sie damals nur ein Kind gemacht, aber ich bin nicht daran zerbrochen. Matilda wird man mehr antun, und sie wird daran zerbrechen! Himmel, hilf! Was kann man nur tun?«

Man konnte nichts dagegen tun.

An den Abenden, an denen Matilda nicht tanzte, lud der Zarewitsch nun seine besten Freunde in das Stroitskypalais. Nach dem Essen wurde musiziert und getanzt, ein berühmter Tenor sang Arien, die der Zarewitsch selbst am Klavier begleitete, man sang im Chor alte Volkslieder oder spielte »Maskieren«, wobei die phantasievollsten Verkleidungen prämiiert wurden, oder noch nicht bekannte Dichter lasen aus ihren Werken und wurden anschließend mit einigen Goldrubeln so kaiserlich beschenkt, daß sie mindestens einen Monat lang keine Hungersorgen mehr hatten.

Aus Matilda Felixowna wurde die »Grande Dame« St. Petersburgs – natürlich ganz »im geheimen«.

Bei jedem Besuch brachte der Zarewitsch ihr Schmuck mit, sie hatte eine eigene Loge in den Theatern und im Zirkus, sie besaß eine Equipage mit einem Kutscher, der einer der besten Pistolenschützen war, und wenn im Frühjahr das Eis brach und die Newa und das Meer frei wurden, so wartete auf sie ein eigenes luxuriöses Segelboot mit einem Kapitän und fünf Matrosen, einem Koch und einer Zofe.

Ab und zu fuhren sie hinaus in die Umgebung von Petersburg zur Jagd. Dann blieb Matilda in einem geheizten Zelt zurück, während der Zarewitsch mit seinen Freunden, Vettern und Offizieren an der Hatz teilnahm. Einmal vernichteten sie sogar ein ganzes Wolfsrudel.

Nikolaus Alexandrowitsch verwandelte sich in kurzer Zeit völlig. War er früher ein stiller, in sich gekehrter, fast scheuer Jüngling, so ritt er heute wahre Attacken, blühte auf und wagte schließlich etwas, was bisher undenkbar schien: Er widersprach seinem Vater!

Was nach einigen Wochen die ganze Gesellschaft von St. Petersburg wußte, erfuhr der Zar ziemlich spät. Es war sein Freund und Berater Pobedonoszew, dem schließlich nichts anderes übrigblieb, als Alexander III. zu warnen.

Die Liebe zwischen dem Thronfolger und der Ballerina hatte Formen angenommen, die man nun politisch betrachten mußte. Auch der ehemalige Erzieher Nikis und sein jetziger Vertrauter, der verschlossene Katkow, mußte zugeben, daß Matilda Felixowna im Leben des Zarewitsch eine größere Rolle spielte als sein Bewußtsein, einmal Zar zu werden.

Alexander III. schnaubte durch die Nase –, ließ Nikolai zu sich kommen und sagte grob:

»Sie soll tanzen, – dafür ist sie geboren! Aber den zukünftigen Zaren läßt sie ab sofort in Ruhe!«

Und Nikolai Alexandrowitsch wagte es zum erstenmal, zu seinem Vater zu sagen: »Ich bin unzufrieden mit dir, Papa. Du behandelst mich immer noch wie ein Kind! Uns alle behandelst du wie Unmündige! Ich werde weiter mit Matilda zusammen sein.«

»Dann werde ich sie verbannen!« schrie der Zar.

»Ich werde mit ihr ziehen, wohin sie auch geschickt wird . . .«

Nach diesem Gespräch war Alexander III. maßlos erregt und fassungslos. »Mein Sohn muß einen Hirnfehler haben!« sagte er zu Pobedonoszew. »Wie kann er Rußland regieren, wenn er einer Tänzerin unter den Rock kriecht? Konstantin Petrowitsch, wir müssen etwas tun! Kann man dieser Matilda nicht etwas entgegensetzen?«

»Es gibt nur eine Frau, die das möglich machen könnte«, antwortete Pobedonoszew, »und in die der Zarewitsch sich auch verliebte. Alice, Prinzessin von Hessen!«

»Diese Deutsche!« schnaubte der Zar. »Aus der Bluterfamilie!«

»Der Erbzwang ist nicht erwiesen; aber Alice allein hat bisher einen Eindruck auf den Zarewitsch gemacht, – sonst keine der in Frage kommenden Prinzessinnen.«

»Tasten wir uns vor . . . was können wir anderes tun? Bereiten Sie für das Frühjahr eine Reise Nikis nach Deutschland vor. Mein Gott, wir müssen alles tun, um die Dynastie zu erhalten.«

»Es ist nach meinen Informationen der einzige Weg.« Pobedonoszew war seit Wochen über alle Treffen des Zarewitsch mit Matilda informiert worden. »Alice von Hessen ist die einzige Frau, die der Thronfolger gegen Matilda Felixowna eintauschen würde . . . wenn er überzeugt wird, daß es für Rußland lebenswichtig ist! Trotz allem – er ist ein Romanow!«

»Gott gebe es!« sagte der Zar feierlich. »Das zu erleben, bleibt mir nur noch wenig Zeit.«

Pobedonoszew erstarrte.

Es war das erstemal, daß Alexander III. von einer Krankheit sprach, von der bis heute niemand etwas ahnte.

XII

Nach dem mißglückten Bombenanschlag im Stroitskypalais und dem schrecklichen Eistod des Schlossers Dragonetz, dem geheimnisvollen Mord an dem armen Uhrmacher Stepura, der die Bombe konstruiert und an den Fürsten Kramskoj geliefert hatte, erschien nun Fürst Jussupow zum letztenmal im Kramskojpalais.

»Ich bin gekommen«, sagte er steif, »um die Freundschaft zwischen Ihnen, Valentin Wladimirowitsch, und mir zu beenden. Wir haben nichts mehr gemeinsam. Sollten Sie beabsichtigen, auch mich zu ermorden, so dürfte das schwerfallen. Draußen warten zwanzig Mann meiner privaten Haustruppe, um Ihr Palais zu stürmen und Sie in Stücke zu hacken!«

Fürst Valentin Wladimirowitsch Kramskoj nickte. Er wußte, daß er auf voller Breite verloren hatte und daß ihn nun auch sein Freund Jussupow nicht mehr halten konnte.

Sein anderer Freund, der Zarewitsch, brüskierte ihn seit Tagen, er wurde nicht eingeladen, er nahm nicht an den gemeinsamen Ausfahrten teil, man behandelte ihn, wenn man sich im Anitschkowpalast traf, mit beleidigender Kälte.

Kramskoj wußte, woher dieser Umschwung kam. Nie war Niki allein, immer war Boris Davidowitsch an seiner Seite, und wenn es stimmte, was bereits alle wußten, daß nämlich der Thronfolger die meisten Stunden des Tages bei Matilda Felixowna zubrachte, dann hatte Kramskoj in St. Petersburg bald kein Feld mehr.

»Wohin?« fragte er und starrte Jussupow stumpf an.

»Überallhin ... nur weg aus Rußland!«

»Es wird ein langsames Sterben sein«, entgegnete Kramskoj mit bebender Stimme.

»Ein Russe ohne Vaterland ...«

»Stepura starb schneller mit seinem zertrümmerten Schädel, und Dragonetz erfror auch rascher als ihm lieb war. Beide hätten wohl gern einen langsamen, aber natürlichen Tod in der Ferne dafür eingetauscht.«

»Ich habe sie nicht umgebracht!« schrie Kramskoj.

»Wollen wir um Begriffe streiten? Wer ist der Mörder ..., der den Tod befiehlt oder der, dessen Hand ihn ausführt? Ich verachte Sie, Valentin Wladimirowitsch! Sie müßten von Hunden zerrissen werden.«

Als Jussupow das Palais verließ, weinte Kramskoj und zerriß schluchzend mit den Fingernägeln die Seidenpolster seiner Sessellehnen.

Vier Tage später reiste Fürst Kramskoj ab, mit kleinem Gefolge in zwei Kutschen. Sein Ziel war der Hafen von Danzig.

Von dort brachte ihn ein Schiff nach England. Ein Makler hatte bereits einen Landsitz in Hampshire, in einem parkähnlichen Hügelland, gekauft.

In St. Petersburg vermißte man den Fürsten Kramskoj kaum.

Nur drei junge Mädchen sahen verzweifelt der Zukunft entgegen. Sie waren schwanger, und er hatte sie ohne Apanage zurückgelassen.

Ende Februar 1894 war es selbst dem Bären Alexander III. zuviel, – er rief unter größter Geheimhaltung seinen Leibarzt zu sich in das Arbeitszimmer und stellte sich vor ihn hin. Groß, breit, ein wuchtiger Mann, der mit einem Fußtritt Felsen spalten kann.

»Wie sehe ich aus?« fragte der Zar laut. »Was denken Sie als Arzt, wenn Sie mich so anblicken?«

»Unbesiegbar wie das russische Reich!« antwortete der Leibarzt vorsichtig. Bei Alexander wußte man nie, wie man reagieren sollte.

»Das wäre traurig«, brummte der Zar. »Sie sehen also nichts?«

»Nichts.« Der Leibarzt wurde noch vorsichtiger. Er musterte den Zaren, aber was da vor ihm stand, breitbeinig wie ein Muschik, strotzte vor Gesundheit. »Haben Majestät Beschwerden?«

»Ist es normal, daß man im Rücken Stiche hat?«

»Majestät . . .«

»Ruhe! Ist es normal, daß man beim Wasserlassen sich manchmal krümmen muß, so zieht es im ganzen Leib . . .«

Der Leibarzt wurde fahl im Gesicht. »Seit wann haben Majestät diese Beschwerden?« fragte er mit belegter Stimme.

»Seit Wochen . . . Monaten . . .« Alexander III. wischte die Worte, die der Arzt sagen wollte, mit einer weiten Handbewegung weg. »Ich weiß: Warum sagen Sie das erst jetzt! – Der dämlichste Satz aller Mediziner! Ein fabelhaftes Alibi!«

»Wir kennen alle den Willen Eurer Majestät, nie krank zu sein.«

»Und war ich krank, he? Mal ein Schnupfen, mal ein Hüstchen, mal zu harter Stuhlgang. Ihr Ärzte habt es mit mir leicht gehabt. Aber jetzt geht es nicht mehr! Seit vier Tagen laufe ich mit Schmerzen herum. Es ist, als wenn es mich zerreißt! Hier«, er zeigte nach hinten, »und hier« – seine Hände beschrieben einen Kreis um den Unterleib –, »überall krampft sich das Eingeweide zusammen! Ist das normal?«

»Wir müssen Sie genau untersuchen, Majestät. Ein Konsilium . . .«

»Damit es die ganze Welt erfährt? Je mehr Ärzte, um so mehr Schwätzer!« Der Zar knöpfte seine Hose auf und warf seine Jacke ab. »Hier, sehen Sie nach! Jetzt sofort! Wozu tragen Sie den Professorentitel?«

Die alte Haßliebe zu den Ärzten, dachte der Leibarzt. Man kennt sie. Wenn ein Arzt an mir herumpraktiziert, weiß ich, es geht zu Ende mit mir, hatte Alexander III. einmal gesagt, und alle hatten gelacht. Nun zog sich der Zar freiwillig aus und legte sich mit dem Bauch auf das Sofa.

Die Untersuchung dauerte zwanzig Minuten. Dann ahnte der Leibarzt, an was der Zar erkrankt war. Beide Nieren waren geschwollen ... beim Palpieren stöhnte der Zar auf und knirschte mit den Zähnen.

Bleich ging der Leibarzt zu dem marmornen Waschbekken im Hintergrund des Zimmers und wusch sich die Hände. Alexander III. setzte sich auf ... nackt und wuchtig. Ein kraftvoller Männerkörper, schien er alles andere als eine medizinische Sorge.

Oder doch?

»Was habe ich?« fragte der Zar.

»Ich muß Majestät bitten, unbedingt ein Ärztekonsilium zuzulassen. Einen Urologen, einen Chirurgen, einen Kardiologen ...«

»Auch einen Gynäkologen?« bellte der Zar ironisch. »Was steckt in meinem Körper? Heraus mit der Sprache ...«

»Ich befürchte einen Nierensteinbefall beider Nieren. Dadurch ist es zu einer beiderseitigen Nephritis gekommen, die, wenn sie nicht beherrscht wird und die Steine nicht zum Abgang gebracht werden, zu einer Anurie mit Urämie führen kann.«

»Hat man mich mit lateinischem Wasser gebadet?« Der Zar klopfte auf das Sofa. »Sprechen Sie deutlich: Beide Nieren sind Ruinen ...«

»Noch nicht, Majestät. Ich kann mich irren. Wir müssen einen Urologen ...«

Alexander III. winkte ab. Der Leibarzt begann, ihn stumm zu bewundern. Die Schmerzen, die dieser Mann seit Wochen ertrug, ohne einen Laut von sich zu geben, mußten ungeheuerlich sein. Eine Nierenkolik kann die Nerven zerreißen ...

»Wie lange lebe ich noch?« fragte der Zar unvermittelt.

»Wir werden zunächst durch Spülungen die Entzündung beeinflussen und die Steine zum Abgang bringen.«

»Operieren?«

»Eine Nephrotomie? Bei zwei Nieren? Unmöglich! Eine Niere braucht der Mensch.«

»Aber meine beiden sind Wracks, nicht wahr?«

Der Leibarzt schwieg.

Was sollte man darauf antworten? Bewahrheitete sich die Diagnose, sollte man den Zarewitsch schnellstens auf sein neues Amt als Zar vorbereiten. Eine beiderseitige Nephritis ...

Bei jedem anderen Patienten als dem Zaren hätte man gesagt: Väterchen, bete! Gott hat die Tür schon offen ...

Drei Tage später wurde Alexander III. von einem Ärztegremium untersucht. Auch die Laborergebnisse lagen vor. Die erste Diagnose wurde bestätigt: Der Zar besaß zwei unheilbar krank gewordene Nieren.

Der starke Bär war morsch.

Wer wagte es, das dem Zaren zu sagen?

Es gab nur eine Möglichkeit ... der Leibarzt zog die Familie ins Vertrauen.

Der Onkel des Zaren, Großfürst Michael, ein Sohn Alexanders I., der Älteste der Familie also, übernahm es, Alexander III. schonungslos die Wahrheit zu sagen.

An einem Vormittag im Februar saßen sie sich gegenüber. Ruhig, gefaßt und milde nahm der Zar das Urteil hin. Er hatte es erwartet, und er war ehrlich genug, sich einzugestehen, daß er selbst viel dazu beigetragen hatte. Er wollte nie krank sein, auch dann nicht, als er die ersten Anzeichen spürte und sie zähneknirschend verdrängte.

»Niki muß eine Frau bekommen!« sagte Großfürst Michael ernst. »Er muß an der Seite einer würdigen Zarin den Thron besteigen.«

»Alice von Hessen?«

»Die Gelegenheit ist einmalig günstig. Im April heiratet Ernst, Großherzog von Hessen, die Prinzessin Viktoria von Coburg. Es wird eine der glanzvollsten Hochzeiten des Jahrhunderts werden. Wir sollten Niki als Vertreter der russischen Krone hinschicken. Dort wird er Alice begegnen.« Michael sah seinen Neffen forschend an. »Wir haben in der Familie schon darüber gesprochen, Sascha. Niki weiß Bescheid.«

»Die Verschwörung am noch atmenden Leichnam!« sagte der Zar sauer. »Und was meint Niki?«

»Er weigert sich! Er liebt Matilda Felixowna . . .«

»Als Zarewitsch! Aber nicht mehr als Zar!«

Alexander III. stand auf. Großfürst Michael sah bewundernd zu ihm auf . . ., dieser Klotz sollte todkrank sein? Undenkbar! Unfaßbar!

»Es geht noch heute ein Befehl an den Zarewitsch heraus: Ich fordere den Thronfolger auf, sich bei der Hochzeit des Großherzogs von Hessen um die Hand von Alice von Hessen zu bewerben!«

»Wir werden Sergej und Wladimir vorschicken und die Stimmung bessern«, sagte Großfürst Michael. »Wenn Niki ankommt, findet er bereits offene Ohren.«

Der Zar nickte zufrieden.

Also, dachte er, knüpfen wir die Verwandtschaften noch enger! Für den Frieden in der Welt ist es gut, bald sind wir alle miteinander verwandt: das englische Königshaus, das deutsche Kaiserhaus, der Hochadel ganz Europas . . .

Das Schlimme ist nur, daß sich Verwandte oft noch mehr hassen können als ganze Völker! Gott schütze Rußland.

Ein paar Tage später sagte Niki zu Matilda: »Vater ist sehr krank. Begrabe dieses Wissen tief in deinem Herzen. Keiner ahnt es! Ich muß in den nächsten Tagen nach Deutschland, um an einer Hochzeit teilzunehmen. Wenn ich aus Hessen zurückkomme, werde ich dir viel zu sagen haben.«

Sie küßten sich. Und seit langer Zeit lag in den Augen des Zarewitsch erneut die alte Wehmut, die Matilda längst überwunden glaubte.

Vom Fenster winkte sie ihm noch nach, wie er durch die Nacht davonritt, von Boris Davidowitsch, dem großen Dulder, begleitet.

Übrigens – Soerenberg verstand kaum jemand mehr. Nur der Zwerg Mustin sagte einmal zu Rosalia Antonowna:

»Wo gibt es noch einen so edlen, treuen Menschen? Glaube mir, er wird belohnt werden. Bald wird er Matilda für sich allein haben . . .«

Am 4. April 1894 traf Nikolai Alexandrowitsch in Hessen ein. Boris Davidowitsch begleitete ihn mit einer Eskorte Gardehusaren.

Die Luft knisterte vor Spannung. Mit dem russischen Thronfolger war ein Teil des Schicksals dieser Welt nach Deutschland gekommen.

»Ich stand plötzlich einem Parterre von Königen gegenüber«, schrieb der Zarewitsch in sein Tagebuch.

Das war nicht übertrieben. Als er am 5. April das Schloß betrat, waren alle schon anwesend und warteten auf ihn: die absolute Patriarchin aller Herrscherhäuser, die alte Victoria von England, die »Mutter Europas«, wie sie genannt wurde; Kaiser Wilhelm II. von Deutschland in der strahlenden Uniform des Garde du Corps, verbindlich steif gegenüber seinem russischen Vetter, mit hochgezwirbeltem Schnurrbart und abgehackter Rede. Es waren ferner erschienen: Großfürst Wladimir und Gemahlin, die Herzöge von Coburg und Gotha, die Prinzen von Sachsen, der Großherzog von Württemberg, die Prinzen von Glücksburg und Holstein, der Prinz von Baden, Fürst und Fürstin ...

Der Zarewitsch schüttelte Hände, plauderte charmant und wurde dann von Großfürst Wladimir zur Seite genommen.

»In einer halben Stunde siehst du Alice«, sagte er bedeutungsvoll. »Himmel, spielt sie eine Komödie! Seit fünf Jahren lernt sie Russisch! Wenn sie will, kann sie sich mit dir in unserer Sprache unterhalten! Aber – sie ziert sich! Und mit orthodoxen Priestern hat sie auch schon seit Jahren Kontakt – und was tut sie? Sie weigert sich, zur Orthodoxie überzutreten, die Grundbedingung einer Zarin! Sie will, daß du sie darum bittest. Was das bedeutet, ist dir ja klar. Du mußt dich erklären! Und weißt du, wer am meisten bohrt, wer seine Kusine geradezu bedrängt, orthodox zu werden? Wilhelm II., der Schutzherr der protestantischen Kirche! Er glaubt, wieder einmal große Politik zu machen, und merkt gar nicht, daß Alice dich wirklich liebt. Auch vor dir wird sie sich zieren. Aber laß dich nicht täuschen: Sie wartet nur auf dein erlösendes Wort!«

Großfürst Wladimir behielt recht.

Kaiser Wilhelm II. hatte einen Wink bekommen, die englische Königin faltete die Hände. Irgendwo in einem Salon wartete Alice ...

Mit klirrender Uniform kam Wilhelm zu Nikolai und sagte: »Lieber Vetter, ich weiß, wo deine Gedanken sind. Dein Glück ist auch unser Glück – packe es fest an!«

Dann ging er voraus, mit schepperndem Säbel und hochgedrehtem Schnurrbart, riß eine Tür auf und schob Nikolai hinein. Zufrieden zog er dann die Tür wieder zu. Ein neues Beispiel diskreter deutscher Politik war gelungen.

Sie standen sich gegenüber, stumm und verlegen, sahen sich an mit großen Augen und versuchten ein schwaches Lächeln.

Wie schön sie ist, dachte Nikolai. Wie zart und lieblich. Sie wird die schönste Frau auf Rußlands Thron sein.

Wie männlich er geworden ist, dachte Alice. Sein Bart ist dichter, seine Augen strahlender. Auch breiter scheint er geworden zu sein. Und sicherer, viel sicherer! O Himmel, ich möchte ihm entgegenlaufen und mich in seine Arme werfen ...

Aber sie gingen nur auf sich zu, Nikolai küßte ihr die Hand, und sie sagte mit fast kindlicher Stimme: »Setzen wir uns doch, Niki ...«

In sein Tagebuch trug der Zarewitsch am Abend ein:

»Sie trat mit traurigem Gesicht gegen zehn Uhr vormittags ein. Man ließ uns allein, und nun begann zwischen uns dieses Gespräch, das ich seit langem ersehnte und fürchtete. Wir haben bis Mittag gesprochen, aber ohne Ergebnis. Sie widersetzt sich dem Religionswechsel noch immer. Die Arme, sie hat viel geweint. Sie war ruhiger, als wir uns trennten.«

»Ich sage es ja!« bemerkte Großfürst Wladimir, als Nikolai ihm Bericht erstattete. »Sie will erobert werden! Kaiser Wilhelm läuft herum, als habe man ihn persönlich beleidigt. Niki, du mußt sie morgen wieder sprechen! Von deinem Vater liegt eine Depesche vor: ›Erwarte Meldung!‹ Niki, du liebst sie doch auch ...?«

Der 6. April 1894. Der Zarewitsch trug in sein Tagebuch ein:

»Alice ist gekommen. Ich habe weniger an die Frage von gestern gerührt. Es ist schon schön, daß sie einverstanden war, mich zu sehen und mit mir zu sprechen.«

Sie taten mehr an diesem Tag, als miteinander zu sprechen. Sie küßten sich, Alice weinte vor Glück, und dann traten sie aus dem Salon, Arm in Arm, das helle Glück in ihren Gesichtern, und Großfürst Wladimir sagte in einer Ecke des großen Zimmers:

»Endlich! Meine Sorge um Rußland ist dahin ...«

Es war ein Wort, das Gottes Ohr nicht erreichte. Aber wer ahnte das damals?

Am 7. April 1894 wurde die Verlobung zwischen dem russischen Thronfolger und der Prinzessin Alice von Hessen offiziell bekanntgegeben.

Eine Depesche, die am 6. April abgeschickt wurde, wurde am 7. April schon in den russischen Zeitungen abgedruckt.

Der Zwerg Mustin Fedorowitsch Urasalin und die Ballettmeisterin Tamara Jegorowna machten sich sofort auf den Weg zu Matilda, um ihr beizustehen. Vor allem wollten sie verhindern, daß sie eine Zeitung las, bevor sie mit ihr gesprochen hatten.

Sie kamen zu spät.

Rosalia Antonowna empfing sie in der Halle des Stroitskypalais. Sie starrte Mustin mit rollenden Augen an und schwang einen schweren Säbel durch die Luft.

»Du bist eine Ausnahme!« schrie sie. »Du kannst passien! Aber jedem, der vom Hof kommt, schlage ich den Kopf ab. Bei Gott, ich zertrümmere jeden Menschen vom Zarenhof!«

»Wo ist Matilda?« fragte die Jegorowna bedrückt.

»Oben! In ihrem Zimmer. Ohnmächtig! Einen Schrei hat sie ausgestoßen, die Zeitung zerrissen, und dann ist sie umgefallen!«

Plötzlich ließ die Bondarewa den Säbel sinken, heulte laut auf und stützte sich auf den Zwerg, als sei der eine Holzsäule.

»Mein armes Täubchen! Mein vernichtetes Hühnchen! Daran wird sie sterben! Ihr Herz wird einfach brechen. Wären wir doch nach Odessa geflohen, oh, wären wir das doch! Ich verfluche dieses Petersburg! Ich verfluche die ganze Zarenbrut! Eine Revolution muß kommen! Eine blutige Revolution! Jagt sie ins Meer, die Zaren! Hängt sie auf!«

Es gelang Mustin nur mit Mühe, Rosalia Antonowna davon abzuhalten, durch die Straßen zu rennen und die Revolution auszurufen.

Die Jegorowna saß bei Matilda am Bett, kühlte ihre Stirn mit nassen Tüchern und hielt ihre heiße Hand fest. Der Arzt gab ihr ein Beruhigungspulver, sie schlief ein, aber noch im Schlaf jagte ein Zucken durch ihren Körper.

Am 8. April 1894 schrieb der Zarewitsch in sein Tagebuch über den vergangenen Tag:

»Wunderbarer, für mein Leben unvergeßlicher Tag! Es ist der Tag meiner Verlobung mit meiner geliebten, unvergleichlichen Alix . . . Wir haben uns beide einander erklärt. Herrgott, welche Last ist mir von den Schultern gefallen! Welch erfreuliche Nachricht kann ich meinen lieben Eltern bringen! Ich bin den ganzen Tag wie im Traum umhergegangen, ohne recht zu wissen, wie mir geschieht . . .«

Und am Abend schrieb er an seine Mutter, die Zarin Maria Fjodorowna, geborene Prinzessin Dagmar von Dänemark:

»Ich habe ihr Ihren Brief gegeben, und danach verzichtete sie darauf, noch zu reden . . . Die ganze Welt ist jetzt für mich verwandelt: die Natur, die Menschheit; alles, mit einem Wort, scheint mir gut und wert, geliebt zu werden . . .«

Am gleichen Tag, dem 8. April, sagte der Arzt zu der Jegorowna:

»Der Nervenschock ist ungeheuer groß. Ich bezweifle, ob sie jemals wieder wird tanzen können! Ob sie überhaupt wieder der Mensch wird, der sie einmal war? Ich kann es nicht sagen, aber ich sehe es in ihren Augen, ich höre es an ihrem Herzschlag: Sie will sterben! Der Wille zum Leben ist zerbrochen.« Er hob resignierend beide Arme. »Was kann ein Arzt da noch tun?«

Die Rückkehr des Zarewitsch aus Deutschland vollzog sich ziemlich still.

Die Zeitungen brachten eine kurze Meldung, aber der

kaiserliche Hof gab sonst keine Informationen heraus; man blieb auf Mutmaßungen angewiesen. Einige wenige Eingeweihte, nach denen in aller Stille die Polizei und die Ochrana erfolglos fahndeten, berichteten von den Tagen in Hessen; Fotos der deutschen Prinzessin erschienen, aber in Rußland nahm man noch wenig Anteil an der Zukunft des Großfürsten-Thronfolgers.

Noch lebte der Zar, dieser Bär von Mann, den nichts erschüttern konnte. Wie todkrank er war, erfuhr niemand. Es sickerte auch nichts durch, so durchlöchert sonst die Mauer war, die den Zarenhof umgab. Geheimnisse waren dazu da, um ausgeplaudert zu werden – aber die schwere Krankheit Alexanders III. blieb verborgen.

Boris Davidowitsch ritt im Galopp zum Stroitskypalais, nachdem er mit dem Zarewitsch in St. Petersburg eingetroffen und mit einer Umarmung entlassen worden war.

Nikolai war fröhlichster Laune, eilte sofort in das Zimmer seines Vaters und umarmte ihn. Das war eine Geste, an die sich kaum einer erinnern konnte ... man hatte Vater und Sohn nie in solch freundschaftlichem und schon gar nicht in liebevollem Kontakt gesehen, seit Nikolai dem Kindesalter entwachsen war. Der Umgangston war kühl, oft schroff, befehlend, herrschend. Alexander III. tat es bewußt, – in seinen Augen war der Zarewitsch zu weich, zu verträumt, zu sehr beeinflußbar.

Ein Zar aber hatte ein Mann zu sein, der Eisen fressen konnte! Das war von Niki nie zu verlangen, wohl aber eine gewisse Härte gegenüber allen, die nicht durch Gottes Güte die Macht über Rußland ausübten.

Boris Davidowitsch traf im Stroitskypalais natürlich zuerst auf die Bondarewa. Sie empfing ihn mit in die Hüften gestützten Armen und einem wogenden Busen, der mehr als alles andere ihre gefährliche Empörung dokumentierte.

»Ha! Du wagst es, noch einen Schritt in dieses Haus zu setzen?« schrie sie sofort. »Kommt aus Deutschland, hat den Zarewitsch in die Arme der anderen begleitet, hat vielleicht vor der Tür Wache gestanden, damit niemand sie stört! Läßt zu, daß man seine Braut so beleidigt, daß man ihre Nerven zerreißt, daß sie für alle Zeit gelähmt ist! Der Herr Offizier in seiner schönen Uniform! Aber was steckt drin? Eine Memme! Ein schielender Stammler! Sieh mich an! Ich habe gehandelt, ich habe etwas getan! Seit vier Tagen bin ich unterwegs! Das Volk, das gemeine Volk, und ich gehöre dazu, steht auf meiner Seite! Eine Revolution werden wir machen, jawohl, eine Revolution!«

»Der Himmel halte dich zurück!« sagte Soerenberg heiser. »Die Dinge liegen doch ganz anders.«

»Hat sich Niki verlobt?« schrie Rosalia Antonowna.

»Ja . . .«

»Hat er mein Schwänchen damit in den Dreck getreten?«

»Nein.«

»Ha! Du Zarenknecht! Hat er sie verlassen oder nicht?«

»Warum schreist du so, Mütterchen? Haben wir nicht alle damit gerechnet? War es nicht von Beginn an klar, daß Matilda Felixowna nie die Zarin werden könnte? Einmal mußte die Trennung kommen!«

»Aber wie sie gekommen ist! Sitzt hier, trinkt meinen Tee, ißt meinen Kuchen, sagt: ›Die Stunden bei Ihnen sind die schönsten des Tages, Madame!‹ – schenkt mir ein goldenes Kreuz mit Perlen und Rubinen – und am nächsten Tag fährt er weg nach Deutschland und verlobt sich mit einer Prinzessin! Ist das ein Benehmen, he? Konnte er nicht ehrlich sagen: ›Mütterchen, da ist noch etwas. Behalten Sie die Fassung, nehmen Sie Matilduschka in den Arm und trösten sie . . . ich muß mich verloben!‹ Hätte er das nicht sagen können? Es wäre bitter genug gewesen, aber ich hätte mein Schwälbchen ganz vorsichtig eingeweiht. ›Hör zu, Töchterchen‹, hätte ich gesagt, ›die Männer sind alle gleich. Ob Rübenhacker oder Zarewitsch – alle gleich! Es lohnt sich nicht, um sie zu weinen, es lohnt sich schon gar nicht, um sie zu trauern! Und wenn einer sogar mal Zar wird . . . Da muß er an sein Volk denken, da muß er standesgemäße Kinder bekommen, aber das kann er nie von dir, denn du bist ja nur eine Tänzerin und keine Hochwohlgeborene – und überhaupt solltest du denken: Da habe ich doch meinen Boris Davidowitsch, einen so lieben Menschen, der bereit ist, mich zu heiraten. – Das ist schon etwas! Baronin wird man da. Baronin von Soerenberg! Und dann ist man auch eine Hochwohlgeborene, man braucht nicht immer nach ganz oben zu schielen!‹«

Rosalia Antonowna holte schnaufend Luft. »Glaubst du nicht auch, das wäre besser gewesen? Das hätte Matilda verstanden! Aber so! Einfach wegfahren und sich verloben!« Sie stampfte mit dem Fuß auf. »Es muß eine Revolution geben!«

»Wo ist Matilda jetzt?« fragte Soerenberg erregt.

»In ihrem Schlafzimmer. Sie will keinen sehen, außer dem Arzt und . . . natürlich mich!«

»Ich muß mit ihr sprechen!«

»Dann mußt du mich vorher totschlagen!«

»Ich bin ihr Verlobter, Mütterchen, vergiß das nicht!«

»Wer hat das vergessen, he?«

Nun blies die Bondarewa Luft wie ein Dampfkessel von sich, sie stand genauso unter Druck. »Warum lebt Niki noch? Ein aufrechter Mann hätte ihn schon in Deutschland umgebracht und ihm einen Zettel auf die Stirn geklebt: ›So geht es einem, der ein braves Mädchen wegwirft!‹ Aber nein, da wird Champagner getrunken, da wird auf das Glück angestoßen, da wird sogar noch getanzt! Und mein Schwänchen weint sich das Herz aus dem Leib!«

»Der Zarewitsch wird ihr alles erklären.«

»Er will noch einmal hierherkommen?« Rosalia lief jetzt dunkelrot an. »Er will es wagen, mir unter die Augen zu treten? Soll er kommen, soll er ruhig kommen . . . der Kuchen, den er essen wird, der wird von Gift triefen! Wie Honig wird er schmecken, aber er wird ihm die Gedärme zerreißen!«

»Kann ich jetzt endlich zu Matilda?« fragte Boris. »Daran, daß ich sie jetzt für mich allein habe, denkst du nicht! Ich könnte jubeln vor Glück!«

»Sag ich es nicht, die Männer sind doch alle gleich! Wozu brauchen sie eigentlich einen Kopf? Nur zum Tragen des Helms? – Überleg doch einmal, natürlich hast du Matilda jetzt für dich allein, aber was ist aus ihr geworden? Ein zerbrechliches Püppchen mit seidendünnen Nerven, wie der Arzt sagt. Sie will nicht mehr leben! Es hilft keine Medizin mehr!«

Endlich gab die Bondarewa die Treppe frei und zeigte mit beiden Armen theatralisch nach oben. »Geh nur hinauf! Sieh sie dir an! Und fahre zu deinem Niki und bringe ihn um!«

Matilda lag nicht mehr im Bett, – sie saß in einem hohen Lehnstuhl, eingewickelt in einen pelzbesetzten Morgenmantel, als sei es bitter kalt, und blätterte in einem Journal.

Als Boris Davidowitsch eintrat, ließ sie die Zeitschrift zu Boden fallen und starrte ihn an, als käme er aus einer anderen Welt. Er stürzte zu ihr, umfaßte sie und drückte ihren Kopf an seine Brust. Sie fühlte sich kalt an, wie mit Eis überzogen. Eben noch hatte er geglaubt, Rosalia Antonowna übertreibe in ihrer bekannten Art, aber jetzt begriff er mit Schrecken, daß Matilda wirklich ein Mensch war, dessen Lebenswillen erkaltet war und der auf das Ende wartete.

Eine ganze Weile sprachen sie kein Wort miteinander ... er streichelte sie nur, küßte ihre geschlossenen Augen, den zusammengepreßten Mund, die eisigen Lippen und verstand nur zu gut, daß die Bondarewa in ihrer Einfalt nach einer Revolution schrie und alles vernichten wollte, was in Palästen lebte.

Matilda sprach zuerst. Sie sagte müde: »Wie lange bist du schon in Petersburg?«

»Vor zwei Stunden sind wir angekommen.«

»Wie sieht sie aus? fragte sie leise. Ihre Augen bettelten um Wahrheit.

»Wer?« Soerenberg kniff die Lippen zusammen.

Als er das Wort ausgesprochen hatte, merkte er, wie dumm es gewesen war.

»Sieht sie aus wie auf den Fotos? Oder sind die retouchiert?«

»Alice von Hessen ist eine bemerkenswerte Dame«, sagte Boris Davidowitsch vorsichtig. »Hübsch . . . das kann man nicht sagen. Aber sie bezwingt durch ihr Lächeln, ihr Wesen, ihre Melancholie, ihre Klugheit und ihren Ehrgeiz.«

»Sie hat also alles, um eine Zarin zu sein . . .«

»Das weiß man noch nicht.«

»Ist sie schöner als ich?«

»Wie könnte das möglich sein, Matilja?«

»*Muß* er sie heiraten? Verlangt es der Zar?«

»Das ist eine verzwickte Geschichte, mein Liebling.«

»Erzähle sie!«

»Das darf ich nicht.« Boris Davidowitsch setzte sich ihr gegenüber und holte aus dem Husarenrock ein schmales Kuvert. Sie verfolgte seine Hand mit den Blicken und krampfte die Finger ineinander. »In ein paar Monaten wird man mehr wissen . . . Bitte, versuche nicht, in mich zu dringen: Ich darf nichts sagen.« Er hielt den Brief hoch. »Ich soll dir etwas überbringen.«

»Von – – ihm?«

»Ja.«

»Willst du, daß ich ihn annehme und lese?«

»Es ist ganz allein deine Entscheidung.«

»Was wäre dir lieber, Borja?«

»Sag zu mir: Wirf ihn in den Kamin!«

Matilda nickte schwach.

Mit bebender Stimme wiederholte sie: »Wirf ihn in den Kamin.«

Soerenberg stand auf, warf den Brief des Zarewitsch ins Feuer und ließ ihn in den Flammen aufgehen. Dann kam er zu Matilda zurück, küßte sie und hielt ihre kalten Hände fest.

»Was du machst, ist ein Fehler, Matilja«, sagte er nun zärtlich. »Du willst nicht mehr leben, du wartest darauf, daß dein Herz stillsteht. Das ist falsch! Genau das Gegenteil wäre richtig: Balle die Fäuste und beiße die Zähne zusammen, reiße alle Energie in dir empor – und lebe! Lebe mit einem wilden Trotz dem Schicksal gegenüber, lebe für deine Kunst, lebe für die Tausende, die eine Matilda Felixowna sehen wollen, überall auf der weiten Welt, lebe für deine von Gott dir übertragene Aufgabe: Musik in Bewegung umzusetzen, die Seele der Melodien zu verwandeln in sichtbaren Ausdruck! Sage dir immer: Ich bin Matilda Felixowna ... Ich werde einmal der Welt größte Tänzerin heißen ... Das ist mein Leben! Nicht die Stunden mit einem Mann, der mir nie gehören darf. Sei stolz! Er ist der Zar über ein Volk – du bist die Königin des Tanzes und hast dadurch auch Macht über Millionen Menschen! Wer ist mehr – nun sag es! Wer ist größer? Nikolai Alexandrowitsch oder Matilda Felixowna?«

»Was soll ich tun, Borja?«

»Tanzen – tanzen – tanzen, daß die Menschen den Atem anhalten, wenn sie dich tanzen sehen!«

»Ich kann keinen einzigen Schritt mehr machen.«

»Weil du nicht willst.«

»Ich bin wie gelähmt.«

»Weil du dir nie gesagt hast, daß du die Menschen beherrschst, nicht der Zar! Zeig es ihnen!«

Er ging zu dem kleinen weißen Pianino, das in der Ecke neben dem hohen Fenster stand, klappte es auf und legte die Hände auf die Klaviatur.

Matilda schüttelte heftig den Kopf. »Ich kann nicht, Borja!«

»Was soll ich spielen? Das große Solo der Svanhilde?«

»Nein! Bitte nicht! Ich schreie, wenn du es spielst.«

Boris Davidowitsch spielte.

Es war nicht partiturgetreu, so genau konnte er »Schwanensee« nicht aus dem Gedächtnis spielen, aber es waren Tschaikowskys Melodien in all ihrer verführerischen Schönheit.

Matilda schrie nicht. Sie saß steif in dem Lehnstuhl und starrte ins Leere.

»Steh auf!« sagte Soerenberg.

Als sie nicht reagierte, kommandierte er wie vor der Schwadron:

»Aufstehen! In Position! Aufstehen!«

»Borja!« rief sie verzweifelt. »Bitte . . .«

»Raus aus dem dämlichen Lehnstuhl! Bis heute habe ich immer geglaubt, eine Tänzerin habe mehr Disziplin als ein Soldat! Ist das ein Irrtum? Stehst du jetzt auf?«

Er begann von neuem, dieselbe Melodie.

Mit geschlossenen Augen erhob sich Matilda, warf den pelzverbrämten Mantel ab, stand in einem langen, spitzenbesetzten Nachthemd mitten im Raum.

»Und jetzt – jetzt los!« kommandierte Boris. »Kommt da nicht ein Sprung? Halt! Alles zurück! Von vorn! Soll das der Welt beste Tänzerin sein? Ich muß lachen. Da bewegt sich eine Bauernmagd graziler, wenn sie die Gänse füttert! Also – noch einmal . . .«

Und Matilda tanzte.

Ihr Gesicht war wie eine Maske, erstarrt in Ausdruckslosigkeit, die Augen blieben geschlossen . . . aber ihr Körper, ihre Beine, ihre Arme, die Finger jubelten schon in den Melodien und schienen losgelöst von allem Irdischen.

Mitten in den Tanz hinein platzte Rosalia Antonowna. Sie hatte das Klavierspiel gehört und stürmte nun ins Zimmer, weil sie dachte, Boris Davidowitsch begleite mit seinen Melodien Matildas langsames Sterben.

Wie von einem Schlag zurückgeworfen, blieb sie in der Tür stehen, starrte ihre Tochter an, die im wallenden Nachthemd, als sei sie aus dem Grab auferstanden, Schwanensee tanzte und durch den Raum schwebte.

»Er bringt sie um!« schrie sie. »Mein armes Täubchen! Gelähmt war sie, und jetzt bricht er ihr die Knochen! Hilft mir denn keiner?«

Dann blieb sie, am ganzen Körper zitternd, stehen und sah verblüfft ihre Tochter an, die noch nie so schwerelos getanzt hatte wie in diesen Augenblicken.

Es war, als tanze sie ihren ganzen Kummer aus dem Körper, ihre ungeheuer große Enttäuschung und ihren Abschied von einer großen, aber von Beginn an zum Verzicht verurteilten Liebe.

Als Boris Davidowitsch die Hände von der Klaviatur nahm, fiel auch Matilda zusammen. Sie sank auf ihr Bett, als habe sie der Schlag getroffen, und breitete die Arme dabei weit aus.

Die Bondarewa sagte dumpf: »Borja, du bist ein Mörder!«

Natürlich überlebte Matilda diesen Tag.

Am nächsten Morgen war sie wie verwandelt, kam zum Frühstück herunter, setzte sich an den Tisch und verlangte Tee, Rosinengebäck und frische Butter.

Rosalia Antonowna konnte vor Schluchzen nichts essen, rannte um den Tisch herum, küßte ihr Töchterchen, danach Boris Davidowitsch, bekreuzigte sich vor einer Ikone des heiligen Wladimir, den sie bat, der Jungfrau Maria für dieses Wunder zu danken, und küßte vor Überschwang sogar den Zwerg Mustin auf den ungeheuren Kopf, als er schon so früh zu Besuch kam.

Aber es war nur eine kurze Freude.

Mustin wackelte mit den Ohren, was überall Heiterkeit erzeugte, schließlich war er ja ein Narr –, aber jetzt war es pure Verlegenheit. Er überbrachte die Botschaft, daß zum Nachmittagstee Seine Kaiserliche Hoheit, der Großfürst Nikolai Alexandrowitsch ins Stroitskypalais käme.

»Nein!« schrie die Bondarewa auf. »Hätte ich dich Scheusal doch nie geküßt! Hinaus mit dir! Hinaus! Wer mir so eine Nachricht überbringt, der gehört nicht zu uns! Ich möchte dich an die Wand schmettern wie eine junge Katze!«

»So ist sie immer!« jammerte der Zwerg und flüchtete sich zu Soerenberg. »Warum versteht sie nicht, daß ich nur eine Null bin –, eine Null, die man mit einer Botschaft losschickt?«

»Er kommt also!« fuhr Rosalia Antonowna fort. »Mutig! Sehr mutig! Ich werde ihn mit meinem Fleischklopfer erschlagen! Und keiner hält mich davon ab!«

Als am Nachmittag der Zarewitsch allein geritten kam – nur in einiger Entfernung ritten vier Husaren – sagte Boris Davidowitsch zu Rosalia Antonowna:

»Entscheide dich nun, Mütterchen: Eingeschlossen im Keller – oder du bist freundlich zu dem zukünftigen Zaren!«

Die Bondarewa war konsequent, – sie ließ sich zwar nicht im Keller einschließen, aber sie verzog sich in ihr Boudoir und ließ sich von ihrer Zofe die Haare waschen.

Der Zarewitsch, in der Uniform seiner Gardehusaren, begrüßte Soerenberg mit einer Umarmung, was er nur bei seinen besten Freunden tat. »Wie geht es ihr?« flüsterte er dabei.

»Sie wartet in der Bibliothek.«

»Sehr traurig?«

»Sie hat schwarze Kleidung angelegt.«

»Haben Sie ihr nicht alles erklärt?«

»Soweit das möglich war, Kaiserliche Hoheit.«

»Gab es denn da eine Grenze?«

»Gewiß! Bei dem Geheimnis um die Erkrankung des Zaren. Ich habe einen Eid geleistet . . .«

»Matilda weiß also davon nichts?«

»Keine Andeutung!« Soerenberg blickte den Zarewitsch fragend an. »Wollen Sie ihr das Geheimnis anvertrauen?«

»Ich muß wohl. Alle anderen Erklärungen wären Lüge, und ich kann Matilda nicht belügen. Sie vor allem hat ein Recht, die volle Wahrheit zu erfahren.«

»Auch ..., daß Kaiserliche Hoheit die Prinzessin von Hessen wirklich lieben?«

Der Zarewitsch blickte seine Stiefelspitzen an. Sein schönes schmales Gesicht mit dem gepflegten Bart und den »melancholischen Gazellenaugen« – wie Nikis Vertrauter, Constantin de Grünwald, sie einmal beschrieb – drückte jene Unsicherheit aus, die Zar Alexander III. so maßlos erregte und die den Vater so schroff zu seinem Sohn werden ließ.

»Kann man so etwas überhaupt erklären?« fragte Nikolai leise. »Kann eine Frau begreifen, daß man zwei Frauen lieben kann und keine verlieren möchte? Ich begreife es ja selbst nicht, Soerenberg!«

»Man sollte also vermeiden, darüber zu reden«, meinte Boris Davidowitsch. »Und man sollte eine Entscheidung fällen.«

»Matilda aufgeben?«

»Die Prinzessin von Hessen wird nicht begeistert davon sein, wenn Kaiserliche Hoheit im Stroitskypalais Tee trinken und zu Abend essen.«

»Noch ist Alice nicht in Petersburg ...«

»Aber sie wird kommen! Und Sie wissen, daß Kaiserliche Hoheit in London erwartet werden. Königin Victoria hat Sie eingeladen ...«

Der Zarewitsch nickte.

Alle Welt verlangte von ihm Entschlossenheit, und gerade die widersprach durchaus seinem Naturell. Er suchte lieber den Vergleich, den Kompromiß, das Ausweichen – Härte war etwas, was ihn selbst quälte, wenn er sie anwenden sollte.

»Wie würden Sie sich verhalten, Soerenberg, wenn Matilda Rußland verlassen möchte?«

»Diese Frage habe ich mir auch schon oft gestellt. Es gibt nur eine Entscheidung: Ich würde um Entlassung aus dem Dienst bitten und würde mit ihr fahren, wohin sie möchte.«

»Wie ich Sie beneide, Boris Davidowitsch«, antwortete der Zarewitsch leise und traurig. »Sie sind ein glücklicher Mensch, Sie brauchen nicht Zar zu werden!«

Drei Stunden blieb Nikolai Alexandrowitsch bei Matilda.

Man hatte ihnen Tee serviert, dann hatte man sie allein gelassen. Rosalia Antonowna und Boris warteten im großen Wohnzimmer; Rosalia immer bereit, sofort durch eine Tapetentür zu verschwinden, wenn sich der Zarewitsch nähern sollte.

»Er redet, redet, redet!« sagte sie. »Ich kenne das, hinterher ist man wie betrunken von seinen Worten, man versteht nichts mehr, man weiß nichts mehr – man sagt zu allem Ja und ist froh, daß man es überlebt hat! – Was gibt es da viel zu erklären? Er ist verlobt, er wird heiraten. Er wird Zar, er hat seine Zarin – aus! Braucht man drei Stunden, um das zu erklären? Geh zu ihnen, Borja! Sag: Nun ist es genug! Und wirf den Zarewitsch raus! Was kann dir passieren? Er wird tief Luft holen – und nichts tun! Wie immer! Wann kommt nur endlich die Revolution?«

Kurz darauf hörten sie Schritte von der Bibliothek her kommen.

Die Bondarewa entwich durch die Tapetentür, Soerenberg ging dem Zarewitsch entgegen.

Im mittleren Salon trafen sie sich. Nikolai war allein.

Das war kein gutes Vorzeichen, aber das Gesicht des Thronfolgers zeigte keine Trauer, keine Verlegenheit . . . Er lächelte Soerenberg zu.

»Es war ein gutes Gespräch, Boris Davidowitsch«, sagte er rasch. »Es wäre ein Fehler gewesen, es nicht zu führen.

Matilda ist eine wunderbare Frau: keine Tränen, keine Vorwürfe, keine Fragen! Sie war eher – ausgesprochen losgelöst, animiert – wir haben über alles gesprochen . . .«

»Auch über die Krankheit des Zaren?«

»Ja. Matilda will für ihn beten.«

»Und die Prinzessin von Hessen?«

»Matilda sagte von sich aus, daß ein Zar . . .«

Soerenberg nickte. Seine Worte! Die Staatsräson! Die Pflicht gegenüber dem russischen Volk.

Er sah den Zarewitsch stumm an, und der verstand ihn.

»Ich . . . ich habe es bestätigt«, berichtete Nikolai Alexandrowitsch. »Der Wunsch meines Vaters . . . O Soerenberg, wenn Sie wüßten, wie hin und her ich gerissen bin! Wie chaotisch es in mir aussieht! Jetzt, wo ich Matilda wiedergesehen habe . . . und gleichzeitig an Alix denken mußte . . . Ich wünsche Ihnen nie einen solchen Konflikt.«

»Ich werde nie einen solchen kennenlernen«, antwortete Soerenberg fest. »Ich liebe nur eine Frau . . .«

»Seien Sie nicht so sicher! Die Welt ist voll von schönen Frauen! Sie kennen doch die Blitze, die plötzlich und unverhofft einschlagen? Man kann ihnen nicht ausweichen, denn sie sind schneller und stärker.« Der Zarewitsch legte den Arm um Soerenbergs Schulter. »Boris Davidowitsch, wenn ich Zar bin, mache ich Sie zum Fürsten. Ich werde Ihnen Güter im Tobolsker Raum schenken. Ein Freund wie Sie ist selten . . .«

»Wenn Sie Zar sind, Kaiserliche Hoheit«, sagte Soerenberg ernst, »werde ich Rußland verlassen.«

»Das werden Sie mir nicht antun! Das werde ich verhindern!«

»Ich werde immer bei Matilda sein! Glauben Sie, daß sie noch für einen Zaren tanzt, an dessen Seite Alice als Zarin sitzt?«

»Ja, das glaube ich!«

Nikolai Alexandrowitsch drückte Soerenberg an sich.

»Sie ist eine einmalig große Künstlerin. Sie wird immer tanzen. Da kenne ich sie besser als Sie! Am nächsten Sonntag tanzt sie schon! – Ich sehe Ihre Verwunderung, das hätten Sie nicht geglaubt, nicht wahr?«

»Nein, Kaiserliche Hoheit.«

Boris Davidowitsch begleitete den Zarewitsch zum Ausgang.

Hoffentlich, dachte er, wird man dich als Zar später nicht so leicht belügen und betrügen wie jetzt. Armes Rußland, was wird aus dir, wenn dieser Zar so leicht zufriedenzustellen ist und der Wahrheit nicht ins Auge blicken kann ...

XIII

Im Juni des Jahres 1894 fuhr der Zarewitsch auf der kaiserlichen Yacht »Nordstern« von St. Petersburg nach England, um seine Braut Alice von Hessen zu besuchen.

Zar Alexander III., aufrecht wie ein Turm aus Felssteinen, aber innerlich immer mehr von seinen Schmerzen und Koliken zermürbt, gab dazu freudig seine Erlaubnis; die Welt sollte sehen, wie sehr Niki seine Alix liebte.

Die Prinzessin lebte nach ihrer Verlobung bei ihrer Großmutter, Königin Victoria von England, auf dem Landsitz Walton on Thames und wartete sehnsüchtig auf ihren Zarewitsch. Mit offenen Armen – selbstverständlich aber mit der schicklichen Zurückhaltung – wurde Niki empfangen, und dann ließ man die Verliebten allein.

Sie machten lange Spaziergänge durch den Park und die Landschaft, sie begleiteten Königin Victoria auf ihren täglichen Gartenwanderungen, und da die Königin in letzter Zeit sehr schlecht gehen konnte, hatte man für sie ein Wägelchen konstruiert, dem ein Pony vorgespannt war.

Es war ein Bild, das bald um die ganze Welt ging: Die alte,

ehrwürdige Queen in dem niedrigen Wagen, über sich einen Sonnenschirm haltend, vor sich das lustige kleine Pony mit der flatternden Mähne, daneben der Leibkutscher, würdevoll, mit weißem Backenbart. Eine Idylle besonderer Art . . .

Es waren glückliche Tage.

Alice und Nikolai fuhren nach Windsor, sie fuhren zu den Schlössern Frogmore und Osborne, sie suchten stille Stunden in den Gärten von Balmoral oder besichtigten Londons Sehenswürdigkeiten.

Nikolai schrieb in sein Tagebuch: »Zu zweit mit der lieben Alix im Waggon reisen, macht mir ein ungeheures Vergnügen.«

Und da er sein Tagebuch offen herumliegen ließ, schrieb Alice hinein, auch wenn sie die russischen Eintragungen noch nicht ganz verstehen und lesen konnte. Aber sie vermischte ihre Worte mit denen Nikis, sie schrieb seitenlange Liebeserklärungen hinein, Gebete zu Gott um Nikis Gesundheit und Glück, sie zitierte deutsche, englische und französische Schriftsteller, und es fiel auf, daß es meistens Zitate moralischen oder religiösen Inhalts waren.

An einem stillen, verträumten Abend in Walton on Thames nahm Nikolai die Gelegenheit wahr und legte vor Alice eine Beichte über sein – wie er glaubte – »wildes Junggesellenleben« ab. Auch Matilda Felixowna erwähnte er – aber wohl nur am Rande, beiläufig. Bei aller Offenheit, die er sich Alice gegenüber vorgenommen hatte, erschien es ihm als Verrat, Matilda völlig der Vergessenheit auszuliefern.

Die Prinzessin hörte dem Zarewitsch mit leuchtenden Augen zu.

Dann küßte sie Niki, und später schrieb sie in sein herumliegendes Tagebuch die Zeilen, die Nikolai als Zar später immer wieder durchlas und die ihm Kraft gaben in mancher harten Stunde:

»Ich liebe Sie noch mehr, seit Sie mir diese Geschichte erzählt haben. Es fehlen mir die Worte, um Ihnen meine Liebe und Bewunderung zu sagen. Was vergangen ist, ist vorbei. Wir alle sind Versuchungen ausgesetzt, wenn wir jung sind.«

Matilda tanzte unterdessen in St. Petersburg und wurde gefeiert wie kaum eine Tänzerin vor ihr.

Sogar der große alte Marius Petipa wagte es noch, mit ihr »Coppelia« zu tanzen – und wurde von ihrer Kunst mitgerissen.

Die Ballettstars Nicolai Legat und Enrico Cecchetti waren ihre ständigen Partner. Aufstrebende Sterne wie Nicolas Sergejew und Michael Mordkin saßen stumm vor Bewunderung im Parkett oder wagten einige Passagen mit der großen Felixowna auf der Probebühne.

Es war, als sei Matilda von einem Rausch ergriffen worden.

So hart Tamara Jegorowna sonst auch war und ihren Schülern gegenüber keinen Pardon kannte – sie trainierte Matilda weiter, wie sie es nun fast zehn Jahre lang getan hatte –, manchmal sagte sie doch zu ihr: »Ruh dich aus, Töchterchen. Tanz dir nicht die Seele aus dem Leib – du mußt noch lange leben! Was du da tust, gleicht einem Verbrennen! Und das geht nicht gut . . .«

»Ich muß vergessen!« pflegte Matilda zu antworten. »Und wie kann ich das anders als durch den Tanz?«

Es war eine Frage, auf die niemand eine Antwort wußte.

Die Rückkehr des Zarewitsch aus England wurde von zwei Ereignissen überschattet.

In London hatte er seinen früheren Freund, Soerenbergs Duellgegner Kramskoj getroffen. Der Fürst hatte ein Handelskontor eröffnet und importierte Kaviar, Krimwein, grusinischen Cognac und usbekische Stickereien aus Rußland.

Das Unternehmen war noch im Aufbau. Die Hauptaufgabe Kramskojs schien es zu sein, ein kleines Heer hübscher Mädchen zu besiegen, das sich um ihn, den reichen russischen Fürsten, versammelt hatte.

Nikolai begrüßte ihn kühl – dafür fiel die Begegnung zwischen Boris Davidowitsch Soerenberg, der den Zarewitsch selbstverständlich begleitet hatte, und Kramskoj um so heißer aus.

»Sie sind auch hier?« sagte Kramskoj, heiser vor Haß. »Das Schicksal meint es gut mit uns, Boris Davidowitsch!«

An dem Tag, an dem der Zarewitsch allein mit Prinzessin Alice nach Balmoral fuhr, wurde Soerenberg bei einem Morgenritt in der Umgebung von Walton on Thames überfallen.

Aus dem Hinterhalt schoß jemand auf ihn. Als er ihn verfehlte, flüchtete der Attentäter. Boris Davidowitsch riß sofort sein Pferd herum und galoppierte dem Täter nach. Kurz vor einem Waldrand, wo dessen Pferd angebunden war, holte er ihn ein. Der Attentäter hatte keine Gelegenheit mehr, in den Sattel zu springen.

»Sie sind und bleiben ein Schwein, Valentin Wladimirowitsch! Ich habe es immer gesagt!« rief Soerenberg kalt. »In einem Feld sitzen und hinterrücks schießen! Wie ein Wegelagerer. Man wird Sie auch wie einen Strolch behandeln!«

Er holte mit der Reitpeitsche aus und schlug Kramskoj über den Kopf. Der Fürst brüllte, sprang auf sein Pferd zu und riß aus der Satteltasche eine lange Reiterpistole.

Von neuem zischte die Lederpeitsche durch die Luft, traf Kramskojs Arm, die Pistole zitterte, der Fürst legte auf Boris an ...

Da stieg Soerenbergs Pferd hoch, schlug mit den Vorderhufen aus und tänzelte auf den Fürsten zu.

Kramskoj wurde zurückgestoßen, stolperte und suchte Halt ... In diesem Augenblick löste sich der Schuß und traf ihn in den Bauch. Er fiel nach rückwärts um und starrte aus leeren Augen zu Soerenberg hinauf.

Zwei Stunden später starb Kramskoj im Zimmer des

Wundarztes Sir Henry Blynten, der im Schloß zufällig Bereitschaftsdienst hatte.

Eine Rettung war nicht mehr möglich, die Därme waren zerfetzt, ein Transport zur nächsten Klinik war völlig ausgeschlossen.

Der Zarewitsch wurde sehr ernst, als er von dem Geschehnis hörte. Er drückte Soerenberg an sich, beglückwünschte ihn und ließ den toten Fürsten aus dem Schloß schaffen.

Prinzessin Alice weinte stundenlang. »Sollen meine Träume wahr werden?« fragte sie ihre Schwester Elisabeth, die den Großfürsten Sergej geheiratet hatte. »Mir hat geträumt, daß Blut über Rußland regnet und ein Beben die Erde erschüttert. Mein armer Niki . . .«

Die zweite Erschütterung erlebte Nikolai Alexandrowitsch, als er seinem Vater über seinen Besuch in England Bericht erstattete.

Der Zar, der nicht leidend sein wollte, sah miserabel aus. Gelblich im Gesicht, aufgedunsen, mit gelben Augäpfeln und bebenden Händen saß er vor dem Zarewitsch.

Er weigerte sich standhaft, im Bett zu liegen. Er saß in einem hohen Sessel, oder er wanderte ruhelos umher. Wenn ihn die grausamen Koliken überfielen, schloß er sich ein, damit niemand sah, wie er sich vor Schmerzen krümmte. Er schluckte Medikamente gegen die Nierenentzündung, zur Auflösung der Steine, gegen die Schmerzen – er trank jeden Tag bis zu fünf Liter Mineralwasser, um die Nierensteine auszuschwemmen – aber alles war vergeblich. Die Steine waren zu groß, um noch abzugehen, und sie operativ zu entfernen, wagte kein Chirurg der Welt. Man kann nicht zwei Nieren aufschneiden oder gar entfernen. Hier war der Medizin noch eine Grenze gesetzt . . .

»Vielleicht in zehn, zwanzig oder hundert Jahren!« sagten die Ärzte. »Vielleicht ist dann jemand gekommen, der eine Maschine entwickelt hat, daß man ohne Nieren leben kann? Aber das wird wohl eine Utopie bleiben! Wie soll man den Körper mechanisch entgiften? Unmöglich . . .«

»Man will mich auf die Krim schicken, Niki«, berichtete der Zar bedrückt. Je näher er dem Tod rückte, um so enger schloß er sich seinem Sohn an. Nikolai war sowieso sein Liebling – deshalb war er ja auch alle die Jahre so streng gegen ihn gewesen.

»Als ob die Luft auf der Krim meine Nierensteine verzaubern würde! Aber auch deine Mutter will es. Die Ärzte sagen, das dortige Wasser, die täglichen Bäder, Massagen – wenn die Entzündungen abgeklungen sind – könnten mir helfen! Glaubst du das, Niki?«

»Ich bin kein Arzt, Vater. Aber ich meine, man sollte auf ihren Rat hören. Du siehst nicht gut aus.«

»Das merke ich allein! Manchmal könnte ich mit dem Kopf gegen die Wand rennen. Niki, mögest du nie Nierenkoliken bekommen! Es zerreißt dich, sage ich dir!«

Der Zar ließ sich in seinen dick gepolsterten Sessel fallen. »Was wird werden, wenn ich sterbe?« fragte er nach einer Pause.

»Daran sollten wir nicht denken, Vater«, antwortete der Zarewitsch bedrückt.

»Nur daran, Niki! Zwölf Jahre habe ich regiert – ich hatte mir eine längere Zeit vorgenommen! Aber ich habe es doch fertig gebracht, keinen Krieg zu führen!« Er richtete sich stolz auf. »Ich bin einer der wenigen Zaren, die keinen Krieg geführt haben. Sie nennen mich im Volk ›Mirotworjez‹ – den ›Friedensbewahrer‹. Das freut mich sehr, und darauf bin ich ein wenig stolz. Niki, ich lege dir ans Herz: Wenn du einmal Zar sein wirst, denke immer daran, laß Rußland den Frieden! Laß dich nie in einen Krieg hineinziehen. Man kann alle Konflikte durch Verhandlungen lösen. Alle! Man braucht keine Toten dazu. Und wenn die anderen Großen dieser Welt ihre Säbel rasseln lassen, denke daran: Rußland ist so groß, Rußland ist so mächtig und reich – man kann es nie besiegen! Das wissen auch die anderen, aber sie tun gern so, als seien sie stärker. Laß dich nie davon beeinflussen, Niki!«

»Ich werde es nie vergessen, Vater.« Nikolai Alexandrowitsch küßte dem Zaren die Hand. »Aber wir alle hoffen und beten, daß unser ›Mirotworjez‹ noch lange lebt ...«

Im August wurden die Schmerzen unerträglich. Hinter verschlossenen Türen hörte man Alexander III. ab und zu dumpf brüllen, wie einen gefesselten Stier.

»Es ist furchtbar!« sagte Nikolai zu Matilda.

Er besuchte sie jetzt weniger, ein-, höchstens zweimal in der Woche, und dann nur heimlich, in Zivil. Der Polizeipräsident hatte den Auftrag erhalten, das Stroitskypalais zu überwachen. Der Befehl kam von der Zarin.

Man hatte ihr zugeflüstert, daß der Zarewitsch auch nach seiner Verlobung mit der Prinzessin von Hessen noch zu Matilda Felixowna ginge. Das war für die Zukunft ein unmöglicher Zustand, fand sie, und so gab es keine andere Möglichkeit, als das Palais überwachen zu lassen. Jedermann, der zu Besuch erschien, wurde notiert.

»Mein Vater stirbt –«, sagte der Zarewitsch bedrückt zu Matilda. »Er stirbt jeden Tag ein wenig. Es ist schauerlich, das anzusehen. Entsetzlich, sein Stöhnen zu hören. Er muß so sehr leiden – aber wenn man ihn sieht, ist er immer noch der unfällbare Baum. Wie lange soll das noch gehen?«

Im Herbst des Jahres 1894 ließ sich Alexander III. endlich erweichen, auf die Krim zu reisen. In seinem von blühenden Gärten umgebenen Schloß am Meer wollte er den Tod erwarten.

Wenn ein Zar eines normalen Todes stirbt – was äußerst selten war –, so standen um sein Sterbebett nicht nur Ärzte, sondern auch eine Anzahl Priester, an der Spitze der Metropolit. Mönche sangen außerhalb des Totenzimmers feierliche Choräle oder beteten um das Seelenheil des Zaren, der sich darauf vorbereitete, vor seinen Richter zu treten.

Zwar war ein Zar von Gott auserwählt worden, das große russische Volk zu regieren – das wußte jeder, und jeder mußte es auch glauben – aber so ganz traute man dem himmlischen Frieden doch nicht. Die Fürbitten hielten so lange an, wie der Sterbende noch atmete. Sie wurden zu einem Aufschrei, wenn der letzte Seufzer erklungen war. Jetzt stand der Zar vor Gott, und es galt diesen zu überzeugen, daß dieses verblichene Leben trotz aller Belastungen ein gutes, ein gottgefälliges gewesen war.

Bei Alexander III. war es ganz anders.

Selbstverständlich empfing auch er die Kirchenführer, ließ auch er sich segnen und betete mit ihnen, aber vom Sterben sprach niemand. Der Zar lag auch nicht im Bett, wie die Ärzte dringend geraten hatten: Ein Bär verkriecht sich nicht in die Federn – er fällt um in voller Größe! Ein Krankenbett war für den Zaren etwas Abscheuliches, Verweichlichtes, Beschämendes – das einzige, was seine Umgebung ihm abrang, war, daß er in einem Sessel mit hoher gerader Lehne saß, wo er, von Schmerzen zerrissen, thronte und so tat, als sei er unsterblich.

Mittlerweile hatte sich die ganze Familie auf der Krim versammelt. Auch Alice von Hessen war aus England gekommen, um beim Tod ihres Schwiegervaters zugegen zu sein. Zusammen mit der Zarin pflegte sie ihn, soweit sich Alexander III. überhaupt pflegen ließ, sie las ihm vor, sie spielte ihm auf dem Klavier Sonaten und Etuden vor und sang mit ihrer schönen Stimme Mozartarien.

»Ich werde zu meinem Vater gerufen«, sagte der Zarewitsch eines Tages im Oktober 1894 zu Matilda Felixowna, die er wieder einmal – als einfacher Mann verkleidet – besucht hatte.

Übrigens half die Verkleidung wenig, die Polizeispitzel hatten ihn längst erkannt und meldeten es dem Präsidium. Dort hatte man schwere Köpfe bekommen.

Die Zarin hatte verlangt, daß das Verhältnis mit der Tänzerin beendet würde – aber wie sollte das geschehen? Man konnte doch den Zarewitsch nicht daran hindern, das Stroitskypalais zu betreten, ebensowenig konnte man daran denken, Matilda auszuweisen, ja, das hatte sich sogar als völlig undurchführbar herausgestellt.

Der Polizeipräsident selbst hatte es einmal mit einer Unterredung versucht, aber nach drei Stunden verließ er erschöpft und schwitzend das Palais – als ein geschlagener Mann! Nun verstand er auch den Zarewitsch: Matilda Felixowna war eine wunderbare Frau! Man mußte sie einfach lieben! Aber diese Liebe durfte doch nicht sein, wenn Nikolai Alexandrowitsch in Kürze der neue Zar sein würde ...

Was also sollte man tun?

An diesem Abend sagte der Zarewitsch zu Matilda: »Es geht zu Ende, Liebes. Morgen reise ich auf die Krim. Ich – werde – als Zar zurückkommen ... Es gibt für Vater keine Hoffnung mehr ...«

Dann weinte er, den Kopf an Matildas Brust gelehnt, und sie streichelte seine braunen Haare. Nun wußte sie, daß mit dieser Reise sich auch ihr Leben grundlegend ändern würde.

Ich komme als Zar zurück ... das war das Ende ihrer großen einmaligen Liebe.

An diesem Abend tanzte sie ganz allein für Nikolai, sein Lieblingsballett: Swanhildes Tod aus »Schwanensee« von Tschaikowsky.

Zum erstenmal ertönte die Musik aus einem merkwürdigen Gerät, das der Zarewitsch mitgebracht und Matilda geschenkt hatte. Man nannte es Phonograph, ein Engländer namens Edison hatte es erfunden. Es war ein verrücktes Ding mit einer Kurbel, mit der man einen Teller aufzog, auf dem eine Wachsplatte lag, über die eine Nadel an einem runden Instrument kratzte. Über dem Ganzen wölbte sich ein Trichter aus Messing; und wenn man das Ding aufgezogen hatte und die Nadel durch die Rillen der Platte zog, dann erklang plötzlich ganz deutlich Musik!

Es erschien einem wie ein unbegreifliches Wunderwerk, und auch der Zarewitsch war nicht in der Lage, es zu erklären. »Schallschwingungen werden in Rillen umgesetzt und über eine Membran werden diese Schwingungen durch die Abtastnadel wieder in Töne umgesetzt – das ist das ganze Geheimnis!« sagte Nikolai Alexandrowitsch.

Aber wer soll das begreifen?

Als Mustin, der Zwerg, zum erstenmal die Kurbel drehte und aus dem Trichter kratzend, blechern, aber doch deutlich erkennbar ein Walzer erklang, fiel Rosalia Antonowna auf die Knie, bekreuzigte sich und schrie: »Geh von mir, Satan!«

Sie war zwei Tage lang nicht zu beruhigen, stellte neben den Phonographen zwei Kerzen auf zur Vertreibung der bösen Geister, und erst, nachdem sie sich überwunden hatte und selbst an der Kurbel drehte, und als von der Wachsplatte abermals ein flottes Tänzchen erklang, war sie so begeistert von dem Gerät, daß sie jede Minute dazu benutzte, eine Platte abzuspielen – besonders, wenn sie unbeobachtet war.

An diesem Abend nun tanzte Matilda allein für den Zarewitsch nach den Klängen aus dem großen Messingtrichter die letzte Szene aus »Schwanensee«. An der Kurbel stand Rosalia Antonowna, heulte lautlos in sich hinein und verließ dann das Zimmer.

Mit zitternden Händen hob der Zarewitsch den »toten Schwan« auf ... Matilda war zusammengesunken auf dem Boden liegengeblieben, wie der sterbende Schwan nach dem letzten Ton verendet war.

»Mein Liebes ...«, stammelte der Zarewitsch. »O Gott, mein Liebes ... lebe weiter! Lebe für uns alle! Du bist nicht die Schwanenkönigin ... du bist die beste Tänzerin der Welt! Du darfst jetzt nicht aufgeben! Du *mußt* weitertanzen!«

Eng umschlungen standen sie im Zimmer und weinten miteinander. Mit diesen Tränen floß ein Teil ihres Lebens fort, das wußten sie, vielleicht der schönste Teil, der glücklichste jedenfalls.

Das Leben eines Zaren hält wenig Platz bereit für ein Stück Glück.

Am nächsten Morgen fuhr Nikolai Alexandrowitsch auf die Krim.

Matilda wußte die ungefähre Abfahrtszeit. Sie saß um diese Stunde am Fenster, blickte in den nebeligen Morgen und betete.

»Gott sei mit dir, Niki –«, sagte sie. »Ich habe Angst um dich. Rußland ist zu schwer für dich . . .«

Auf der Krim sah Nikolai seine Verlobte Alice wieder. Sie war blaß, voller Sorge um den Zaren und fiel ihm sofort schluchzend um den Hals. Wenig später sagte sie zu ihm:

»Jetzt mußt du zeigen, daß du der künftige Zar bist! Es sind viele Männer um deinen Vater, die nur auf seinen Tod hoffen, um dann ihre eigene Politik zu machen! Biete ihnen die Stirn, Niki!«

Es war das erstemal, daß der große Ehrgeiz der Alice von Hessen so voll zum Ausbruch kam. Der Zarewitsch erkannte es nicht, – er nickte nur besorgt. Dann ging er zu seinem Vater, auf das Schlimmste gefaßt.

Es war alles ganz anders. Alexander III. thronte in seinem Sessel, gelblich im Gesicht, mit verfärbten Augäpfeln, aufgedunsen . . . die sein Leben abwürgende Urämie hatte ihn gezeichnet. Täglich wurde ihm der Urin mit Sonden und Kathetern unter größten Qualen abgesaugt, aber die totale Vergiftung war nicht mehr aufzuhalten.

Sein eigener Körper vergiftete den Zaren.

Aber Alexander III. saß im Sessel, begrüßte seinen ältesten Sohn wie immer freundlich und streng, musterte ihn kritisch und fand ihn, wie immer, zu weichlich.

»Du hast geweint!« sagte er grob.

»Vater . . .«

»Ein Zar weint nicht! Ein Zar weint nur vor Gott oder für sein Volk! Ihnen allein gehört sein Leben! Begreifst du das?«

»Ja, Vater.«

»Ich weiß, daß ich sterben werde! Klage ich? Jammere ich? Bettele ich Gott an? Nein! Ich ordne mein Reich, das du übernimmst! Also hör gut zu, Niki! Laß mich nicht in der Sorge von euch gehen, mein Rußland könnte sich verändern! Paß vor allem auf die Kommunisten und Sozialisten auf! Merke dir: Wer eine rote Fahne trägt, ist dein Feind! Die Ideen unter dieser roten Fahne sind gefährlich und zerstörerisch. Sie zerschlagen die Ordnung, aber sie geben keine neue dafür! Sie schaffen nur ein Chaos aus wirren Ideen und wortgewaltigen Phrasen! Ein Volk wie Rußland braucht eine harte Hand. Werde hart, Niki . . .«

Es waren die gleichen Worte, nur noch deutlicher, die ihm schon Alice gesagt hatte. Am Abend schrieb Nikolai über seine Braut in sein Tagebuch:

»Mein Gott, welche Freude, sie hier zu treffen, in meinem Vaterland, und sie bei mir zu haben! Die Hälfte meiner Sorgen und meiner Traurigkeit scheint zerstreut zu sein . . .«

Und Alice schrieb in Nikis Tagebuch, in dem sie – wie immer – lesen konnte:

»Mein liebes Kind, ich liebe dich so zärtlich, so innig! Sei stark und befiehl deinen Doktoren, dich täglich aufzusuchen . . . Du bist der Lieblingssohn deines Vaters, und man muß dir alles sagen und dich in allen Dingen befragen. Zeige deinen eigenen Willen und laß die anderen nicht vergessen, wer du bist . . .«

Nun, das war deutlich genug.

Alice von Hessen bereitete sich auf ihre Zarinnenwürde vor. Sie wollte den strengen Geist Alexanders III. weitertragen . . .

Wer konnte damals ahnen, daß gerade sie so kläglich versagen würde, daß sie sich zu spiritistischen Sitzungen, zu Wundermönchen wie Rasputin und in eine geradezu lähmende Religiosität flüchten würde?

Am 20. Oktober 1894 starb der Zar.

Auch an diesem Tag wehrte er sich gegen das Bett. Er saß in seinem Sessel, ein Bär noch in seinen letzten Atemzügen. Als das Herz versagte, abgewürgt von dem Gift, das seine gelähmten Nieren ausschickten, war es, als neige er den Kopf zur Seite, um ein Schläfchen zu halten.

Ein Urämietod kann sehr sanft sein. Die Zarin faltete die Hände, der Leibarzt stellte den Tod fest, die Familienmitglieder und die Mönche beteten.

Erstarrt, wie inmitten seiner Verwandtschaft ganz einsam, stand Nikolai Alexandrowitsch vor dem Toten.

Der neue Zar.

Neben ihm stand Alice und tastete vorsichtig nach seiner Hand. Sie war eiskalt. Er faßte nach ihren Fingern und hielt sie fest. Auch wenn man sein ganzes Leben lang auf diesen Augenblick vorbereitet wurde – es war ein überwältigend-bedrückendes Gefühl, Herr über ein Reich wie Rußland zu sein.

An diesem Tag schrieb der Zarewitsch, der nun bald Zar Nikolaus II. sein würde, in sein Tagebuch:

»Der Kopf wirbelt mir, so unwahrscheinlich erscheint die furchtbare Wirklichkeit. Ich bin vor Kummer erledigt. Herrgott, stehe uns bei in diesen kummervollen Tagen ...«

Die schwere Last, Zar zu sein, spürte er bereits: Die Welt erwartete jetzt von Nikolaus II. irgendein Zeichen.

Er gab es. Er wollte Alice sofort in aller Stille im Schloß von Livadia heiraten.

Und er steckte die erste Niederlage ein: Die kaiserliche Familie, an der Spitze seine Mutter, widersetzte sich seinem Wunsch.

Zuerst sollte das pompöse Begräbnis mit den Feierlichkeiten in St. Petersburg und Moskau stattfinden, dann könne man – so der Hof – die Trauer für einen Tag unterbrechen und im Winterpalais heiraten. Vielleicht an einem Novembertag – aber darüber müsse noch beraten werden.

Der Zarewitsch beugte sich dem Familienspruch, und was man befürchtet hatte, brach nun offen aus: Er war durch den Tod des Vaters völlig ratlos geworden und saß lange Stunden, in trübe Gedanken versunken, am Strand des Schwarzen Meeres.

Er empfing wenig später den Militärgouverneur der Krim, den Grafen Mussin-Puschkin, einen der wenigen Würdenträger des Reichs, die in Livadia beim Tod des Zaren anwesend waren.

»Ich habe mich durchgerungen«, sagte Nikolai Alexandrowitsch mit belegter Stimme. »Ich werde auf die Krone verzichten!«

Und Mussin-Puschkin antwortete: »Das dürfen Sie nicht, Kaiserliche Hoheit! Sie haben eine dynastische Pflicht übernommen!«

»Nur, weil ich als Ältester geboren wurde?«

»Ja! Es ist ein Gottesschicksal, Sie sind der nächste Romanow auf dem Zarenthron! Sie müssen . . .«

An einem dieser Tage sprach der Zarewitsch auch mit einem Freund aus sorglosen Jugendjahren, mit dem Großfürsten Alexander Michailowitsch.

»Was soll ich nur tun?« fragte Nikolai verzweifelt. »Ich bin zum Regieren nicht vorbereitet worden. Ich verstehe nichts von Staatsgeschäften. Ich habe nicht die geringste Vorstellung davon, wie man mit Ministern spricht, ich habe niemals Zar werden wollen! Mein großer Wunsch war immer, als Marineoffizier die ganze Welt zu bereisen. Ich habe es nie gewollt – dieses Reich mit hundert Millionen Untertanen zu regieren! Was soll ich nur tun?«

Es war Alice, die ihn tröstete und aufrichtete. Nikolai griff mit wahrer Verzweiflung nach dieser Hilfe. »Was wäre ich ohne dich – jetzt, in dieser Not?« sagte er zu ihr, einen Tag vor der Abreise nach St. Petersburg. »Wie überstehe ich das, was jetzt auf mich zukommt?«

Es war ein kalter, aber klarer Tag, als der große Leichenzug sich durch die Straßen der Hauptstadt bewegte. Dicht gedrängt stand die Menge an den Straßenrändern, betete oder kniete nieder, wenn der Sarg langsam vorbeifuhr, bekreuzigte sich und starrte gespannt auf die deutsche Prinzessin, die neben dem künftigen Zaren in der Kutsche saß.

Das also war sie, die neue Herrin!

Ganz in Schwarz, in Trauerschleier gehüllt, mit vom Weinen geröteten Augen, die Lippen fest zusammengepreßt, so fuhr Alice durch St. Petersburg. Noch auf der Krim, vor der Abreise, war sie offiziell zum orthodoxen Glauben übergetreten. Sie hieß nun Alexandra Fjodorowna.

Auch Rosalia Antonowna hatte sich aufgestellt, um das neue Mütterchen Rußlands zu sehen. Sie saß neben Matilda auf der Bank einer Kalesche, in Wolldecken gehüllt, und überblickte die Menge der Gaffer.

Es war unheimlich still, als die Kutsche mit dem Zarewitsch und seiner Braut Alexandra Fjodorowna vorbeifuhr, dieser in Trauer und Würde erstarrten, von wallenden schwarzen Schleiern umhüllten Gestalt.

Ziemlich klar und laut ertönte die Stimme der Bondarewa, die aus tiefer Brust kam: »Herrgott, vergib uns! Das ist ein Unglücksvogel ...«

Zwei Tage später erschien Mustin, der Zwerg.

Wie alle Menschen bei Hofe trug er einen Trauerflor, aber nicht um den Arm. Er hatte mit dem schwarzen Band seinen Spiegel auf dem Turban verhängt. Das war typisch für den kleinen Narren – er entzog den Menschen ihren eigenen Anblick.

»Niki will dich sehen«, sagte er zu Matilda. »Dauernd empfängt er Trauergäste und Delegationen, Gouverneure und Reichsratsmitglieder, Minister und Kosaken-Atamane, Senatoren und Botschafter. In Kürze kommen die Könige von Serbien und Rumänien, vor denen es ihm besonders graut, weil sie wie die Kletten sind! Aber morgen hat er sich frei genommen, morgen will er sich bei der Jagd erholen. Er will dich auf der Wolkonskijchaussee treffen. Da ist ein weites Feld, da steht eine große Scheune ... Dort will er hinkommen!«

»Matilda geht nicht!« rief Rosalia Antonowna bissig. »Sie ist kein Hündchen, das man heranpfeift!«

»Wann?« fragte Matilda leise.

»Du gehst nicht!« schrie die Bondarewa.

»Am Morgen gegen zehn ...«

»Ich komme ...

»Festbinden werde ich sie!« schrie Rosalia Antonowna. »Was ist denn noch zu sagen? Die Braut ist eingerückt – was will er denn noch mit einer Tänzerin?«

»Ich glaube, Nikolai wird Matilda nie vergessen!« sagte der Zwerg sehr ernst. »Er will Abschied nehmen, wie es sich gehört.«

»Moral hat er auch noch?« rief die Bondarewa. »Ha!«

»Wie ich. Ich bleibe ja auch bei dir ...«

»Ha, du Froschmaul!«

»Halt dich da raus, keifendes Ungeheuer!«

Rosalia Antonowna schnaufte, aber die Ordnung war wiederhergestellt. Auf dieser Basis verstand man sich.

Sie kochte Tee, sorgte für Kuchen und ließ sich dann von Mustin, der die Kurbel drehte, auf dem Teufelsding von Phonograph eine traurige Melodie vorspielen.

Am nächsten Morgen fuhr Matilda Felixowna in einer Kutsche hinaus zur Wolkonskijchaussee.

Boris Davidowitsch Soerenberg begleitete sie zu Pferd. Er war in diesen Tagen sehr schweigsam, sehr zurückhaltend; er trat kaum in Erscheinung. Er war fast immer in Nikolais Nähe und sagte zu Matilda, er habe wegen der Staatstrauer Dauerdienst. Wußte er mehr? Was wußte er?

Rosalia Antonowna wollte ihn unbedingt ausfragen. Sie provozierte ihn: »Bist du ein Bräutigam oder ein lallender Idiot? Was ist dir Matilda denn wert? Oh, wie schlapp sind doch heute die Männer!«

Aber Boris schwieg beharrlich. Er kam nur ab und zu vorbei, blieb nicht lange und schlief jede Nacht in der Kaserne oder im Zarenpalast Anitschkow.

An diesem Morgen holte er Matilda ab. Jetzt war er bei ihr – in der vielleicht schwersten Stunde ihres jungen Lebens.

Leichter Nebel schwebte über dem weiten einsamen Feld mit der langgestreckten, strohgedeckten Scheune, als Matildas Kutsche sich näherte. Die Chaussee war verlassen, sie war wegen der kaiserlichen Jagd gesperrt worden. Ein Absperrkommando hatte die Ankommenden passieren lassen, nachdem Boris sich ausgewiesen hatte.

Allein, in der Weite, im Nebel, unter dem trüben Himmel ein Bild der Einsamkeit, wartete neben der Scheune ein Reiter. Wie ein Symbol war es: Der neue Zar, verlassen von allen, ausgesetzt in einen unendlichen Raum, in dem er nur ein Punkt war. Ein kleiner, armer Mensch in einem Rußland, das nun ihm gehörte . . .

Boris ritt an die Seite und beugte sich hinunter zum Fenster. Matilda hatte das Gesicht an die Scheibe gedrückt und starrte hinüber zu dem einsamen Reiter. »Ich bleibe zurück«, sagte Soerenberg, als sie das Fenster herunterkurbelte.

»Du willst mich allein lassen?«

»Zum letztenmal, Matilduschka.« Boris war sehr ernst. Auch sein Lächeln, das ihr Mut geben sollte, gefror auf den Lippen. Für ihn war dieser Morgen genauso eine Wende seines Lebens wie für sie. Er hatte sich darauf vorbereitet in den langen Stunden, die dem Tod des Zaren gefolgt waren. »Sei tapfer . . .«

»Ich bin es, Borja!«

Er winkte, der Kutscher schnalzte mit der Zunge, langsam fuhr die Kutsche über das freie Feld, der Scheune zu.

Ein paar Meter von dem wartenden, einsamen Reiter entfernt hielt sie, der Kutscher kletterte vom Bock, zog den Hut, verneigte sich fast bis zur Erde und lief dann zur Chaussee zurück, außer Hörweite. Dort drehte er der Scheune den Rücken zu, schlug den Kragen des Mantels hoch und wartete. Wie eine Vogelscheuche sah er aus, umwallt von Nebelschwaden.

Nikolai Alexandrowitsch ritt an die Kutsche heran, sprang vom Pferd und ging zu Fuß Matilda entgegen, die den Kutschenschlag öffnete. Sie sahen sich an und schwiegen. Man hatte einander so viel zu sagen, und weil es Gebirge waren, die man mit Worten versetzen wollte, waren die Kehlen zugeschnürt von zurückgehaltenen Tränen. Alles, was man sich sagen wollte, verkümmerte . . .

Es gab keine Worte mehr dafür, keine Ausdrücke, keine Laute. Die Sprache war zu arm geworden, um das auszudrücken, was sie dachten, was sie fühlten, was sie einander erklären wollten.

»Matilda«, begann der künftige Zar leise. »O mein Himmel, Matilda . . .«

»Es war unser Schicksal von Beginn an –«, sagte sie stokkend. »Wir . . . wir wußten es doch, Niki . . .«

»Ich wollte davor davonlaufen.«

»Das ist unmöglich.«

»Ich wollte auf die Krone verzichten.«

»Das darfst du nie! Nie! Du gehörst dem russischen Volk, ich gehöre der Kunst . . . Wir haben jeder ein Reich, in dem wir regieren müssen!«

»Diese Antwort gibst du mir?«

»Es ist die einzige Antwort, Niki. Die Antwort der Vernunft.«

»Welch ein Engel bist du! Wie unerreichbar über allen

übrigen Menschen schwebst du ...«

»Nein, Niki. Kein Engel. Ich bin ein ganz kleines Mädchen, das weiß, wie klein es ist. Das ist alles, Niki. Wir hatten zusammen einige Monate des Glücks ... Wollen wir darüber traurig sein? Wollen wir undankbar werden gegenüber einem Schicksal, das uns so herrliche Stunden geschenkt hat? Warum sollten wir weinen, wenn das Leben seinen Lauf nimmt. wie es ihn nun einmal nehmen muß? Niki, ich habe ... dich sehr geliebt ...«

»Ich werde dich immer lieben, Matilda!« Nikolai Alexandrowitsch zog ihre Hände an sich und küßte sie. »Ich wollte dich um Verzeihung bitten ...«

»Wozu? Wegen Alice? Sie gehört zu dir, sie wird eine gute Zarin sein. Und du liebst sie auch!«

»Matilda! Es ist alles so ausweglos!«

Sie sah, daß wieder Tränen in seinen Augen schimmerten, und nun fragte auch sie sich, wie es möglich sein würde, daß dieser Mann bald das größte Land der Welt regieren sollte. Er war für Kunst und Schönheit geboren, nicht für Politik und Intrige.

»Ich ... ich werde nun bald heiraten. Der Familienrat hat den 14. November bestimmt.«

»Ich werde für dich beten, Niki –«, sagte sie kaum hörbar.

»Wenn es das nur wäre!« Der Zarewitsch legte sein Gesicht in ihre Hände. »Es wird eine Festaufführung in der Oper geben. Du wirst vor uns tanzen müssen ...«

Er fühlte, wie sie erstarrte, aber sie sagte ganz ruhig: »Auch das werde ich tun, Niki. Natürlich wieder ›Schwanensee‹?«

»Ja!« Er würgte an den Worten. »Es ist der Wunsch von Alix.«

»Alexandra Fjodorowna.«

»Sie weiß nichts von unserer Liebe.«

»Glaubst du das?«

»Ja. Ich weiß es bestimmt. Sie hat ahnungslos den

Wunsch geäußert. Aber du könntest krank werden ... du könntest vorher St. Petersburg verlassen ... ins Ausland fahren ... nach Paris ... London ... Rom ...«

»Hältst du mich für so feige, Niki? – Ich tanze!«

»Ich könnte dir behilflich sein ... Meine Kuriere könnten dich bringen, wohin du willst ...«

»Nein, Niki. Ich will in St. Petersburg bleiben. Ich will in deiner Nähe sein. Ich will dich ... wenigstens ab und zu sehen. In der Loge der Oper, im Konzert, auf dem Paradeplatz, beim Manöver, bei Feiern und Staatsbesuchen, auf Empfängen ... Es wird so viele Möglichkeiten geben, dich zu sehen! Und wenn ich dich dann sehe, Niki, dann werde ich leise zu mir sagen: Sieh ihn dir an, Matilda. Das ist der große Zar Nikolaus! Er hat dich einmal geliebt. Wir waren sehr glücklich zusammen. Gott schütze den Zaren! – Und ich werde immer glücklich sein, solange du es bist!«

»O Gott! Deine geradezu himmlische Güte zerreißt mich!«

Der Zarewitsch küßte wieder ihre Hände; dann zog er sie an sich und küßte sie auf den kalten Mund – zum letztenmal, das war ihnen beiden klar. Sie warf die Arme um seinen Nacken und so standen sie lange Zeit – als seien sie erstarrt in der Umarmung.

Plötzlich riß sich Nikolai los, drehte sich rasch um und ging zu seinem Pferd.

Er stieg in den Sattel, gab dem Pferd die Sporen und ließ es ein paar Schritte davongaloppieren. Aber dann zügelte er es, fiel in einen langsameren Gang und ritt davon, als müsse er eine Riesenlast nach sich ziehen. Ab und zu blickte er sich um.

Da stand sie, allein auf dem kahlen Feld, schmal und klein, hinter sich die Scheune und die Kutsche ... Sie stand da, in ihren Pelz gehüllt, wie ein Halm, den man zu mähen vergessen hatte.

Matilda winkte nicht. Sie stand nur da und blickte ihm

nach. Er hielt immer wieder an, sein Herz krampfte sich zusammen; er rang mit sich, zurückzureiten, und er wußt doch gleichzeitig, daß es keinen Sinn mehr hatte ... So ritt er weiter, die Gestalt vor der Scheune wurde kleiner und kleiner, die Nebelschleier umwallten sie, lösten nun schon ihre Form auf, hoben sie von der Erde auf, trugen sie hinweg ...

Da hieb er die Sporen dem Pferd in die Weichen, beugte sich über den Hals des Tiers und ließ sich in einem wilden Galopp wegtragen aus der Vergangenheit.

Matilda sah ihm nach, bis sich auch Nikolai im Nebel auflöste. Dann wandte sie sich um, stieg in die Kutsche, schlug die Tür zu und drückte sich in die Ecke der Polsterbank. Sie weinte nicht, sie zerriß nur ihr Taschentuch zwischen den Zähnen und atmete tief auf, als sie endlich den Kutscher auf den Bock klettern hörte, die Räder rollten, und als die Kutsche über das Feld zu schwanken begann.

Vorbei ... vorbei ... vorbei ... knarrten die Räder. So gehen Teile des Lebens zu Ende. Der Mensch stirbt dauernd und in Stücken – jetzt verstand sie diesen Satz.

Auf der Chaussee gesellte sich Boris Davidowitsch, der Getreue, an ihre Seite. Er ritt neben ihr und war so klug, nichts zu sagen. Er warf auch keinen Blick in die Kutsche. Aber Matilda beobachtete ihn. Er hatte ein kantiges Gesicht bekommen, starrte geradeaus und ritt unbewegt einher.

O Boris, dachte Matilda, wie mußt du mich lieben! Was kann ich für dich tun? Wie kann ich dir für alles danken, was du für mich getan hast? Wieviel stilles Leid hast du in dich hineingefressen ...

Sie lehnte sich zurück, zog die Pelzmütze über ihre Stirn und schloß die Augen. Sie brannten, aber es kamen keine Tränen, um das Feuer zu löschen.

Ich bin leer, dachte Matilda. Ich bin vollkommen leer. Ich bin wie eine der Puppen im Ballett Coppelia. Ich tanze nach dem Uhrwerk in meiner Brust.

Gott hilf mir, daß ich das überwinde!

XIV

Die Trauung des Thronfolgers mit Alexandra Fjodorowna fand am 14. November 1894 in der Kapelle des Winterpalais von St. Petersburg statt.

Der gesamte Hof war versammelt, sämtliche Großfürsten und Fürstinnen des russischen Reichs, der Adel der Welt. Beim dumpfen Choralgesang eines Priesterchors wurde das junge Paar eingesegnet.

Es wurde ein glanzvolles Fest. Nikolai trug die rote Uniform des Gardehusaren-Obersten; über die Schulter hatte er den goldverbrämten weißen Dolman geworfen. Der Thronfolger war sehr ernst; als der Segen gesprochen wurde, war sein Blick melancholisch.

Alexandra Fjodorowna erstrahlte in einer Schönheit, die niemand für möglich gehalten hatte. Ihr Brautkleid war aus weißer, silberdurchwirkter Seide, über das sie einen Mantel aus Goldbrokat trug. Die Schleppe dieses Überhangs war so lang, daß fünf Kämmerer sie tragen mußten. Auf ihrem hochgesteckten Haar glitzerte das Diamantdiadem der Zarinnen – eine vorweggenommene Krone von unschätzbarem Wert.

Hoch aufgerichtet, stolz und sich ihrer überwältigenden Wirkung voll bewußt, schritt sie neben Nikolai durch das Spalier der Gäste, betrat sie zu dem feierlichen Tedeum die Kathedrale und fuhr sie schließlich an der Seite ihres Mannes durch St. Petersburgs Straßen.

Das Volk jubelte dem schönen Paar zu, schwenkte Fahnen und Tücher, kniete nieder oder rief ihm Gottes Segen zu. Ein neuer Zar! Ein schöner Zar! Ein gütiger Zar – das sah man.

Würde jetzt ein anderer Wind über Rußland wehen? Würde es mehr Freiheiten geben? Begann endlich eine aufgeklärtere Politik? Würde Rußland aus einer Erstarrung erwachen, die der bärenstarke Despot Alexander III. so geliebt hatte und von Nutzen hielt?

»Er wird alles falsch machen!« orakelte der Zwerg Mustin an diesem Tag. Er stand mit Rosalia Antonowna hinten in der riesigen Kasanschen Kathedrale und lauschte dem Tedeum. Sie waren ein seltsames Paar: der Zwerg mit dem Riesenkopf und die Dicke mit dem Riesenbusen ... »Heute jubeln sie noch alle ... Bis sie sehen und erkennen, daß von zwanzig Beratern des neuen Zaren einundzwanzig Lumpen sind!«

Im Marktviertel saßen die Kommunisten zusammen und waren sich einig: Rußland wird sich verändern. Diesen Zaren würde man wegfegen wie Herbstlaub vor der Tür ...

Am Abend ertanzte Matilda Felixowna sich ihren größten Erfolg in »Schwanensee«.

Atemlos starrten die Operngäste auf die Bühne, wo etwas Unfaßbares geschah: Man glaubte nicht mehr, daß dort ein Mensch tanze. So innig konnte nur eine Elfe sein, ein Engel, ein überirdisches Wesen.

Als Svanhilde starb, als die Bewegungen der Arme allmählich erlahmten, als das ganze Wunder zusammensank in einem weißen Tüllknäuel, als das letzte Zucken durch diesen grazilen Körper zitterte und die Liebe das Leben aufsaugte ... da ging ein tiefes Seufzen durch alle Reihen des Opernhauses.

Nikolai Alexandrowitsch saß mit starrem Gesicht in seiner Loge, seine junge Frau Alexandra Fjodorowna hatte glühende Wangen. »Das ist ein Wunder«, flüsterte sie immer wieder, »ein Wunder! Niki, wie kann man so tanzen? Mein Gott, stirbt sie nicht wirklich ...«

Aber Matilda Felixowna starb nicht.

Nachdem der Vorhang sich geschlossen hatte und die letzten Takte der herrlichen Musik verklungen waren, erhob sie sich, nickte zur Seite und ließ den Vorhang wieder aufgehen. Mit einem vollendeten Hofknicks trat sie an die

Rampe, umrauscht von dem tosenden Beifall und den lauten Bravorufen. Sie griff sich an den Hals und blickte hinauf zur Zarenloge. Erst jetzt sah man, daß sie eine Perlenkette trug. Große blaßrosa Perlen von schimmernder Schönheit . . .

War es eine ungeschickte Bewegung oder war es ein Erschrecken über den ausbrechenden Jubel um ihre Person . . . jedenfalls zerriß die Kette plötzlich, die Perlen rollten aus ihrer Hand und rollten über die Bühne bis hinunter in den Orchestergraben.

Matildas Gesicht war dabei völlig ausdruckslos. Sie öffnete dann die Hand und ließ die restlichen Perlen, die sie noch hielt, ebenfalls über den Bühnenboden rollen . . . Erst dann lächelte sie schwach, knickste wieder tief und neigte das Haupt zu dem Thronfolgerpaar hin.

Der Vorhang fiel.

Nikolai Alexandrowitsch saß wie gelähmt. Er hatte verstanden. Die Perlenkette kannte er genau. Er hatte sie Matilda an dem Abend geschenkt, als sie das größte Glück miteinander erlebten.

Eine Kette für die Ewigkeit! Jetzt zerriß sie die Perlenschnur und streute die Perlen über die Bühne.

Adieu hieß das. Adieu für immer! Du bist der Zar, ich bin die Tänzerin. Es gibt kein Band mehr zwischen uns. Keine Kette, die uns aneinander fesselt. Sieh nur die Perlen, wie rasch sie wegrollen! So wird auch die Erinnerung wegrollen, Stück um Stück, und ich will sie nicht wieder auflesen und zusammenknüpfen lassen.

Adieu, Niki!

Trotz des rasenden Beifalls kam Matilda nicht mehr auf die Bühne. Sie hätte es auch gar nicht können, denn sie stand in ihrer Garderobe und zerriß stumm, mit steinernem Gesicht, ihr Kostüm als Schwanenkönigin.

Tamara Jegorowna lehnte bleich an der Wand, sah ihr zu und hinderte sie nicht daran. Das war keine Zerstörungswut, kein Akt der Zerfleischung, keine Wahnsinnstat ... Das war die kühle Abrechnung mit einer kurzen Lebensepoche. Das Zerfetzen eines schönen Traums. Die Rückkehr in die rauhe Wirklichkeit.

»So ist es gut!« sagte die Jegorowna, als Matilda das Kleid in kleine Stücke gerissen hatte und die Fetzen durch die Luft wirbelten. »Ist dir jetzt wohler?«

»Ja!« Matilda Felixowna breitete weit die Arme aus. »Und jetzt möchte ich Champagner trinken. Viel Champagner! Ein Faß voll Champagner! Wo steckt Borja?«

»In der Zarenloge. Wo sonst?«

»Hol ihn! Er muß kommen. Und wenn Niki ihn nicht gehen läßt, dann bestelle dem Zaren: ich will ihn sehen! Jetzt! Ich will Borja jetzt haben ...«

»Matilda!« Die Jegorowna ging zur Tür. »Soll es einen Skandal geben? Das mit den Perlen hat genügt ...«

»Ein Unfall, Tamarenka ...«

»Das weiß ich besser! Ich kenne dich!«

»Los, holt mir Borja! Und bringt Champagner mit. Sag auch Mamuschka, sie soll kommen. Auch Mustin ... Heute ist ein Grund zum Feiern! Eine Taufe ist es, eine Taufe mit Champagner! Ein neues Wesen wird geboren! Matilda Felixowna, der Weltstar!«

Sie ließ sich auf ihren Schminkstuhl fallen, halb nackt in ihrem engen Untertrikot. Ihre Haare fielen wirr über das Gesicht. Sie schleuderte die Ballettschuhe von sich, deren Spitzen beinahe durchgetanzt waren.

»Lauf, hol alles zusammen ...«

Zehn Minuten später standen Mustin, der Zwerg, die weinende Rosalia Antonowna, die hinter der Bühne gestanden hatte, weil in der Oper ja nur die feinen Herrschaften Platz hatten, und auch Boris in der Garderobe.

Soerenberg trug wie sein Zar die Gardehusaren-Uniform, die Galaausführung mit dem pelzverbrämten Dolman. Man hatte ihn nicht vom Zaren wegholen müssen, Nikolai selbst hatte ihm beim Verlassen der Opernloge zugeflüstert:

»Geh sofort zu Matilda! Sofort! Ich habe Angst um sie!« Wer nicht genau hinhörte, konnte glauben, der Zar habe seinem Offizier einen scharfen Befehl gegeben.

»Da seid ihr ja alle!« rief Matilda ekstatisch. Sie hatte einen Spitzenmantel übergeworfen und rieb die nackten Fußsohlen aneinander. »Tamara, mach die Flaschen auf! Wir haben keine Gläser? Was macht uns das? Bei uns trinkt man auch den Schnaps aus der Flasche, nicht wahr, Mütterchen?«

»Sei nicht so ordinär!« sagte Rosalia Antonowna streng. Ausgerechnet sie! »Ich schäme mich ja für dich ...«

»Die Flaschen auf!« wiederholte Matilda und klatschte in die Hände.

Mustin entkorkte die erste Champagnerflasche, es knallte laut, der schäumende Champagner spritzte hoch in die Luft. Matilda riß dem Zwerg die Flasche aus der Hand, setzte sie an den Mund und trank. Die Bondarewa schlug die Hände über dem Kopf zusammen.

»Man kreide mir das nicht an!« rief sie. »Meine Erziehung ist das nicht! Ich werde rot vor Scham!«

»Nun du, Borja!« Matilda hielt Soerenberg die Flasche hin. »Nimm einen kräftigen Schluck, mein Liebster! Stoß mit mir an. Leg deine Lippe auf die Stelle, wo meine Lippe gelegen hat, und trink! Trink! Mustin, öffne die nächste Flasche! Heute ist ein großes Fest! Ich habe mich entschlossen, St. Petersburg zu verlassen! Ich will hinaus in die Welt! Ich will überall tanzen, wo man mich sehen will ... Ich bin heute neu geboren ...«

»In Demut, o Gott. Amen!« sagte die Bondarewa dumpf. »Übergießt sie mit Champagner, ihr Lieben, mein Töchterchen ist verrückt geworden.

»Auf dein Wohl, Matilduschka!« Boris Davidowitsch trank. Dann sagte er, während er die Flasche an die Jegorowna weitergab: »Es ist alles vorbereitet. Morgen kommt Chamitja Maximowitsch Aronow zu uns. Der große Impresario Aronow, der alle Opernhäuser der Welt kennt. Er wartet nur auf ein Zeichen von dir! Er hat einen ersten Vertrag für die Königliche Oper in Stockholm ...«

Ganz still war es plötzlich im Raum. Nur Matilda sagte leise: »Borja, du bist der beste Mann der Welt. Aber was wird aus dir?«

»Ich komme mit.«

Soerenberg nahm den Dolman von der Schulter. Es war eine symbolhafte Gebärde.

»Ich habe heute um meinen Abschied aus der Armee gebeten. Der Zar wird selbst darüber entscheiden. Ich glaube zu wissen, wie die Entscheidung ausfallen wird ...«

Wer Chamitja Maximowitsch Aronow zum erstenmal sah oder ihm auf der Straße begegnete, hatte das Bedürfnis, ihm entweder aus dem Weg zu gehen oder ihm eine Kopeke zuzuwerfen, damit er sich rasieren oder einen Butterwecken kaufen konnte. Er sah erbärmlich aus, war schmal, fast verhungert und mittelgroß. Er lief ständig mit einem griesgrämigen Gesicht umher und war von einem Dauerhusten geplagt, der aber zu keinerlei Besorgnis Anlaß gab. Die Ärzte nannten es einen »allergischen Husten«, ohne herauszubekommen zu haben, gegen was Aronow so sensibel reagierte. Er selbst wußte eine Erklärung, die ihm aber kein Mensch abnahm.

Er pflegte zu sagen: »Ich bin allergisch gegen Menschen! Jeder Mensch reizt mich zum Husten! Bin ich mit Hunden oder mit Vögeln zusammen, so ist alles gut!« Aronow besaß acht Hunde und eine große Volière voller exotischer Vögel. Sein Pech, sein »niederdrückendes Schicksal«, wie er es nannte, war eben sein Beruf: Er kam meistens mit Menschen zusammen.

Und dann noch mit Künstlern, die er sowieso alle als Verrückte ansah!

Trotzdem war er einer der berühmtesten Agenten geworden, ein Impresario, an dem kein Sänger und kein Tänzer vorbeikam, wollte er an den großen Bühnen Europas oder der Neuen Welt engagiert werden. Wer von Aronow empfohlen wurde, der bekam seinen Platz am Theater. Alle wußten: Aronow vermittelt keine Nieten! Aronows Schützlinge waren Sterne am Opern-, am Balletthimmel!

Nun saß er zum erstenmal im Palais Stroitsky der kritischen Rosalia Antonowna gegenüber, zerknittert, hustend, erbärmlich in der Kleidung, und wurde beim Anblick dieses wuchtigen Weibes mit ihrem Riesenbusen von einer wahren Allergiewelle überspült.

Schon Rosalias erster Satz hatte ihn umgeworfen: »Was? Sie sind Chamitja Maximowitsch? Meine Tochter ist zu schade für ein Straßentheater! Soll ich Ihnen ein warmes Süppchen bringen, Väterchen?«

Aronow hustete heftig, winkte ab und lehnte sich in dem tiefen Sessel zurück.

»Man kann mit prunkvoller Kleidung auch Idioten behängen«, sagte er mit seiner etwas schnarrenden Stimme. »Meistens ist es so! Rosalia Antonowna, kaufen Sie die Verpackung oder den Inhalt?«

»Welche Frage!«

»Ich mache mir nichts aus Luxus! Ich bewohne ein Haus mit neununddreißig Räumen und einem großen Park! Im kleinsten Zimmer wohne ich! Die anderen stehen leer oder werden von meinen Tieren benutzt. Ja, und drei Tierpfleger habe ich, eine Köchin, einen Gärtner und einen Hausdiener, der einmal Ringer war. Dann wurde er ein großer Baßbariton, sang Verdi und Wagner, bis er dem Liebhaber seiner Frau die Knochen brach und wieder Ringer wurde. Da nahm ich ihn zu mir als Diener . . . So seltsam spielt manchmal das Leben!«

Nach zehn Minuten hatte man sich genug berochen. Rosalia Antonowna kochte Tee und brachte ihren berühmten Honigkuchen.

Aronow aß – man muß schon sagen, fraß – sieben Stück und sagte hinterher: »Bei Ihnen kann ich den Husten fast vergessen!«

Wer Aronow kannte, der wußte: Das war das höchste Kompliment, das er zu vergeben hatte.

Nach dem Tee erzählte er von seiner Tätigkeit, von seinem Glück, nun auch Matilda Felixowna managen zu können ...

Rosalia Antonowna kannte dieses Wort nicht und stellte sich eine unsittliche Sache darunter vor, bis Aronow ihr erklärte, es sei englisch und durchaus nichts Schweinisches.

Ja, und dann berichtete er, daß die Königliche Oper in Stockholm auf Matilda warte, später kämen London und Rom, Mailand und Berlin – und als Krönung natürlich die Große Oper von Paris. Die Welt stehe dem Töchterchen offen ....

Aronow war ein vorsichtiger, weitblickender Mann. Ganz beiläufig fragte er so zwischendurch: »Werden Sie überall mitkommen, Rosalia Antonowna?«

»Nein!« antwortete die Bondarewa fest. »Was soll ich da? Ich bin eine Russin, ich gehöre nach Rußland! Ich bleibe hier!«

»Das ist eine äußerst kluge Entscheidung!« lobte Aronow beruhigt und von inneren Qualen erlöst. »Ein unruhiges Leben wird es werden. Aber Boris Davidowitsch kommt doch mit?«

»Wenn der Zar ihn aus dem Dienst entläßt ...«

Zwei Stunden später kam Matilda von den täglichen Proben zurück. Soerenberg war bei ihr. Er trug noch die Uniform der Garde-Husaren; Nikolai Alexandrowitsch hatte sich geweigert, die Bitte um Entlassung zu lesen.

Auch Matilda war zunächst vom Anblick Aronows überrascht, aber wer sich an den Zwerg Mustin gewöhnt hat, den kann ein Aronow nicht mehr erschrecken. Chamitja Maximowitsch legte den Vertrag der Königlichen Oper Stockholm vor und einen zweiten Vertrag, der Matilda an den Impresario Aronow band. Als Honorar verlangte er 10 % aller Einnahmen.

»Das ist gering!« scherzte Aronow. »Meine anderen Sklaven zahlen mehr! Aber warum bei Ihnen, Königin des Tanzes, mehr nehmen? Wohin mit dem verfluchten Geld? Soll ich mir das Bett mit Rubelscheinen polstern lassen? Soll ich mir die Wände mit Gemälden behängen? Ich habe keine Erben! Was fangen meine Hunde und Vögel mit einem echten Renoir an? Oder mit einem Rembrandt? Das Geld . . .« Er winkte ab. »Ich bin glücklich, wenn ich sehe, welchen Glanz ich in die Opernhäuser bringe! Bei jeder Premiere bin ich anwesend! Hinter der Bühne! In den Zuschauerraum läßt man mich nicht rein, ich habe noch nie einen Frack besessen! Ohne Frack aber ist man für die Türschließer eine Null!«

Aronow blieb bis nach Mitternacht, aß Rosalia Antonownas Fleischpiroggen und kandierte Erdbeeren mit Sauerrahm, trank Krimwein und erzählte eine schmutzige Geschichte nach der anderen. So von dem berühmten Tenor Bogumil Začek, einem Tschechen, den er an die Wiener Hofoper vermittelt hatte. Dieser Začek sang einmal den Tristan; und als er im zweiten Akt zu dem wohl schönsten Liebesduett der gesamten Opernliteratur »Sink hernieder, Nacht der Liebe . . .« ansetzte, da passierte ihm etwas Menschliches. Er hatte schon vorher so ein Grollen im Magen verspürt . . .

Die Sängerin der Isolde, eine berühmte Schwedin, fiel fast in Ohnmacht, sie mußte krampfhaft schlucken, so bestialisch roch es, aber – Oper ist Oper – sie stand es tapfer durch. Hinter der Bühne dann, als der Vorhang gefallen war, gab sie Začek zwei schallende Ohrfeigen! Dem wackelte daraufhin ein Vorderzahn, aber das fiel bei der Leidenschaft der Partitur im dritten Akt nicht weiter auf ...

Rosalia Antonowna lachte, bis ihr die Tränen kamen. Sie nannte Aronow ein »Erzvieh«; dann brachten sie ihn gemeinsam zur Kutsche und ließen ihn nach Hause fahren.

»Das ist ein guter Mensch«; sagte die Bondarewa hinterher und klatschte vergnügt in die Hände. »Er scheut sich nicht, menschliche Wahrheiten zu erzählen!«

»Schon in vier Tagen fahren wir ab!« sagte Boris Davidowitsch in Matildas Salon. Sie saßen noch zusammen und tranken ein Glas Portwein aus kleinen geschliffenen Kristallgläsern. »Das Dampfschiff wartet draußen, weil man nie weiß, ob der Hafen bald vereist. Wir werden mit einem Segelboot zu ihm gebracht. Es fährt vom Hafen der Alten Galeeren ab.«

»Bist du bis dahin entlassen, Borja?« fragte sie ängstlich. Sie war jetzt wieder wie ein kleines hilfloses Mädchen. »Allein fahre ich nicht ...«

»Wenn Nikolai mich nicht entläßt, flüchte ich! Ich komme auf jeden Fall mit!«

»Du willst desertieren? Darauf steht der Tod!«

»Außerhalb Rußlands bin ich sicher. Ich darf nur nie mehr nach Rußland zurück.«

»Und das kannst du aushalten, Borja? Nie mehr Rußland ...«

»Ich habe dich, Matilda! Du bist dann für mich die Heimat!«

»Ich werde dir das niemals danken können, Borja. Das muß ich immer wieder sagen.«

»Es genügt, wenn ich an deiner Seite bin.« Er lächelte schwach.

»Einmal vernarbt die ›Wunde Zarewitsch‹ ... dann wird Platz sein für mich in deinem Herzen.«

Es gab für diese Liebe keine Worte mehr ... Matilda spürte es zutiefst und schwieg deshalb.

Sie tastete nach Soerenbergs Hand und drückte sie fest.

Zar Nikolaus II., noch nicht gekrönt, aber bereits schon so genannt, sprach einen Tag vor Matildas Abreise die Entlassung aus der Armee für Boris Davidowitsch von Soerenberg aus.

Er empfing ihn im Anitschkowpalast, im Arbeitszimmer seines Vaters Alexander III., das man nicht verändert hatte. Er war allein ... alle mußten draußen bleiben, als Soerenberg eintrat.

Nikolai war voller Melancholie ... er sah Boris mit einem wehmütigen Blick an, drehte sich dann zum Fenster und blickte hinaus in den Park. Seine schlanke Gestalt wirkte im Gegenlicht wie zerbrechlich, durchsichtig. Ein Mann, der eine halbe Welt regieren sollte ...

»Ich entlasse dich nur, weil du Matilda begleitest«, sagte der Zar endlich. »Nur deshalb! Sonst wärest du in eine andere Garnison versetzt worden. Nach Tschita in Sibirien. Kommandant eines Sträflingslagers!«

»Ich wäre desertiert und geflüchtet, kaiserlicher Herr.«

»Das sagst du mir?«

»Wir sind allein. Ich habe den Mut dazu ... weil ich weiß, daß Sie mich verstehen.«

»Was verstehe ich, Borja?«

»Daß eine Frau wie Matilda jedes Opfer wert ist.«

»Ist sie das wirklich?«

»Ich kenne jemanden, der für sie eine Krone geben wollte ...«

Schweigen.

Dann sagte der Zar kaum hörbar: »Wann fahrt ihr?«

»Morgen, gegen Mittag. Eine Fahrrinne bis zum Dampfschiff ist noch frei vom Hafen der Alten Galeeren. Am Ende der Woche wird das Eis geschlossen sein. Wir möchten nicht den Landweg nehmen, – er ist zu beschwerlich.«

»Ich gebe euch einen Sonderzug!«

»Über See ist es einfacher.«

»Ich will Matilda noch einmal sprechen!«

»Warum? Wunden, die man dauernd aufreißt, heilen nie!«

»Du willst deinen Zaren belehren?«

»Nein. Ich will ... einem Freund nützen. Und ich will Matilda eine Qual ersparen. Sie ist nach der Begegnung auf der Chaussee bewundernswert gefaßt. Sie freut sich auf Stockholm. Majestät, bitte ... lassen Sie uns morgen über See ausreisen.«

Nikolaus II. nickte stumm. Er hatte den Rücken noch immer zu Soerenberg gewandt und starrte aus dem Fenster.

»Habt ihr Geld?« fragte er plötzlich.

»Matilda hat ihre Gagen, Stockholm stellt ihr eine Villa zur Verfügung, ich habe den Erlös aus meinem Gut.«

»Das reicht? Ich lasse dem Schatzmeister eine Anweisung zugehen!«

»Wir brauchen kein Geld, Majestät.«

»Für den Notfall. Du kannst jede Summe abrufen, Borja.« Der Zar drehte sich um. Seine traurigen Augen waren glanzlos. »Ich habe immer geglaubt, daß wir uns nie trennen werden, Boris Davidowitsch. Nur der Tod wäre ein Abschied gewesen. Ich habe dich als General gesehen, immer an meiner Seite. Mein Generaladjutant! Wir wären zur Jagd geritten, hätten uns die Welt angesehen, hätten in stillen Stunden musiziert oder Schach gespielt. Du hättest geholfen, Alix' und meine Kinder großzuziehen. Das wärest du Rußland schuldig gewesen! Aber jetzt ziehst du Zivil an und reist von Opernhaus zu Opernhaus! Ist das ein Leben? Für einen Soldaten?«

»Ja ... an Matildas Seite!«

»Ich bin geschlagen.« Nikolaus II. hob die Schultern. »Gott sei mit dir, Borja! Der Himmel segne euch beide!«

Er wandte sich ab und ging wieder zum Fenster zurück. Leise, mit bebender Stimme sagte er nach einer langen Pause mit abgewandtem Gesicht:

»Jetzt wird die Einsamkeit noch größer werden ...«

Auf Zehenspitzen verließ Soerenberg das Kabinett des Zaren.

Er war den Tränen nahe und schämte sich ihrer nicht.

Es war Rosalia Antonowna unmöglich, zum Hafen der Alten Galeeren zu kommen, um ihr Töchterchen auf das Segelboot steigen zu sehen und ihr dann noch nachzuwinken. Nein, das war unmöglich!

Nach vier Tagen Packen, Umherrennen, Herumschreien und Jammern war die Bondarewa am Ende ihrer Nerven, weinte nur noch, zerriß ihren Schal, wie es sonst nur Witwen tun, und schien dann wie gelähmt. Jeder sah ein, daß man sie in dem Zustand nicht zum Hafen transportieren durfte, denn dort würde es für sie nur zwei Möglichkeiten geben: Entweder brach ihr das Herz, oder sie sprang ins Wasser und versuchte, Matilda nachzuschwimmen.

Beides würde ihr Ende sein.

Mustin, der Zwerg, kümmerte sich in rührender Weise um sie. Er kochte ihr Tee mit viel Rum und flößte ihr dann noch angewärmten Wodka ein, was eine – man kann es sich ausmalen! – verheerende Wirkung hinterließ. Kurz gesagt – Rosalia Antonowna war volltrunken, als Matilda und Boris sich verabschiedeten.

»Das war die einzige Rettung«, sagte der sachverständige Mustin. »Selbst mit Eisenketten hätte man sie nicht festhalten können! Gott sei mit euch! Ich werde mich um sie kümmern, das verspreche ich euch. Ich habe die Nerven, es bei ihr auszuhalten! Wen hat sie denn noch auf der Welt? Mich kann sie ruhig beschimpfen, ich kann meine Ohren zuklappen! Gott segne euch . . .«

Matilda küßte ihre Mutter auf das graue Haar, umarmte sie, riß sich dann los und rannte hinaus.

Auf der Fahrt ließen sie die Kutsche noch einmal vor der Kasanschen Kathedrale halten, beteten beide vor der goldenen Ikonostase und ließen sich von einem Priester, der sie nicht erkannte, wie ein bäuerliches Ehepaar segnen. Als sie zehn Rubel in den Opferkasten steckten, schlug der verblüffte Pope noch ein Kreuz als Draufgabe.

Um die gleiche Zeit fuhr Zar Nikolaus II. in Zivilkleidern, von der Offiziersschule im Menschikowpalais, die er offiziell besichtigt hatte, quer über die verschneite Insel Wassilievskoj zum Hafen der Alten Galeeren.

An einem der alten Lagerhäuser ließ er halten, stieg aus und ging allein ins Haus. Nach vorn gebeugt stellte er sich hinter ein zerbrochenes Fenster, fegte mit dem Zylinder die Spinnweben fort und blickte hinaus zur Mole.

Dort lag das kleine Segelschiff, die Segel noch gerefft. Matrosen entluden gerade eine Kutsche, die angekommen war: Koffer und Säcke – Matilda Felixownas Gepäck. Über einen schmalen Laufsteg brachten sie alles an Bord.

Der Zar atmete heftig. Er wischte sich die Augen aus, zog die Schultern zusammen und schlug den Pelzkragen seines Mantels höher.

Vom Meer her wehte ein kalter Wind. Es schien tatsächlich der letzte Tag zu sein, an dem die Fahrrinne eisfrei war. In der Nacht würde sie zufrieren.

Wenig später kam die Kalesche.

Nikolaus II. beugte sich etwas vor. Er sah Matilda aussteigen; sie trug einen langen Pelzmantel. Der Kapitän des Schiffes empfing sie, rasch gingen sie an Bord. Dann folgte Boris Davidowitsch, sein Freund. Ihn begleitete ein Männchen in einem schäbigen Mantel, mit einer Strickmütze und Ohrenschützern. Es war der große Aronow.

Viel zu schnell für den versteckten Nikolaus verschwanden alle im Schiff.

Der Steg wurde eingezogen, die Taue losgeworfen, das Focksegel flatterte auf, das Schiff glitt langsam von der Mole. Und nun – endgültig vom Land befreit, zischten die Segel hoch . . . die mächtige Leinwand am Großmast blähte sich und leuchtete in der kalten Sonne: Es war ein rotes Segel, ein so ungewöhnlich rotes Segel, daß Nikolaus II. sich weiter aus dem zerbrochenen Fenster beugte und zu dem Segel hinstarrte.

Majestätisch glitt das Schiff aus dem alten Hafen in die Fahrrinne. Gegen den blauen Winterhimmel hob sich das rote Segel scharf ab, ein riesiger Blutfleck, dessen Farbe sich im Wasser und auf dem Eis widerspiegelte.

Mein Herzblut, mußte Nikolaus wehmütig denken. Ein Tropfen meines Herzbluts fährt mit dir, Matilduschka.

Der Zar von Rußland könnte jetzt weinen wie ein hingefallener Junge, der sein eigenes Blut fließen sieht. Matilda, möge Gott dich in seine Arme nehmen ...

Er hob verlegen die Hand und winkte dem roten Segel nach.

Das ist alles, was von dir bleibt, dachte er. Der letzte Blick – ein roter Fleck. Dieses Rot wird mich nie verlassen. Es wird mein Schicksal werden! Ich spüre es irgendwie ... mit Rot wird einmal alles zu Ende gehen ...

Matilda stand unter dem roten Segel, gegen den Wind geschützt durch den Aufbau der Kajüten, und blickte zurück zu dem langsam entschwindenden St. Petersburg. Gegen den Himmel zeichneten sich die Türme und Kuppeln ab, die breit gelagerten Paläste und Regierungsbauten, die Große und die Kleine Newa mit ihren vielen Brücken, die vorgelagerten Inseln, die Weiten und Wälder auf den großen Inseln ... eine Stadt, die man das Venedig des Ostens nannte. Zu Stein gewordene Schönheit.

Ein Hymnus auf die Ewigkeit Rußlands.

Boris Davidowitsch stand neben ihr und hatte seinen Arm um sie gelegt.

Aronow war unter Deck und hustete. Er war schon so oft aus St. Petersburg weggefahren, daß ihn dieser Anblick einer in der Ferne versinkenden Stadt nicht mehr rührte. Er saß in seiner Kajüte, trank glühheißen Tee und bereitete sich auf eine massive Seekrankheit vor.

Er kannte das. Immer, wenn er mit einem Schiff fahren mußte – und das ließ sich bei Reisen nach England nicht vermeiden – überfiel ihn spätestens nach einer Stunde diese Übelkeit, die ihn nahe ans Sterben brachte. Er haßte deshalb das Meer und hatte in seinem Testament angeordnet, daß man ihn nach seinem Tod im Meer versenken sollte.

»Es soll durch mich belästigt werden!« schrieb er. »Und für mich wird es eine Freude sein, mit meinem Körper dieses verfluchte Wasser zu verschmutzen!«

»Wir werden nach St. Petersburg zurückkehren, nicht wahr, Borja?« fragte Matilda leise. »Irgendwann einmal . . .«

»Ja. Irgendwann. Sicherlich . . .«

»Wir sind nur auf Reisen! Unsere Heimat wird immer Rußland sein . . .«

»Immer, Matilduschka.«

»Wird es lange dauern, bis wir zurückkommen?«

»Wer weiß das? Im nächsten Jahr jedenfalls nicht.«

»Nicht?« Sie sah ihn entsetzt an. Er schüttelte den Kopf. »Das Jahr 1895 heißt: Rom, Wien, Mailand, Berlin, London und Paris . . .«

»Und wo werden wir wohnen? Immer nur in einem Hotel?«

»Chamitja Maximowitsch will eine Villa an der Riviera mieten. In der Gegend von San Remo. Ein mildes Klima. Palmen auf der Promenade, Kamelienbüsche in den Gärten, Jasmin- und Lavendelduft in der Luft, das blaue Meer zu deinen Füßen. Du wirst dich wohl fühlen.«

»Fern von Rußland? Ohne Rußland? Kann man das, Borja?«

»Wir werden es lernen, Täubchen . . .« Er zog sie enger an sich.

Sie legte den Kopf nach hinten an seine Brust und blickte hinüber auf das entschwindende St. Petersburg. Der Hafen der Alten Galeeren war kaum noch auszumachen. Nur die

Türme der Kirchen mit ihren goldenen Doppelkreuzen leuchteten weithin in der Sonne.

»Man kann überall leben, wenn man glücklich ist.«

»Werde ich glücklich sein?«

»Ich will alles versuchen, daß du es wirst.«

»Es wird schwer sein, Borja. Du bist jetzt alles für mich, du mußt jetzt alles für mich sein: Vater und Mutter, Freund und Freundin, St. Petersburg und Rußland ... ist das nicht zuviel?«

»Du hast eins vergessen.«

»Was denn, Borja?«

»Geliebter und Mann ...«

»Ich habe es gedacht, aber nicht ausgesprochen.« Sie hob beide Hände und winkte zur Stadt zurück. »Laß mir nur ein wenig Zeit, Liebster ...«

»Soviel du brauchst, Matilda. Ich bin ja doch immer um dich.«

Das kleine Segelschiff lag jetzt gut im Wind und machte flotte Fahrt. Die Ufer der Stadt versanken immer rascher.

Nikolaus II. stand noch immer an seinem zerbrochenen Fenster in dem alten Schuppen und blickte dem Schiff nach. Er sah den Rumpf schon nicht mehr ... nur der rote Fleck, leuchtend auf den blauen Himmel getupft, schimmerte zu ihm herüber.

Der Zar hob zum letztenmal die Hand und winkte. Dann wandte er sich ab, setzte seinen Zylinder auf, nahm ihn wieder ab, wischte mit dem Ärmel die Spinnweben fort und drehte sich noch einmal zum Fenster.

Weit, weit weg am Horizont leuchtete noch ein Punkt. Von dem Glück, das fast die Welt verändert hätte, blieb nur ein rotes Segel. Nikolaus II. verließ das Haus, stieg in seine Kutsche und sah seinen Leibkutscher verschlossen an.

»Zurück zum Menschikowpalais!« sagte er hart. »Was weißt du von dieser Stunde?«

»Es hat sie nie gegeben, allergnädigster kaiserlicher Herr!« antwortete der Leibkutscher mit steinernem Gesicht.

XV

In Stockholm blieb Matilda eine ganze Saison über.

Die Triumphe, die sie feierte, ließen die ganze Welt aufhorchen. Der Name Felixowna stand bald auf der Wunschliste aller großen Opernhäuser obenan.

Chamitja Maximowitsch rieb sich die Hände, schraubte die Gagen hoch und ließ jeden Opernintendanten wissen, daß es ein wahrer Glückstreffer sei, wenn die Felixowna bei ihm tanzen würde.

1895 war voll ausgebucht, für 1896 drängte man sich auf der Liste der Wartenden, New York hatte sich gemeldet, um die Felixowna wie eine Königin zu empfangen, aber Aronow winkte vorerst ab.

»Amerika kann warten!« sagte er bestimmt. »1896 sind wir wieder in St. Petersburg!«

»Was sind wir?« fragte Boris erstaunt.

»Wir tanzen in der Kaiserlichen Oper! In St. Petersburg und in Moskau! Ich habe meine Ohren überall! Und in diese Ohren hat man hineingeflüstert: Im nächsten Jahr soll der Zar offiziell gekrönt werden! Was wäre eine Zarenkrönung ohne Matilda? Das wird ein Höhepunkt ihres Lebens!«

»Weiß sie es schon?« fragte Soerenberg.

»Nein! Sie soll es auch noch nicht. Du lieber Himmel, wir disponieren über Jahre voraus, und morgen kann sie sich das Bein brechen! Aus für immer! Versuchen wir das Schicksal nicht, Borja! Aber wir wollen auch nicht zu weit weg sein. Immer in Europa! Allzeit bereit, nach Rußland zurückzukehren. In Amerika . . . da liegt der verfluchte Ozean dazwischen! Amerika machen wir erst, wenn die Krönung vorbei ist!« Er schielte zu Boris Davidowitsch hinüber. »Wann heiratet ihr denn?«

»Wir sprechen nie darüber, Chamitja Maximowitsch.«

»Aber ihr schlaft doch miteinander!«

»Ich will Matilda nicht drängen!«

»Wer soll das verstehen?« Aronow schlug die Hände zusammen. »Im Bett wärmt sie sich an dir wie ein krankes Vögelchen, und immer flattert es wieder davon! Was würde sich denn ändern?«

»Eine Ehe ist für Matilda unauflösbar.«

»Will sie denn eines Tages weg?«

»Nein! Aber eine Ehe ist für Matilda auch unbedingte Treue.«

»Du bist der einzige Mann in ihrem Bett, das weißt du!«

»Aber in ihrem Herzen? Ihren Gedanken?«

»Niki?« fragte Aronow völlig ohne Ehrfurcht. »Das kommt bestimmt nie wieder! Kann man mit einem Schatten leben? Kann man mit einer Erinnerung verheiratet sein?«

»Ich weiß es nicht, Chamitja Maximowitsch. Matilda ist so ehrlich, zu schweigen, solange die Erinnerung noch in ihr ist. Neulich, als sie in der Zeitung las, daß die Zarin schwanger ist, fragte sie mich mit ganz ruhiger Stimme: ›Was hätte Niki wohl getan, wenn ich schwanger geworden wäre?‹«

»Ja, was hätte er wohl getan?« fragte auch Aronow. »Zaren waren da nie zimperlich, und die schwangere Mutter verschwand meistens. Das wäre Niki nie zuzutrauen . . . er hätte vielleicht Matilda irgendwo auf dem Land ein Gut gekauft und sie geadelt und ja . . .« Er sah Soerenberg groß an. »Ja, das hätte er getan: Er hätte dich gebeten, sie zu heiraten und dich als Vater des Kindes zu bekennen! Dafür wärest du Fürst geworden! Und du hättest es getan!«

»Ja!« antwortete Boris Davidowitsch fest.

»Wenn ich dich überlebe, lasse ich deinen Kopf aufmeißeln, um nachzusehen, ob da ein Hirn drin ist! Idiotisch! Ein ausgeblasenes Ei muß dein Kopf sein!«

»Ihr könnt mich alle nicht verstehen!« sagte Boris Davidowitsch. »Es ist auch schwer.«

»Unmöglich ist es!« Aronow kniff die Augen zusammen. »Ich muß zum Augenarzt! Meine Sehschärfe läßt nach! Ich erkenne den Heiligenschein über deinem Kopf nicht mehr ...«

Solche Reden fanden öfter statt, aber sie beeinträchtigten nicht die Harmonie, die zwischen den dreien herrschte.

Matilda Felixowna tanzte privat im Stockholmer Schloß vor der Königsfamilie und dem Diplomatischen Corps und wurde mit Blumengebinden und Geschenken überschüttet. Oft hingen Kärtchen daran mit Einladungen oder Heiratsanträgen ...

Ein indischer Nabob, der in Stockholm einen bekannten Magenspezialisten konsultierte, legte ihr seinen unermeßlichen Reichtum zu Füßen. Als Vorgeschmack schickte er Matilda einen handgroßen goldenen Elefanten, der mit Rubinen, Perlen und Diamanten überdeckt war. Allein dieser Elefant war mehr wert als Matildas an der Ostsee gemietete Villa.

»Das ist erst der Anfang!« jubilierte der geldgierige Chamitja Maximowitsch. »Laß uns erst in Paris tanzen! Laß uns erst in San Remo wohnen und in Monte Carlo auftreten! Die reichen Säcke werden sich vor deiner Tür aufreihen ... Und je lauter du Nein sagst, um so weiter werden sie ihre Taschen öffnen! So erstaunlich blöde sind die Männer! Wird das ein Leben werden ...«

Da es unmöglich war, daß sich ein Agent wie Aronow nur der Felixowna widmete, war er viel unterwegs, um seine anderen Schützlinge unterzubringen. Er vertrat vier Tenöre, drei Baritone, drei Bassisten, sechs Sopranistinnen, einen Mezzosopran und zwei Altistinnen sowie drei Soubretten;

ferner vom Ballett vier Tänzer und zwei Tänzerinnen, die zwar auch berühmt waren, aber an Matildas strahlenden Stern nicht heranreichten.

Am meisten litt Aronow unter den Tenören. Waren schon die Sängerinnen schwierig und mit Allüren behaftet, so stellten die Tenöre alles in den Schatten. Chamitja Maximowitsch klagte lange Balladen von diesen »Künstlern« und pflegte zu sagen:

»Wem der Himmel eine göttliche Stimme schenkt, dem stiehlt er gleichzeitig das Hirn! Diese Tenöre! Da ist Batista Capucci – dick wie ein Faß, zwei Meter groß! Aber er singt aus dem Stand ein hohes C, daß die Kulissen schwanken! Und was will er? Er will unbedingt den Siegmund in der Walküre singen! Diesen jugendlichen Helden – mit drei Zentnern Fleisch, ohne Knochen! Und warum will er das? Weil er im ersten Akt am Schluß die Eugenia Labroche, die die Sieglinde singt, küssen muß und mit ihr – in der Oper doch nur natürlich! – ein Kind zeugt! Den strammen Siegfried! Die Labroche ist eine herrliche Frau, glücklich verheiratet, da kann keiner landen, schon gar nicht ein Kollege. Und dieser Capucci ist wild nach ihr, nachdem sie zusammen Othello gesungen haben und sie im Nachthemd vor ihm lag, um sich von ihm erwürgen zu lassen. Doch kaum fiel der Vorhang – aus der Traum! Die Labroche sagt zu Capucci: ›Gehn Sie weg, Sie schwitzen ja!‹ Ich frage euch: Welcher Tenor schwitzt nicht als Othello, schwarz angemalt und beim Anblick der Labroche? Was also kommt nun auf mich zu? Capucci verlangt von mir, daß ich ihn nach Rom vermittle, wo er den Siegmund mit der Labroche singen will! Nur wegen der Szene, wo er sie an sich reißen darf! Mit drei Zentnern den Siegmund . . . Ich blamiere mich doch!«

Batista Capucci war nicht der einzige Tenor, der Chamitja Maximowitsch die Nerven raubte. Ein anderer verlangte überall, wo er auftrat, das Gurgelwasser Menthoflor, gemischt mit dem Saft einer frischen Ananas. Damit gurgelte er vor jedem Auftritt und schluckte das Gemisch dann hinunter. Fehlte Menthoflor mit Ananas, so gab es Tragödien auf der Bühne. Der Tenor verlor die Stimme und verlangte nach einem Strick, um sich aufzuhängen ...

»Mein Leben ist furchtbar«, sagte Aronow einmal, als er aus Paris nach Stockholm zurückkam. »Aber herrlich schön! Ich habe es geschafft, daß Tino Mandula in der Großen Oper den Troubadour singt! Ein Triumph, sage ich euch! Und was tut Tino? Er tritt, kaum daß der Vorhang fällt, dem Sänger des Grafen Luna, dem herrlichen Piero d'Angelo, gegen das Schienbein und zischt: ›Du hast deinen Schlußton einen Moment länger gehalten als ich!‹ Stellt euch vor, die Kerle haben sich geprügelt – jedesmal, wenn der Vorhang zuging! Aber schön war es doch ...«

Matilda lebte in diesen Monaten sehr zurückgezogen in ihrer weißen Villa am Meer. Boris hatte sie Reiten gelehrt, und nun nutzten sie jede Freizeit aus, um an der Küste entlangzureiten, durch lichte Wälder, sandige Hügel und an flache Seen vorbei.

Ein paarmal schrieb Mustin und berichtete aus St. Petersburg. Es gab Neuigkeiten, aber nie aus der Umgebung des Zaren.

Rosalia Antonowna, die ja des Schreibens unkundig war, erzählte alles über den Umweg Mustin, was sie erlebte. Der Polizeipräsident selbst sei gekommen, um sich für die diskrete Abreise Matildas zu bedanken, was sie zum Anlaß genommen habe, den Präsidenten aus dem Stroitskypalast zu werfen.

»Es war schrecklich«, schrieb Mustin, was ja die Bondarewa nicht lesen konnte. »Ich glaube, nun ist der Polizeipräsident im vollen Besitz aller Worte, die man auf den Märkten spricht! So eine Fülle! Solch eine Wonne von Flüchen! Wie phantasievoll ist doch die russische Sprache! Rosalia Antonowna ist als Original in ganz Petersburg bekannt, obgleich sie natürlich niemand zu einer Soiree einlädt. Wer wagte das auch? Sie würde jeden Salon sprengen mit ihren donnernden Wahrheiten! Ich muß sie bewundern! Nicht ich bin der Narr, sondern sie. Sie sagt den Menschen, was und wie sie sind . . . und das ist doch wohl die größte Narretei!«

Matilda Felixowna tanzte in diesem Jahr 1895 in Rom und in Wien, in London und in Berlin, in Monte Carlo und in Dresden.

Der Sächsische König empfing sie nach der Vorstellung in seiner Hofloge und tätschelte ihr die Wangen.

»Se haben vorzüchlich gehupft!« sagte er voller Gnade. »Een Vergnüchen warsch mir! Gommen Se bald wieder . . .«

Chamitja Maximowitsch bekam sogar einen sächsischen Orden. Er legte ihn zu den anderen, er hatte genug davon. Sie paßten auch nicht zu seinen Anzügen und seinem unrasierten Gesicht.

Am 9. April 1896 erreichte ein Telegramm aus St. Petersburg Matilda Felixowna in der Oper von Madrid. Es kam aus dem kaiserlichen Haus, abgesandt vom neuen Generaladjutanten des Zaren.

»Die Krönung Seiner Majestät, des Zaren, findet am 9. Mai dieses Jahres in St. Petersburg und in Moskau statt. Für den 9. Mai ist eine Festaufführung von ›Schwanensee‹ geplant. Der Zar wäre glücklich, Matilda Felixowna tanzen zu sehen.«

Boris Davidowitsch reichte das Telegramm wortlos an Matilda weiter. Sie las es und sah Soerenberg ebenso stumm an.

Nun ist es soweit, hieß dieser stumme Blick. St. Petersburg ruft mich. Rußland ruft mich. Der Zar ruft mich. Niki . . .

Was soll ich tun, Borja? Hilf mir, bitte . . .

Soll ich wieder vor Niki tanzen?

»Wir fahren mit dem Express am 22. April nach St. Petersburg«, sagte Soerenberg mit völlig ruhiger Stimme. »Natürlich wirst du bei der Krönung tanzen. Unser Zar ruft uns ... wir sind Russen und gehorchen.« Er nahm das Telegramm aus Matildas schlaffer Hand und faltete es zusammen.

»Freust du dich?«

»Ich ... ich weiß es nicht, Borja ...«

»Es ist eine Aufführung wie alle«, sagte Boris Davidowitsch. »Zufällig findet sie in St. Petersburg statt. – So mußt du denken, Matilduschka! Außerdem wird Chamitja das höchste Honorar fordern, das je für eine Tänzerin bezahlt worden ist! Du schenkst dem Zaren nichts ...«

Mathilda Felixownas Rückkehr erregte kein Aufsehen. Nur ihre Mutter, die sichtbar dünner gewordene Rosalia Antonowna, und der Zwerg Mustin standen auf dem Bahnsteig, als der Expreßzug aus Warschau eintraf.

Fast vier Tage lang waren Mathilda, Boris und Chamitja von Madrid unterwegs gewesen.

Müde, aber unendlich glücklich, fiel Mathilda ihrer Mutter um den Hals und weinte vor Freude. Boris Davidowitsch fiel sofort auf, wie sehr sich die Bondarewa verändert hatte.

Während Mutter und Tochter sich immer wieder umarmten und küßten, flüsterte er Mustin zu:

»Was ist mit ihr los? Sie sieht so anders aus. Viel dünner! Macht es der Kummer, daß Mathilda so weit weg war?«

»Nicht nur das!« Mustins Gesicht war sehr ernst und voller Sorge. »Der Arzt hat sie dreimal untersucht. An der Auszehrung leidet sie, hat er gesagt. Ausgerechnet sie! Aber es ist so ... In ihrem Inneren, am Magen, wächst etwas und nimmt ihr die Kraft aus dem Körper. Der Arzt hatte auch einen Namen dafür: Krebs! Und er sagte: Operation ist sinnlos. Da kann man nichts mehr tun! Zu spät. Aber es ist immer zu spät. Zuerst merkt man gar nichts, und wenn man etwas spürt, ist die Krankheit bereits so weit fortgeschritten, daß sie nicht mehr aufzuhalten ist. Von Heilung kann man überhaupt nicht sprechen! – Das sagte mir der Arzt.«

Mustin verzog schmerzvoll das Gesicht. »Sie weiß es nicht! Man hat ihr gesagt, es seien nur die Nerven. Das glaubt sie, das sieht sie sogar ein. Es gibt nichts, was sie nicht aufregt und zum Schimpfen reizt.«

In Stroitskypalais waren die Räume mit Blumen geschmückt. Der alte Kutscher küßte Matilda die Hand und weinte vor Glück, sie noch einmal zu sehen.

Vom Zaren war keine Nachricht gekommen. Kein Blumengebinde, kein Brief.

»Er weiß, daß du kommst«, sagte Mustin. »Er hat sich genau erkundigt. Mehr kann er jetzt nicht tun. Die Vorbereitung der Krönung, das Glück über sein erstes Kind . . .«

Matilda nickte stumm. Sie hatte es in Rom gelesen: Im November 1895 war die Großfürstin Olga zur Welt gekommen. Die Fotos hatten einen strahlenden Zaren gezeigt und eine blasse, schöne, sanft lächelnde Zarin. Ein wunderbares Paar.

Mathilda hatte das Foto lange betrachtet und dann die Zeitung weggelegt. Merkwürdigerweise tat der Anblick des glücklichen Zaren nicht mehr weh . . . sie freute sich sogar über die kleine Olga, ließ sich zum Petersdom fahren und opferte eine große Kerze für das Kind.

In der Ballettschule unterrichtete immer noch Tamara Jegorowna mit der gewohnten Strenge und Mütterlichkeit.

Neue Talente wuchsen heran, die große Karrieren versprachen, wenn die jungen Mädchen und Männer die innere Kraft besaßen, sich nach oben zu tanzen. Das heißt in erster Hinsicht trainieren und nochmals trainieren, bis zur Erschöpfung, bis zu zitternden Muskeln und schmerzenden Knochen. Es hat noch keinen großen Künstler ohne Schweiß gegeben!

Die Jegorowna führte Matilda stolz durch die Ballettschule, stellte ihr die künftigen Ballerinen vor und ließ einige von ihnen vortanzen.

Schmal und schüchtern wie früher, aber nun eben doch ganz eine Königin des Tanzes, saß Matilda in einem vergoldeten Bühnensessel und sah den jungen Tänzern und Tänzerinnen zu.

Die Erinnerung wurde wach an jenen Nachmittag, an dem der Zarewitsch die Schule besucht und eine junge Elevin vor ihm getanzt hatte, dann in einem tiefen Hofknicks verharrte und schließlich in Ohnmacht fiel, als die Hand des Thronfolgers sie berührte.

War das alles wirklich erst drei Jahre her?

Nicht ein Jahrhundert?

O Niki, wie lange können drei Jahre in der Erinnerung werden, wenn man mit der Vergangenheit abgeschlossen hat! Wie schnell können Ereignisse versinken, wie verschwommen Gedanken an ein vergangenes Glück werden ...

Ich liebe Borja, ich liebe ihn wirklich, aber ich weiß nicht, ob ich ihn jemals heiraten werde. Das ist widersinnig – ich weiß es, aber ich glaube, daß ich ein Mensch bin, der überhaupt nicht heiraten sollte. Ich kann das nicht erklären ... ich fühle es nur!

Am nächsten Morgen besuchte Matilda die Kaiserliche Oper.

Auch hier empfing man sie als die große Künstlerin, die sich gnädig bereit erklärt hatte, vor dem Zaren anläßlich der Krönung zu tanzen.

Im Büro des Intendanten wurden ihr von den Bühnenbildnern und Ausstattungschefs die Entwürfe vorgelegt; die Kostüme gefielen ihr besonders gut. Enrico Cecchetti, der Chef des Balletts, breitete vor ihr die Besetzungsliste aus. Sie konnte Wünsche äußern und konnte bestimmen, mit wem sie tanzen wollte.

Der große Marius Petipa wollte nur die vorbereitende

Choreographie dieser Festaufführung »Schwanensee« übernehmen, dann mußte er nach Moskau fahren, um dort alles für den zweiten Teil der Krönungsfeierlichkeiten vorzubereiten.

Da die Zaren-Inthronisation immer noch nach den Riten von Byzanz, die Großfürst Basil III. von Moskau im 15. Jahrhundert eingeführt hatte, vor sich ging, war Moskau schon seit Wochen in einer Art von Festfieber.

Die Kirchen im Kreml wurden geschmückt, der Kremlpalast auf Hochglanz gebracht, Pläne für das Dirigieren der Menschenmassen ausgearbeitet. Man rechnete mit über einer Million Russen, die ihrem neuen Zaren huldigen wollten ... Ein gewaltiges Fest, wie es Rußland bei den beiden letzten Krönungen nicht erlebt hatte.

Petipa wollte auch in Moskau »Schwanensee« tanzen lassen und wollte die Möglichkeiten inspizieren.

»Mir ist alles recht«, sagte Matilda bescheiden. »Ich habe nur den einen Wunsch: Ich möchte in St. Petersburg bleiben ...«

Das war ein Signal, das wie eine Sprengladung wirkte.

Sie ging zunächst hinter verschlossenen Türen los: Da im zaristischen Rußland immer und überall Polizeispitzel tätig waren; da nach dem ständigen Anwachsen revolutionärer Ideen keiner dem anderen traute und vor allem der kaiserliche Hof sich immer unsicherer fühlte, wurde diese Bemerkung der Felixowna sofort weitergegeben und entsprechend interpretiert.

Schon am nächsten Tag fuhr eine geschlossene Kutsche vor, und ein stämmiger Mann in Zivil, mit einem feierlichen Zylinder auf dem Kopf, betrat das Palais Stroitsky.

Der Kammerdiener zuckte bei seinem Anblick zusammen und beeilte sich, den Besucher anzumelden.

»Der Herr Polizeipräsident ist soeben ins Haus gekommen«, sagte er bedrückt.

Rosalia Antonowna, die gerade beim Tee saß und unlustig ein Stück Blätterteig verzehrte – seit Wochen hatte sie ihre große, ja fast heilige Freude am Essen verloren, was sie sehr deprimierte –, warf das Kuchenstück an die Wand, stemmte die Hände in die Seiten und donnerte:

»Er soll nur kommen! Was er damals versäumt hat, kann er heute nachholen: Aus meinem Haus fliegen!«

Der Herr Präsident, noch voll der Erinnerung an seinen letzten Auftritt bei der Bondarewa, hatte sich gut vorbereitet. Er brachte eine große Pralinenschachtel mit, trug sie vor sich her wie einen Schild und fühlte sich hinter diesem süßen Schutz halbwegs sicher.

Es war bekannt, daß Rosalia Antonowna sofort milde gestimmt wurde, wenn man sie mit etwas Eßbarem ansprach. Um so entsetzter war der Polizeipräsident, als ihm entgegentönte:

»Die Pralinen nützen Ihnen gar nichts, Sie rostiger Eisentopf! Mir wird übel, wenn ich sie nur ansehe. Sie tragen eine große Schuld daran, daß ich einen nervösen Magen bekommen habe! Was suchen Sie hier?«

»Ihre mütterliche Hilfe, Rosalia Antonowna.«

»Soll ich Sie mit einem Breichen füttern, he?«

»Matilda Felixowna wird wieder einmal zu einem Problem . . .«

»Dacht' ich mir's doch! Aber diesmal beschmutzen Sie ihre eigenen Stiefel, Väterchen! Matilda ist auf Wunsch des Zaren hier! Sie wäre nie gekommen! Nie! Sie hat nämlich Visagen wie die Ihre auch gründlich satt!«

»Sie soll bei der Krönung tanzen . . .«

»Daß Sie das schon wissen . . .!« rief die Bondarewa spöttisch. »Hui, wie schnell arbeitet doch unsere Polizei!«

»Und danach sollte sie nach Madrid zurückfahren . . .«

»Nach New York!« versetzte Rosalia stolz. »Sie wird Amerika erobern!«

»Sie wissen also auch nichts weiter?« fragte der Polizeipräsident mit saurem Gesicht.

»Was weiß ich nicht?«

Rosalia Antonowna beugte sich vor. In ihrem Magen bohrte ein dumpfer Schmerz – seit Wochen! Er war zu ertragen, es stach oder brannte nicht, wie der Arzt sie gefragt hatte, es war ein schwerer Druck, als hätte man einen Stein verschluckt.

Ab und zu mußte die Bondarewa aufstoßen, dann hatte sie meist einen galligen Geschmack im Mund, den sie entweder mit Tee oder – heimlich – mit einem Schnaps wegspülte. Letzteres hatte ihr der Arzt streng verboten, aber Rosalia nannte ihn Mustin gegenüber einen Vollidioten und bewies mehrmals, daß ein tiefer Schluck aus der Flasche ihr besser half als jede bittere Medizin, die sie bei einem schielenden Apotheker abholen mußte. Der Apotheker war ihr unsympathisch, und schon das war ein Grund, die Medizin wegzuschütten.

»Matilda Felixowna soll den Wunsch geäußert haben, wieder in St. Petersburg zu bleiben.« Der Präsident holte schnaufend Atem. »Sie hat es sogar dadurch bekräftigt, daß r Agent Aronow einen Vertrag der Opernintendanz vore. Geht man darauf ein . . . Das könnte eine Katastrophe n! Die Zarin würde erfahren, was früher einmal gewesen ist . . .«

»Was ist gewesen, Sie Wurm?« brüllte die Bondarewa los. »Was? Ich zertrete Sie . . .«

»Mathilda Felixowna muß nach den Krönungsfeierlichkeiten wieder abreisen!« sagte der Polizeipräsident stur. »Sie müssen ihr ausreden, daß sie in St. Petersburg bleibt.«

»Ich? Ausgerechnet ich? Ihre Mutter, die herbeigesehnt hat, daß ihr Täubchen zurückkommt? Ich? Seit ihrem Weggang habe ich neunundvierzig Kerzen gestiftet, ich werde morgen die fünfzigste anzünden, eine Kerze, so groß wie ein Obelisk!«

»Wir müssen sie entfernen, ehe sie das Glück des Zaren zerstören kann . . .

Es war ein schwerwiegender Fehler des Präsidenten, das, was er dachte, auszusprechen, zumindest so direkt vor der Bondarewa.

Er sah das auch sofort ein, als ihm die Teetasse entgegenflog, der er nur mit einem geistesgegenwärtigen Seitenschritt entgehen konnte.

»Hinaus!« schrie Rosalia Antonowna. »Und wenn Ihre Polizei in mein Haus dringt, lasse ich aus den Dachfenstern Kanonen abfeuern, damit ganz Petersburg hört, was hier geschieht! O mein Magen!«

Sie preßte beide Hände auf den Leib und starrte den Polizeipräsidenten mit flackernden Augen an. »Diese Aufregungen! Meine armen Nerven! Ihr bringt mich um, ihr alle bringt mich um! Einen schwarzen Zylinder haben Sie ja schon mitgebracht. Sie sind gekommen, mich zu töten . . .«

Es war sinnlos, jetzt mit der Bondarewa weiter zu streiten. Der Polizeipräsident warf die Pralinenschachtel auf ein Sofa, setzte seinen Zylinder auf und verließ schnell das Zimmer.

Hinter sich hörte er Rosalia Antonowna seufzen und stöhnen.

Sie schien tatsächlich krank zu sein, was ihn sehr verwirrte. Er hatte sich damit abgefunden, daß die Bondarewa so fest und unverwittert stand wie die Mauern der Petersburger Paläste und Brücken.

Am Abend, als Matilda und Boris von einem Ausflug nach Peterhof zurückkehrten, empfing sie so etwas wie ein Familienrat. Da Rosalia Antonowna in ihrer wuchtigen Person alle Instanzen in sich vereinigte, war das Tribunal sehr klein, aber äußerst schlagkräftig. Die Anwesenheit von Mustin Fedorowitsch war nicht erstaunlich, – er gehörte zur Familie.

Der Zwerg und das Riesenweib bildeten das wunderlichste Gespann, das man im turbulenten St. Petersburg je gesehen hatte.

»Man hat dir richtig berichtet, Mamuschka!« sagte Matilda ohne Zögern, als Rosalia Antonowna mit Tränen in der Stimme, – aber auch mit tiefem, verborgenem Groll die Neuigkeit preisgab.

»Wenn es möglich ist, bleibe ich in St. Petersburg. Man ist bereit, mich hier zur Primaballerina assoluta zu machen. Was kann man sich mehr wünschen?«

»Auf dich wartet die Welt!« rief die Bondarewa.

»Jeder Ort ist auch von St. Petersburg zu erreichen. Es gibt Eisenbahnen, es gibt Schiffe. Vielleicht fliegen die Menschen eines Tages auch durch die Luft . . .«

Sie ist verrückt!« stotterte Rosalia und starrte dabei hilfesuchend Boris Davidowitsch an. »Sie ist total verrückt geworden! Ruft einen Arzt! Menschen können bei ihr fliegen! Vielleicht sogar bis Moskau, was?«

»Bis London, Paris und nach Amerika . . .«

»Hilfe! Man muß sie festbinden! Mein armes Schwänchen . . .«

»Warum soll ich nicht in St. Petersburg bleiben?«

»Das fragst du mich?«

»Wegen des Zaren?«

»Du sagst es! Er ist verheiratet, hat ein Kind, es werden noch mehr Kinder kommen . . .«

»Wer hindert ihn daran?«

»Hör einer diese Unbotmäßigkeit an!« Die Bondarewa stöhnte wieder. Der Magen! Dieser nervöse Druck, diese Krämpfe! »Jedesmal, wenn er dich auf der Bühne sieht, wird ihn die Erinnerung plagen! Und jeder Blick auf dich ist eine Untreue gegenüber der Zarin! Und dann bleibt es nicht bei den Blicken, ihr trefft euch wieder . . . Nicht auszudenken!«

»Ich will tanzen, sonst nichts!« sagte Matilda Felixowna. »Ich habe es probiert, Mütterchen: Die Welt ist groß und schön, aber ein Russe kann wirklich glücklich nur in Rußland leben. Ich . . . ich hatte Heimweh, wo ich auch war.« Sie blickte von ihrer Mutter zu Mustin, dann von dem Zwerg zu Boris. »Ich bleibe in Rußland, wenn man mich nicht verbannt . . .«

»Das kann leicht passieren«, orakelte Mustin.

»Ohne den Willen des Zaren?«

»Ohne! Es gibt Gerichte, die verurteilen im Namen des Zaren. Was sie tun, geschieht mit seinem Willen. Sie haben alle Vollmachten. Der Zar erfährt es nie, wohin man dich verbannt hat. Kein Schreiben, keine Petition käme vor seine Augen! Du wirst lautlos ausgelöscht. Eine Namenlose.«

»Aber meine Stimme würde ganz Petersburg hören!« schrie die Bondarewa.

»Die wird man als erstes auslöschen! Dann wird aus Boris Davidowitsch eine der ›Toten Seelen‹, irgendwo weit im Osten der Taiga. Und mich? Mich wird man wie einen Floh zerquetschen. Wer in ganz Petersburg vermißt mich denn?« Mustin sah traurig seine überlangen Arme an. »Nikolai Alexandrowitsch empfängt mich kaum noch. Die neue Zarin mißachtet mich, sie will, daß er sich von mir löst. Sie hat ihre eigenen Günstlinge und Berater. Wenn sie mich sieht, macht sie Augen, als habe sie auf eine Kröte getreten. Meine Zeit im Anitschkowpalast läuft ab. Ich merke es von Tag zu Tag: Die Freunde bröckeln weg. Die Speichellecker verflüchtigen sich, suchen nach anderen Einflugstellen. Ich bin in eine Ecke gestellt, ein Teil der Einrichtung – wie die alten Uniformen und Waffen. Wenn ich dort versteinere, – es würde niemand merken. So ist das jetzt, ihr Lieben! Der Zar? Die starke Hand? – Der Zar ist froh, wenn man ihn in Ruhe läßt. Er träumt davon, wie sein Vater, der Bär, autokratisch herrschen zu können und sieht nicht, daß die Aufklärung immer mehr in Rußland um sich greift. Vor allem die Jugend drängt zu Neuerungen, zu mehr Rechten für das Volk.«

Mustin wiegte den dicken Kopf hin und her. Er fuhr fort: »Ich liebe meinen Herrn. Ich könnte für ihn sterben . . . aber ich bin nicht blind vor Treue! Ein Fehler war's, ihn zum Zaren zu machen. Man hätte ihn als Bürger Romanow in die Welt schicken sollen. Er hätte nichts geleistet, aber er hätte zufrieden gelebt. Mehr will er ja gar nicht!«

»Und was hat das mit Matilda zu tun?« fragte Rosalia Antonowna.

»Viel, Mütterchen!« Mustin faltete die Hände. »Man könnte Matilda vernichten und Nikolaus II. damit meinen! Man kann einen Menschen töten, ohne ihn selbst zu verletzen.«

»Was ist deine Meinung, Borja?« fragte die Bondarewa.

»Ich will, daß Matilda glücklich ist«, antwortete Boris Davidowitsch. »Nichts anderes will ich. Und wenn sie nur in St. Petersburg glücklich sein kann, dann muß sie hierbleiben. Wir sind dafür da, eine schützende Mauer um sie zu bilden.«

»So sei's denn!« Mustin rieb sich die große Nase und war sehr ernst dabei. »Wir werden von einem Heer von Feinden umgeben sein. Rußland wird sich wandeln ... ich glaube, das ist nicht mehr aufzuhalten!«

Die Proben verliefen ohne Zwischenfall. Schon nach den ersten durchgetanzten Bildern wußte Petipa, daß er an Matilda nichts mehr zu formen hatte. Er beschäftigte sich nur noch mit den anderen Solisten und dem Corps de ballet. Auch der Partner der Felixowna, der junge Tänzer Wladimir Eugenowitsch Samkajin, dem man eine Weltkarriere voraussagte und der gleichfalls aus Tamara Jegorownas Schule stammte, war vollendet. Er tanzte – trotz seiner Muskelpakete – schwerelos und war vor allem in den Hebefiguren und seinen Sprüngen unschlagbar.

Die Vorbereitungen zu den Krönungsfeierlichkeiten liefen auf Hochtouren, die Stadt wurde geschmückt, aus allen Himmelsrichtungen strömten die Menschen nach St. Petersburg. Auch in Moskau sparte man nicht ...

Wenn Nikolaus II. im Kreml einzog, sollte das ein Fest

von solchem Prunk werden, daß es in der Geschichte Rußlands einen festen Platz einnehmen würde. Die Liste der Feierlichkeiten und Empfänge reichte vom 9. Mai bis zum 25. Mai 1896 – Jeder Tag ein neues Fest, jeder Tag eine Demonstration vom unversiegbaren Reichtum Rußlands.

Ein Tag besonderen Glanzes sollte der 18. Mai werden. Traditionsgemäß begann an diesem Tag der große Jahrmarkt von Moskau. Dafür wurde der vor der Stadt gelegene Übungsplatz der Pioniere zur Verfügung gestellt, ein riesiges Feld, das Chodynskijfeld genannt wurde, das aber den großen Nachteil hatte, daß es mit tiefen Gräben und Löchern durchzogen war, in denen die Armee den Nahkampf, die Eroberung von Unterständen und den Grabenkrieg übte.

Die Polizeibehörden von Moskau ließen zwischen der Budenstadt des Jahrmarktes und dem freien Feld einen fünfzig Meter breiten und acht Meter tiefen Graben ausschaufeln, um die Menschenmassen, die man erwartete, nicht über die Verkaufsstände herfallen zu lassen.

Zar Nikolaus II. war darauf bedacht, bei seiner Krönung zu dokumentieren, wie sehr er mit seinem Volk verwachsen war. Er hatte allen, die nach Moskau kamen, ein Geschenk zur Krönung versprochen: Lebensmittel, ein leicht gebrautes Bier, Schüsseln und Schalen aus Zinn, in die man den kaiserlichen Adler und die Initialen des Zarenpaares geprägt hatte. Ein Geschenk in Millionenhöhe, denn man erwartete rund eine Million Zuschauer.

Seit Wochen arbeiteten die Behörden an der Durchführung dieser Pläne.

Der Generalgouverneur von Moskau, Großfürst Sergeij, der Bruder des verstorbenen Zaren Alexander III., leitete die gesamte Krönungsfeier in Moskau. Er sorgte auch für genügend starke Polizeikräfte, denn er kannte seine lieben russischen Landsleute. Vor siebzig Jahren, bei der Krönungsfeier des Zaren Nikolaus I., war nämlich das Volksfest zu einer Massenschlägerei geworden, bei der es viele Tote und ungezählte Verletzte gegeben hatte. Damals war das Fest noch vergleichsweise klein gewesen, in den vergangenen Jahrzehnten jedoch war es zu einem Volksfest und Jahrmarkt angewachsen, wie er auf der Welt nicht seinesgleichen hatte. So gigantisch dieses Rußland war, so unüberblickbar wurde dieses Moskauer Maifest.

Da es in diesem Jahr mit der Krönung zusammenfiel, standen den Beamten schon Wochen voraus die Haare zu Berge. Aber man würde es durchstehen, tröstete man sich. Rußland hatte schon andere Probleme gemeistert unter Einsatz seiner genialen Improvisationsgabe. Denn im Improvisieren waren die Russen unschlagbar.

So war ringsum alles auf diese feierlichen Wochen vorbereitet, als am 7. Mai die Generalprobe von »Schwanensee« stattfand. Die Garderobe stand schon jetzt voller Blumen. Die elegante Welt St. Petersburgs, vor allem die jungen Lebemänner aus dem höchsten Adel, die einen vollkommenen »Pariser Stil« in die russische Gesellschaft eingeführt hatten, schickten Körbe und Gebinde mit den teuersten Blumen, nicht ohne in einem anhängenden Brief um die »Gnade eines Diners« zu bitten oder gar um »ein Souper« in einem der feinen Lokale, wo man hinter verschlossenen Türen und in Séparées fürstlich speiste und nicht nach dem Preis für den Champagner fragte.

Matilda Felixowna war das alles von Rom, London, Mailand und Berlin gewöhnt. In allen Städten, wo sie tanzte, gab sie alle Briefe ungelesen an Boris weiter, der sich ein Vergnügen daraus machte, sie zu beantworten.

Jeder der liebedurstigen Herren erhielt den gleichen Text, und bisher hatte er immer eine starke Wirkung hinterlassen: Man hörte nämlich von diesen Ehrenmännern keinen Ton mehr ...

Boris Davidowitsch ließ durch seinen Sekretär schreiben:

»Hochwohlgeborener Herr Jefim Iwanowitsch Woronowjew, Graf von Tjilma!

Ihre Einladung an Matilda Felixowna ist mir der Zuständigkeit halber übergeben worden. Mit großer Freude nehmen wir Ihre Einladung zum Souper an, möchten aber vorschlagen, uns nicht im Palais Lila um elf Uhr nachts zu treffen, sondern morgens um sechs Uhr auf dem freien Feld der Kamennyi Ostrow, am Ufer der Großen Newa.

Um Ihnen entgegenzukommen, schlage ich eine Distanz von zwanzig Schritt vor. Die Pistolen werden von einem neutralen Offizier der Garde gebracht.

Mein Name ist Boris Davidowitsch von Soerenberg, ehemals Rittmeister der Kaiserlichen Gardehusaren und viermaliger Träger der Goldkordel für den besten Pistolenschützen. Matilda Felixowna ist meine Braut.

Es wird mir eine Ehre und ein Vergnügen sein, Sie morgen früh um sechs Uhr in die Ewigkeit zu befördern.

Mit großer Verehrung Ihr B. D. von Soerenberg.«

Bisher hatte es noch keinen Kavalier gegeben, der sich um sechs Uhr in der Frühe mit Borja getroffen hätte. Sogar in Berlin, wo Boris mit absoluter preußischer Entgegnung und trotzigem Heldentum gerechnet hatte, blieb jegliche Reaktion auf diese Briefe aus.

Nur in Madrid erhielt er einen Brief, allerdings erst drei Tage später. Ein großes, schwarzbehaartes blutiges Tierohr lag dabei. Der Absender schrieb:

»Statt des Kavaliers habe ich meinen besten Stier getötet. Er hat mich dabei zwar schwer verwundet, aber ich konnte ihn noch erstechen. Das Ohr gehört Ihnen, Señor, als Erinnerung an einen Mann, der auf seine Weise seine Ehre beweisen und retten konnte.«

An diesem Tag der Generalprobe sortierte Matilda wieder einmal die Briefchen an den Blumenkörben aus. Dabei fiel ihr ein Strauß auf, der aus roten Tulpen bestand, zusammengebunden mit langen Zweigen von brennend rotem Dorn. Der Strauß war so ungewöhnlich und inmitten von Treibrosen und Orchideen so auffallend schlicht, daß Matilda den anhängenden Brief öffnete und las.

Es war ein gedruckter Bogen. In einem Manifest drohte eine unbekannte revolutionäre Gruppe, die sich »Aufgeklärtes Rußland der Werktätigen« nannte, das Ende des Zarentums an.

»Rußland wird sich von dem Joch der regierenden Reichen befreien!« hieß es da. »Wir werden die Vermögen verteilen, und die Armen werden endlich ein Recht haben, zu leben. Freiheit für das Volk! Tod für die Ausbeuter!«

Und unter diesen Aufruf hatte jemand handschriftlich zugefügt:

»Ich bewundere Ihre Kunst, Matilda Felixowna. Aber ich verachte Sie, wenn Sie die tanzende Puppe der Reichen werden! Und das werden Sie hier in diesem morschen Rußland! Verlassen Sie nach der Krönung Rußland! Ich meine es gut mit Ihnen. Sie sollen nicht das Opfer einer Revolution werden! Und die Revolution kommt! Früher, als die Geldsäcke es ahnen. Wir können heute schon eines versprechen, und das wird die Welt verändern: Diese Krönung des Parasiten Nikolaus II. wird die letzte Zarenkrönung Rußlands sein! Matilda . . . warten Sie außerhalb Rußlands auf das Neue Rußland! Wir rufen Sie zurück . . .«

Matilda faltete das Manifest zusammen und brachte es zu Boris, der im Büro des Intendanten auf den Beginn der Generalprobe wartete. Ernst las er den Brief, gab ihn weiter und wartete, bis jeder im Raum ihn gelesen hatte.

»Eine Frechheit!« sagte Großfürst Alexej empört. Er war inkognito hier, um sich um eine kleine Tänzerin aus dem Corps de ballet zu kümmern, die seine alten Tage auflockerte. »Mit einem Feuerbesen muß man dazwischenfahren! Niki ist viel zu mild! Das ganze Gesindel einkassieren, in einen Eisenbahnwaggon verladen und ab nach Sibirien! Wälder roden, Sümpfe trockenlegen, Steine brechen . . . Da nützen sie Rußland wenigstens etwas! Welch ein Geschmeiß!«

»Ich glaube nicht, daß wir sie damit ausrotten!« Soerenberg nahm den Brief wieder an sich. »Das ist wie bei der Hydra: Schlägt man einen Kopf ab, wachsen drei neue nach! Ich fürchte, man kann die Entwicklung so nicht aufhalten.«

»Soerenberg, Sie sind ja infiziert!« rief der Großfürst entsetzt. »Auch die Hydra wurde besiegt . . . man brannte die Wunden aus! Nichts wuchs mehr nach! Und genau das werden wir tun! Wir rotten die Roten mit Stumpf und Stiel aus! Die Armee steht immer hinter uns!«

Boris Davidowitsch schwieg. Er kannte andere Betrachtungen. Nicht bei den Garden, aber bei den gemeinen Regimentern gärte es im geheimen. In der Marine rollten die roten Parolen von Schiff zu Schiff. Es war nicht abzusehen, wie die Armee reagieren würde, wenn tatsächlich im Volk eine Revolution ausbräche . . .

»Wird Matilda dieser ungeheuren Drohung nachgeben?« fragte der Intendant der Kaiserlichen Oper.

»Nein! Wir bleiben in St. Petersburg.«

»Bravo, Boris Davidowitsch!« Großfürst Alexej klatschte in die Hände. »Das wäre einen Orden wert!«

»Heften Sie ihn Matilda an.« Soerenberg scheute sich nicht, die Wahrheit zu sagen. »Sie will bleiben! Das allein ist maßgebend. Gönnen wir ihr – so Gott und die Politik es wollen – ein paar glückliche Jahre.«

»Sie alte Unke!« sagte der Großfürst rauh aber leutselig. »Geben Sie mir den Wisch her, Soerenberg. Ich bringe ihn meinem Vetter! Wir werden einen Fidibus daraus machen und damit unsere Pfeifen anstecken . . .«

Die Generalprobe mißlang.

Matilda Felixowna war unkonzentriert, schmiß den großen Pas de deux, stolperte und starb ihren Schwanentod ohne jegliche Spannung oder Innigkeit. Petipa, der für zwei Tage aus Moskau zurückgekommen war, verzichtete darauf, sie anzubrüllen, wie es seine Art war . . . Er wußte von dem Brief und übersah zum Erstaunen des gesamten Corps de ballet alle Schnitzer.

»Ich bitte um Verzeihung –«, sagte Matilda kaum hörbar. »Ich weiß, wie schlecht ich war. Aber ich habe auch nur Nerven . . .«

»Auf der Bühne?«

»Es wird alles besser, Marius. Hab keine Angst! Wenn die Generalprobe schlecht ist . . .«

»Ich weiß, ich weiß!« Petipa winkte ab.

Die Festaufführung von »Schwanensee« am 9. Mai 1896 ist in die Ballettgeschichte eingegangen; sie wird unvergessen bleiben.

»Die Felixowna« – wie sie jetzt hieß – war kein menschliches Wesen mehr – sie war ein Schwan, war die Schwanenkönigin selbst, die an der Liebe zu einem Menschen stirbt.

»So hat noch nie jemand getanzt«, sagte selbst der kritische Petipa in der Seitenkulisse. »Mein Gott, wie hast du uns mit dieser Frau gesegnet!«

In seiner Loge saß Zar Nikolaus II., neben sich die Zarin Alexandra Fjedorowna, juwelenfunkelnd, hübsch, aber von einer deutlichen Melancholie umgeben. Sie hatte Rußland ein Kind geschenkt, eine Tochter, keinen Thronerben. Das hatte man eigentlich von ihr erwartet. In ihrem Schoß lag das Schicksal der Dynastie Romanow, das Weiterleben der zaristischen Macht . . .

Sie blickte auf die Bühne, aber sie dachte an etwas ganz anderes als an das Schicksal der Schwanenkönigin. Sie nahm ein Ballett wahr – mehr aber auch nicht.

Sie dachte an die Krönung, an ihren Einzug in Moskau, an die Minute, in der der Zar in der Himmelfahrtskathedrale im Kreml niederknien und aus der Hand des Metropoliten die Zarenkrone empfangen würde . . .

Dann würden alle Glocken läuten; dann würden sich Millionen von Menschen bekreuzigen und in Jubel ausbrechen. Wo in aller Welt gab es so etwas noch einmal?

Das heilige Rußland gehörte ihnen ... Ihm, ihrem Niki, und ihr, der Zarin Alexandra Fjedorowna.

Gott, halte Deine Hand über uns ...

Nikolaus II. saß mit steinernem Gesicht in seinem Sessel und starrte auf die Bühne. Was er jetzt dachte, was er fühlte, er, der mächtigste Mann der Welt, dem die Krone, die er noch gar nicht trug, schon jetzt den Kopf zusammenpreßte, konnte niemand nachempfinden.

Der Großfürst hatte ihm das Manifest, das Matilda in der Garderobe bekommen hatte, übergeben. Er hatte es weitergereicht an seinen väterlichen Freund und Berater Pobedonoszew, der den Text zähneknirschend gelesen hatte.

Noch am selben Abend schwärmten in St. Petersburg und Moskau die Polizeispitzel aus, um etwas über diesen Kreis von Revolutionären zu erfahren. Am frühen Morgen des nächsten Tages waren bereits siebenunddreißig Verdächtige verhaftet worden. Sie leugneten, auch wenn man sie mit Stöcken und Ruten zusammenschlug.

Der Beifall für Matilda war eine einzige Ovation.

Dann drehten sich alle aus dem Rund des Opernhauses zur Zarenloge und applaudierten Nikolaus II. zu. Er dankte ernst und würdevoll.

Er lächelte sogar einen Augenblick, als ihm sein Generaladjutant zuflüsterte: »Vor der Oper stehen Zehntausende. Die ganze Stadt versinkt in einem Freudentaumel. Das Volk liebt Euer Majestät.«

Es liebt mich, dachte Nikolaus. Warum?

In ihrer Garderobe, die einem Blumenmeer glich, fand Matilda keinen Korb des Zaren. Ein Leibhusar wartete auf sie, übergab ihr einen Brief und verschwand sofort wieder. Mit zitternden Fingern riß sie den Umschlag auf.

Seine Handschrift! Ein paar kurze Zeilen, ein Aufschrei.

»Es war ein Fehler, Dich zu rufen! Wärest Du nie gekommen! Ich bitte Dich, kehre bald an die Riviera zurück. Mache einen weiten

Bogen um Rußland. Ich habe Angst um Dich und Deine Sicherheit. Ich sehe Dich noch immer unter dem roten Segel entschwinden . . .«

Wortlos reichte Matilda den Brief an Boris weiter, als er in die Garderobe kam. Er las ihn, gab ihn zurück und fragte mit heiserer Stimme:

»Was nun?«

»Ich bin eine Russin«, antwortete Matilda fest. »Eine Russin, wie Millionen andere auch. Ich bleibe in St. Petersburg!«

XVI

Matilda Felixownas Entscheidung schien richtig zu sein, eine Revolution fand nicht statt.

Aber die Ruhe war trügerisch.

Immer mehr und immer lauter wurde von den Bolschewiki geredet, einer radikalen Gruppe, die von einem gewissen Lenin geführt wurde, der später im Exil in Zürich saß und von dort aus alles dirigierte.

Parteitage fanden in Brüssel oder London statt; Aufrufe, durch geheimnisvolle Kanäle nach Rußland eingeschmuggelt, riefen das Volk zum Widerstand gegen den herrschenden Adel und die Großgrundbesitzer auf.

In den Armenvierteln der Städte tauchten immer häufiger Agitatoren auf, selbst bei Familienfeiern wehten rote Fahnen, auf den Märkten standen die Menschen zusammen und hörten gespannt zu, was man ihnen versprach:

Jeder soll genug zu essen haben. Das Land wird an die Bauern verteilt. Die Reichen werden entmachtet. Die Monarchie wird abgeschafft, es wird eine Volksregierung geben . . .

»Eigentlich haben sie recht!« meinte Rosalia Antonowna,

die ab und zu noch ihren alten Freund, den Trödler Tichon Benjaminowitsch Minajew besuchte. Die Krasnogarygasse hatte sich nicht verändert, die gleichen Galgenvogelgesichter liefen noch dort herum – allein Minajew war zusammengeschrumpft, saß auf einem Hocker hinter seiner Theke und hustete den ganzen Tag.

»Ich werde sterben wie meine liebe Frau«, sagte er zu der Bondarewa. »Auch die selige Natalja spuckte Blut und hustete sich die Lunge stückweise heraus. Was soll man tun? Sagt doch der Arzt zu mir, nachdem er mich abgehorcht hat: ›Wie alt bist du, Väterchen?‹ Und ich antworte: ›Genau weiß ich das nicht. Man hat meine Geburt nicht aufgeschrieben, ich war eines Tages da und wurde nicht weiter registriert. Später habe ich mich entschlossen, dem 15. Mai als meinem Geburtstag den Vorzug zu geben. Der Mai ist ein schöner Monat, und genau in der Mitte, das ist ein guter Tag. Und das Jahr? Na, sagen wir, ich bin jetzt sechsundsiebzig Jahre alt, Hochwohlgeboren.‹ Und was sagt der Arzt darauf zu mir? ›Väterchen, das ist ein gutes Alter! Wer wird schon so alt? Da darf man husten und Blut spucken. Freu dich noch am Leben ... aber denke immer an die Ewigkeit!‹ Das war's. Keine Pillen, keine Tropfen, rein gar nichts. So ist die Jugend heute: Du hast lange genug gelebt! Also sitze ich hier und warte, bis ich mich ausgehustet habe ...«

Rosalia brachte ihm daraufhin jede Woche die besten Lebensmittel, gebratenes Fleisch, Sahne und Kuchen. Minajew verschlang alles wie ein Raubtier, wurde dicker und ... hustete nicht mehr.

Monate später verkaufte er heimlich rote Fahnen und rote Armbinden und sagte zu der verblüfften Bondarewa: »Da bist du ja, du Kapitalistenweib! Pack deinen Braten aus! Man muß euch schädigen, wo man kann!«

Rosalia Antonowna hörte sich das zweimal an; bei der dritten sozialistischen Begrüßung haute sie Minajew eine Ohrfeige herunter, daß der Alte an die Wand flog, und schrie: »Wo komme ich denn her, he? Habe ich nicht ein halbes Leben lang bei dir gewohnt? In einem stinkenden Zimmer? Hast du das schon vergessen? Ich nicht!«

Sie zog Minajew am Rockkragen hoch, stellte ihn an die Wand und versetzte ihm abermals zwei schallende Ohrfeigen.

Der Alte rollte wild mit den Augen, schnaufte einmal tief und sagte dann: »Jetzt bist du endlich wieder meine alte Rosalia! Dein Federhut, deine Seidenkleider und deine weichen Stiefelchen . . . Scheußlich!«

So war das mit Minajew gewesen.

Und immer, wenn die Bondarewa zurückkam aus ihrer trüben Vergangenheit, saß sie mit mürrischem Gesicht in ihrem prächtigen Palais und sagte zu Mustin, dem Zwerg:

»Bei Gott, wir sind alle Schmarotzer! Weißt du, daß von meinem Hut eine ganze Familie zwei Monate leben kann? Unsere Pferdchen haben dicke Bäuche vom Fressen – und um uns haben Tausende von Kindern dicke Bäuche vom Hunger! Die Verteilung der Vermögen ist ungerecht!«

»Sagt Lenin!« Der Zwerg saß auf einem Sofa im Damensalon und zerteilte einen Bratapfel mit Honigsauce. »Aber daß du so etwas sagst . . . in einem Palais!«

»Ich schäme mich auch, in einem Palais zu sitzen!«

»Hast du dafür nicht ein ganzes Leben geopfert? Wie hast du Matilda großgezogen? Gab es eine Stunde Ruhe für dich? Hast du nicht auf dem Markt hinter deinem Stand gesessen, bei Regen und Sturm, bei Hitze und Frost? Hast du nicht mehr gearbeitet als die meisten, die heute von Revolution reden? Du hast dir jede Kopeke ehrlich verdient . . . Und jetzt schämst du dich, daß du sie verdienst hast?«

»Wenn man es so nimmt . . .«, sagte die Bondarewa gedehnt.

Bei ihrem nächsten Besuch bei Minajew brachte sie eine Kohlsuppe mit, die mehr aus Wasser als aus Kohl bestand.

Minajew schnupperte an dem Topf, steckte den Finger

hinein, leckte ihn ab und blickte Rosalia Antonowna entgeistert an.

»Ich habe kein Schweinchen, das ich großfüttere!« sagte er.

Welch ein Fehler war das!

Die Bondarewa brüllte, sie sei zur Armut zurückgekehrt, und von solchen Suppen habe sie zwanzig Jahre lang gelebt – und lebe noch! – und jetzt sei sie Bolschewikin und esse nur noch das, was das arme Volk sich auch leisten könne – und dann tauchte sie Minajews Kopf in den Suppentopf und zwang ihn, alles auszuschlürfen!

Der arme Alte war nach dieser Volksmahlzeit so erledigt, daß er auf dem Sofa im Hinterzimmer lag und nicht mehr schnaufen konnte. Rosalia deckte ihn mit seiner roten Fahne zu, hob die Faust und schrie:

»Die Arbeiterklasse wird siegen!«

Damit verließ sie den augenrollenden Minajew.

Vier Wochen später war er tot.

Der Arzt stellte einen Blutsturz fest und wunderte sich, daß Tichon Benjaminowitsch mit einer solch zerstörten Lunge noch so lange gelebt hatte. Die Bondarewa ließ ihn wie einen Hochwohlgeborenen begraben, in einem geschnitzten Sarg, mit einer schwarzen Kutsche und zwei Rappen davor. Ein Pope hielt die Trauerrede und nannte Minajew eine große Seele. Dafür bekam er eine Stiftung von 250 Rubel für seine Kirche.

So ging die Zeit dahin.

Matilda tanzte nicht nur in St. Petersburg als Primaballerina assoluta, – sie fuhr durch die ganze Welt, von den Männern angebetet, von den Frauen beneidet, von den Kolleginnen gehaßt ob ihrer Erfolge; in jedem Ort, wo sie tanzte, mit Blumen und Geschenken überhäuft.

Chamitja Maximowitsch Aronow, der Impresario, zerknitterte immer mehr, je mehr er an Matilda verdiente. Die Prozente, die er von den Höchstgagen für sich abzog, machten ihn reich, aber auch immer mürrischer. Selbst als er in Monte Carlo zu spielen begann, verfolgte ihn sein Fluch: Er gewann immer!

Die Verbindung zwischen Matilda und dem Zaren war abgerissen. Es kamen keine Boten mehr mit Briefchen oder Nachrichten, keine Blumenarrangements oder Geschenkkartons. Man sah sich nur noch im Theater ...

Nikolaus II. in der Kaiserloge, ernst, in sich gekehrt, verschlossen, von Monat zu Monat zu seiner Umwelt kontaktärmer ... Mathilda Felixowna auf der Bühne, strahlend schön, schwerelos im Tanz, umjubelt, der hellste Stern über St. Petersburg.

Sie tanzte unter der Leitung des großen Petipa alle großen Rollen in den Balletten Coppelia, Giselle, Dornröschen, La Bajadère, Raymonda, Le Corsaire, La Sylphide und immer wieder ... Schwanensee.

Über die Entfernung von Loge zu Bühne hinweg sahen sie sich an, wenn der Beifall aufrauschte ... dann stand der Zar an der Brüstung und klatschte, neben sich die schöne Zarin; und Matilda verneigte sich tief, wie es dem Herrscherpaar gebührte. Manchmal dachte Matilda: Niki sieht nicht glücklich aus. Du müßtest doch strahlen vor Glück. Drei Töchter hast du jetzt: Olga, Tatjana und Maria. Und die Zarin ist schon wieder schwanger. Warum siehst du mich mit deinen Rehaugen so melancholisch an? Ich weiß doch, daß du Alexandra Fjodorowna liebst! Denkst du an früher? Der Zarewitsch und die kleine Tänzerin? Es war eine schöne Zeit ...

Ein Kapitel in unserem Lebensbuch: Das Märchen von St. Petersburg ...

Als die vierte Tochter des Zaren geboren wurde, die den Namen Anastasija erhielt, war es um den Zwerg Urasalin geschehen. Er kam ins Stroitskypalais, setzte sich auf seinen Lieblingsplatz, das Sofa im Damensalon, und baumelte mit den Beinen. Rosalia Antonowna, sehr dünn geworden und noch immer im Kampf mit ihrem »nervösen Magen«, sah ihn fragend an.

»Was ist?« Auch ihre donnernde, gefürchtete Stimme hatte nachgelassen. Sie klang jetzt müder, gütiger und wie aus einer hohlen Tiefe. »Soll ich dir eine Fleischpirogge machen?«

»Ich bin frei!« Mustin starrte an Rosalia vorbei die Wand mit der Seidentapete an. »Der Zar hat mich in Gnaden entlassen. Man braucht mich nicht mehr. Ich bin überflüssig. Es gibt so viele dumme Narren, daß man auf einen klugen verzichten kann. Außerdem wünscht es die Zarin. Sie ekelt sich vor mir. Sie sagt, ihre Töchter träumen von mir und wimmern im Schlaf. Ich erschrecke die kleinen Großfürstinnen. Mein Anblick sei unerträglich, ich müßte weg! Dann hat mich der Zar umarmt und entlassen. So war es!«

Mustin, der Zwerg, lehnte sich zurück, drückte den Hinterkopf an das Polster, starrte an die bemalte Stuckdecke und weinte. Es war ein unbeschreiblicher Anblick: Dem häßlichsten Menschen der Welt rollten Tränen über das zuckende Gesicht.

Undankbarkeit, sonst eine der Untugenden regierender Häupter, kannte Zar Nikolaus II. nicht. Zwar war er durch die Abneigung der Zarin gezwungen, seinen Narren Urasalin zu entlassen, aber er beschenkte den Zwerg reichlich.

Die Familie Stroitsky hatte an dem Palais in St. Petersburg das Interesse verloren, die Familienmitglieder lebten besser auf ihren Gütern, fern der Politik, unbeobachtet, wie kleine Könige in ihrem Reich aus Wäldern, Feldern, Sümpfen und Salzsiedereien. Wie die Stroganows unterhielten sie eine schlagkräftige, kleine Privatarmee, die sie als Landarbeiter getarnt hatten, und keiner störte sie und ihr Treiben.

Selbst der Steuereinnehmer kam mit tief gezogenem Hut und entsprechenden Verbeugungen in das Schloß, durfte einen Abend lang mit den Stroitskys tafeln und unmäßig trinken, und fuhr am nächsten Morgen zufrieden zurück, natürlich ohne Prüfung, ob der eingenommene Steuerbetrag richtig war.

Zar Nikolaus II. kaufte dann von den Stroitskys das Petersburger Palais und schenkte es Mustin, dem Zwerg, als Abfindung und als Dank für treue Dienste.

»Du hast es verdient«, sagte er zu Mustin beim endgültigen Abschied. »Verwalte das Haus gut. Hast du Erben?«

»Ich werde es wahrscheinlich Rosalia Antonowna Bondarewa vererben, wenn sie mir Zeit läßt, das Testament zu machen. Und nach ihr wird es Matilda Felixowna übernehmen ...«

Der Zar nickte zufrieden.

Das war es, was du hören wolltest, dachte der schlaue Zwerg. Über mich wandert das Geschenk dahin, wo es eigentlich gleich landen sollte! Auch so kann man es machen. Was soll ein häßlicher, einsamer Zwerg auch mit einem Palais?

Er küßte dem Zaren die Hand, was dieser widerwillig duldete, denn diese Art von Unterwürfigkeit beschämte ihn immer wieder.

Mustin fuhr anschließend sofort zur Bondarewa, rannte in den Salon und baute sich mit in die Seiten gestützten Armen an der Tür auf.

»Hinaus!« rief er streng. »Rosalia Antonowna, packen Sie Ihre Sachen! Der Zar hat mir soeben dieses Palais geschenkt! Der neue Besitzer bin ich! Das Palais wird gereinigt, besonders von Ihnen! Erheben Sie sich aus den faulen Polstern, und kümmen Sie sich um Ihre Koffer!«

Rosalia Antonowna blieb ungerührt sitzen. Sie sah Mustin freundlich an, trank einen Schluck Pfefferminztee – gegen den »nervösen Magen« – und sagte gütig:

»O du hinkender stinkender Bock! Was würde wohl aus dir, wenn ich wirklich ginge?«

»Endlich ein fröhlicher Mensch!«

»Ein Trauerkloß! Komm her und trink deinen Wein! Schenkt ihm der Zar das Stroitskypalais! Welch ein schlechtes Gewissen muß der Mann haben. Natürlich hast du ihm die Hand geküßt, natürlich bist du weggeflossen vor Dankbarkeit! Du hättest ihn in die Hand beißen sollen, das hätte er verdient! Jagt seinen guten Freund weg und streut in die Wunde Zucker! Als ob sie davon heilen würde ...«

Sie zeigte auf das Sofa, Mustin setzte sich und wartete, bis der Diener seinen Lieblingswein, einen goldgelben, süßlichen Tropfen aus Georgien, gebracht hatte.

»Nun hast du das Palais«, fuhr sie fort, »kannst du es aufessen?«

»Der Zar bezahlt die Dienerschaft und gewährt mir im Jahr sechstausend Goldrubelchen Pension!«

»Das ist großzügig.«

Die Bondarewa wiegte den Kopf. Auch er war schmal geworden, geschrumpft, zusammengefallen. Das Essen machte ihr Schwierigkeiten; sie stieß immer auf, manchmal erbrach sie sich auch, und wenn die Speisen im Magen blieben, dann verwandelten sie sich in große Feldsteine, so fühlte es sich an und so drückten sie auch.

Der Arzt verschrieb Pülverchen und Tröpfchen, aber zu Mustin sagte er: »Sie hat eine Roßnatur. Jede andere hätte der Krebs schon lange getötet. Schade, daß man sie später nicht sezieren kann ... Man würde ein kleines medizinisches Wunder erleben ...«

»Wo ist Matilda jetzt?« fragte die Bondarewa.

»Ich glaube, in San Francisco ...«

»Was sie nicht alles sieht! Hat sie geschrieben?«

»Borja hat ein Telegramm geschickt. Amerika muß ein grandioses Land sein. Er ist begeistert. Da gibt es Häuser, deren Dach man nur erblicken kann, wenn man den Kopf weit in den Nacken legt. Neue Turmbauten zu Babel! Er bringt Bilder mit ...«

»Da muß er sich aber beeilen!« sagte die Bondarewa, immer noch milde.

Mustin fror es plötzlich. Sie weiß es, durchzuckte es ihn. Sie weiß genau, woran sie leidet. Und sie beobachtet sich in aller Stille. Welch eine Frau . . .!

Dann geschah es plötzlich. Am 20. Juni 1904, morgens um halb zehn Uhr.

Rosalia Antonowna stöhnte dumpf, hatte nicht mehr die Kraft, auf die Klingel zu drücken und versank in Bewußtlosigkeit.

Als Mustin und der Kammerdiener in das Schlafzimmer kamen, weil sie nichts von der Bondarewa gehört hatten, lag sie wachsgelb quer über dem breiten Bett und atmete röchelnd. Der Arzt, der eine halbe Stunde später eintraf, packte seinen Koffer nicht mehr aus . . .

Er setzte sich neben Rosalia Antonowna auf die Bettkante, nahm ihre Hand und wartete.

Um die Mittagszeit war es zu Ende. Das Herz setzte aus. Mustin, der Zwerg, kniete am Bett nieder und betete, die Stirn auf die kalt werdende Hand Rosalias gelegt.

»Hatte sie gestern starke Schmerzen?« fragte der Arzt noch. »Kündigte sich etwas an?«

Mustin schüttelte den Kopf. »Das war das letzte, was ich von ihr weiß: Sie hat am Abend einen Saubraten gegessen . . .«

»Gerechter Himmel!«

»Sie hatte solch einen Heißhunger darauf. Hinterher hat sie noch drei Wodka getrunken!«

»Das war Selbstmord!«

»Ich fühle mich so wohl wie ein Hund ohne Flöhe!« sagte sie hinterher. So war sie! Zum erstenmal seit Wochen aß sie einen Batzen Fleisch. Jetzt freue ich mich, daß sie es getan hat. Sie war hinterher so fröhlich wie selten . . .«

Man begrub Rosalia Antonowna in einer Gruft auf dem Tischwinski-Friedhof des Alexander-Newskij-Klosters. Das hatte Mustin erreicht. Da lag sie nun inmitten der Berühmtheiten Rußlands, nicht weit von Tschaikowsky und Mussorgsky entfernt, in unmittelbarer Nachbarschaft von Alexander Borodin. Es war ein stilles Begräbnis.

Matilda und Borja waren in New Orleans, und selbst wenn sie die Tournee abgebrochen hätten, so wären sie für den letzten Gang nicht mehr rechtzeitig zurückgekommen. Sosehr Mustin auch seine Beziehungen spielen ließ, es gelang ihm nicht, Rosalia von Amts wegen in Eisblöcke legen zu lassen, um sie für die Rückkehr Matildas aufzuheben.

»Wann kann Matilda Felixowna hier sein?« fragte der Leiter der zuständigen Behörde, schon über diesen Antrag allein entsetzt. »In frühestens drei Wochen? Solange soll ein toter Christenmensch über der Erde liegen? Mustin Fedorowitsch, wollen Sie Gott lästern? Völlig unmöglich ist das! Das müssen Sie doch einsehen . . .«

So trug man beim Begräbnis nur einen riesigen Kranz hinter dem Sarg her, der die Anwesenheit Matildas symbolisieren sollte. Auf einer schwarzen Schleife stand mit goldenen Buchstaben:

»Mutter! Unsterbliche Mutter!«

Auch der Zar schickte Blumen. Einen Korb voll roter Rosen. Nirgendwo stand, daß sie von Nikolaus II. kamen, aber jeder wußte es.

Sechs Wochen später kamen Matilda Felixowna und Boris Davidowitsch zurück. Ihr erster Weg führte sie zum Friedhof an Rosalia Antonownas Grab.

»Sie war mit einem Paukenschlag weg«, berichtete Mustin, als sie nach einer Stunde stiller Zwiesprache mit der Toten die lange Allee zum Ausgang zurückgingen.

»So, wie sie es wohl immer wollte: Glücklich, daß sie ganz satt war! Ihre letzten Worte zu mir waren: Es geht besser, du Holzkopf! Morgen brate ich mir ein Gänschen . . .« Mustin putzte sich die Nase. »Wir dürfen nicht weinen, das hätte sie sich auch verbeten. Am liebsten sähe sie es, glaube ich, wenn wir jetzt auf ihr himmlisches Glück Champagner trinken würden. Daran hatte sie sich gewöhnt. Sie trank zuletzt jeden Tag ein paar Gläser und meinte zufrieden: ›Ein Satanszeug ist das, Mustin! Aber es tut meinem Magen so gut! Kaum ist es drin, so muß ich kräftig aufstoßen – und schon fühle ich mich wohler!‹ Und der Arzt sagte zu mir: ›Laß sie machen, was sie will. Sie soll das, was sie Glück nennt, noch voll genießen. Man kann ihr nichts mehr verbieten, es ist schon zu spät.‹ – Trinken wir Champagner auf ihr Wohl?«

Sie tranken ihn in einem der feinen Lokale, in die man nur hineinkommt, wenn man den Portier kennt.

Und dort trafen sie auch zufällig den großen alten Meister des Balletts Marius Petipa, der nicht wußte, daß Matilda aus Amerika zurückgekommen war.

»Ein Wunder!« rief er überschwenglich. »Das ist ein Wunder! Gestern nacht träumte ich von dir! Du hast bei mir die Giselle getanzt! Und nun bist du leibhaftig da! Du wirst meine nächste Giselle sein!«

Er küßte sie, übersah ihre Trauerkleidung und plauderte ohne Unterbrechung weiter – vom Theater.

Da sind Tote ohnehin nur auf der Bühne wichtig ...

XVII

Wie rasch die Jahre vergehen, konnte man an den Triumphzügen der großen Felixowna ablesen.

Sie reiste durch die Welt, immer in Begleitung von Boris Davidowitsch und Chamitja Maximowitsch, einer Zofe, einem eigenen Friseur und einer Sekretärin. Chamitja hatte ihr diesen aufwendigen Hofstaat eingeredet.

»Wenn du allein kommst, denkt jeder: ›Ach herrje, das arme Mäuschen! Gib ihm ein paar Käserinden und es wird Männchen machen ...‹ Kommst du aber dahergerauscht wie eine Königin, und ein Sklave kündigt dich an: ›Matilda Felixowna erscheint in zwei Minuten!‹, dann knicken sie in der Mitte ein und es juckt sie überall vor Aufregung!«

Widerwillig hatte Matilda zusgestimmt, aber Chamitja kannte seine Branche sehr genau: Wo sie erschienen, wurden sie empfangen wie ein Staatsbesuch. Die »Königin des Tanzes« gibt sich die Ehre ...

Am 1. August 1914 überraschte sie der Krieg in London.

Der russische Botschafter überreichte Boris Davidowitsch einen Brief des Kriegsministeriums, worin stand, daß er sofort nach St. Petersburg kommen müsse, um ein Regiment zu übernehmen. Rußland brauchte jetzt jeden Offizier.

Der Brief war zwei Wochen alt, aber inzwischen war er brennend aktuell geworden: In Extrablättern verkündeten die Zeitungen, daß Deutschland durch seinen Botschafter Pourtalès dem russischen Außenminister die Kriegserklärung überreicht hatte. Was seit Wochen und Monaten wie eine elektrisch geladene Wolke über Europa geschwelt hatte, war zerplatzt: Die Welt geriet in Brand.

Die Völker schlugen aufeinander ein.

Das große Sterben begann.

Und es begann mit Jubel, Marschmusik, Bittgottesdiensten und Blumengirlanden.

»Sie sind alle verrückt geworden!« sagte Chamitja und raufte sich die Haare. »Krieg! Und sie singen dabei vor Freude! Gibt es denn nur noch Idioten? Von den Deutschen kann man das verstehen, die sind am muntersten, wenn es ums Sterben geht ... aber wir Russen! Was ist bloß los mit den Menschen? Ist es uns wirklich so gut gegangen, daß man uns dafür bestrafen muß? Hunderttausende werden fallen ... wofür? Für diesen Erzherzog, den man in Serajewo ermordet hat? Ein Mann ist der Tod von Millionen wert? Das ist doch heller Wahnsinn!«

»Was willst du tun, Borja?« fragte Matilda und las noch

einmal den Brief aus St. Petersburg. Der Befehl war klar: Zurückkommen! Übernahme des Kommandos eines Regimentes ...

»Ich weiß es nicht ... Hier, im Ausland, kann mich keiner zwingen. Aber ich bin Offizier! Ich habe meine Ehre zu verlieren ...«

»Oder das Leben!« Chamitja Maximowitsch rannte im Zimmer hin und her. »Wir machen uns aus dem Staub! Wir gehen dorthin, wo kein Krieg hinkommt! Auf eine Insel in der Karibischen See! Dort warten wir ab, bis sich alle die Köpfe eingeschlagen haben! Ich werde mich erkundigen, wie wir am schnellsten aus Europa wegkommen!«

Es gab ein Schiff, und das nahmen sie, so sehr Chamitja auch die Heiligen beschwor, zu bezeugen, daß er kein Idiot sei.

Das Schiff fuhr in die entgegengesetzte Richtung, als es Aronow wollte: Von London nach Oslo. Von Oslo sollte es mit der Bahn nach Stockholm gehen, von dort nach Helsinki. Von Finnland mit der Eisenbahn nach St. Petersburg ...

Es war ein warmer Abend, als sie an der Newa ankamen. Marschierenden Regimentern, langen Wagenkolonnen, endlosen Eisenbahnzügen voller Soldaten und Kanonen waren sie begegnet. Das ganze Rußland war im Aufbruch, rückte an die Front im Westen, machte sich bereit, Deutschland und Österreich niederzuwalzen.

Was hatte Zar Nikolaus II. gerufen? »Wir werden kämpfen mit dem Schwert in der Hand und dem Kreuz im Herzen!«

Und als der Zar nach der Proklamation auf den Balkon des Winterpalais trat, sanken Zehntausende von Menschen, die auf dem Platz gewartet hatten, in die Knie und stimmten die Nationalhymne an. Das ewige Rußland war plötzlich wieder da ... ob im Mittelalter oder in der Neuzeit: Ein Volk kniet vor dem Zaren.

Und die Zarin weinte vor Ergriffenheit.

Während Matilda sich im Stroitskypalais von der langen Reise erholte und Mustin mit Chamitja in Streit geriet, weil der Zwerg ihm vorwarf, er hätte Matilda im Ausland lassen sollen, meldete sich Boris Davidowitsch beim Oberkommandierenden der russischen Streitkräfte, Großfürst Nikolai Nikolajewitsch, dem zwei Meter langen Onkel des Zaren.

Er bekam ihn nicht zu Gesicht . . . die erste große Offensive war bereits im Aufmarsch, der Generalstab tagte Nacht und Tag. Dafür umarmte ihn ein bekannter General, küßte ihn auf die Wangen und sagte:

»Borja, daß du gekommen bist, beweist mir, daß du ein Russe bist, auch wenn du Soerenberg heißt! Du rückst schon in vier Tagen an die Front. Wir haben dich der Narew-Armee von General Samsonow zugeteilt. Du wirst einer der Helden sein, der die Deutschen aus Ostpreußen vertreibt! Wir nehmen sie in die Zange! Am Narew die Samsonow-Armee, am Njemen die Rennenkampff-Armee! Da gibt es kein Entkommen! Treibt die Deutschen in die Ostsee! Unser Gegner ist schwach. Die achte deutsche Armee, Befehlshaber von Hindenburg. Wer kennt schon von Hindenburg? Der Generalstabschef ist ein von Ludendorff. Völlig unbedeutend. Es wird für euch ein Spaziergang werden!«

Von diesem »Spaziergang« kehrte Boris Davidowitsch von Soerenberg nicht zurück. Der Splitter einer deutschen Granate riß ihm am 29. August 1914 in der Schlacht bei Tannenberg, als die russischen Armeen schon geschlagen waren und der Rest, der sich vor der Gefangenschaft retten konnte, über die Grenzen Ostpreußens zurückflutete, den linken Arm ab.

Hilflos, am Straßenrand sitzend, die rechte Hand auf den zerfetzten Arm gepreßt, verblutete er.

Er verspürte kaum Schmerzen, sein Hirn war klar wie immer, und er dachte, bis ihn die große Müdigkeit der Ewigkeit überkam, immer nur an Matilda und ihre letzten Worte.

Sie hatte sie ihm zugerufen, als der Waggon aus dem Güterbahnhof von St. Petersburg abfuhr und sie neben dem Zug herlief, winkend, mit einem Blumenstrauß in der Hand: »Wenn du zurückkommst, Borja, heiraten wir!« hatte sie gerufen. »Paß auf dich auf! Wir werden heiraten, bestimmt, Borja, wenn die Deutschen besiegt sind . . .«

Wenn . . .

Dann war der Zug schneller gefahren, sie war zurückgeblieben, die anderen Waggons mit den singenden Soldaten ratterten an ihr vorbei . . . Und er hatte sich aus dem Fenster gelehnt und immer noch gewunken, gewunken, bis sie im Dunst von Morgennebel und Lokomotivrauch verschwand, eine kleine schmale Gestalt, die für ihn der Sinn allen Lebens geworden war.

Der Rückzug der russischen Truppen ging so hastig vor sich, daß man den toten Oberst Soerenberg nicht mitnehmen oder gar begraben konnte. Deutsche Pioniere sammelten später die russischen Toten ein und legten sie in ein Massengrab. Die Offiziere, also auch Borja, erhielten Einzelgräber, aber da man seinen Namen nicht wußte – die Papiere hatte die Russen mitgenommen – schrieb man auf das einfache Kreuz aus Birkenholz: »Ein unbekannter russischer Oberst«.

Matilda Felixowna nahm den Tod von Boris Davidowitsch mit unbewegtem Gesicht auf. Der Generaladjutant des Zaren kam selbst und überbrachte ihr die Nachricht mit einem Handschreiben des Zaren.

Nikolaus II. schrieb:

»Ich fühle Deinen Schmerz auch in meinem Herzen. Es ist furchtbar, wie mein Volk leiden muß, schon in den ersten Wochen dieses Krieges, den ich nie gewollt habe. Gott ist mein Zeuge, daß man mich in diesen Krieg hineingetrieben hat. Verzeih mir, Matilda. – Niki.«

Siege und Niederlagen wechselten ab, und man gewöhnte sich in Rußland daran, daß auf einen toten Gegner fast immer zehn Russen kamen. Man hatte ja Menschen genug, und die Strategie hieß nun einmal die »russische Dampfwalze«, dieser wahnsinnige Menscheneinsatz, das Angreifen in zehn, zwölf, fünfzehn Wellen hintereinander mit der trügerischen Hoffnung, daß der Gegner gar nicht so viel schießen konnte, wie Menschen auf ihn zustürmten.

In St. Petersburg aber gingen die hohen Herrschaften weiter in die Oper, ins Ballett oder Konzert.

Matilda Felixowna tanzte – nicht nur vor dem Zaren, auch vor den Verwundeten in den Lazaretten. Fast jeden Tag trat sie auf, mit Szenen aus ihren berühmten Balletten oder mit Volkstänzen der verschiedenen russischen Völkerstämme.

Die Verwundeten klatschten begeistert, aber was sie wirklich dachten ... Einmal sagte es ihr ein junger Oberleutnant im Lazarett von Pawlowsk:

»Wir freuen uns sehr, daß Sie für uns tanzen, aber lieber wäre es uns gewesen, Sie hätten uns einen Wagen voll Brot, Marmelade und Gemüse mitgebracht. Von einem Stückchen Fleisch träumen wir nur noch. Reden wir nicht davon, aber ein Stück Brot – das wäre schöner als der schönste Schwanensee ...«

Den Zaren sah Matilda nur noch selten.

Nachdem er seinem Onkel Nikolai Nikolajewitsch den Oberbefehl über die russischen Truppen entzogen und sich selbst an die Spitze seiner Armeen gestellt hatte, riß die Verbindung völlig ab.

Zar Nikolaus II. lebte von nun an nur noch in seinem Hauptquartier bei Mogilew. Auch das hatte er nie gewollt, aber die Zarin drängte ihn dazu. Sie sah ihren Niki als den genialen Feldherrn, der Rußland retten würde.

Immer stärker machte sich der Einfluß des Wundermönches Rasputin bemerkbar, ohne den die Zarin nicht mehr leben konnte, seitdem es ihm gelungen war, durch Handauflegen den kleinen Zarewitsch vom Tode zu erretten. Das verhängnisvolle Erbe der englischen Königin Victoria schlug wieder bei dem Thronerben durch: Er war Bluter.

Matilda lebte zurückgezogen im Stroitskyspalais. Der Zwerg Mustin war nach dem Tod von Rosalia Antonowna sehr still geworden, saß oft stundenlang am Grab der Bondarewa und begann dort, auf einer weißen Holzbank hokkend, seine Memoiren zu schreiben. »Blick von unten – Betrachtungen eines Zwerges«, nannte er sein Buch. Und unter den Titel schrieb er die Widmung: »Für Rosalia Antonowna – vielleicht der einzige Mensch, der mich je verstand«.

Nach der verlorenen Schlacht bei Tannenberg und an den Masurischen Seen war Chamitja Maximowitsch Aronow plötzlich aus St. Petersburg verschwunden. Er hinterließ für Matilda einen kurzen Brief:

»Rußland ist dabei, langsam, aber sicher zu sterben. Vergiß meine Worte nicht: In Kürze werden die Bolschewiki die Herrschaft übernehmen und alles ausrotten, was so aussieht wie Du und ich! Das Waschwasser der Revolution ist immer Blut . . . anders wäre eine Säuberung nicht möglich. Aber soll ich mich umbringen lassen, weil ich mein ganzes Leben lang fleißig war und gespart habe? Ich werde versuchen, Tanger zu erreichen. Dort habe ich einen Freund, den Sheikh Omar Abduman ibn Rahndan. Bei ihm bleibe ich, bis der Krieg zu Ende ist. Dann werde ich in Paris leben. Glaub mir, Matilduschka: Außer in Rußland kann ein Russe nur noch in Paris leben! Warum? Ich weiß es nicht. Man muß das spüren, es klopft im Blut. Gott möge so gnädig sein, daß wir uns in Paris wiedersehen . . .«

»Dieser Krieg zerschlägt eine alte Zeit –«, sagte auch Mustin, als Matilda durch gute Freunde im Generalstab erfuhr, daß Nikolaus II. sich als Oberbefehlshaber der Truppen geradezu unglücklich fühlte und sich selbst ein »Sühneopfer für Rußland« nannte. »Und die neue Zeit steht vor der Tür. Sie wird mit Terror beginnen. Willst du nicht vorher Rußland verlassen?«

»Nein! Verläßt der Zar es?«

»Das wäre undenkbar!«

»Und bei mir kannst du es denken? – Schweigen wir davon.«

Je länger der Krieg dauerte, je mehr an den Fronten gestorben wurde, je mehr die Verwundeten und die Sterbenden die Krankenhäuser und Lazarette füllten und man selbst schon Schulen ausräumte, um die Verletzten unterzubringen, um so mehr war Matilda Felixowna unterwegs. Die »Primaballerina assoluta« tanzte fast nur noch für die Verwundeten.

Ab und zu allerdings fand in St. Petersburg auch noch eine Aufführung statt. Dann war es geradezu gespenstisch anzusehen, wie der Adel und die reiche Gesellschaft den Krieg ignorierten.

Da funkelten noch Brillanten und Edelsteine, da rauschten noch die Seidenroben der Damen, da blitzten noch die Orden und strahlten die Uniformen . . .

Wie ein letzter Rausch hatte es alle erfaßt, noch einmal die ganze ungeheure Pracht des Zarenreichs zu entfalten, noch einmal – ehe alles zusammenbrechen mußte.

Und dann – von allen insgeheim erwartet – geschah es: In den Morgenstunden des 23. Februar 1917 zog ein langer Zug demonstrierender Frauen durch St. Petersburg. In Sprechchören erschallte: »Gebt uns Brot! Nieder mit dem Krieg! Frieden! Frieden!«

Die Polizeiketten, die das Winterpalais abschirmten, wurden überrannt.

Die Winterkälte war in diesem Jahr besonders hart. In Petersburg wurden 40 Grad Frost gemessen; es gab kaum Kohle oder Holz zum Heizen, die Versorgung mit Lebensmitteln brach zusammen, weil die Transportzüge in riesigen Schneeverwehungen steckenblieben. Die Hälfte aller Bäckereien, Fleischereien und Molkereien war geschlossen worden, die Preise für Lebensmittel stiegen ins Unbezahlbare, der Schwarzhandel blühte, hungernde Menschen plünderten nachts die Geschäfte, um ein Stück Brot wurde gemordet, und endlich sickerten Zahlen durch, die einem das Grauen über den Rücken trieb: Rußland hatte an Toten, Vermißten, Verwundeten und Gefangenen bisher 3,8 Millionen Soldaten verloren!

Die Munition ging aus, die Produktion konnte nicht genug liefern, der Nachschub stockte völlig – das einzige, was man genug hatte, waren immer noch ... Menschen!

Die deutsche Blockade in der Ostsee und am Schwarzen Merr schnitt Rußland fast völlig von alliierten Lieferungen ab ... Das riesige Land war eine Insel geworden, auf der Millionen dem sicheren Hungertod entgegensahen.

Nach dem Marsch der Frauen explodierte die Enttäuschung und die Verzweiflung der Massen. 80000 Arbeiter aus den Fabriken streikten und strömten in die Stadt, um sich der Demonstration anzuschließen. Überall wehten die roten Fahnen in der eisigen Luft, überall zogen Marschsäulen von Menschen durch die Stadt.

Die Regierung konnte nur mit Gewalt antworten. 3500 Polizisten setzte sie ein, aber ihre Hauptmacht waren die 150000 Mann der Garnison, die Reservebataillone der Garderegimenter, die Garde selbst, die Kosakenabteilung und die Marine.

Welch ein Irrtum!

Am 25. Februar – es arbeitete keiner mehr in Petersburg – zogen hunderttausend Demonstranten durch die Straßen, mit roten Fahnen und roten Armbinden, und ihre Sprechchöre hallten durch das »Venedig des Ostens«: »Nieder mit dem Krieg! Gebt uns Brot!«

Und ein ganz neuer Satz: »Nieder mit der deutschen Zarin!«

Der Oberbefehlshaber der Stadt, General Chabalow, setzte die Kosaken ein. Aber statt die Demonstranten niederzureiten und zusammenzuknüppeln, umarmten sie die Männer und Frauen, griffen nach den roten Fahnen und zogen mit durch die Straßen.

Auf dem Newskij-Prospekt, der Prachtstraße von St. Petersburg, schoß die Polizei erstmalig daraufhin in die Menge.

In der Hauptstadt des russischen Reiches begann das große Sterben. Das Herz Rußlands blutete aus vielen Wunden.

Am 27. Februar meuterten die Garnisonen, die Truppen, die den Zaren und die Monarchie stützen sollten. Zuerst waren es die Garderegimenter ... vor der Front seines wolhynischen Regimentes jagte sich der Kommandeur eine Kugel in den Kopf und gab damit den Weg frei. Die Soldaten mischten sich unter das Volk.

Die litauischen Garden und nacheinander alle anderen Regimenter verließen ihre Kasernen und zogen mit im Strom der Demonstranten: »Nieder mit dem Krieg! Nieder mit dem Zaren! Gebt uns Brot!«

Die Gefängnisse wurden geöffnet, das Gerichtsgebäude flammte auf und brannte aus, die Polizeikommissariate wurden überfallen und zerstört, Soldaten mit roten Fahnen auf Militärlastwagen stürmten den Sitz der Ochrana, der Geheimpolizei, den Justizpalast, die Palais einiger Minister, schlugen tot, plünderten, legten Brände, sprengten in die Luft ...

Was als Revolution zur Befreiung gedacht war, endete im Chaos. Chamitjas Worte wurden schreckliche Wahrheit: Das Waschwasser der Revolution ist Blut! Der Präsident der Duma, des Reichstags, der hilflose Rodzianko, telegraphierte dem Zaren:

»In den Straßen wird wild durcheinandergeschossen. Es ist notwendig, sofort eine Person, die das Vertrauen des

Landes besitzt, mit der Bildung einer neuen Regierung zu betrauen. Unmöglich, noch weiter zu warten! Jede Verzögerung ist tödlich! Ich flehe zu Gott, daß in einem solchen Augenblick die Verantwortung nicht den Monarchen trifft!«

Der Zar, erst am 24. Februar von Zarskoje Selo in sein Hauptquartier abgereist, glaubte nicht an den Aufstand seiner Soldaten. Er las die Depesche von Rodzianko und legte sie wie angeekelt weg.

»Wieder Dummheiten von diesem dicken Rodzianko!« sagte er, aber an General Chabalow schickte er den Befehl, den Ausschreitungen ein sofortiges Ende zu bereiten. Ganz gleich, wie ...

Es war zu spät!

In St. Petersburg marschierten Volk und Armee Arm in Arm unter den roten Fahnen durch die Stadt. Die Anarchie war ausgebrochen. Es gab keine Ordnung mehr, keine Befehlsgewalt, keine bremsende Vernunft.

Es gab nur noch den Aufstand der Straße ... den Ausbruch eines Vulkans aus Hunger, Not, Lebensangst und Kriegsmüdigkeit.

Fast vier Millionen Verluste – und kein Brot, keine Milch, kein Fleisch, kein Gemüse, kein Korn. Gott, du hast Rußland verlassen.

Jetzt helfen wir uns selbst!

»Nun ist es soweit«, sagte Mustin zu Matilda. Sie saßen im Stroitskypalais, über die Straße am Jekaterinskjij-Kanal wälzte sich seit Stunden der Demonstrationszug, schallten die Sprechchöre, wurde auch irgendwo geschossen, lag Feuerschimmer im kalten grauen Winterhimmel.

Vor einem Sturm der Roten auf ihr Palais waren sie zur Zeit sicher.

Der Kammerdiener, mit dem Rosalia Antonowna seit ihrem Einzug ins Palais in nimmermüdem Kampf gestanden hatte, was zu beider Lebensinhalt geworden war, erschien am Morgen des 24. Februar im Frühstückssalon und servierte wie immer Tee, Gebäck, Marmelade und Honig. Das einzig Neue war, daß er eine breite rote Armbinde trug. Er sagte, wie immer würdevoll:

»Keine Sorge, Matilda Felixowna, es wird Ihnen nichts geschehen. Das Haus steht unter dem Schutz des revolutionären Exekutiv-Komitees.«

Um das zu zeigen, zog man an der Haustür eine rote Fahne auf.

Die Köchin demonstrierte am Nachmittag mit, nachdem sie erst das Essen gebracht hatte und versprach, am Abend rechtzeitig für das Mahl wieder da zu sein.

»Wenn das unsere Rosalia erlebt hätte!« meinte Mustin traurig. »Sie wäre vorweg marschiert mit einer roten Fahne. Ich gehe morgen zum Grab und erzähle ihr alles . . .«

Am 28. Februar 1917 erschien, in Zivil, ein Zarenadjutant im Stroitskypalais.

Man wollte ihn zunächst nicht einlassen, aber als er sich auswies und der revolutionäre Kammerdiener sich davon überzeugt hatte, daß es kein Spion der Bolschewiki war, durfte er zu Matilda. Es war ein junger Major, der zu den wenigen noch Zarentreuen gehörte und das Winterpalais bewachte.

Er brachte eine Depesche von Nikolaus II., die an Matilda gerichtet war. Der Zar hatte telegraphiert:

»Schlimme Dinge bahnen sich an! Du mußt unverzüglich Rußland verlassen! Packe nur das notwendigste. Im Morgengrauen wird eine Kalesche vor Deinem Haus warten. Geh jetzt! Ich befehle es Dir! Niki.«

»Jetzt fahre ich«, sagte Matilda und gab das Telegramm an Mustin weiter. »Wenn er es befiehlt, gehorche ich. Er hat noch nie zu mir gesagt: Ich befehle es! – Mustin, laß unsere Sachen packen.«

»Ich bleibe«, sagte Urasalin. »Was soll ein Zwerg in Paris? Ein alter, häßlicher Zwerg? Ich halte Wache, Matilduschka.

Ich passe auf dein Haus auf. Wenn du nach Petersburg – oder wie sonst es später heißen wird – zurückkommst, soll alles so ein, wie du es verlassen hast. Unsere Zeit lernt, schnell zu leben. Veränderungen finden im Schnellzugtempo statt. Es wird nicht lange dauern, bis du zurückkommen kannst, in ein neues Rußland. Matilda Felixowna ist zeitlos . . . wie die Musik, nach der sie tanzt. Wer auch in Rußland einmal regieren wird, – die Felixowna wird er als Königin des Tanzes anerkennen. Darauf warte ich, mein Täubchen, das bin ich auch Rosalia schuldig. Ich halte hier Wache für dich . . .«

Die ganze Nacht über wurde gepackt und ausgepackt. Was man mitnehmen konnte, war gering . . . Matilda ließ alles zurück bis auf ein Bild ihrer Mutter in einem Silberrahmen, ein Bild von Boris Davidowitsch, seinen Brief, in dem er – vor vier Jahren – geschrieben hatte: »Ich werde Dich ewig lieben, über den Tod hinaus, noch aus den Himmelshöhen!« und das letzte Telegramm des Zaren. Dazu packte sie etwas Wäsche für die lange Reise . . . das Haus bei San Remo an der Riviera war voll eingerichtet, man brauchte aus Rußland nichts mitzunehmen als das Heimweh . . .

Im fernen Mogilew, Hunderte von Kilometern entfernt, begriff Nikolaus II. nur langsam die Tragweite der Revolution. Die Zarin schrieb ihm mit Kurierpost: »Wir werden belästigt von einer Bewegung von Gesindel, Gassenjungen und dummen Mädchen, die die Unruhen zu steigern suchen, indem sie schreien, sie hätten kein Brot. Du hast Deine Güte so oft gezeigt, jetzt ist es an der Zeit, sie Deine Faust fühlen zu lassen. Die Russen brauchen das!«

Und Nikolaus telegrafierte sofort zurück: »Du hast ganz recht, aber es ist durchaus nicht nötig, die Zähne jeden Augenblick nach rechts und nach links zu zeigen.«

Es ist die Tragik seines Lebens, daß er noch immer an sein Volk glaubte, an seine Soldaten, an seine Bauern, an seine Handwerker, an Menschen, denen er nur Gutes wollte. Daß seine Minister genau das Gegenteil taten, hat er nie begriffen, – daß alle Schuld jetzt auf ihn fiel, begriff er noch viel weniger: Zar Nikolaus II.

Im Morgengrauen des 1. März 1917 verließ Matilda Felixowna in einer unauffälligen Kalesche St. Petersburg. Ein alter Leibkutscher des Zaren lenkte die Pferde. Mustin, der Zwerg, hatte sich im Palais verkrochen, um dem Abschied aus dem Weg zu gehen . . . eine halbe Stunde lang ließ Matilda ihn suchen, dann mußte sie fahren. Erst, als die Kalesche aus dem Innenhof gefahren war, kroch Mustin aus einer Kellerecke hervor und blickte ihr hinter der Gardine des Salons nach. Er schlug in der Luft ein Kreuz und sagte: »Gott, laß sie nicht aus Deinen Augen!«

Die Fahrt ging bis zur finnischen Grenze. Dort blieb sie in einem kleinen Ort und las in den nächsten Tagen von der Abdankung des Zaren.

Noch am 28. Februar war Nikolaus II. mit seinem Sonderzug vom Hauptquartier Mogilew nach Zarskoje Selo gefahren, aber er kam nie an.

Die Strecke war bei der Station Ljuban von zwei Kompanien meuternder Soldaten besetzt. Mit Kanonen und Maschinengewehren hielten sie den Zarenzug auf. Es wäre vielleicht eine rettende Rückkehr gewesen . . .

Man fuhr noch weiter bis zu dem kleinen Bahnhof Dno, was auf russisch »Abgrund« heißt – wahrlich ein Symbol! –, dort bog man ab und fuhr weiter nach Pskow am Peipussee. Hier war die Endstation.

Die Endstation des Zaren, der Monarchie, des russischen Reiches.

Der Weg nach St. Petersburg war abgeschnitten, der letzte absolute Monarch Europas mußte sich dem Willen eines »Soldatenrates« beugen. Das Volk, aufgebrochen aus den Armenvierteln der Städte, um eine neue Zeit zu schaffen, beherrschte Rußlands Schicksal.

Als am 2. März eine Delegation der Duma erschien und die Abdankungsurkunde unterbreitete, traf sie auf einen ruhigen, völlig gefaßten Zaren. Er betrat seinen Salonwagen freundlich wie immer, wortkarg und hoch aufgerichtet. Er setzte sich an den Tisch, las die Abdankungsurkunde und unterschrieb sie mit einem einfachen schwarzen Holzfederhalter, den ihm der Dumaabgeordnete Gutschkow reichte.

Es gab keinen Zaren mehr.

Am Abend sagte er, voller Ahnungen, zu dem greisen General Russkij, dem Oberfehlshaber der Nordfront, nach einem wortkargen Essen im Salonwagen:

»Jetz müssen wir uns der Gnade der Sieger überlassen.«

Die Sieger, – das waren die Arbeiter und Bauern, die Soldaten und Werktätigen, die nun die Straßen überfluteten, die zaristische Polizisten wie Hasen jagten, die Paläste plünderten, die Adelige und Reiche, die noch nicht Hals über Kopf geflohen waren, in Gefängnisse sperrten und die als neues Regime zunächst den »Sowjet der Arbeiterdeputierten« gründeten.

Das alte Rußland sank in Trümmer. Der Beginn des neuen ertrank noch im Chaos. Es war nichts mehr geblieben als ein Aufschrei: »Frieden! Freiheit! Brot!«

Matilda Felixowna fuhr von Finnland weiter nach Schweden. In Stockholm wartete sie in einer kleinen Wohnung auf das Ende der Revolution. Trotz aller verlockenden Angebote tanzte sie nicht ... Sie verfolgte aus der Ferne das Schicksal des Zaren.

»Später«, sagte sie zu dem Intendanten der Hofoper von Stockholm. »Wie kann ich tanzen, wenn mein Rußland verblutet? Lassen Sie mir Zeit.«

In der Nacht vom 16. zum 17. Juli 1918 wurden der Zar, die Zarin, seine vier Töchter, der Zarewitsch, der Leibarzt Dr. Botkin, drei Diener und ein Hündchen im Keller der Villa Ipatjew in Jekaterinburg erschossen.

Ein Kommando Bolschewisten unter Führung des Kommissars Jurowskij feuerte so lange in das Menschenknäuel an der Kellerwand, bis sich nichts mehr rührte. Dann brachte man die Leichen weg, zu dem stillgelegten Bergwerk »Die vier Brüder«, zerstückelte sie, übergoß sie mit Schwefelsäure und verbrannte die Reste auf einem Scheiterhaufen.

Nichts, gar nichts sollte von den Romanows übrigbleiben; Jurowskij wollte die totale Auslöschung. Es war auch der Triumph einer persönlichen Rache: Er, der Lazarettgehilfe, war in einem sibirischen Gefängnis von einer Mutter geboren worden, die auch in der Verbannung elendiglich starb.

Matilda Felixowna schloß sich drei Tage lang ein, als der Mord an der Zarenfamilie bekannt wurde.

Am fünften Tag tanzte sie die Giselle in der Stockholmer Oper, und Chamitja Maximowitsch telegraphierte aus Paris:

»Komm zu mir! Paris erwartet Dich! Wer hatte recht? Du lebst, und die Welt wird Dir zu Füßen liegen! Sei nun für eine neue Zeit aufgeschlossen . . .«

Vergeblich ließ Matilda in Petrograd, wie St. Petersburg jetzt hieß, nach dem Zwerg Mustin suchen. Man hatte ihn zum letztenmal am 26. Oktober gesehen: Ein Kommando von Bolschewiken holte ihn »zum Verhör« ab. Mustin tauchte nie wieder auf, aber das Stroitskypalais wurde geplündert und verwüstet.

»Ich werde nie mehr nach Rußland gehen«, sagte Matilda Felixowna, als sie von Stockholm nach Paris fuhr, in einem Interview, das von vielen Zeitungen gebracht wurde. »Wenn die Revolution nur Mord ist, wenn das neue Rußland nur aus Angst und Schrecken bestehen soll, dann soll die übrige Welt aufpassen, daß es ihr nicht genauso ergeht. Die Pest ist eine ansteckende Krankheit . . .«

Ihr Haß war unbändig. Es gab für Matilda kein Verzeihen. Man hatte ihren Niki erschossen . . . wie kann man das jemals vergessen?

In Paris holte Chamitja sie vom Bahnhof ab. Er weinte und sagte in der Droschke, die sie ins Hotel RIZ brachte:

»Ich habe es nie glauben wollen, Matilduschka! Aber jetzt, wo ich weiß, daß ich Rußland nie wiedersehen werde, jetzt zerreißt mich das Heimweh.«

Epilog

Im Jahre 1971, am 2. Mai, starb in Cluny bei Paris eine uralte, kleine zusammengeschrumpfte Greisin, die bisher allein in einem alten Haus, umgeben von einem Gärtchen, gelebt hatte.

Mit dieser Frau lebten drei Katzen und ein Hund, eine Mischrasse, der am Bett saß, die Zähne fletschte und keinen an die Tote heranließ. Die Polizei mußte kommen und ihn mit einer Schlinge einfangen.

»Sie ist sechsundneunzig Jahre alt geworden!« sagte ein Nachbar. »Wir haben uns immer gewundert, wie sie überhaupt noch leben konnte. Sie ging nie aus, saß immer nur in ihrem Gärtchen und lebte beinahe nur von dem, was sie sich selbst zog. Sie kaufte dieses Haus gleich nach dem Krieg, 1945 ... Sie hat mit keinem von uns gesprochen. Die ganzen Jahre nicht ... Muß einmal hübsch gewesen sein. Stimmt es – sie soll eine Russin sein?«

Ein Rechtsanwalt, dessen Adresse man bei den Papieren der Toten fand, wies sich dann als ihr Testamentsvollstrekker aus.

»Sie war einmal eine große Tänzerin, Matilda Felixowna hieß sie –«, sagte er vor der Polizei aus. »Heute kein Begriff mehr, aber damals ... Viel hat sie nicht hinterlassen, mußte alles verkaufen, nachdem sie sich, ich glaube, es war 1928, bei einem Autounfall beide Beine brach und nicht mehr tanzen konnte. Nur dies Haus in Cluny gehört ihr noch ... Es soll verkauft werden. Für den Erlös, bestimmt sie in ihrem Letzten Willen, soll ein gutes Grab für sie gebaut werden, die Katzen und der Hund sollen in das beste Pariser Tierheim, ja – und dann ist da noch eine etwas merkwürdige Verfügung: Man soll ein großes rotes Segel kaufen und ihren Sarg darin einwickeln. – Der Spleen einer alten Dame! Aber es steht im Testament, wir müssen es wohl oder übel tun!«

An einem sonnigen Maitag wurde Matilda Felixowna Bondarew in Paris begraben. Hinter dem Sarg gingen nur zwei Männer her: der Pfarrer und der Anwalt. Aber der Sarg war eingewickelt in ein blutrotes Segeltuch – es hatte Mühe gekostet, in der kurzen Frist ein Segel rot einzufärben.

Als der Sarg in die Erde glitt und die Maisonne das Rot des Segels aufleuchten ließ, sagte der Pfarrer:

»Sie war eine Russin! Warum liebte sie die rote Fahne so? War sie etwa früher eine bekannte Revolutionärin?«

»Ich weiß es nicht!« antwortete der Anwalt. »Sie war jedenfalls eine berühmte Tänzerin, das weiß ich bestimmt. Kann sein, daß sie auch eine Bolschewistin war. Eine Anhängerin des Zaren war sie bestimmt nicht, sonst ließe sie sich nicht in diesem roten Tuch begraben . . .«

Erst viel später, als man den Haushalt in Cluny auflöste, fand man in einer kleinen, kunstvollen Lackkassette ein paar vergilbte Briefe und Telegramme.

Darunter auch einen Brief mit den wenigen Worten:

»Das Schicksal zwingt uns, anders zu handeln als wir wollen. Aber was auch geschieht, Du sollst immer wissen, daß Du die Mitte meines Herzens bist. Niki.«

Wer aber weiß heute noch, wer Niki war . . .

Auf den folgenden Seiten können Sie sich über zahlreiche weitere Romane des Bestsellerautors Heinz G. Konsalik, die als Taschenbuchausgabe erhältlich sind, informieren.

Seine großen Bestseller im Taschenbuch.

Der Himmel über Kasakstan
01/600-DM 6,80

Natascha
01/615-DM 7,80

Strafbataillon 999
01/633-DM 7,80

Dr. med. Erika Werner
01/667-DM 6,80

Liebe auf heißem Sand
01/717-DM 6,80

Liebesnächte in der Taiga
(Ungekürzte Neuausgabe)
01/729-DM 9,80

Der rostende Ruhm
01/740-DM 5,80

Entmündigt
01/776-DM 6,80

Zum Nachtisch wilde Früchte
01/788-DM 7,80

Der letzte Karpatenwolf
01/807-DM 6,80

Die Tochter des Teufels
01/827-DM 6,80

Der Arzt von Stalingrad
01/847-DM 6,80

Das geschenkte Gesicht
01/851-DM 6,80

Privatklinik
01/914-DM 5,80

Ich beantrage Todesstrafe
01/927-DM 4,80

Auf nassen Straßen
01/938-DM 5,80

Agenten lieben gefährlich
01/962-DM 6,80

Zerstörter Traum vom Ruhm
01/987-DM 4,80

Agenten kennen kein Pardon
01/999-DM 5,80

Der Mann, der sein Leben vergaß
01/5020-DM 5,80

Fronttheater
01/5030-DM 5,80

Der Wüstendoktor
01/5048-DM 5,80

Ein toter Taucher nimmt kein Gold
● 01/5053-DM 5,80

Die Drohung
01/5069-DM 6,80

Eine Urwaldgöttin darf nicht weinen
● 01/5080-DM 5,80

Viele Mütter heißen Anita
01/5086-DM 5,80

Wen die schwarze Göttin ruft
● 01/5105-DM 5,80

Ein Komet fällt vom Himmel
● 01/5119-DM 5,80

Straße in die Hölle
01/5145-DM 5,80

Ein Mann wie ein Erdbeben
01/5154-DM 6,80

Diagnose
01/5155-DM 6,80

Ein Sommer mit Danica
01/5168-DM 6,80

Aus dem Nichts ein neues Leben
01/5186-DM 5,80

Des Sieges bittere Tränen
01/5210-DM 6,80

Die Nacht des schwarzen Zaubers
● 01/5229-DM 5,80

Alarm! Das Weiberschiff
● 01/5231-DM 6,80

Bittersüßes 7. Jahr
01/5240-DM 5,80

Engel der Vergessenen
01/5251-DM 6,80

Die Verdammten der Taiga
01/5304-DM 6,80

Das Teufelsweib
01/5350-DM 5,80

Im Tal der bittersüßen Träume
01/5388-DM 6,80

Liebe ist stärker als der Tod
01/5436-DM 6,80

Haie an Bord
01/5490-DM 7,80

Niemand lebt von seinen Träumen
● 01/5561-DM 5,80

Das Doppelspiel
01/5621-DM 7,80

Die dunkle Seite des Ruhms
● 01/5702-DM 6,80

Das unanständige Foto
● 01/5751-DM 5,80

Der Gentleman
● 01/5796-DM 6,80

KONSALIK – Der Autor und sein Werk
● 01/5848-DM 6,80

Der pfeifende Mörder/ Der gläserne Sarg
2 Romane in einem Band.
01/5858-DM 6,80

Die Erbin
01/5919-DM 6,80

Die Fahrt nach Feuerland
● 01/5992-DM 6,80

Der verhängnisvolle Urlaub / Frauen verstehen mehr von Liebe
2 Romane in einem Band
01/6054-DM 7,80

Glück muß man haben
01/6110-DM 6,80

Der Dschunkendoktor
● 01/6213-DM 6,80

Das Gift der alten Heimat
● 01/6294-DM 6,80

Das Mädchen und der Zauberer
● 01/6426-DM 6,80

Frauenbataillon
01/6503-DM 7,80

Heimaturlaub
01/6539-DM 7,80

Die Bank im Park / Das einsame Herz
2 Romane in einem Band.
● 01/6593-DM 5,80

Eine Sünde zuviel
01/6691-DM 6,80

Die schöne Rivalin
01/6732-DM 5,80

Der Geheimtip
01/6758-DM 6,80

● = Originalausgabe   Preisänderungen vorbehalten

Konsalik

Als Band mit der Bestellnummer 10 280 erschien:

Heinz G. Konsalik

SPIEL DER HERZEN

Frank und Helga sind glücklich verheiratet. Die junge Ehe hat nur einen kleinen Webfehler: Helgas Eifersucht und Franks Neigung, diese zu schüren. Auf Drängen seines Freundes, der in einem Verlag arbeitet und eine Buchidee realisieren will, läßt sich Frank auf ein Spiel mit dem Feuer ein, indem er mit einer unbekannten jungen Frau einen nicht ganz harmlosen Briefwechsel beginnt. Durch Zufall kommt Helga hinter das abgekartete Spiel der Freunde, und plötzlich stehen alle Zeichen auf Sturm . . .